U0449806

大鱼
有爱的青春陪伴者

再遇你

Meet You Again

瑞曲有银票 著

江苏凤凰文艺出版社

图书在版编目（CIP）数据

再遇你 / 瑞曲有银票著. -- 南京：江苏凤凰文艺出版社, 2025. 8. -- ISBN 978-7-5594-9763-5

Ⅰ. I247.5

中国国家版本馆CIP数据核字第2025L8G904号

再遇你

瑞曲有银票 著

责任编辑	王昕宁
特约编辑	狐小九
责任校对	言　一
责任印制	杨　丹
出版发行	江苏凤凰文艺出版社
	南京市中央路165号，邮编：210009
网　　址	http://www.jswenyi.com
印　　刷	长沙鸿发印务实业有限公司
开　　本	880mm×1230mm 1/32
印　　张	10.5
字　　数	366千字
版　　次	2025年8月第1版
印　　次	2025年8月第1次印刷
书　　号	ISBN 978-7-5594-9763-5
定　　价	42.80元

江苏凤凰文艺版图书凡印刷、装订错误，可向出版社调换，联系电话025-83280257

目录 contents

楔子 · 001

第一章 · 005
再遇

第二章 · 030
招惹

第三章 · 063
回忆

第四章 · 090
撑腰

第五章 · 122
恋爱模式

第六章 · 152
她的私心

第七章 · 178
再见旧人

目录 —— contents

第八章 · 209
意外

番外二 · 298

第九章 · 239
记忆的审判

番外三 · 304

第十章 · 275
爱人在身边

番外四 · 311

番外一 · 292

独家番外 · 321
为好事泪流

楔子

2011年夏,太阳露头比较早。

红白两色的握手楼,抬头看到的是城中村独有的一线天。

管子漏水,把墙根浸得湿透,徐知凛踩过窄巷,到了出租房前。时间掐得正好,房东刚把卷帘门打开,手里拿着电蚊拍一挥,发出"叭"的声响。

"张伯早。"徐知凛打了声招呼。

"哦,小徐啊。"房东放倒电蚊拍,随意把虫尸磕到地上,又看了他手里提的东西,"给女朋友带的?"

徐知凛点点头:"生滚粥,她喜欢喝这个。"

"还是你们两个感情好,不像505那对天天吵,昨天打架还把警察叫过来了,烦了一晚上。"房东感叹着,又去搬灯箱。

看他搬得吃力,徐知凛上前搭了把手,等把灯箱抬到外面后,才又提着早餐,沿楼梯走上五楼。感应灯失灵了,徐知凛打着手机的手电筒走过楼道。

这个点到处都安安静静的,他掏钥匙打开那道铁门,轻手轻脚地进去,却还是在关门的时候,发出了一点声响。

"下班了?"床上的人翻了个身,声音带着些微睡意。"啪"的一声轻微响动后,灯光被她摁亮,也照出房间的模样。

一张床,一张折叠桌,一个用来装衣服的纸箱,泥砖搭起来的灶台下,放着只到膝盖的一小罐煤气。除了基本生活用品,再没什么其他的东西。

"下班了。"徐知凛拉上插销,应声走过去,"我带了粥,你等下记得喝。"

"唔……"沈含晶打了个呵欠,声音黏黏糊糊的,"你呢,早餐吃了吗?"

"吃过了。"徐知凛把粥放到桌子上,"对面昨晚打架了?"

"嗯,还报警了。"沈含晶爬起来伸个懒腰,又朝他招招手。

床是房东配的,质量很差的席梦思,里面的弹簧早就坏了,人一压上去就"嘎吱"作响。

徐知凛小心地坐过去,抱住女友。

"听说闹得很晚,是不是影响你休息了?"他问。

沈含晶摇了摇头:"我戴耳机听歌的,没怎么吵到。"

"你没睡好。"徐知凛抱紧女友,沉吟了下,"要不然,我们换个地方住?"

"没事的,房东说他们月底就到期了,不给续租。"沈含晶下巴落在他肩窝,"我没睡,不关对面的事。"

"那是怎么了?"徐知凛问。

沈含晶悄悄地笑了下:"因为你不在,我想你呀。"说完侧过头,亲他耳背。

热气透过皮肤,徐知凛喉结微微提动:"我去……洗个澡。"值了一晚的班,烟味酒味全糊在身上,他自己都闻不下去。

沈含晶"哧"地笑了,退到跟前把他眼镜摘下,又伸手抚他发烫的眼,指尖描他眼皮的褶线。

徐知凛别开脸,耳郭红透了:"我先……"

"等下再去一样的。"沈含晶追过来咬他,往上看时,那双眼潮润润的,像生了钩子。

"知凛。"她小声叫他,把手放他喉结上,说的却是,"你心跳好快。"

徐知凛微微提气,彻底被那片气息泡软意识。

灯泡灭掉,钨丝亮了几秒也很快黑下去,窗外晨光透过帘布,微弱的一片。

闹钟响起来时,天光已经大亮。开关门的声音,楼道"踢踢踏踏"的走路声,甚至碗筷碰撞的声音,各种交混在一起,特别喧杂。

沈含晶捡起吊带穿上,坐在床头喝粥。粥已经凉了,她斜着碗吸了一口,再挑两条姜丝送进嘴里嚼。

姜丝落肚的时候,洗手间门打开,徐知凛走了出来。他一身水汽,发尖也淋淋漓漓的,过来先找眼镜戴上,再用毛巾擦头发。

沈含晶撑着脸喝粥,光着的小腿在桌底荡来荡去,两只眼睛则一直跟着男友。黑色圆领T恤,颈线流畅,加上细窄的鼻背线条,侧脸清秀又板正。

"怎么了?"感受到她的目光,徐知凛偏头问。

沈含晶笑笑:"我帮你吹头发吧。"

"快到点了。"徐知凛看了眼手机,提醒她时间。

"没事,我让人帮忙打卡。"喝完剩下的粥,沈含晶从箱子里拿出吹风机,跪在床上替男友吹头发。他耳郭透光,一头黢黑的发,手感有点硬。

头发吹到八分干,沈含晶关掉吹风机,扳着徐知凛的脸看来看去:"夜班这么久,你怎么连个痘都不长?"夜班熬人,又正是火气旺的年纪,作息不规律一般会直接反映到皮肤上,但他还像以前那样白净,看不出日夜颠倒的痕迹。

徐知凛好脾气地任她摆弄:"可能长过但消了,没发现?"

"不对,"沈含晶摇了摇头,眼睛还看着他,手却悄悄地从他T恤下摆伸进去,"背上好像有一颗。"

徐知凛皮肤发紧,蓦地捉住那只窄细的手腕:"别,你快迟到了。"

沈含晶笑起来,眼睛缓慢拉成一条线。她把手抽出来,下床趿鞋。换完衣服洗漱过,徐知凛已经拉开窗帘,烧好了一壶水。

烧完兑上昨天的冷水,他凑近杯子喝一口,眉心微微起皱。

"还咸吗?"沈含晶问。

"有一点。"徐知凛顿了顿,把剩下的水喝完,"没事,新闻说咸潮快结束了,就这两天。"

沈含晶没再说话,对着墙上的镜子扎头发。

不愁温饱的富家子弟,被她拐到这种地方来,住几百块一个月的单间,喝水龙头接的自来水,甚至沦为廉价劳动力中的一员。

头发束好,卷成髻再装进发网里,沈含晶换掉拖鞋:"我去上班了。"

"嗯,路上小心。"徐知凛过来,打算帮她开门的,却被伸臂抱住。

沈含晶的胳膊从他臂下穿过,手心按在他后背,姿态眷恋。发觉女友的不对劲,徐知凛低声问:"怎么了?"

"今天好像特别舍不得你。"沈含晶声音魍魍的,鼻音带着一点娇气,"知凛,我真的喜欢你。"

徐知凛"嗯"了声:"我永远爱你。"

静静跟她抱了一会儿,徐知凛又说:"我上网查过迁户口本的事,不算麻烦,下个月攒两天假,我回去试试。"话间,又抬手摸了摸沈含晶的脖子,

"过完明年我们就去登记,把证领了。"

足有半分钟,怀里传来"扑哧"一声笑:"好啊。"

一大早,从天刚亮到现在,从极尽缠绵到依依不舍,两人终于要分开。沈含晶拎起包:"我走了。"

"我送你下去?"徐知凛弯腰系好垃圾袋,"正好去扔垃圾。"

"给我吧,不早了,你快去睡。"沈含晶把垃圾袋从他手里勾过来,目光轻轻晃了一下,但很快转身,拉开门走了出去。

徐知凛站在门后,看着那个单薄的身影越走越远,最后消失在光源尽头。没来由地,他忽然感到不安。

第一章

再遇

七年后。

冬风削脸,一场雨带来湿漉漉的土腥气,也刮动 2018 年的尾调。

"叮"的一声后,袁妙打开微波炉,把里面的蛋挞拿出来。走出茶水间,她拐进斜对面的办公室:"小梁总怎么还没回来?"

"朋友生日,他直接过去了。"办公桌后,沈含晶头也没抬。

袁妙奇怪:"他不来接你吗?还丢下女朋友一个人去?"

沈含晶正在看文件,手指落在纸面上,一行行往下滑。办公室开着灯,光源照亮戒指上的方形钻面,闪着微微莹彩。等确认无误,她边签名边问:"晚上不是还要去酒店试菜?"

"哦,对,差点忘了。"袁妙把碟子推过去,"先垫垫胃。"

处理完工作,沈含晶看了眼时间,再从抽屉拿出几瓶药,各倒一粒在手心。

她吃了几年的药,吞服姿势早已熟练,袁妙却看得喉咙痛:"这药还吃多久?"

"剩得不多,吃完不拿了。"沈含晶收好药瓶,从椅子上站起来,"走吧,再晚要堵车。"

办公室在三楼,一二层是家居馆的陈设空间。这是她回国后开的店,做软装零售,生意还可以。

取到车后,袁妙当司机。开到第一个路口时,她又想起那个药:"是不是吃完剩下的,你那个病……呃,失忆症就会好了?"

沈含晶摇头:"巩固脑力而已,没那功能。"

"那你想恢复吗?"袁妙问。

沈含晶打开纸巾,把包在里面的蛋挞放出来,咬了一口。内馅加了芝士,奶香浓郁,而且甜度控制得比较低,与舌面接触后,不会残留什么腻感。

"当然想过,但实在记不起也没办法,就这样吧。"沈含晶的声音很平静。

这么多年,她早已经习惯,当个没有过去的空心人。从事故里活下来已经算是命大,而且丢失的是程序性记忆,如果是顺行失忆,她只能活在过去,记不得当下。起码现在不影响她的日常生活,笼统来说,她还算个正常人。

进入市区,车开始多起来,等终于开到酒店,入口却又排起车龙。

"这么大的酒店怎么还堵车?"袁妙趴在方向盘上。她降下车窗,关于堵塞原因的只言片语传进来,应该是前面突然有车故障。

沈含晶靠着座椅,侧视窗外建筑。幕墙是哑灰的木纹砖,中性色调,拦腰贴着简单金属字"AN.禾港"。

禾港酒店,庐城的地标性建筑之一。

车厢里有点闷,沈含晶松开安全带:"我先进去餐厅吧,一会儿给你发位置。"

"也行,你去吧,报咱们公司的名字就成。"

"好。"沈含晶推门下车,穿过落客区,到了一楼中餐厅。在咨客台查过预留信息后,她很快被带到里面的散台,在里侧坐下。

试菜不用再看单子,茶水上来后,沈含晶端着杯,随意扫了两眼周围的环境。穹顶很高,设计简练,美陈(美术陈列)和动线都恰到好处。上方绕着不规则的曲线灯带,很有室内银河的既视感。

散座在餐厅中间,边上则是用帘子隔开的一圈包厢,而正对她的那间帘子没有拉上,能看到里面的人。一位男性坐在中式围椅上,双腿向左右自然张开,坐姿随意。

那人穿着白衬衫,椅梁挡住他的腰背,只能看到脖子后面那片干净的、被熨得板直的衬衫领,以及剃得很平的发际线。

没多久,进来几个穿黑西装戴铭牌的人,像是这间酒店的高管。

帘子被拉下时,菜也上桌了。正好袁妙出现,沈含晶问她:"你老公来不来?"

"跟宴会呢,晚上有八十多围席,他估计没空下来。"袁妙老公是这间酒店的宴会销售,正值年底,天天忙得脚不沾地。

"那我们吃吧。"沈含晶抽出筷子。

菜一道接一道地上。

吃过几口,袁妙问沈含晶:"对了,今天晚上是婚宴,在他们最大那个厅,等下去看看吗?"

"看什么?"

"看布场,看氛围啊,等你跟小梁总结婚,不也得订他们那个厅才能坐下?"袁妙问。

"又要给你老公充业绩?"沈含晶夹起一粒姜,拿眼看她。

袁妙也不否认:"嘻,他刚来这酒店,帮衬下嘛。"

两人边吃边聊,中途沈含晶接了个电话,是男友梁川打来的。她说话不急不促,眼睛里永远带笑,语速也缓慢适中,带着自在的懒散。

情侣电话,袁妙边吃边听,等接完瞄她手上的戒指:"想好去哪里度蜜月了吗?"

"到时候再看。"

"也就明年的事吧?你是真不着急。"袁妙伸手拿纸巾,顺便又问,"你跟小梁总的妈妈现在处得怎么样?"

"没什么变化。"沈含晶撑着脸慢吞吞喝了几口汤,放勺子时,发出"叮"的一声脆响。

袁妙琢磨:"那你不担心结婚以后,婆媳关系不好?"

"有什么好担心的?没有期待,什么都好说。"沈含晶散漫地笑,耳环在乌黑的发梢下来回荡着。

后面聊了几句工作,吃差不多的时候甜点上桌,对面包厢的帘布也被拉开,里面的人依次走了出来。最前面的人穿铁灰色的西装,腰颈都很直,边走边听旁边的人说着什么。

见袁妙追着看,沈含晶问了句:"认识?"

"这么多高管陪着,应该是 AN 的老总,听说最近来督查了。"袁妙猜测道。

沈含晶张望一眼,心不在焉地点了点头。

结束试菜后,两人往停车场去。

"你去哪儿?"袁妙问。

看了一眼时间,沈含晶说:"去趟酒吧。"

"那里肯定挺吵的，你能受得了吗？头不会痛？"袁妙瞧她。

"应该没事。"沈含晶打开软件叫车，"梁川那位朋友之前给介绍过生意，我去露个脸。"

到地方的时候接近十点，红砖装饰的门头前，沈含晶给男友打了个电话。

很快，梁川出现在酒吧门口。

"你怎么来了？"他又惊又喜，高挺的眉弓更加飞扬起来。

"来凑个热闹。"沈含晶笑微微地看他，"应该不会影响你？"

"当然不会，我高兴还来不及！"梁川接过沈含晶的包，牵着往里面走。

比起其他酒吧，这里装修得更像会所。黑金色系，雾面不锈钢墙体，楼下有舞池卡座和散台，男男女女在不同区域逗留或穿梭。

上到二楼，沈含晶被男友带着走过一条狭长的甬道，进入黑色厢体包裹的私密空间。很明显，今天的来客是被分了区的。包厢很大，半户外的结构，里面有吧台和球桌。

人不算多，沈含晶也基本都认识，正打招呼时，从露台那边进来两个人。

"哟！弟妹来了。"说话的人叫丁凯，是今天的寿星，他夸张地表示欢迎，"我今天可长脸，居然能请动弟妹到场。"

"生日快乐，凯哥。"沈含晶笑着打声招呼，视线自然地与旁边那位接触了下。

白衬衫配铁灰色西装马甲，鼻梁高挺，唇形平直。因为身量太高，他看人时微微垂着眼，视线很认真。

这种场合，不是常有交往的，其实互相点个头就够了。沈含晶正准备移开视线，梁川却轻轻扶住她的肩，低声说道："晶晶，认识一下，这位是徐总，AN 的老板。"说完又朝对方介绍道，"徐总，这就是我女朋友，她姓沈。"

话音落下，那位徐总把酒杯换到左手，主动伸手："你好，沈小姐。"

沈含晶很快反应，她牵动嘴角，脸上露出一点礼貌性的微笑，也递出手："徐总好。"

十指交触，男人力度适中，指节温度却过烫。他垂眼看着沈含晶，头往旁边倾了下，微微一笑，既是社交场合的礼节，也带着属于年轻男性的张扬。

没有多余的客套，相互认识过后，去了不同的区域。

梁川很体贴，坐下就问："冷吗？"

"不冷。"沈含晶把头发拨向后背,挑眼看他,"你跟那位徐总,很熟?"

明明是普通场合,却像是商务场上的引见。有些奇怪的地方不用刻意捕捉,言行就能流露出来。

比如面对这个问题时,梁川眼里出现的闪躲。

"刚认识,还……不算很熟。"他的回答也略显支吾。

沈含晶没继续说话,但笑意不减,梁川脸上很快浮现不自在的神情。他避开脸,拿签子给她插水果吃。

沈含晶接了签子,人也随意往后一靠,接着视线在场内晃了晃,在右上角的位置停留。

环形岛台旁,那位徐总正站着跟人说话。他单手插在裤兜,喝酒的杯子在掌心缓慢转动,顽主式的漫不经心。

AN集团,就是刚才那间酒店所属的管理公司。沈含晶收回目光,思考着酒店业跟自己公司业务上的可能性,以及……男友的回避。

不像楼下那样重音滚地,这间包厢的氛围更像清吧一些。小舞台在弹唱慢情歌,弧形卡座上也有喝酒聊天的,各自消遣。

梁川很老实,坐下后基本没有离开过沈含晶,就连朋友叫去打桌球都没起身。

"不是吧,小梁总,女朋友来了连动都不愿动了?"

打趣声下,沈含晶给梁川喂了一颗西梅:"去吧,我自己坐一会儿,听听歌。"

梁川不是太情愿,但三催四请确实不像样子,他捏捏沈含晶的手:"我去打一局,很快回来。"

他离开不久,寿星来了歌瘾,点了一首摇滚乐,踩着水台唱起来。重音律动,马上被弄出嗨场的氛围。金属质感的墙面,弧光曲影,灯光配合着音乐,在每个人脸上翻折,放大空间的张力。

耳膜"嗡嗡"作响,沈含晶有些不适。她压着胸口,本来想喝口水定定神,然而头往旁边侧了侧,准确地撞上一道视线。

跳跃迷离的灯光下,那人定定地看着她。灯光杯影中,他的轮廓有棱有角,薄而窄的鼻梁线条,微深的眼眶。

视觉上,沈含晶一阵恍惚,突然之间,有说不出的熟悉感要挣开光源。音乐高潮处,乱哄哄的声浪盖过一切。

对视片刻,那人开始用眼神瞄她,又逐渐变作饶有兴趣的打量。接着,他朝她举了下酒杯,头颈微偏,眼里带着浓浓笑意,或者说……挑逗。

轻佻的人不少见,但这么明目张胆的实在不算多。沈含晶别开眼,面无表情地喝了口水。

乐声停止后,球桌场上的胜负也分出来了。梁川跟朋友说笑几句,很快回到沈含晶身边。

"怎么了,脸色好像不太好?"他摸摸沈含晶的额头。

"有点困。"

"那先回去?"

沈含晶看了眼时间:"再等等吧。"起码过完十二点,不然太不像话。

"好。"梁川替她顺顺发丝,把碎发别到耳后。

沈含晶舒展着眉骨,一边脸躺进他掌心。梁川托着女友的脸,慢慢将她收到怀里:"下周……还去申市出差吗?"

"已经跟中介约好了,如果谈得差不多,明年开工就能直接推进……为什么不去?"怀里的声音懒倦,带点不明显的鼻音。

梁川喉结滚了滚:"我是想着快过年了,等回来又是年会,有些工作能推就推一下,让你好好休息。"

沈含晶没有反应。

过了会儿,梁川试探着问:"喜达的新船有个首航活动,也是申市出发,一来一回也就八天,很快的。如果不想来回,在目的岛上玩两天也可以。"

"喜达?"沈含晶咀嚼了一下这个名字。

梁川点头:"是船企,徐总他们……AN也有股份的。"

沈含晶的眉头几不可见地皱了一下,她再次望向那位徐总。相隔几米的卡座上,刚才目光放肆的人,这时候神态自若,看起来无事发生。而梁川话里的意思,更像是强调这人所代表的,AN的实力。

"我晕船。"沈含晶支起眼皮看梁川,"而且放假前,还有工作要处理。"

在她的注视下,梁川只能温和地笑笑:"行,听你的。"说完观察着她的脸色,小心翼翼的。他重新揽住她。

人真的很难知足,就算最爱的人在身边,也似乎离他很远。她会回应他的亲密,也能被热情调动,但冷却往往只在一瞬间。就像抓不住的微妙隐喻,有极不可控的游荡感,柔软又疏离,总让人感觉不踏实。

过了十二点,像模像样的生日仪式后,两人向寿星辞别。

"没事没事,弟妹今晚来了就是我最大的荣幸,还有机会,咱下回再聚。"

丁凯乐呵呵地摆手，还特意送出包厢。他送完回来，见走廊多了个人。

"徐总，你也要走？"丁凯急切地过去打招呼，带些讨好地挽留道，"再坐会儿，不行我再喊几个人来，都是性格好也玩得开的。"

徐知凛没说话，目光往下看。拨开涌动的人潮，能看到梁川手里提着女包和外套，而他旁边的女人穿一条灯笼袖的裙子，头发散在肩膀，卷曲但不蓬松。

经过舞池时，鼓点剧烈变幻。高潮时刻的beats（节奏）上，明暗乱窜的灯光下，梁川凑近说句什么，接着把鸭舌帽扣到她头顶，笑着搂住了她的肩。

音浪拍耳，徐知凛扫着那双亲密的背影："看起来感情不错。"

"那是，小梁总对这个女朋友爱得不得了。"丁凯趴在栏杆上说，"这不着急把人娶到手，生怕跑了。听说早就开始求婚，今年走狗屎运，到底让姑娘点头了。"

楼下的拐角，一对情侣已经走出视野。徐知凛笑了下："看来这个头，点得很勉强。"

丁凯额角神经一跳，突然就瞧出不对劲来。他是人精，目光悄悄滑到徐知凛身上，心里一琢磨，试探说："梁川把这女朋友看得比眼珠子还重，要想撬这个墙脚……估计挺难。"

徐知凛垂下眼，星点嘲讽的笑意慢慢流露到嘴角："很难？不见得吧。"

新工作周，沈含晶去出差。到申市几天，她和袁妙走了四五个工业园，把周边人流和交通情况都摸过一遍。

等回程的头一天，上午事情办完后，沈含晶被袁妙拉去逛国金。这个点商场客流相对少，两人随便转了转。

一楼逛完后，见店里的楼梯旁边拉起了隔离带，说是在接待贵客，暂时不能上去。金钱力量下的区别待遇，大家也都习以为常。

过会儿袁妙看中一双鞋，米色的珍珠高跟，尖头款。

试穿后，她问沈含晶："好看吗？"

沈含晶点点头："可以，挺好看的。"

一阵踩地的声音里，三楼的客人下来了，拿着手机问："哥，我给你买了双鞋，你在哪儿？"

是个女孩，一头招摇的红发，方框墨镜下只见唇鼻。她怀里抱只比熊犬，说话间还掂着比熊犬的屁股："哦，出差啊，那等你回来吧。"

电话挂断后，她径直往门口去，走路只看前面，眼风也不往旁边打一下。几名柜员跟在后头，手上端或提着包装袋，一路把她送出去。

"有钱真过瘾，在哪儿都能当大爷。"袁妙感叹了一句。

沈含晶回头看她："鞋挤脚吗？"

"还行，不怎么挤，就是我一下想不到怎么搭衣服。"袁妙说。

正好柜员拿水过来，笑着说："您现在试的这双，刚才那位也穿过，您可以参考一下她的搭配。"说完打开手机，熟练地找到一条微博，把几张照片翻给客人看。

"这是谁啊？"袁妙好奇。

"AN 您知道吗？是那家的外孙女。"

"哦哦，怪不得。"

AN，一听这个名字，沈含晶立马想起酒吧那晚的男人。背景这么出色的人物，私下居然轻浮成那样。不过，男人也没什么好奇怪的。

她回神看袁妙，袁妙也正好在看她，并指指柜员手里的照片："你觉得怎么样？"

问来问去，是不大想买的暗示了。沈含晶视线落在照片上，皱皱眉，说："跟好像有点高，肯定容易累，而且这鞋也不够日常，你买回去可能穿不上几回。"

"好像是哎。"袁妙故作惋惜，把鞋子脱回去。只是鞋子虽然没舍得，但还是给她老公选了条领带，说当下个月的生日礼物。

逛完国金出来，两人上了网约车。接近目的地时，中介忽然打来电话，说下午约的业主临时有事，得往后推两个钟头。

"怎么不早点说……"袁妙无奈，"那找个地方坐坐吧，过去也是干等。"

"也行。"沈含晶收起手机，让师傅找了地方停。

近城郊，虽然也有商厦栋栋，但看起来不算什么很热闹的商圈。两人在旁边转了转，见到一间西饼店，正好沈含晶有点饿，就拉着袁妙走进去。

店是一对老夫妇开的，老板娘站前台，老板在操作间筛面。店不大，中岛柜里以海派点心为主，老板娘正在打包外卖，可能因为忙，服务态度有点敷衍，头都没怎么抬。

沈含晶买了蝴蝶酥和哈斗，跟袁妙在店里唯一的圆桌坐下。

"怪不得都想往这儿跑，还是一线城市繁华，有得逛。"袁妙说。

"繁华是繁华,但支出成本也更高。"沈含晶掰开蝴蝶酥递过去,心里算着运营的账。

袁妙接过吃的:"你真打算要来这里开分店?"

蝴蝶酥刚烤出来的,咬一口直掉渣,沈含晶抽张纸垫在下面:"不然呢,我这趟跟你来旅游的?"

袁妙笑:"还是沈老板有野心。不过我看小梁总好像不大乐意,八成怕你以后长驻这里,跟他见不上什么面?"

提起梁川,沈含晶还真想起一件事:"他爸妈公司的案子,你有没有问出什么?"

"我姑很少在律所,没顾上跟她打听。"袁妙嚼几口吃的,"怎么了?"

沈含晶想了想:"有空再问一下吧,这边开分店,还需要他爸妈那边的支持。"如果官司不顺利,就怕有影响。不过靠别人总是被动的,还是得想想办法,找一条相对稳定的资金渠道。

吃完东西口干,沈含晶擦过嘴,起身去冰箱看喝的。立式冰箱,旁边就是柜台,她拿了两瓶果汁:"请问多少钱?"

"二十块。"老板娘正好打包完,抬头看她一眼。

沈含晶扫了码,付完款正准备回去,忽然听老板娘问了句:"你是小沈吗?"

沈含晶一怔:"我确实姓沈,您……认识我?"

"哎?你不记得我了?"隔着柜台,老板娘端详她的脸,"是你没错,那时候在我们这里兼职,你忘了?"说完又敲敲面点间的玻璃,把丈夫喊出来。

老板戴厚底眼镜,眯起眼仔细看了看:"沈含晶,是叫这个名字吧?"

沈含晶顿了下:"……是我的名字。"

"那没认错。"老板顶了下眼镜,"是她,那时候还有个小伙子,高高瘦瘦挺文气的,总来等她下班。"

老板娘点点头:"哦,我记得,那是她男朋友。"

"我……男朋友?"这下,沈含晶彻底愣住。

"你亲口说的,不记得啦?"老板娘开始翻手机,"我还有你们两个照片的,我看看……哦不对,在旧手机里。"

对沈含晶来说,这是为数不多接触到过的时刻。她犹豫了下:"不好意思,我……有些事确实不大记得。"

"哦，没事，这么多年了，你不记得也正常。"老板娘表示理解，又问她，"你去哪里了，怎么这么多年没来？打你电话也打不通。"

"我……出去读书了。"

"出国啦，那怪不得。"

面对两张带有隐约熟悉感的面孔，沈含晶沉默。遇故人怎么都要叙叙旧的，但她脑子里一片空白，正想解释自己为什么不记得，那边中介电话打过来，说业主已经到了。

至此，沈含晶不得不先去忙工作，走前她加了老板娘的微信，约定保持联系。

网约车上，袁妙扒住沈含晶："他们说的那个，应该是你初恋？"

沈含晶想了想："……或许吧。"

"那可不得了，你还有初恋呢，这要给小梁总知道了，酸都得酸死。"

车辆拐角，沈含晶看着驶过的林荫道，低声说："人都不记得了，有什么好酸的。"

"你真没半点印象了？"袁妙追问。

沈含晶摇摇头，把脸别向窗外。失忆后，她像在玻璃罩里生活，脑子偶尔捕捉到什么，也像电影里摇晃的镜头。一次次回想，只有失落与哑默。过去对她来说，更像一个乌有的谜底。

车窗开了条缝，风把一绺头发吹到脸心，沈含晶伸手固定住，视线看着街景。低矮门面，老洋房外的窄路，甚至掉了皮的梧桐树干，都有说不出的熟悉感。她不记得这座城市，却知道自己在这里生活过，毕竟以前的毕业证书，几乎都是这里的。

不出半小时，地方到了。是独栋的厂房，面积刚好，交通也方便，只是听说她们开家居馆，业主租金喊得比较高，超出预算。

沈含晶也没还价，装出一副不急的样子，草草聊了几句就走了。

次日，她回庐城，梁川来接她。他穿一身黑，戴顶毛线帽，单手揣在兜里，恣意又出挑。一见沈含晶，他脸上的笑容压都压不住。

"辛苦了。"梁川接过行李箱，亲自给沈含晶拉开车门，替她系好安全带。

路上，他边开车边说话，几乎没停过，红灯时候偏过头，又说耳洞发炎了。

耳洞是以前沈含晶给他打的，少爷娇气，打完一只耳朵就痛得不行，这回也不知道怎么就发炎了。

沈含晶伸手过去，准备摸他的耳垂，却被梁川捉住，他飞快地在她手心亲了一口。他亲完眼巴巴地看着她,说很想她,像讨关注的小孩子。

沈含晶笑了笑:"我也想你。"

梁川立马挑着嘴角笑起来,眼里有光。

他是很开朗的人,有着富家子万事不愁的放达心态。这样的人像太阳,走到哪里天就晴到哪里,这是最打动沈含晶的一点。

在车库停好车后,两人走进电梯间时,梁川有电话进来。他接起说了几句,前面都是拒绝的话,但不知道那边说了什么,他开始犹豫起来。

"怎么了?"沈含晶问。

梁川看她一眼:"丁凯……组了个局。"

知道他爱热闹,沈含晶没当回事:"想去就去吧。"

过了请示这关,梁川稍一迟疑,也就答应了。到家后,他拖住沈含晶的手:"你不问问有哪些人吗?"

"你想说吗?"沈含晶反问他。

"基本是那天酒吧的人,你都认识的。"梁川张臂抱住她,轻轻晃了两下,"要不要一起?"

沈含晶摇头:"晚点我还要回趟展厅,你去吧。"

见磨不动,梁川只能不舍地环住她的腰:"等我回来。"

从家里出来,梁川重新进了车里。车启动时,定位也恰好发了过来,是他常去的高尔夫球场,但地方有点偏。

附带还有丁凯的语音:"弟妹来吗?"

"她有事,不来了。"

"不干涉不查岗,弟妹对你真是一万个放心。"丁凯语气艳羡,又催他,"那来吧,徐总几个晚点到,就差你们了。"

"知道了,等着。"梁川发完语音,点开导航的时候,脑子里还想着丁凯的话。不干涉也不查岗,看起来是给了最大限度的自由,但也可能是不怎么关心。他不是头一回谈恋爱;却是第一次在关系里患得患失。

导航声音响起时,梁川扶上方向盘。看着中指的戒圈,他心里稍微定了定,这才松开踏板,车子驶出去。

他这一去,到晚上都没能回。天将黑的时候,沈含晶接到梁川的电话,说那边在下雪,路况不太适合开夜车,估计明早才能赶回来。

"这里也有雪,你注意安全,不着急。"电话结束,沈含晶也刚好离开公司。

雪籽密密匝匝，空气潮润润的。这种天气适合睡觉，沈含晶回家后泡了个舒服的热水澡，吹干头发揭掉面膜，躺进了被窝。

入睡很快，梦也来了。或许是前一天碰到旧人的缘故，这次梦里，回到了那间面包店。

柜台后的她打包收银，偶尔进操作间清洗用具，客流大起来，一度忙得连水都喝不上。好不容易能歇口气，她拧开杯子准备喝水时，看到墙上的钟才突然想起些什么，连忙往门口跑，拨开挡风的塑料门帘，到了店外。

飞旋的雪片中，少年站在檐底，棉服拉链拉到下巴，两只手也揣在兜里。见她出现，他温温地笑了笑。

"知凛，"她惊讶，"下雪你怎么不进来？"

"怕影响你工作。"他说。

"好傻。"她啐了一句，把他拉进店里，帮他拍掉身上的雪，"以后别来了，我自己可以回去。"

他摇头："你一个人不安全。"

老板娘接了一杯水过来，打趣地问他们是什么关系。

她没着急答，而是故意看他，看他端着杯水支支吾吾的，白净的面皮上滚了一层层红晕，却也没能说出什么来。

她笑了，伸手牵住他，向老板娘介绍道："我男朋友。"说完偏头瞄他，果然见他连耳带腮都红了。

梦不长，她只记得那张红透了的脸，以及他反客为主，翻腕攥住她的动作。

又或许，她也曾朦朦胧胧地看清过那双湿漉漉的眉眼，和少年身上清幽的书香气息。

…………

第二天醒来，放晴了。太阳照得亮晃晃，只是冷气团依旧占在上空，出门还得捂紧点。

年会是中午场，吃过早餐后，沈含晶赶到酒店。除公司员工外，今天还请了供应商和物流公司，她得提前去接待。

宴厅在五楼，出电梯后，沈含晶迎面碰上两个人。都穿着黑色西装，左边拿文件夹的是袁妙老公王晋鹏，右边那位则比较陌生，单眼皮，眼下有颗痣。

"这位是我们江助理。"打过招呼后，王晋鹏给两边做了介绍。

"江先生。"

"沈小姐,幸会。"打个照面而已,姓江的却顺势寒暄,"听说沈小姐很有商业头脑,年纪轻轻就开了间挺大的家居卖场,而且生意还不错?"

"过奖了,只是市场比较热,所以沾了点光。"沈含晶说着谦辞。

对方笑起来,换个话题问:"沈小姐是庐城本地人?"

"不是。"

"哦,那家人都在这边?"

初次见面,这人追问不休,而且每个眼神都充满探究感,已经越过正常社交范围的线。沈含晶敷衍地扯出个笑,越过他向一旁的王晋鹏道别:"我先去会场,回头见。"

她说完欲走,又被那位江助理叫住。他直刺刺地看着她,递来一张名片:"感谢沈小姐支持我们 AN,希望以后……有机会能合作?"

他笑意古怪,不禁让沈含晶联想到这间酒店的另一位管理者。她没说什么,跟这人交换过名片后,转身去了会场。半道上,她低头看了眼名片——总办助理:江廷。

打的是集团头衔,看来就是那位徐总的助理。原来是共事者,怪不得举止一样反常。

宴会厅里,袁妙已经在现场跟进,见沈含晶单独出现,不由得好奇:"小梁总呢?"

"应该在路上。"沈含晶掏出手机,梁川一条消息都没有。

电话打过去,能拨得通,但总是等待音。漫长的"嘟"声中,沈含晶眼皮微微起皱,她发信息后收起手机:"先忙吧,不管他。"

"哦,好。"袁妙应了一句,但很快朝她使眼色,"琼姨来了。"

她转过身,见一位优雅妇人走进场内——高盘发,脖子上一条珍珠项链,手里抓着白色晚宴包。

是宋琼,沈含晶的未来婆婆。

"琼姨。"沈含晶走上前,笑着打招呼。

宋琼点点头,左右看了看:"阿川呢?"

"没联系上。"

宋琼怔住:"你们不是一起来的?"

"他昨天跟朋友聚会,没回家。"沈含晶如实回答。

宋琼拧眉,脸上很快浮现责备:"怎么回事,他出去聚会你不跟着?

万一他喝多摔着碰着怎么办?"

"那也是他的问题。"沈含晶笑了笑,"我有工作要忙,没空管这些。"

宋琼一噎,眼睛立马竖起来,看着这个未来儿媳妇。她永远都是这样,眉眼笑弯弯,态度硬邦邦,轻声细语,但说起话来顶得人肺疼。

气氛有些尴尬,宋琼憋着火但又不好发作,停顿半分钟后,只能勉强按下心底不悦:"我给你订了一件礼服,叫人送到化妆间了,你去换上。"顿一下,她又挤出点笑来,"这么好的日子,我特地请了几位贵客。你打扮打扮,给阿川长长脸,也让人看看,他给我们找了个多漂亮的儿媳妇。"

宋琼是一贯的高姿态,沈含晶也从中看出几分刻意的亲昵,没多说话,道过谢就往后台去了。

原本小宴会是没有化妆间的,但这回她们拼的是多功能厅,所以有个小房间可以用。

空间不算大,几位同事正在补妆,见沈含晶来了,嘻嘻哈哈地开玩笑:"晶晶姐,今天你是不是也唱首歌跳支舞什么的?"

"对对,起码跟我们小梁总来一首情歌对唱吧?"

沈含晶笑着跟同事聊几句,见化妆间没地方,便拿着裙子走去洗手间。换完出来,她在镜子前把头发重新扎一遍,再往会场回。

走到门口时,袁妙刚好挂断一通电话。看沈含晶换了衣服,她跑过来,前前后后打量两圈。

"好看哎,这腰收得真好,板型也漂亮。"袁妙摸着料子夸几句,"琼姨今天不错啊,我以为她又是来摆脸的,居然还送你穿的。"

简单的小礼服,但抹胸缝了一圈巴掌宽的粉色软绸,上身后自带温静感。

"妆要重化吗?我帮你?"袁妙问。

沈含晶摇头:"都是自己人,没必要太讲究。"

"一会儿不是要宣布好事?还是讲究讲究吧。"

"下回吧,时间差不多了。"沈含晶推托着,正想往里面走,被袁妙勾住手臂。

"怎么了?"沈含晶偏头。

袁妙张望一圈,朝她点点手机:"我姑刚给我回电话,说琼姨公司的事,可能不太好收场。"

"怎么说?"

"就那个医疗事故,和解谈崩了,人家直接起诉。"

"什么时候谈崩的?"

"蛮久了。"

沈含晶顿住,很快听出里面的不对劲。不是近期的事,却一点消息都没透出来,怎么想都觉得不正常。而且按宋琼的性格,这时候应该在风风火火地处理公司的事才对,怎么还有闲心来参加她们的年会?

她正思索时,宋琼打来电话,问怎么还没回来。

"马上到。"沈含晶挂断电话,看一眼袁妙,"先进去吧。"

长形宴会厅,拢共也就十几围席。右侧的主围台旁边,宋琼正笑嘻嘻地谈笑着,眼角的每一道纹路都展示着她的殷勤。

她对面站着的人穿着剪裁讲究的黑色西装,身形高挺,在明朗的光里压出一片阴影。

发现沈含晶了,宋琼招手:"来,给你介绍位贵客。"

沈含晶走过去,听宋琼引见:"这位是徐总,AN集团的老板。"再殷切地向那位介绍她,"徐总,这位是我儿媳妇,现在就是她跟我儿子一起管这公司。"

贵客转身,视线投向沈含晶。

"又见面了,沈小姐。"他垂眼看着沈含晶,目光锁定她,瞳仁乌沉。漫不经心的语气,眼神交替间,带着些许高位者的俯视感。与那晚不同的是,他戴着一副半框眼镜,整个人看起来斯文又端正。

"徐总。"沈含晶脸上带点笑,伸手与其交握,一触即离。

宋琼望向沈含晶:"你跟徐总之前见过?"

沈含晶正要回答,旁边有人调侃宋琼:"都叫上儿媳妇了?看来离喝喜酒的日子不远了。"

宋琼点头:"明年吧,选个好日子让他们把事给办了。晶晶跟我们阿川也有几年了,是个不错的姑娘,得给人家一个交代。"

她语气轻飘飘的,带有明显的施舍感,问话的有些尴尬:"怎么就你们婆媳两个?阿川跟他爸呢?"

"公司有点事,大梁临时处理一下,阿川嘛……应该很快就到了。"解释过后,宋琼忙着招呼贵宾,"徐总,您这边请。"

安排的是正位,徐知凛也没客气,直接就落了座。他背向舞台,头顶一盏水晶灯,人在灯带下,脸上飞了一层金。

年会即将开始,沈含晶在他相对的位置坐下。

没多久，袁妙拿着个A4夹板，说是找她对流程。流程今天是对过的，这时候再拿过来，八成有什么变动。

公司人不多，年会其实也很简单，沈含晶扫了一遍，视线在抽奖那项停住。原本为了鼓励团队和活跃气氛的奖金旁边，多了笔数字。

"这是？"

"琼姨说新股东赞助的，"袁妙压低声音，"我也是刚听说。"

沈含晶看了她一眼："新股东？"

袁妙咳了声，借手里夹板挡住嘴："就是那位……徐总。"

沈含晶望向自己对面。该是巧合，那位也抬起眼，毫无情绪，视线冷淡。

很奇怪，心突然跳得压不住。沈含晶调回眼，盯着夹板上的白纸黑字。

灯光骤暗又骤亮，一片掌声中，负责主持的同事登场了。环节一项项地过，团队关系相对简单，年会就是大家一起吃吃喝喝，自嗨式地表演或者做游戏。

开场半小时左右，沈含晶手机响动。她看了眼屏幕，拿着手机走出会场，发现外面有客人在打电话，于是绕到后台去接。

化妆间里没有人，酒店隔音做得好，门一关，几乎隔绝所有动静。她点开接听键："喂？"

"晶晶？"那头传来梁川急匆匆的声音，"对不起，昨晚不小心喝多了，我……"

"你多久能到？"沈含晶打断他的解释。

"我……争取一小时内赶过去？"

"好，等你到了再说。"

大概是听出她态度上的生硬，梁川支吾："晶晶，我……"

舞台上大概是游戏玩嗨了，吵闹声顺着门缝钻进来。沈含晶垂眼看着桌面："打车或者叫代驾吧，你喝过酒，别自己开。"

她声音放轻，电话那头的梁川也松了口气："好，我马上过去。"

结束通话，沈含晶在化妆镜前坐下。镜子里倒映着她的脸，出神的、沉思的。结合前后，对于新股东的加入，她心里有了一个隐约的猜想。

只是这个猜想，还等向梁川确认。

微信来了信息，是申市那间面包店的老板娘，说找到了当年拍的照片，问她要不要看。

沈含晶迟疑了下，知道这里说的照片，应该包括她和她那位"前男友"的。

目光浮动几秒,她还是敲出一行字:好的,麻烦了。

照片很快发过来。点开有她以前工作时的照片,穿着和老板娘一样的红色围裙,或在柜台摆出品,或在店里扫地擦桌子。

一张张翻过去,很快翻到双人合照。照片中,她穿着自己的衣服,旁边有个戴眼镜的少年,站姿笔直,但正转头看她,视线专注。

合照的第二张,少年面对镜头,唇线平直,鼻梁窄挺,鬓角黑发细碎。他穿灰色帽衫,手里提着个毛茸茸的背包。白底棕花的奶牛纹,是她至今还会用的包。

沈含晶盯着屏幕,视线穿透照片,仿佛能数清图像的颗粒度。

心脏一阵阵急跳时,化妆间的门被推开,有人走进来。她转头,惊讶地看着来人:"徐总?"

徐知凛靠着门,掏出火机,慢条斯理地点了根烟。

见他旁若无人,沈含晶皱眉问:"徐总有什么事吗?"

蒙蒙烟雾里,徐知凛望向她:"打算结婚了?多了不得的消息,还打算特地在台上公布一下?"

这话问得直接,也很不客气。

沈含晶从凳子上坐起来,然而才往前走两步,对方也迈动脚,且一步步把她逼回化妆镜前:"你这样的人,为什么要结婚呢?"

"徐总,"沈含晶板着脸看他,不动声色地抓紧手机,估量着机身的重量,以及最称手的角度,"请你说话尊重些。"

徐知凛笑了下,看着眼前这张脸。皮肤透净,唇线蜿蜒,从鬓角到发梢,是丝丝入扣的精致妩媚。还有那对眼,以圆为形,以尖收尾,单这眼态就看得出来,不是一张温暾的皮囊。

他嘴角弧度放大,伸出右手,扶住她的肩。看起来只是搭上去,实际力气很大,近乎钳制。见她挣扎,他谑笑着凑近些,朝她脸上吹了口烟:"沈含晶,我还单着,你想嫁给谁?"

烟雾在脸上炸开一团白光,沈含晶下意识地闭眼,头往旁边撇着,很快又咳了起来。

咳几声,吹烟的人也贴近:"当时说过再不回来,为什么出尔反尔?"说着,又伸手替她把碎发别到耳后,动作温柔,耳语似的说,"也不奇怪,你本来就不是什么信守承诺的人,对不对?"

这是实实在在的冒犯,然而他说出口的话,又令沈含晶重重怔住。她喘过气来，呆望过去："我们……认识？"

徐知凛的手指游到她的脸上："真的什么也不记得？"

她张了张嘴："你……是谁？"

"我是谁？"徐知凛露出个意味不明的笑，慢慢地扳住她的下巴，"怎么不问问你那位养父，沈习安？"

那一瞬间，沈含晶整个人都绷住。

他夹着烟蒂的指尖簇簇滚烫，带笑的声线却没有温度，说出口的话像是情绪路标词。她艰难地转动眼球，视觉重心被迫停留在对方的脸上。

鼻脊，轮廓，还有微陷的眼窝。或许是看得久了，竟然从这双眼里渐渐捕出一丝遥远的亲切感。

很快，那双眼微微翘了下，他又再说话，声音拂过她的耳郭："沈习安就没跟你提过半句以前的事？你失忆了不要紧，但沈习安这个年纪，应该不至于现在就痴呆了！"

时间堆垒，他像猎者，在静视她的每一帧反应。沈含晶视线凝住，恍恍惚惚的，眼前这人的姓氏，跟梦里反复出现的名字相呼应。

知凛，徐知凛。

刹那，时间好像裂开了一道小小的缝隙。

沈含晶喃喃："是你……"

是他，是她一闭眼就会浮出来的存在，可是……

沈含晶忽地坐直："所以，你想做什么？"

见她反应突然这么大，徐知凛眉骨微抬："想起来了？"

他眼底持有笑意，不动声色地揣摩她的反应。这模样，是想起他的名字，还是都想了起来？

僵持片刻，沈含晶目露警惕，也与他拉开距离："徐总，或许我们真的认识，但这也不该是你进来这里的理由。"

徐知凛盯她几秒，缓缓笑开："宋琼还没跟你说吧？你这个公司，她已经把股份转给我了。"

果然是这样。沈含晶手掐成拳，一颗心被摁到谷底。

烟燃尽，徐知凛随手将其扔到地板上："我给你时间考虑，把剩下的股份转出来，或者你自己主动请辞。团队里你要留的人，我尽量不换。"

火星被踩灭，每一个字眼连成句，全是放肆与轻视。

"所以，你是故意的？"沈含晶问。

徐知凛没回答,视线落在她手上的戒指上。

沈含晶咬牙:"你这么做,目的是什么?"

徐知凛倾身,再次接近过来,他声音低沉:"离开我的视线范围,最好不要和我在同一个时区。"

分明是亲昵的距离,视线也认真到像要把她刻进眼眶,然而嘴里的话冷而硬,锋利得像一把刀,要剐开她的心缝。沈含晶的呼吸乱了两拍。

"沈习安把你保护得真好,居然什么都不告诉你……你该感谢他。"徐知凛向后撤步,捡起烟头后吊儿郎当地掷进垃圾桶,再望过去,"但你这样的人,也该孤独终老。"

那一刻,沈含晶在他眼里感受到安静的恨意。她惘惘地看着眼前人,张嘴想要说些什么,喉头却像被堵住。

阴影挪动,化妆间的门被打开,徐知凛走了出去,背景毫不留恋。

化妆凳上,沈含晶跌坐着,心情错综。不知道过了多久,手机开始响动。到第三遍的时候,她摸索着按开接听键:"喂?"

"人呢,去哪儿啦?"袁妙问。

"在化妆间。"沈含晶闭了闭眼,勉强收拾思绪,"等我一下,很快出去。"

可放下手机,突然又是一阵无力。

她把脸埋进手心,缓了几分钟后才起身,只是打算走出化妆间时,人再次停顿。踟蹰一阵,她又划拉手机给袁妙回拨电话:"妙妙,你替我跟大家道个歉,就说我身体有点不舒服,先离场了。"

说完离场的话,沈含晶捂起一颗乱腾腾的心,猫身从侧门走了出去。

走道后方,两个人并肩立着,看她脚步间的仓皇劲,是隔老远都能感受到的紧缩。江廷看了眼徐知凛,带点看好戏的姿态:"这样子,肯定是被你吓到了。"

徐知凛没说话。

"你说她那失忆是真还是假?"江廷又问,"我也在雪场摔过,但蒙了半天就醒神了,怎么她这么严重,把以前给忘了个精光?"

"你亲眼见过,你觉得是真还是假?"徐知凛收回视线,往反方向走。

江廷跟在后面琢磨:"倒也不像是装的,反应真跟陌生人一样……"说着探头,"那你呢,不打算让她想起点什么?"

"徐总好。"迎面有酒店员工打招呼。

徐知凛颔首回应,略过这句试探。

江廷没好再提，只能请教："那后面呢，你打算怎么样？"

"按之前说的做。"徐知凛拐进电梯间，语气平静。

江廷揿下电梯键，等待："真赶她走？差不多就行了吧，非要这么不留情面？"

电梯很快到达，徐知凛走进去："她自己答应的，不会出现在我面前。"

冷静的陈述，而非情绪化的发泄，江廷扫了他两眼："那你怎么就确定她会和梁川分手？万一两人直接领证呢？"

徐知凛面无表情，目光虚停在前方。

记忆会忘，性格却早已定型。反应机制是深植于心的，她有她的"规则外套"和交往逻辑。没了记忆而已，要说会因为这个发生什么彻头彻尾的改变，这种事她不信。

接近两点，沈含晶回到家。无视响个不停的电话，她把房门反锁起来，脱力般躺上沙发。

屈辱，愤怒，更如同被人闷声一捶。钝痛感爬上神经末梢，说不出的滋味在心头交杂。

再闭上眼，被逼到退无可退的情景再度浮上脑海。干燥烟丝，辛凉草木，还有那人衬衫领口的滚烫余温。

徐知凛，符号性的记忆，这三个字像梦境的牵引绳，虽然还不到打开所有记忆的程度，但种种都在提醒她，跟他之间真真切切有过些什么。

只是……他们之间到底结束得有多不愉快，才会让他用这种方式接近她、警告她，而且一出现就要断她的路，要把她赶得远远的。

疑问在心头盘缠，沈含晶找到养父的号码，刚要拨出时，门被敲响了。是梁川。

"晶晶，你开一下门。"梁川在外面喊。

沈含晶把手盖住眼皮，两分钟后，她站起来。

门打开，梁川立马焦灼地问："怎么了，你身体不舒服？"

沈含晶盯住他："为什么要把公司卖掉？"

目光刺过来，梁川下意识地逃开视线。这反应多可笑，沈含晶冷声："既然已经卖了，事情早晚要说的，难道过了这么久，你还没想好怎么解释？"

梁川心里一跳："没有，只是转了一部分股份。"

"一部分？"沈含晶笑了下，"你也签字了吧？你妈妈60%，加上你的20%，这叫一部分？"

她不怒反笑，梁川喉头发紧，赶忙安抚她："晶晶，你先别生气……"

"我没有生气。"沈含晶口吻很冷静，"现在我只想问你，为什么？"

越是这样，梁川越慌。迟到加上这样情境下的责问，他语无伦次地解释着，最终被手机铃声打断，掏出一看："是我妈……"

"接吧。"沈含晶依旧站在门口，没有要让他进来的意思。

梁川接起电话说了几句，为难地转述："我妈说，让咱们回去一趟。"

这个回去，指的是回梁家。

不用多想，沈含晶带上门："走吧，我正想听她解释一下，凭什么自作主张。"

路程有个把小时，怕梁川酒气没散，沈含晶开的车。梁川坐在副驾，数度想要跟她搭话，她始终冻着张脸，连余光都没有。

等到了地方，沈含晶刚停稳下车，就见到了梁川的父亲，梁明钊。他关切地问沈含晶："晶晶没事吧？听说你身体不舒服。"

"我没事，谢梁叔关心。"沈含晶礼貌答话，并观察梁明钊的神色。

梁家以美业发家，又在恰当的时候进军医美，风口上狠狠赚过，一度是当地龙头企业，更是庐城缴税大户中的一员。只是医美行业野蛮生长，消费者越来越多，岔子也层出不穷。比如这回碰到的维权，单就梁明钊脸上的那份疲态来看，应该就不是好收场的。

他招呼两人："外面冷，快进来。"

沈含晶避开梁川要来牵她的动作，跟着梁明钊走进客厅。

虽然住的是联排别墅，但梁家的方位和视野都是这一片最好的。装修全是宋琼拿的主意，软硬装都沿用了整形医院的设计风格。黑白色系、弧形元素，做旧的肌理墙面，高档是高档，只是连同商业空间的味道也一起复刻过来，挤压了起居空间该有的舒适度。

等到客厅，梁明钊笑着指了指楼上："你琼姨在书房，特意泡了点茶等你的，你去跟她聊聊天吧。"

"好的。"

沈含晶往楼上走，又被梁明钊叫住："别跟你琼姨闹，都不容易，你多体谅体谅。"

沈含晶扭过头，没答他的话。

梁川看得不安，想要跟过去，却被父亲拦住。

眼看女友已经上去，他在楼下等得焦灼不已。也就十来分钟，忽然听到上面传来争执声,这下梁川再待不住,三两步跑了上去。

门被反锁了,他扒在外面喊话:"妈,有话好好说!"

声音传进书房,宋琼更加火大。她手指用力地戳在合同上:"有钱不赚,将来拿什么孝敬你养父?还有我儿子,你不要身在福中不知福,离了他,你去哪里找这么好的男人?"声音尖厉,话里有教训,更有浓浓的威胁。

沈含晶抬起目光:"你错了,是我选择梁川,不是梁川选择我。"

宋琼瞪眼。头回见的时候她就知道沈含晶是个笑面虎,嘴里喊得乖,其实骨子里是个冷漠的人,难说话得很,更让人亲近不起来。

宋琼越想越气,怒道:"你敢这么跟我说话?"

"如果不是我,你儿子到现在还连一分钱都不会挣,甚至不愿意回国。"沈含晶轻飘飘地提醒她。

"你什么意思,觉得我儿子还离不开你了?"

"拿这话去问梁川吧,看他怎么说。"沈含晶转身就走。

没料到会谈不成,宋琼一时气急败坏:"没爹没妈的人,果然没什么教养!"

这话脱口,沈含晶停住脚。她回过头,眉梢压得低低的,满脸阴气地看着宋琼:"你骂谁没教养?"

被死死盯住,宋琼心里直打鼓,但商场滚了多年的人,并不是能被轻易吓住的。她回过神,哂笑说:"别跟我装腔作势。你自己想清楚了,走出这门,有些事可不是那么好挽回的!"

沈含晶没说话,只是再次转过头后,大拇指放在唇角,用力往外拉了一下。

门打开,梁川看见她嘴角的口红痕迹:"怎么了?"他紧张不已,捧住沈含晶的脸左看右看,"我妈……打你了?"

沈含晶推开他,拨出几缕头发挡住脸,薄薄的眼皮微颤着,整个人有种将沉未沉的倾斜感。

浑身血液轰地冲上头顶,梁川一把推开书房的门。见状,梁明钊也连忙跟了上去:"阿川你干什么?"

乱哄哄的背景音里,沈含晶接到袁妙的电话,离开了梁家。两人约在常去的咖啡店,人不多,音乐也很慢。

"你还好吧?"袁妙有点担心,"当时你说要走,我就猜跟股份这事有关系。"

"没事。"沈含晶喝口咖啡定定神。

岂止跟股份有关系,她根本就是被人盯上,被设了局。只是当中有些事她自己都理不清,更别提向其他人倾诉或解释什么。短短一天,发生的事情太多。

沈含晶离开会场后,宋琼作为代表,上台宣布了新股东的事,简直迫不及待。

沈含晶打开微信,群里热热闹闹,还有当时抽奖留下的一堆刷屏信息,都在说感谢公司,感谢晶晶姐。同事们不知道发生了什么,只在宋琼的引导下,高兴于公司有了大财主,对未来发展信心满满。而以沈含晶那时候的状态,如果出现在会场,就怕要影响团队喜气。

袁妙叹气道:"确实过分,连招呼都不打就卖掉,太不尊重人。还有小梁总,这几年你多辛苦他不是不知道的,怎么突然犯这份傻?"

是犯傻吗?沈含晶不想讨论这个。整件事说到底,也是她过于相信别人。

无言地坐了一会儿,袁妙提起合同的事:"琼姨那个转让协议,如果你硬是不签呢?"

沈含晶思考了下:"她说约了 AN 的人,到时候再看看情况。"

"什么时候?"

"明天。"

"哦哦。"袁妙点点头,吸管在杯子里搅了好多下,又问,"那你和小梁总?"

情绪的尽头是沉默,沈含晶垂眼没说话,只是摸到右手的戒指,松动了下。

当晚回到家,她还是拨通电话,联系了在海外的养父。

差不多时间,Quara 酒吧。

在阳台打了个转,江廷回到室内。

"宋琼住院了,听说被儿子气的。"他走近徐知凛,"你看,梁川还是护短,为了女朋友能把他妈气到发病。"

"病得很是时候。"徐知凛低下眼,手指搭在鼻梁上。

江廷点点头:"看来都不是省油的灯,夹在两个女人中间,梁川这回可不容易。"说完他一屁股坐上高凳,"见到旧人的感觉怎么样?"

"什么感觉?"正好手机响了,徐知凛拿起看了眼,又随手扔在台面上。

见这人装傻，江廷扬着调门说："下午跟法务做股权穿透，我又把他们原合同过了一遍，发现她胆子大，脑筋也挺活。"

这个"她"，当然指的是沈含晶，而脑筋灵活，则指的是她跟宋琼间的协议。

和一般的投资合同不同，她们签的是另类合作方式。宋琼出资最大，但不参与管理，且前期利润按八二来分，等回本按原价转让30%给沈含晶，再按股分利。方式有利有弊，对团队市场经营模式不是特别有把握的，很少会选这条路。毕竟初创企业风险是明摆着的，撇开压力不说，如果公司没能生存下来，她根本就是白忙一场。当然，好处也显而易见，比如股份回收之后，她会成为公司的最大股东，内外都有绝对话语权。而就这几年的营收数据来看，这份协议她签对了。

先不论眼界和胆识，这份魄力就不是一般人能有的。只是可惜啊……

江廷用余光打量徐知凛——可惜快要兑现的时候被他们横插一脚，接近功亏一篑。快要成功的时候被踢出局，对她肯定是个不小的打击。

江廷摇摇头："她吃亏就吃亏在不记事，要知道跟你有仇，怎么都躲远点儿，不让你发现她回来了。"

被内涵的徐知凛一言不发，食指伸进酒杯口沿，按着硕大的冰块抵弄两圈，不知道在想什么。

老唱独角戏，江廷不大乐意："你怎么总不说话啊？脾气越来越沉了，能不能给点回应？"

徐知凛握起酒杯，喉结滚动间，一口气喝完剩余的酒："帮我订票，明天回去。"

"你这就走了？"江廷诧异。

徐知凛捡起眼镜戴上："后面的事你来接洽。"

"……你去哪里？"

"度假。"

江廷差点以为自己听错："什么意思？你去快活，烂摊子硬撂我身上？"

"有问题？"徐知凛拿眼看他，目光笔直，"你不会以为，助理是白领工资的空岗？"

江廷被噎住，最终在这郑重其事的视线下干笑一声："好的BOSS，我会处理好您的烂摊子，跟您前女友好好沟通的。"

前女友……徐知凛站起来，扣上西装外套，眼底有一点说不清楚的笑意。

他离开吧台，转身踩进微黄灯带。到一楼时，正好丁凯出现："这么早，徐老板要回了？"

徐知凛点头："明天赶航班，改天再聚。"说完拍了拍他的肩，"有事找江廷，先走了。"

"……成，那看着点路，别摔喽。"

丁凯上楼，找到江廷喝了两杯，顺势提起徐知凛。他不解："我以为费这么大功夫，徐总是瞧上那一位，想撬梁川墙脚来着，怎么说走就走了？"

"老情人相见……"江廷摸着下巴琢磨，"索债还差不多？"

"老情人？"丁凯惊讶。

吊顶投射着水纹灯，荡来荡去看得人头晕，江廷问："梁川跟他女朋友在一起多久？"

"三四年应该有了吧？"丁凯估计。

三四年，江廷嗤地笑了下："那你知道他们两个认识多久？"

明白他指的是徐和沈，丁凯压嗓："多久？"

"从四岁开始，你算算多少年？零头都能压死梁川。"江廷掏出手机，试图找张照片的，结果半天没划拉出来，只好一言蔽之，"这么跟你说吧，当年要不是年龄差点，结婚证都该领过了。"

一时间，丁凯过于震惊。换句话说，当年要是领过证，现在就不是前女友，而是前妻了。

好半天，他回过神："那这次，徐总是打算……"

"我也不知道，"江廷摸着杯子，嘀咕一句，"看不透，不敢问。"

半醉状态过了一晚，次日上午，江廷出发去沈含晶公司。离开主城区又开一段快速路，他跟导航进入园区，找到目的地。门头设计得很简洁，一体色拉伸视角面积，入口刻着醒目的几个字"春序 room"。

江廷突发奇想，看了眼时间，估摸着徐知凛应该下了飞机，于是弹过去视频请求。

第二章

招惹

那边接起,一张冷脸出现在镜头后:"有事?"

"有事,我到地方了。"江廷背身对着卖场大门,"看,你前女友就在里面,要不要给你现场直……"

"不用。"徐知凛打断他,"管住你的嘴就可以了,说你该说的,多余的话不要说。"

"什么叫多余的话?"江廷故意举例,"比如跟你有关的?"

徐知凛神情木然:"提醒你一下,她没有你想的那么简单。"

江廷忽然来劲,道:"这话有点耳熟?好多年前,我是不是跟你说过来着?"

屏幕上的画面停滞两秒,徐知凛说:"总之心里放点分寸。就这样,我有事先忙。"

他说完,视频被挂断。嘴里窝的话没说出口,江廷只好收起手机,走了进去。

接近五千平方米的卖场,虽然地方有点偏,但馆内人流并不差,一半多的销售都在接待顾客。

被往楼上带时,江廷打量了每层的情况。一楼是综合展厅,整体陈设都很像艺术馆,潮流又不失趣味,是时下年轻人喜欢的感觉。墙上的电子屏来回滚动,播放真实的落地方案,或者最受欢迎的效果图。二楼是按风格划分的样板间,可供客人逛选。江廷留意了下,地毯、灯光、布艺,甚至烟灰缸这种小物件,质感都是配套的。体验式的营销场所,卖场景卖服务,是很有优势的销售思路。

虽然刚才被挂断，江廷还是拍了段视频给徐知凛：地方挺不错，生意也不差。

字刚打完，三楼有人过来接待："江助理。"

点完发送键，江廷抬头看了眼来人。包臀裙，齐肩短发，脸上几颗小雀斑。

他认出来了，是昨天在会场见过的，好像姓袁，管后勤。再回忆一下，似乎是销售部王晋鹏的老婆。想到王晋鹏，江廷笑容深了些："袁小姐。"

袁妙张望："您一个人？"

江廷点头："我一个人。"

"呃……好的，那您这边请。"袁妙伸手示意，把他往前带。

走没两步，江廷寒暄着问："袁小姐跟你们沈总是什么关系？"

"大学同学。"袁妙说，"后来她创业，我也就跟过来了。"

江廷点点头，随即夸了夸卖场，又探问道："你们这里，刚开始应该也不容易？"

提到这个，袁妙感叹说："是挺不容易的，我们沈总跟上了发条一样，日忙夜也忙。既要跟品牌谈合作，又要和物流谈配送，还要操心营销。"

"那你们小梁总忙什么？"

"他负责设计部门的深化组，偶尔也参加选品。"

"哦……"江廷了然，和他一样没什么用，混日子的。

拐到最底，袁妙停下说："到了。"

敲开门，办公室里的沈含晶站起来："江助理，欢迎。"

江廷停驻在门口，狐疑于她脸上友好的笑容，以及与情形不匹配的平静，仿佛他是到访的客户，而不是要收她股权的资方。

不能怯场，江廷走进去："又见面了，沈小姐。"紧接着又调侃道，"你今天气色不错？"

沈含晶微微一笑："江助理，我们应该也认识？"

"……你记起来了？"江廷差点绊住。

沈含晶摇摇头。记起来，哪有那么容易。

她笑道："只是给我爸打过电话，问清了一些事。"

"哦，安叔啊。"提起故人，江廷关心了句，"他老人家身体还好？"

"谢谢关心，他还好。"说着话，沈含晶请江廷在茶台坐下，动手泡茶。

投茶温杯，江廷暗暗观察，见她不急不躁，一举一动都淡定自如。别的先不谈,单这份心态就挺值得佩服。

在湿雾里沉默一阵,江廷清清嗓:"安叔年纪也大了,你拿点钱回去孝敬他吧,徐总那边……你别跟他犟,他现在的脾气不怎么好。"

动作稍有停顿,沈含晶把茶杯放到垫子上,推了过去:"多谢提醒。"她明白,这是让自己乖乖签字,别招惹那位徐总的意思。

新茶泡好,潋亮的茶汤倒进杯口,江廷在桌面点了两下,这才想起来问:"怎么就你一个,小梁总他们呢?"

刚问完,沈含晶的手机有了动静。点开见是梁川发的微信,说他妈在医院,求她抽空过去看看。

"都在医院。"沈含晶翻过屏幕,如实告知。

本来也是故意问的,江廷点点头,又状似不经意地问:"你这个……什么都记不起来,当时应该挺严重?"

"寰椎脱落。"沈含晶指了指自己后脖子,"医生说我如果胖点,就该成植物人了。"

她太平静,像在说别人的事。

江廷犹豫了下:"那……有可能好吗?"

沈含晶回想医生说过的话:"逆行性失忆,恢复的机会,说是也有。"

江廷立马追问:"怎么恢复?"

"比如医学催眠?"沈含晶玩笑似的接了一句,"或者同类场景,足够刺激回忆。"

江廷脑子才闪动,门再度被敲开,袁妙进来报了个车牌号:"白色的LM,是江助理的车吗?"

"是我的,怎么了?"

"您挡到我们出货口了,可能得挪一下。"袁妙顺便把一个果盘放进来,"不介意的话,车钥匙给我,我替您挪。"

"好,麻烦你。"江廷掏出车钥匙递过去。

给这么一打岔,刚才的话题有点不好续上。想起自己的任务,江廷摸摸鼻子:"还是谈正事吧,合同已经拟好了,你先看看?"

合同随身带着,有备而来。

沈含晶说:"我以为徐总会亲自来。"

"总部有事,他赶回去处理了。"江廷把文件夹从包里掏出来,放到桌上。

"是临时有行程,还是不愿意见我?"沈含晶问。

江廷被这份直白吓了一跳。

沈含晶笑笑:"我能不能见见他,当面聊聊?"

江廷回过神,有些犹豫地看过去,问:"你回国的时候,安叔就没说过什么?"

"我爸本来不大同意的,是我非要回来。"沈含晶回答。

江廷琢磨了下:"因为梁川?"

沈含晶喝口茶,缓缓摇头。杯子已经空了,她无意识地摩挲杯沿:"我当时觉得失忆而已,又不是犯了什么法,接下来人生那么长,难道因为这个,就要给自己各种限制?"说完又换上一副苦笑,"不过现在看来,我应该确实犯过什么了不得的错,才会被人这样记恨。"

江廷有些尴尬,但还是生硬地提醒:"合同你最好现在就签,也别有什么侥幸心理,毕竟以AN的实力,你扛不住也玩不过,没必要吃这份亏。"

话挑得很明了,沈含晶心里也明白,资本倾轧,不是她这个小角色能抵挡得住的。

公道杯里的茶已经放凉,她提壶,重新冲泡的同时,也回想着江廷的身份。他姓江,是徐家外甥,也就是她那位前男友的表哥。只有这层关系,才解释得了他这份不着四六的自在,即使工作时也没什么正经模样。

茶好了,沈含晶给江廷添茶:"听我爸说,江助理是徐总的表哥,我和你也打小就认识?"

"也……算吧。"江廷支吾,回答得模棱两可。

沈含晶小声请求:"那以前的事,可以跟我说说吗?"

碧清的一对眼沉沉锚定过来,终于又有了五官之外的熟悉感。江廷心里打了个突,有些心虚地避开视线。

他的心虚不是没有来由。真要论的话,在徐家度过不少寒暑假的江廷,也算和沈含晶一起长大。或许刻薄了些,但很长一段时间甚至现在的某些语境下,在他们家人的嘴里,她的代号都是"小养女"。

管家捡来养的女儿,安安静静又怯生生的,看起来很好欺负,确实也是可以欺负的人。毕竟他们能对管家客客气气,但对管家的养女,就真不一定了。何况大人压根没教过,需要对一个寄居者有什么尊重。嘲笑奚落,言语都是耳濡目染,从身边人嘴里学来的。

他听过妹妹和同学喊她"丫鬟",见过大人对她呼之则来挥之则去,而小养女一年年长大,从安静变文静,但从来不哭不气也不告状,呆板又木讷。

即使被骂孤儿,说她生母有精神疾病才会带着她在马路上找死,她也连嘴角都不撇一下,像是丝毫感受不到压迫。

那时候小,有些话未必知道是什么意思,而推她搡她看她趔趔趄趄,只为一种形容不出的快意。

对江廷来说,四年级前对小养女的印象,都是角落里安静等待的单薄身影,逆来顺受的脆弱生物。

直到那年,他摔断了腿。整个暑假他都坐在轮椅上,吃喝要送,拉撒要扶。个把月后他没憋住,趁大人都出门有事,去后园子撒了一下午的欢,直到听见疑似他爸的车声,才抄近路,着急忙慌地往回赶。

好死不死的是,途中经过打算填平的喷泉池子旁边,他不小心连人带拐摔了进去。因为不会游泳,他在水里像鸡崽子一样扑腾,见人出现,连忙伸手喊救命。

那人捡起拐杖递到他跟前,他连忙抓住,只是快到岸边时,却被对方用一股劲支着,不让他靠近。

他抹了把脸,见小养女站在岸边看着自己,不说话,也不继续往回拉。他气得要死,张嘴就骂,终于把她骂动,被往回拖。

就在他洋洋自得,以为自己发威有用时,脸被结结实实地踹了一脚,整个人又掉回水里。溺水的无助再度来袭,窒息感逼近口鼻,他的恐惧到达顶峰,直到叫出"对不起"三个字,她才大发慈悲,又把他捞了回来。

上岸后他像条死鱼一样瘫着,像狗一样狂喘,而她找来衣服粗鲁地给他换上,守着他等他头发干了才准他回去。

从头到尾,她一声不吭。

回房以后,他从劫后余生的庆幸变成屈辱的愤怒,一时想着要怎么告发小养女,一时又想,干脆用来威胁她做点什么。

哪知当天晚上,他的饭是被她端进去的。在她鬼一样的视线里,他被盯得嚼都不敢多嚼,甚至在她突然抬手的瞬间吓得呛了口汤,拼命咳起来。

没被水淹死,差点被汤呛死,那天他扒着床沿,咳得像发病的林黛玉。而她拍蚊子的动作,以及临走前那一眼轻蔑,好像看穿他的外强中干,真丢人。

那晚起他做了好几天的噩梦,不是被她摁在水里淹死,就是被她一脚踩断胸骨,埋尸荒野。与此同时,他悄悄留意起这个小养女,更发现了她的表里不一。

比如人前依头顺脑看着特好欺负，其实那双眼无情无绪，里头全是盘算，冷不丁看你一眼，像要把人贯穿。

后来他跟父母去北市几年，有一年回到外公家，得知她在面包店做兼职，忽然想起当年之耻，于是带着报复和看笑话的心理，去了那间面包店。

他有钱，带几个朋友过去撑场子，杀气冲天地当了一把上帝，结果付款的时候太兴奋，不小心把饮料掉到地上。

味全果汁，软塑料瓶的包装很脆，立马摔裂一道。

他本来打算将其扔掉，结果被她死死盯住，突然就怵得头皮发麻，最后连吸管也没敢要，愣是就着裂缝把果汁喝完了。回去后，拉了两天肚子。

打那天起，他就知道这确实不是个善茬，又气又怕但不敢招惹，于是从此敬而远之。

可哪知道他那个斯斯文文的表弟，居然在大人眼皮底下跟这危险分子谈起恋爱，甚至为了她，差点跟家里断绝关系。

年轻男女恋爱分手很正常，但像他们那样爱起来背井离乡，分了又要老死不相往来，听起来狗血又刺激。

反正当初得知她拐走表弟，"牛啊"两个字差点从他嘴里蹦出来，又被他妈瞪了回去。

但该说不说，是真的牛。不仅拐走他表弟，还把人给踹了，现在又找了个男的打算结婚，甜甜蜜蜜，把旧人忘了个干净。

搁谁谁不疯？所以也不能怪徐知凛。这么想着，江廷正色道："叙旧的话没必要了，我跟你其实也没什么交情，言归正传吧，把合同签了，拿了钱你该去哪儿去哪儿。"

他态度突然转变，沈含晶思索了下："听我爸说，我和江助理曾经也是同学？"

"你听错了，跟你同班的是我妹妹，不是我。"江廷语气生硬。

他妹妹……

沈含晶半含着眼，想起那天在国金见过的富家女，隐约记起微博的名字，似乎叫江宝琪。

"方便问一下，徐总什么时候会再来庐市？"

"你打听这个干什么？"江廷警惕。

沈含晶尝试换个思路："或者麻烦江助理看一下徐总什么时候有空，

我可以去申市见他。"

"他最近行程比较满,很快也要离开申市,应该没空见你。"江廷一副公事公办的口吻,说着"应该",用的却是斩钉截铁的语气。

避之不及的态度,沈含晶当然感受到了。谨慎甚至是防备,像是生怕她问些什么,叫他难做。

看了眼时间,沈含晶起身邀请道:"江助理第一次来这里吧,我带你逛逛?"

她笑意舒展,一双眼睛明澈透亮,江廷以为是顺利的信号,也站起来:"也行,那有劳了。"

离开办公层,到了二楼展厅。有人在录视频,介绍新装成的样板间。发视频的账号江廷也关注了,很活跃,从数据来看粉丝数也不虚,加上到店情况,足以证明获客能力。再旁听介绍,话术很有一套,整体的接待氛围都不错。

地段不占优势,但营收能做到这么强,肯定是花心思下了苦功的。这时候要被转卖,不啻于卖掉自己亲手带大的孩子,换位想想,确实不容易。

看着沈含晶,江廷打心底发出点感叹。这么个聪明脑袋,如果当初没有跑走,凭她的成绩,学业上肯定能有更好的发展。

在屏幕前站了站,看到了几张商业空间的落地效果图。江廷忽然想起一件事:"AN 在崖州有间酒店在翻新,三百来间客房,软装搭配方面,应该可以考虑一下。"

崖州,国内一座海滨城市,知名度假胜地。

沈含晶伸手把效果图摆正,笑着说:"那 AN 一定是我们的大客户,期待合作。"

"以后都是一家,这都不在话下。"

这话沈含晶没接,只提醒他:"地毯有些厚,江助理小心别绊倒。"

逛完二楼再逛一楼,沿着动线走完全场后,到了展厅门口。沈含晶站在 logo 底下:"那我就送到这里了,江助理慢走。"

原地愣住,江廷蒙了下:"什么意思?"

"既然江助理这里没有商量的余地,你也说和我没什么交情,那我们没有再谈的必要了。"沈含晶回答。

江廷一怔:"合同呢?"

"春序是我一手经营起来的,怎么会不明不白就拱手让人?"

好家伙，就是不签的意思了。江廷顿时黑脸："你要我？"

"怎么会？"沈含晶嘴角弧度标准，礼貌得像嘲弄。

没想过是这样走向，江廷忍气，说："看安叔面子上我提醒你一句，拿钱算了，不要搞事。"

太阳直照下，沈含晶头颈微偏："那么点钱够我在国外过一辈子？还是说，无论我在外面做什么，徐总都会一直在经济上支持我？"

江廷重重愣住，惊讶于她的直接："疯了吧，你跟他什么关系？爱人还是情人？他凭什么养你？"

"所以我想不出来，为什么要签这份莫名其妙的合同？"沈含晶笑意渐淡，说完又抬腕看表，催促之意明显。

这不是婉拒，已经算明拒了。江廷反应过来，想一次就说服，此路压根不通。靠威胁或好言相劝，她更是油盐不进。江廷气得牙关发痒，想要甩几句狠话，沈含晶的脸已经挂了下来，目光冷飕飕的。

这副神情，让江廷仿佛回到那个被踹了一脚的傍晚，面门生痛，脑瓜子"嗡嗡"的。

门口僵持着，出来个人帮腔。

"江助理。"袁妙走到他跟前，客气地询问，"钥匙给您，需要帮您叫代驾吗？"

"叫什么代驾？"江廷怒道。大白天的，他又不是喝高了。

"那您是不记得车停在哪里？我可以陪您去找。"袁妙再问，眼里依旧有洋洋笑意。

她执着地站着，江廷往左或往右，都有她结结实实挡着。再看后面的沈含晶，直勾勾地盯着他，和刚才的好客模样判若两人。好男不跟女斗，江廷咬咬牙，气得转身就走。

等回到车上，他掏出手机，开始给徐知凛打电话。响了大概半分钟，徐知凛接听。

"被赶出来了？"他声音平淡，看起来毫不意外，"我告诉过你，别掉以轻心。"

"你以前到底看上她什么？"江廷扶着方向盘，真诚发问。

"跟你没关系。"徐知凛说，"既然事情没办好，你就留在那边，想想怎么完成。"

"什么意思？这事不解决我就不能回去？"江廷毛了，"你这不是坑我吗？"

他发牢骚时，徐知凛刚到家。从下车开始，一路听江廷说着事情经过，他讲到激动处简直大冒肝火。

走进客厅，徐知凛单手解开领带。

他这表哥虽然不靠谱不着调，但很少有跟人急眼的时候，这回恼羞成怒，可见真是被气到了。

或许气没地撒，他领带解下时，忽然听到江廷问："她要见你，还让你加钱养着她，你怎么说？"

徐知凛定住。电话那头，江廷随即支招："不然把她收在身边，当不成老婆当情人，就当重温旧梦，过几年给点钱打发算了！"恶声恶气，带着发泄的意味。

徐知凛摘了眼镜，在窗边的沙发上坐下。

手机里吵得很，没听到回答的江廷开始嚷嚷："你不会是不敢见她吧，怕她吃了你？怪不得着急开溜，原来自个儿也怂！"

"别激我，没用。"徐知凛垂下眼，语气不咸不淡，"宋琼或者梁川，只要用心总能想到突破点，自己想办法。"

江廷："你这是站着说话不腰疼！"

"这是工作，没得推脱。"说完，徐知凛挂了电话。

门厅垂吊半人高的晶格，阳光透过格身映射到地面，有一种斑驳的秩序感。而他陷进背阴的沙发，像被阳光逼进角落的人。偌大屋宅里没什么声响，安静催动倦意，鼻梢轻轻起伏着，徐知凛眼皮渐沉。连日没得睡好，心在胸腔沉闷且无力地跳动着，只是觉浅的人，对周遭动静格外敏感。

恍惚间，一道呼吸落在额面，有人慢动作接近，小声喊他："知凛……"太近了，近到能闻到她身上的味道。潮湿的柑橘调，一点丁子香。

气味挠进皮肤里，触发肌肉记忆，徐知凛抬起手臂想要摸她发梢，却摸了个空。

倒是一米之外，有人隔着茶几喊他："二哥？"

慢了几拍，徐知凛进入梦醒时分。

见他睁眼，江宝琪直起腰："真是你啊，你刚回来吗？"

"嗯，回来找点东西。"徐知凛从沙发站起来，揉着眉心打算要上楼时，被江宝琪叫住。

他转身："找我？"

"呃，我前几天去医院了……"见他神色还行，江宝琪试探着说，"外公问了你几回，应该很想见你。"

徐知凛点头："知道了。"

"那，你这两天会去看他吗？"

"看情况。"

"哦……"江宝琪没敢跟着，正好手机响起，她按下接听。

电话是经纪人打来的，说接到一个人的联系，自称是她以前的同学，想见见她。

"什么同学？骗子吧。"江宝琪"啧"了一声，"还要见我，有没有说叫什么名字？"

正讲着电话，徐知凛折返过来，对她抬抬下巴："眼镜。"

"哦哦。"

江宝琪连忙往后撤一步，摸到眼镜递过去的同时，电话里也传来经纪人报的名字："沈含晶。"

"啪"的一声，眼镜掉到地上，江宝琪瞪大了眼，跟徐知凛对视。

"啊……对不起！"江宝琪慌声道歉。

徐知凛弯腰把眼镜捡起来，朝她手机看一眼："有事？"

"没有！"江宝琪矢口否认，但下意识地把手机往背后藏。仿佛被那个名字烫到，手机变成一块火砖，接近最高温感。

看着徐知凛戴上眼镜，江宝琪犹豫地喊了声："二哥。"

徐知凛看她。

"那个……你在外面谈女朋友了吗？"

徐知凛把手表也解下来，放进西装口袋："问这个干什么？"

"是替外公问的，他总惦记你有没有谈女朋友，担心你一个人太冷清……"江宝琪极不自然地笑笑，又立马打补丁，"当然，还是要找到合适的，得自己喜欢，不能将就，哈哈。"

于是这场对话，以她心虚的干笑结尾。

看着徐知凛上楼后，江宝琪默默把气吐匀。她坐在沙发上，忽然想起经纪人说的话，于是打开微博。

她微博很杂，穿搭和日常都有，偶尔接点广告，假装有正经事在干。因为简介挂着经纪人电话，所以私信她很少会看，右下的红点常年保持"99+"。

做了好长的心理建设，江宝琪进入消息界面。未关注人列表，她往下滑了半屏，果然找到一条显眼的私信：江小姐你好，我是沈含晶，不知你是否还记得我？

同名同姓，一字不差。

与此同时，庐城那边，沈含晶刚好到达医院。她找到心内科住院层，在病房外，恰好听到梁家母子的对话。

先是宋琼："我早跟你说过，没爹没妈的人不能交往，这样的人当朋友都够呛，你还要娶！"

"妈。"梁川声音有点蔫，"您一开始不为难她，她也不会跟您对着来。"

"哦，你找个哪儿哪儿都不如咱家的，还不许我挑两眼了？"宋琼拔高声音，"什么天仙值得这么稀罕？有点出息行不行，凭你的条件，还找不到比她更好的？"

偷听不是好习惯，沈含晶敲敲门："打扰一下？"

病床方向，一对母子齐齐看过来。

"晶晶！"梁川很快离开凳子，从她手里把花接过，"妈，您看，送您的。"他笑容放大，一副和事佬的姿态。

沈含晶问候宋琼："琼姨身体好点没？"

"还行，但应该没你这脸好得快！"宋琼皮笑肉不笑，话里尽是刺。

"妈。"梁川皱眉制止。

沈含晶已经接话说："今天 AN 的人去公司，我跟那边谈过了。"她看向梁川，"酒吧那晚……不对，应该在那之前就谈了转让股份的事吧？怎么不告诉我？怕我破坏你们的合作？"

一问接一问，砸得梁川哑口无言。

宋琼见不得儿子被质问："是我不让他说的，怎么着，你还要吃了我们一家？"

沈含晶转头看她，视线从她的全包眼线滑到过分饱满的苹果肌。没多久，沈含晶又继续回头问梁川："你还骗我，说支持开分店？"

从她眼里读出疏离感，梁川眼皮跳了下："你要真不愿意……"

"阿川！"一声急喝响起，宋琼过于激动，手指上夹的血氧探头松脱，发出牵扯的动静，"什么愿意不愿意的，又不是别人的东西，你给我硬气一点！"

"妈您别急，注意身体。"梁川重新把探头替她夹回去，又在母亲强势的目光中，艰难回头，"晶晶，你不觉得你这几年太累了吗？"

左右都是在乎的人，梁川陷入为难。迟疑又迟疑，他问沈含晶："如果你去申市，我们又要聚少离多……这一回，或许是个休息的好机会！以后我们结婚了，也能多点时间相处。"

他这犹豫不决的模样，逗笑了沈含晶。她端详梁川，一张没吃过苦的脸，浑身上下最辛苦的痕迹，大概就是被杠铃磨出的手茧。被父母保护得太好的人，有种窝囊的天真，以及不自察的私心。

"梁川。"沈含晶托着手肘，"琼姨说离了你，我再找不到更好的男人。"笑意浮动间，她摘下戒指放到他跟前，"你说，我究竟能不能找到？"

梁川心跳一窜，变了脸色。

他不接，沈含晶把戒指放到床头柜，转身就走。

从三楼到一楼，用了点技巧摆脱梁川，沈含晶打开手机，订下去申市的票。

她的行动力，吓到江宝琪。

江宝琪怎么也想不到，自己不过才回了条信息，就听沈含晶说已经到了申市，问什么时间方便见面。而到了约定的咖啡店，还不等她从事件里回过神，就听到一个离谱的请求。

愣了几秒，江宝琪感觉可笑："我为什么要帮你？"

"因为我们过往的交情。"沈含晶眉眼微弯。

"谁跟你有交情？"江宝琪像被人踩了尾巴，"失忆了不起啊？做过的事就可以全部抹掉了？从来不清楚自己几斤几两，你真是本性难移，怪不得我二哥要整你！"

嫌恶的话语，只是肢体紧绷，哪怕跷着二郎腿，也更像虚张声势。

沈含晶打量起这位富家女。从头到脚的精致扮相，看起来比微博里要更悠闲，怎么看都是没经过大风大浪的人，却好像要对她避之不及。

诚然她从没想过要被所有人喜欢，但这么受人憎厌，这几天见过的旧识，态度上却都在提醒她一些事。比如在丢失的记忆里，自己曾经是个多么让人抵触的存在。

只可惜她时间不多，不然，应该能从这位娇小姐嘴里问出些养父至今都不愿意多提的事。

沈含晶收了收神，身体往前倾："想必我和江小姐之间，也有过什么不愉快的过往？"

"别给自己贴金了,天天看你笑话而已,什么不愉快!"江宝琪态度摆得相当明显,她们之间没有交情,大概只有摩擦。

沈含晶笑笑:"江小姐想听什么?对不起?我错了?这些我都可以讲给你听。"

她忽然嘴乖,江宝琪警惕道:"别来这套,我不会帮你见我二哥的。"说完,不安地提起包包就要走。

只是她才站起来,就被沈含晶叫住。

"江小姐,"沈含晶摸起手机,面不改色地告诉她,"我既然能找到你,也能找到老徐董。"

江宝琪前几天发的 vlog 里,有老徐董所在疗养院的信息,甚至房间号也曾闪现过。沈含晶不再兜圈子:"那条 vlog 我存下来反复播了好几遍,看得出来江小姐很孝顺,和老徐董的关系也很好,应该不希望他老人家被打扰!"

"你敢!我外公不会见你的!"江宝琪气得脸都发白。

沈含晶:"所以,老徐董确实不待见我。"

"你套我的话?"江宝琪后知后觉,更觉得她笑容晃得刺眼。

"算不上吧。"沈含晶含糊回答。其实单凭身份上的差距就能猜到,徐家长辈会持的反对态度。

"徐……知凛……"说出这个名字,她短暂地愣了两秒,脑海里两个身影在交错。青涩寡言的温柔剪影,以及阴晦的、黑不见底的目光。

有客人进门,力气大了些,推出点挤压声响。情绪被打断,沈含晶很快抽离出来:"我只是,想见他一面。"

走是走不掉了,江宝琪重新坐下来,眼珠子转来转去,最后狐疑地问:"只见一面,没别的目的?"

"最多谈工作而已,我能有什么目的?"看出她的松动,沈含晶手指擎过玻璃杯边沿时,无奈地笑,"一个什么都不记得的人,难道……还能和他谈什么旧情?"

她被逼到没有退路的窘困样子,让江宝琪游移起来。江宝琪抱起双臂,盯着沈含晶看了会儿:"要我帮你也可以,不过……"

寻思片刻,她提了一个要求。

不是什么难办到的事,沈含晶爽快地笑:"好。"

离开咖啡店,天光已经快沉下去。江宝琪琢磨了半路,还是没敢打电话,只能惴惴地给徐知凛编辑了一条信息。

信息发出时,徐知凛正踩着浮桥,上了甲板。他掏出手机扫了一眼,江宝琪措辞刻意,问他在哪里。

甲板阔长,海上日落风光无限。下层的无边浴场里,已经有男男女女在击水优游。

走到甲板另一边,徐知凛随手拍张游轮照片:去趟崖洲。

"徐老板,拍照发朋友圈呢?"有人从后面走过来,慢慢踱到他身边,"你也该发条动态,朋友圈都快长草了。"

看了眼,是蔡阳晖,喜达的公子。徐知凛收起手机:"什么时候开船?"

"快了,这不等你嘛。"蔡阳晖开着玩笑,"你那对表兄妹呢,都不来?哦,忘了,宝琪晕船,那江廷呢,他不是给你当助理去了?怎么不跟着自己老板?"

"公司有事,他留在庐城处理。"

"庐城?"蔡阳晖摸摸自己的大光头,"这么说……你就这么把你姑妈的宝贝儿子扔那儿了?"

汽笛声响,播出起航信号。

靠近护栏,徐知凛站定远眺:"中途停哪里?"

"海夷岛停半天,可以上去拉拉帆船。"

"会上客?"

"会上一小批。"蔡阳晖扶住栏杆,"放心,收完也就半舱人,没那么闹。"

徐知凛看向他手指:"刚文的?"

"你说这个?"蔡阳晖展示食指的刺青,"有几天了,又痒又痛,等这趟回来就去洗。"

"洗也痛。"

"你洗过?"蔡阳晖看他。

海风拂面,微酸的水汽划过皮肤,徐知凛扯了下嘴角:"十指连心,想也想得到。"

船行两天,海景环绕下,每一帧都是悦目画面。停靠海夷岛的当晚,五层船厅,徐知凛与几名友人靠台小酌。他要了杯特调,基酒用的白朗姆和白兰地,入口浓烈,微微气泡口感,劲度稍稍有点大。

不是嗨吧,气氛却也比较热。毕竟猎艳之地,男男女女"借酒遮脸",看对了眼的,早在酒精的撮合下耳鬓厮磨起来,享受荷尔蒙的快感。

徐知凛边听音乐边和朋友闲聊，把酒喝完后，他起身要走。正赶上蔡阳晖从洗手间回来，蔡阳晖喝得最多，脸红眼也红，身上还带着明显的女香。

有眼睛的都能看出来，这刚刚到底去干了什么。

他喝得上头，见徐知凛要走不由得拦了下："这才几点，回太早了吧？"

"说不定早有行情，回去就等敲门？"旁边有人调侃。

蔡阳晖立马反应过来："怪不得刚刚几连拒。那可不好留徐总了，您回吧。"

他开荤起哄，徐知凛也闲问一句："带了家属来，你不回？"

这么一声提醒，把蔡阳晖那点心思给敲破。一看表确实也不算早，他只能认怂，跟着徐知凛往外走。

音乐流泻，海平面上一点建筑微光，很有华灯初上的感觉。路经池畔吧，两人不约而同地把目光投向甲板的某个身影。

黑色长鬈发，发尾的指向是腰线拐点，以及翘实臀尖。侧倚护栏的年轻女性，以手托腮的姿势，指腹按住脸颊，纤细小拇指搭在唇边，安安静静，像在等人。

几乎是同时，徐知凛与蔡阳晖一起停住。

被注视，对方偏头看来。细骨撑皮，一双眼像装着黑柔滤镜的镜头。面对打量，她大方地微笑。

这一笑，神情中没有过分招摇的欲态，但看人的目光，实在也算不上清白。

美女送笑，最先做出反应的，是蔡阳晖。他虚咳着，手肘碰碰徐知凛："我散散酒，你先回？"

见徐知凛没动，他正想再做商量时，人迎面走过来："徐总。"

蔡阳晖愣住，扭头看徐知凛："认识的？"

两边视线下，徐知凛终于开口。

"来做什么？"他问。

"话没说清楚，你又不肯见我，我只能想办法见你了。"沈含晶笑道。

"我留了助理在，你可以找他。"

"私事也要找他？"

"我不认为，和你之间有什么私事需要谈。"说完这句，徐知凛抬腿离开。

从五层到八层，楼梯几分钟踩完。回到房间，徐知凛去了浴室。热水从喷头涌出，刺在四肢落到皮肤上，驱散一点酒意。

洗完出来，徐知凛正打算出阳台抽根烟，门被敲响。

"咚咚咚"，缓慢的三声，音调平坦。

徐知凛抖出一根烟，连头都没回。

夜很静，静得像开了降噪。离陆地已经很远，灯塔的光映在海平面，像薄涂的黑金层，看得太久容易失焦。

顶层露台，空间足够开阔。海上空气湿潮，正好中和烟气的干燥。

抽完一根，徐知凛回到房间，才从冰箱里拿出苏打水，敲门声再度响起。和刚才同等的速度，与其说礼貌，不如说是在跟他比耐力。

走到门后，徐知凛盯着地毯缝隙。从敲门频次到门脚下这片阴影，都能想象出那人懒抬手的姿态。

他摸上扶手，把门打开。门外，打扰者穿一条细肩裙，裙色暗红，红得像快腐烂的果实。不等招呼，她走进来，随手把门关上。

"我问过我爸了，我们以前确实有过一段，至于为什么分，他不肯说更多。"

徐知凛转回身，在靠墙的椅面坐下。

"我们……应该不是和平分手？"沈含晶眼珠轻转，对自己的思索毫不掩饰。

视线尽头，徐知凛一言不发，像幅安静的情绪肖像。

沈含晶笑起来，主动向他走过去。靠近床尾时，她竖起一根食指，指尖慢慢划过床单，无声接触。

"生意场上，没什么不能谈的。"沈含晶笑微微地接近，"余地再小也是余地，我想争取争取。"

"怎么争取？"不轻不重，徐知凛发出淡漠的一句反问。

话刚问完，沈含晶矮身坐到他的腿上，两只手搭在他脖子后面："你占主导，不如你直接指条明路？"

声调玲珑，动作亲昵。身上粉质的香脂气味，浓烈又不俗艳，像被揉旧的玫瑰。是比上一回更近的距离，只是和上次的失措不同，她无比从容。还有这张脸，不用费心打点，单是眼波里流动的情韵，足以争夺人的注意力。

也是，成为一个没有过去的人，也就再没了一眼就能看穿的窘迫，不用扮演仓皇和紧绷，更用不着缄默和顺从。阴面成了阳面，可以大大方方展示她的爪牙。

比如现在她问的："徐总，分个手而已，多大仇非要逼得我没路走？

还是说你招惹我,根本是旧情难忘?"

"我招惹你?"徐知凛垂眼睥她,"我只想让你离开我的视线范围,信守你自己说过的话。"

态度实在算不上客气,沈含晶眼睑弯起弧度:"我答应过什么?不待在国内?这是你以前的要求吧,多少有点幼稚?"

她看着他,从眉到眼,以及黢黑的、修得一丝不苟的鬓角。稍微离远些,带点散光的视角,模糊之下,跟梦里的重合度更高。毕竟梦里的他,从来没有像现在这样,冷静又冷淡,抿不出半点表情。

两两对视,沈含晶抽出一只手,轻轻划过洁白的浴袍。

椅面宽大,被揽住脖子,徐知凛不迎合也不拒绝,只是直视她:"这就是你的争取方式?"

"之一。"沈含晶回以微笑,答得不假思索。

徐知凛支起背,双手扶住她的腰,慢慢地把她从腿上提起来。

"合同已经签好,宋琼手里的股份,有必须转让给我的理由。"

不容易,终于肯开口谈生意。

"字我不会签,作为原始股东,我有优先购买权。"沈含晶说。

是要买宋琼股份的意思,徐知凛点点头:"你找谁拿钱,沈习安?"说着又去拧苏打水的盖子,"看来他这些年过得不错,还有钱支援你。"

提到养父,沈含晶沉默一瞬。

徐知凛下颌高抬,喉结仰动,喝着剩下的水。喝完,他重新拧上盖:"我可以不要你的公司。但宋琼需要钱,你有没有想过,她也可能是缺个借口,要把手里的股份变现?"

沈含晶没有说话,转让合同上的金额她看过,确实可观。而对宋琼来说,马上能拿到一笔钱,显然比慢慢等分红要来得划算。

"噔"的一声闷响,是徐知凛把瓶子投进垃圾桶。他单肩靠墙,整个人有种好整以暇的懈惰感:"宋琼现在还是大股东,想要打压你,把你挤走,不是没有别的方法。"

徐知凛摘掉眼镜,顶光站着。阴影下,眉弓鼻背更加高挺起来,越发浓鸷,又像玩世不恭的二世祖。他问沈含晶:"如果宋琼增资,你怎么办?你不跟着拿钱,股份就要缩水,跟着拿钱,又不一定拼得过她。还有,如果她突然插手管理又怎么办?"

说到这里,徐知凛停顿一秒,看笑话似的揣摩:"看得出来,梁川很喜欢你,但碰上这种事,你觉得他会选他妈,还是选你?"

他说得客观,又近乎嘲弄。

沈含晶眼睛直直地望过去,明明作祟的是他,他却理直气壮地扮演伪善——平静分析,好心支招,像在认真替她想办法保住春序,保住她这几年全心投入的这份事业。

徐知凛笑着:"所以你该找的是宋琼或者梁川,不是我。"

沈含晶整整凌乱的发丝:"如果我同意签字呢?"她提出建议,"或许,我们可以合作一回?"

"你拿什么跟我谈合作?"徐知凛不置可否。

态度看起来含混,问得却很现实,毕竟在能力上,两人确实不属于同一量级。

沈含晶当然明白这一点。

"你接梁家的股,春序还是由我管理。我可以跟你签对赌协议,如果期限内完不成约定营收,我的股份,原价转给你。"说话间,她往后退几步,直接坐在床沿,"比起给钱让我退出,看我净身出局,应该会更痛快。"

徐知凛微一抬眉:"担这么大风险,图的是?"

"当然还有别的要求。"

"什么?"

"让我留在你身边。"

"以什么身份?"

"当然还是之前同样的身份。"沈含晶偏了偏头,几分刻意的娇嗔,"我需要这个身份。你既然了解我,那应该也知道我好面子,不希望被人指指点点。"

徐知凛离开墙边,缓缓朝她走过去。

"知道自己在说什么?"站定后,他俯视着问。

沈含晶甩掉鞋,光裸脚尖贴着他的小腿一路往上:"医生说过,我是有可能恢复记忆的。前提之一,是有足够多的相似场景,还有……足够熟悉的人。"

话里暗示明显,徐知凛目光笔直,看她做着露骨举动,看她东拉西扯,目的昭然。

"听说你身边一直没有女人?"沈含晶声音微提,"为什么,忘不了我?所以花这么大力气,到底是要把我赶走,还是……不想让我嫁给梁川?"

"你好像太把自己当回事。"徐知凛眼皮微拂。

"我以为你知道的,黏上我,不是那么好甩脱。"沈含晶干脆站起来,"怕什么呢?怕我借这个身份抹黑你,还是怕你自己……又对我动感情?"

话语碎碎吐出来,带着赤裸裸的试探和挑衅,直指"旧梦重温"四个字。

以身量之差,徐知凛居高临下地看着她:"跟我在一起,你确定?"

"会怎么样,你羞辱我?"沈含晶仰头反问,"还是说我们的过去……你不希望我想起来?"

清高不过是包装过后的自卑,她从来不需要这种东西。而男人,本身就是矛盾的组成。他接近她,逼迫她,要说不打算发生点什么,她不信。

徐知凛目光微移,浏览这熟悉得不能再熟悉的眼角眉梢,可视线即便不用穿透她的脸,也知道都是造作的假象。

他扫向她空白的手指:"不怕后悔?"

"扑哧"一声笑,沈含晶踮着脚,气息慢慢撞上他的鼻尖。

浴袍不薄,但手指很凉,只是徐知凛看起来心如止水。沈含晶直勾勾地盯着他,吐出一句话:"我们以前……做过吗?"

调笑满耳,徐知凛按住她那只打算作乱的手:"加一个要求。"

"你说。"

"如果你输了,永远不许再回来。"

反复强调这一句,听起来多少偏执。沈含晶绞着他的浴袍带子:"好啊,我答应你,所以……可以回答我的问题了吗?"

"什么?"

"我们做过几回?你一般多久?还有,我是不是你第一个女人?"

气息在唇口出没,极其微妙的企图。

徐知凛伸手隔开她:"我答应你,你可以出去了。"

"这么君子?"沈含晶眼睛缓慢拉成一条线,笑得发颤,"这么晚还让我回去,不合适吧?"

徐知凛板着脸注视着她,正要往后退时,脚面被踩中,两片唇准确地贴上来。有点干,像吻上一层砂纸。

如果刚才是勾引,那么这一下,更像示威。蜻蜓点水般,示威的人迅速抽离,手指代替着擦过他唇部纹理:"你不行了?"

徐知凛不自觉地眯了下眼。

沈含晶往后退开,眼里有着捉弄人般的恶劣快意:"明天见,晚安。"

说完穿上鞋，再转身，抓起放在柜子上的包。

门被拉开又关上，离开的身影无比利落，跟刚才一次又一次投怀送抱的样子判若两人。顶灯的光压在肩膀上，徐知凛望着关闭的门，状似失神。

一门之隔。

走廊空荡荡的，地毯铺得很厚，踩上去没有声音。走出一段后，沈含晶拉开包包拉链，把手机拿出来："听够了吗？"

一点"窸窣"声中，江宝琪的声音传出来："你脸皮真够厚的。"

沈含晶笑了笑，直接挂断。

下去两层，她回到了自己的舱房。房间面积不如高层的，几步就能冲进洗手间，掀开马桶盖后，她再也忍不住，捂着胸口，渐渐吐得脸色发白。

眩晕感一重又一重，耳鸣"嗡嗡"的，世界好像都失了真。匍匐之间，沈含晶收紧指关节。

这夜模糊过去，转天上午，她手机收到一条短信：六楼主餐厅，下来。

海上升明，太阳离得格外近。穿过人人穿着清凉的浴场，再途经昨晚待过的酒廊，沈含晶到了地方。

270度观景餐厅，金卡套房专属。

徐知凛站在餐厅门口，他穿一件蓝色薄毛衣，发际挂着阳光粒子，眼镜时有时无，让人弄不清他到底近不近视。

沈含晶走过去，挽住他的小臂："等很久了？"

徐知凛头颈微侧，没了镜片遮挡，他一双眼清澈有神。

"怎么了？"沈含晶抱着他，无比自然地摇两下，"我今天好看吗？"

绿裙黑发，薄涂一层口红，看起来气色不错。

徐知凛收回眼神："进去吧。"

"来吃饭？"沈含晶跟着往里走。

"带你见位老朋友。"踏上水台，徐知凛绅士地替她拉开门，"不是想找回以前的记忆？说不定，她能帮你记起些什么。"

临近中午，餐厅内已经有几桌散客。大面积酒红，厚重的丝绒，装修上很有浪漫的异国情调。

沈含晶被带着一路向前，经过一个巨型画架后，见到一张铺好的长形餐台。台子旁边，一群人或站或坐地说笑，发现他们后，齐齐转头过来。

气氛微妙地停顿了下，有人最先站出来打招呼："嚯，老徐，我们这刚还说呢，担心你起不来，在想要不要让人去喊一下，正好省事了……毅力可以嘛。"

说话人是昨晚见过的光头男,沈含晶跟他聊过几句,甚至得了他一张名片,记得是这艘游轮的少东家,蔡阳晖。

他话里有话,带着不正经的暗示。旁边人也见怪不怪,都心照不宣地跟着笑。谑笑间,蔡阳晖往前两步:"不介绍一下,这位是?"

"沈含晶?"

有人抢先叫出名字,气足声亮的三个字后,一位穿玫红背心裙的女客出现在长桌尽头。

她掀开尼龙镜片,先是皱起眉看着沈含晶,忽然把眼瞪大,气冲冲地喝了一句:"真是你!你还敢回来?"

墨镜甩地的声音后,这人突然向前的动作,吓到了在场几乎所有人。好在她往前奔时,被蔡阳晖一把伸手抱住:"老婆!咱冷静点,冷静点。"

"蔡阳晖!你放开我!"女人对他又打又踹,"你知不知道她是谁?要不是她,我爸妈根本不会离婚!"

冲突忽现,场面几近失控。喧杂的气氛中,有人帮忙拖住愤怒的那位,而更多的人,则将探究的目光投向沈含晶。

一句句的叫骂送到耳边,从那不管不顾的姿态来看,要不是隔着这点距离,她估计早被撕打得不成样子。

是预先没有想过的场景,即使平常再镇定,沈含晶也还是愣住了。

她手劲大了点,应该是掐痛了徐知凛,他扭头看她十来秒,最后伸手在她腰间轻轻一捞,带着她转身离开。

餐厅门被关上,隔绝吵闹,等被带到顶层甲板,沈含晶已经恢复不少。

海洋泛起银色尾浪,极目远眺,正午的太阳灿得像被压碎的色谱,挤在一起,相互染体。

"杨琳,你同学。"徐知凛这才开口介绍。

迟了半拍,沈含晶思索着这个名字:"她父母离婚……跟我有关?"

徐知凛没回答,但偏头评价她:"你脸色好像不太好!"

"我晕船。"沈含晶冷冷地回答,"怎么,这是在关心我?最好控制点度,不然,我更要觉得你对我余情未了。"

她表情转换得快,说话时很快牵出一个笑,只是嘴唇单薄,头发和裙摆被海风吹得飘扬,人有一种被钉在纸皮上的脆弱。

"面对你的过去,确定做好准备了?"徐知凛调回视线,"你有没有想过,沈习安为什么不跟你说以前的事?"

"什么意思,你后悔了?"沈含晶压住裙摆,轻轻一哂,"还是说,怕我承受不了以前的事,开始替我着想?"

"我给你反悔的机会。"徐知凛提醒她,"现在反悔,之前的合同还作数,你可以拿钱离开,去陪你那位养父。"

天海相连,游轮像大型的海上花园,也像一座华丽孤岛。风息减弱,沈含晶退到后面的椅子坐下:"昨晚,还有一件事忘记说清楚。"

徐知凛回身,目露询问。沈含晶跷起腿:"如果对赌协议,最后我赢了呢?"

她是要一往无前的意思了。徐知凛没再说什么,走回到房间,拿出一封文件袋。

沈含晶拆开封口,里面是两份纸质合同。翻开细看,上面各项约定都清清楚楚,并且写明收购梁家股份以后,AN 会对春序进行投资。投资金额不小,对春序来说是机遇,但也因为这笔金额,沈含晶的压力和挑战会更加大。好在对赌那项上,约定的百分比没有高于市场价,不算过分。

慎重地翻上几遍,确定一切与约定相符后,沈含晶签下自己的名字。

年少时的一对爱人,分离又相逢,只花了不到半个月的时间决定复合。这场举动看似成立于一纸约定,但又算不上完完全全的商业行为,更不像旧情复燃的荷尔蒙冲动。

对立的恋爱关系,多畸形,多可笑。

沈含晶情绪收敛,眯眼一笑:"你早就猜到我会来游轮吧?"

徐知凛去收签字笔,有细白手指越过他的手背,在甲方落款处画了一圈。

"所以刚才那个场景,我那位同学,你也是早就设计好了的,对不对?"

她贴得很近,上半身都伏在桌面,呼吸乍起乍伏,V领被动作放低,眼角斜向上飞起:"你看,你多恨我。既然恨到这种地步,不把我扣在身边,怎么报复?"

顿了下,徐知凛抽出纸张:"既然知道,你还签?"

"我贪你的资源,不可以吗?"沈含晶笑意促狭。一张漂亮面孔,却也有种咄咄逼人的坦然。

徐知凛捡起签字笔,盖上笔帽问:"下去吃,还是让人送上来?"

"让人送吧,暂时不想下去。"沈含晶接着话,从包里抽出一管口红,"洗手间在哪里?"

徐知凛指了方向。话题就此转移，沈含晶从从容容地站起来："对了，顺便要杯酒，我昨晚没睡好。"

她很自然地指使起他，一副女友姿态。说完后，她换上拖鞋去了洗手间。

总套是复式，从设备到家俬都是顶配，挑高也非常可观，面积上，单洗手间就能比掉一般客房。

餐送得很快，沈含晶从洗手间出来不久，桌子就摆好了。

"酒呢？"看了一圈，沈含晶问。

"喝这个。"徐知凛指了指她跟前的水杯。

"这是什么？"

"晕船药。"

沈含晶怔了下，很快又若无其事地坐下来。

送的是中餐，有盐帮菜也有粤菜，她肚子微微响动，确实饿了，再没什么精力说别的。喝完晕船药，她又夹了一块姜往嘴里送，姜汁由食道进入胃腹，获得鲜辣感带来的镇定。

从生滚粥再到仔姜鸭片，这一餐，明显按她口味叫的菜。沈含晶边吃边肆无忌惮地打量徐知凛。

就算没有眼镜赋予的斯文气，自然光下，这人的五官也过分清俊。

等吃差不多了，桌布底下，沈含晶轻轻地踢他的小腿："你不打算跟我说说，我跟那位同学之间的过节？"

仿佛是按着时间来的，刚说完，徐知凛手机就响了。看了眼来电显示，他点开外放。

"老徐，"听筒里传出蔡阳晖略带无奈的声音，"你开一下门，我老婆有点事找你们。"

他们杀到房间门口，目的显而易见。

餐桌对面，沈含晶缓缓咽下最后一口食物，接着拿起餐巾擦嘴："我吃完了。"明明知道马上要面对什么，却还是不紧不慢，优哉自如。

徐知凛滑回视线，对着听筒说了句"等着"，随即抬手挂断。

沈含晶站起来，嫌披散的头发碍事，她从写字台拿一支铅笔，几下把头发绾到脑后，动作娴熟，落在徐知凛眼里，唤起关联记忆。过去荡开一个洞，他忽然想到从前的那个夏天。

那年夏天的气温格外高。打完一场球，徐知凛去浴室冲了个澡，出来时，

看见表哥江廷。江廷不知道什么时候进来的,站在笔记本电脑旁边,手指上套了个什么东西在转。

徐知凛戴上眼镜后,看清了那是什么——咖棕色的编织皮筋,细细一圈纽结。

错愕一瞬,他立马上前勾回皮筋:"你怎么乱动我的东西?"

"这么大反应干吗?"江廷被吓得缩了下,"我还奇怪你哪儿来的皮筋,女里女气的。"

徐知凛没理他,把皮筋放进裤兜,又自顾自找到T恤套好。

"要出去?"江廷问。

徐知凛点头,把笔记本电脑合好后,抓了手机就往外走。

"去哪儿?"

"游泳。"

"不找人送?"

江廷一路跟下楼,徐知凛侧眼问:"你也去?"

"……我又不会游泳,去喝水?"江廷看起来像噎了下,很快清清嗓,"问你个事。"

"什么?"徐知凛打开钱包检查零钱,顺口问他,"有没有散票?"

"我哪儿来的散票?"江廷掏遍全身,还真掏出两张五块纸币,递过去时顺便凑近问,"听说小养、呃,安叔那个女儿……在做兼职?"

"问这个干什么?"徐知凛皱眉看他。

"没什么,随便问问的。"

明显有原因,徐知凛嘴角微抿,压下眉头盯住江廷。

没几秒,江廷装模作样地打了个哆嗦:"你别这么盯我,跟那个谁一副鬼样。"

徐知凛忍气:"你说谁?"

"安叔的女儿啊。你不觉得她有时候很可怕吗?"江廷四下里看看,收小声音,"我告诉你,她那个人可不简单了,看着老实,其实虚伪得很。"

越说越难听,徐知凛彻底沉下脸:"不要污蔑人。"

"我污蔑人?你是不知道,她、她……""她"了半天,像有什么难言之隐似的,江廷泄气般抹把脸,"算了,你们都睁眼瞎的,我懒得说!"

徐知凛没再搭理他,径直走出去。

又是公交车又是换乘地铁,大概一小时后,到了地方。面包店里,穿着围裙的女孩半蹲着，正给冰柜添货。

日落时分，她专注手里的事，一拿一摆间，在抖落的光晕里，在过度的曝光下，额角发流绒绒的，整个人微光熠熠。害怕影响她工作，他像个傻小子，左右张望后，走到门外站着。

大概四十分钟后，她从店里出来，把一次性工作帽扔进垃圾箱。

"你怎么来了？"她惊讶。

"我……刚好经过这里。"徐知凛耳根微红，"是下班了吗？"

"嗯，下班了。"沈含晶打了个喷嚏，从背包里抽出纸巾。

她的背包是白底棕花的奶牛纹，外观一层细绒。徐知凛伸出手："我帮你拿，可以吗？"

沈含晶递过背包，说了声"谢谢"。

两人边说边走，朝地铁站的方向。中途，他想起一件事："你生日是不是也要到了？"

"我不过生日。"沈含晶回头一笑，忽然指了下自己的背包，"帮我找根皮筋出来，我把头发扎起来。"

按她说的，他拉开背包拉链给她找皮筋，可最后连侧边的口袋都翻了，也没翻见皮筋的影子。

倒是摸到一只方方正正的布袋子，以为是她说的那个收纳包，哪知道打开只见到几只巴掌大的粉色纸块，触感软绵。

"看见了吗？"她问。

"好像……没找到。"说完这句，他忽然意识到手里的是卫生护垫，一下慌得不行，连忙重新塞好。

"没找到？"沈含晶凑过来，也伸手进背包去翻找，"难道我忘拿了？"

裤袋里明明揣着一只皮筋，徐知凛有些心虚，左右张望着要找商店："我……去买。"

"算了，不用买。"她手在里面掏了掏，最后拣出支铅笔，"这个也可以。"

她已脱下工作围裙，里面穿的是针织背心和牛仔裤。头发放下来时，遮住整片腰背，但两手一抬，背心面料遂向上收。少女的腰肢白得晃眼，也让人无措。乌黑长发被一支铅笔轻巧绾住，她歪头朝他笑，招摇又纯粹，满眼舒展的晴。

地铁里人群拥挤，进入暑假，这座城市的游客也多了起来。她的细白手臂，修长的颈线，纤细轻盈的身姿，自然吸引视线。她往哪里站，哪里

就是风景。

车厢动荡,两人站在贯通道处,中间隔了一点距离。

到某个景点站,上来一批被晒得冒汗的游客,偶尔从不同方向飘来几句方言,听不太懂,但很有地方韵味。人越挤越多,空间也就越来越狭窄,地铁穿过轨道,光源明暗不定。

有打瞌睡差点坐过站的,猛地被广播叫醒,站起来就往外面冲,过程中不小心撞到沈含晶,绊得她打了个趔趄,那人慌声道歉。见她站不稳,徐知凛想也没想就伸手去扶,惯性使然,她也结结实实地撞进他怀里。

潮湿的柑橘调,好像还带一点丁子香,是她常用的洗发水的味道。

膝盖碰膝盖,她就这样停在他怀里,而他浑身僵硬。他稍一低头,是她清晰的锁骨线条,她背心边缘被挤得敞开,烫得人眼睛都不知该往哪里放。

"知凛。"高高低低的人声里,好像听到她在喊他。她在笑,一双手绕到他的腰背,"你知道我很在意你吗?"

他喉头干燥,紧张地回答:"我也是。"

她仰头看他:"但等毕业了再说,好吗?"

高中毕业还是大学毕业?他想问,但还是点点头:"我听你的。"

接着,她笑起来,眼帘微微颤抖,有一种难以复刻的美,以及易碎的脆弱。

面对她,他满心都是呵护,甚至根植到骨子里,以至于后来所见,他难以接受。

之后,杨琳父母离婚的消息传来。

因为两家有些交情,所以,事情经过徐知凛也听了个大概。

出轨移情,屡见不鲜的原因,只是听说离婚的原因,是被女儿杨琳撞个正着。为此,杨琳休学小半年。

后来圣诞节,他们一群人去城东的房子里狂欢,有同学有朋友,现场一度吵得话都听不清。

徐知凛不喜欢这样的场合,但因为沈含晶在,也就跟了过来。当然他更不喜欢的是,她跟在江宝琪旁边,不声不响,当个透明人。

但她好像从来不在意,甚至习惯被当作别人的影子,更习惯被所有人忽略,领边缘人物的角色。

一场仪式后,徐知凛正闲站着,他那不着调的表哥忽然浑身紧绷,且略带防备地往圣诞树上靠,神经兮兮的。

他往前看,见是沈含晶来了。

"我来收宝琪的礼物。"她穿杏色毛线裙,站在大面积的圣诞红中,像玫瑰地里的一捧雪。

接递礼物间,她的指腹在徐知凛手心逗留,悄悄挠了两下。也因为这个,招来江廷奇怪的打量:"你发烧了?耳朵怎么这么红?"

"温度太高。"徐知凛走去拿了瓶冰水,试图压一压那股燥劲,视线却还是不由自主地跟过去。

江廷移过来,忽然促狭地问了句:"你不会是……对杨琳有意思吧?"

徐知凛愣了下,这才发现沈含晶旁边站着杨琳,而且杨琳抓着她的手臂,看似亲昵,实际力度不大友善。

过不了多久,两人消失在客厅。他担心,跟着找了过去,果然在泳池的角落看到她被杨琳堵住,杨琳一副找麻烦的架势。

见杨琳气势汹汹,徐知凛正要过去,却听沈含晶轻飘飘一句话,问得杨琳两眼圆瞪。

户外够静,隔得也不算远,那句话清清楚楚地送进耳朵里。沈含晶先是问杨琳,亲眼看见自己父亲搂其他女人,是不是很难受。接着她再问,被自己父亲打一巴掌,感觉如何。

月光下,杨琳脸上浮现羞辱的神色,骂了句什么就要挥手,却反被推得一个踉跄。

四下寂静,只听到沈含晶轻蔑的嘲弄声:"是我故意的又怎么样?杨琳,也怪你蠢,你活该。"

对峙结束得很快,她走出角落,在树影底下忽然站住脚,接着视线一偏,望向徐知凛。

猝不及防间,徐知凛对上那双漆黑的眼,还有那副没有波动的神情。她半点没有被撞破的惊讶,更和刚才调皮挠他的模样判若两人。

四目交错,过后,她抬脚就走。

那天晚上,徐知凛失眠了。他翻来覆去,满脑子是她跟杨琳的对峙场面——她那份陌生的强势,和印象里的她,是截然不同的模样。

第二天他去接她下班,在面包店外,两人有了一场对话。

"你都听见了?"

没想到她会主动提及,徐知凛有些失措。他确实想问,比如当中是不是存在误会,或者她有什么难言之隐,逼不得已要这么做。

可沈含晶接下来的话,让他有了无数个意想不到。她承认,杨琳父母离婚的事，跟她有关。

"我知道杨琳爸爸经常在那里跟情人幽会，我甚至蹲过点，知道他们一般约在什么时间。"沈含晶说，"所以我骗杨琳去那里，带她坐在最隐蔽的位置，让她看到她爸爸和其他女人搂搂抱抱，又激得她去捉奸，再然后，给她妈妈打了电话。"

平静陈述下，隔了好久，徐知凛才挤出句问："为什么？"

"非要找原因，大概是我讨厌她，妒忌她？"沈含晶叹气，"我还觉得可惜。"

"可惜什么？"

"可惜她爸爸下手太轻，只肯打她一巴掌，她的脸都没肿。"说到这里，沈含晶笑了下。

那一刻，在她的眼睛里，徐知凛看到近乎扭曲的快意。他不是不知道人性有阴暗面，但当在意的女孩子揭下文静的面具，把真真正正的自己拎出来展示时，头一回，他感受到说不出的滋味冲击。

他的眼神变得复杂起来，他钝钝地站着："你为什么……"

"为什么这么坏？"沈含晶想也不想就回答，"因为我从来就不是什么好人啊，徐知凛，你不会一直都没感觉吧？"

被连名带姓地喊，徐知凛的脸色有些难看："不对，你不是这样的……"

沈含晶再没说话，转身就走。徐知凛追上去，被她挡在地铁站口："别跟着我。"

她突然就变得这么疏离，徐知凛愣了下，把圣诞礼物递过去。沈含晶看也不看，接过后直接扔进垃圾桶："你可以走了。"

被这份冷漠灼伤神经，徐知凛站在原地，陷入沉重的茫然。

那天过后，二人的关系突然降温。杨琳的事不过是导火索。

沈含晶正常生活，人前还是那副安静话少的模样，但跟徐知凛，就像是每天打照面的陌生人。

徐知凛捋不顺脑子里的结，心里的滋味却是扎扎实实的，针刺一样地痛，以及说不出口的苦涩。

再久一点，又听江宝琪说沈含晶和同班男生一起做小组作业，还收了倾慕者的信，疑似要谈恋爱。

在某天亲眼看到她手里的一束鲜花后，徐知凛拉住她，不懂她这样的行为是什么意思。

"这跟你有什么关系吗?"沈含晶客客气气地问。

徐知凛困惑:"你说你……在意我。"

"我可以在意很多人,你以为自己有多特殊?"

她变化太快,完全否定他们的关系,仿佛他们从来没有亲近过。徐知凛被伤到,沉默地看她。

"我说过的,我不是什么好人。如果你现在看清楚了,早点远离我。"沈含晶再一次强调。

徐知凛不懂,为什么她要向他展示一身的刺,又为什么要把所有事情都告诉他,坦诚到不给自己留半点余地。

后来再看她,他心绪复杂,看她像无事发生那样,洗掉一切痕迹在人前扮演拘谨者,熟练转换,自如得不止陌生。

在学校遇见,她目不斜视;在家里碰上,她最多的是客客气气。而他陷在一段不被承认,因而更无法被解释的关系里,心一次又一次地塌陷。

那年的寒假,徐知凛离开申市,去了惠斯勒。雪季漫长,只是板刃在雪道铲出漫天粉幕,也赶不走心底的影子。

年后回到申市,听见沈含晶摔伤的消息。面包店歇业一个冬季,她找了个新的兼职,去高尔夫球场当球童,时薪高还有小费,但也更辛苦。而她的伤,是从摆渡车上摔出来的,小腿骨折。

到家那天,看她坐在轮椅上,徐知凛心绪大乱。她蹒蹒跚跚的样子,刺痛了他。

表妹江宝琪在旁边念念叨叨:"本来小费赚赚嘛挺不错的,这下连学都不好上。唉,长得一脸苦相,我妈说这是福薄,守不住好东西。"

徐知凛起身,冷沉沉地看了江宝琪一眼。

他试图与沈含晶谈一谈,可是一连好几天,她以各种方式躲避他。

直到这天,她在楼下陪江宝琪练完琴,徐知凛悄悄跟上去。见她轮椅推得吃力,他想要帮忙,她却直接刹住轮椅,只对他说了一个字:"滚。"

苦涩疯长,于万吨沉默里,他一路跟着她到家,请求和好。沈含晶面无表情,视线空洞且冷漠,没有回应。

写字笔掉到地板上,两人同时去捡,手碰到一起时,沈含晶迅速避开。

徐知凛迟滞了下,捡起笔来替她放回桌面,说了句"你先休息"后,默默离开。

雨量充沛的城市,天气晴得犹犹豫豫,徐知凛走出一段路,忽然转身。

朝上，看到沈含晶的脸。她站在窗后，轮廓折角都被光源柔化，有一见太阳就消散了的脆弱感。

心层层下陷，徐知凛毫不犹豫地冲了回去。回到楼上，她已经转过身，薄薄的眼皮撑着，直视他。心缝皲裂，徐知凛一步步接近："对不起，我错了，我不该……"

"你没有错。"沈含晶打断他，"我们不是同个世界的人，不要再跟着我。徐知凛，我很虚伪很自私，我会说谎，会装相，会利用人……"

她毫不在意地在自我贬低，以一种放血式的决然。

徐知凛往前一步："那就利用我，说谎给我听，装相给我看，我都可以接受……"

"你不懂。我报复心很重，谁招惹我，我会想方设法地算计回去，包括你。而且我讨厌很多人，比如你的家人……"跟他微红的眼眶不同，沈含晶脸上甚至有点笑意，"你还要听吗？徐知凛，这样的我，你还要靠近吗？"

一字一句，越来越像试探。徐知凛看着她，分明有一双明亮的眼，热烈又鲜活。比起她嘴上的斩钉截铁，他却似乎看到她暗伤下严密的防御体系，以及一段自我包裹的灵魂。

情绪反刍，这段时间所有的无法想象和难以接受都已经解体，他伸手抱住她。过几分钟，她也回抱，温顺地贴在他胸前。

"知凛，你真的要靠近我吗？永远，身边永远只有我一个？"

徐知凛点头："永远，只有你。"比起一个毫无瑕疵的灵魂，她更重要。不知过了多久，沈含晶往后退开。

"怎么证明呢？"她开口，笑眯眯地看着他。尖尖的下巴微扬，眼底闪着烁亮的光，带着猎获感。

徐知凛掌心冒汗。他闭了闭眼，突然想起一句话：烫痛过的人仍然爱火。

就算这是一场试探，他也心甘情愿，踩下她种的刺，只要人在身边。

但他似乎忘了，向她要同等的承诺。

思绪沉底，回到现实，除了尾浪踢耳，还有动静过大的拍门声。

徐知凛正好吃完。

见他站直，沈含晶跟过来："如果人家动粗，我可以还手吗？"

"随你。"徐知凛离开餐桌。

"我还手会怎么样？"

"试试就知道了。"

"那……你会帮我吗?"

问出这句时,两个人都到了门边。徐知凛没有回答,将门把手一压,门外是两眼冒火的杨琳,以及尽力控制住她的蔡阳晖。

徐知凛喊了声"蔡总",语气淡淡:"这么着急?饭都不让我们好好吃。"

他跑去点完炮就把人领走,这还慢吞吞地吃饭呢,蔡阳晖挨了好久的骂,现在一脑门汗:"见谅见谅,我老婆看到老朋友,比较……激动。"

杨琳岂止激动,立马直指沈含晶:"是江宝琪把你弄上来的吧?怪不得她找我要票,原来是给你!"手指都在抖,看得出来恨到极点。

"江宝琪是哪位?我不大记得。"沈含晶略一思索,"蔡太太,听说咱们之前是同学?"

她表现得惊讶,杨琳气得嘴唇发抖:"妖里妖气的,你别给我装!"

"不好意思,我失忆了,好多事都不记得。"沈含晶如实解释。

"骗鬼呢,失忆了还找得到他?"杨琳再一指徐知凛。

"别误会,是他找的我。"沈含晶眼里冒起点笑意,往旁边倾身,"你不替我证明一下吗,知凛?"

紧绷的场合里,她的声音格外婉转,带着暧昧框架下的亲密。

蔡阳晖忙着把杨琳的手臂拉下来,说:"老婆,咱有话好好说,别气坏身体。"

杨琳死盯着徐知凛,见徐知凛并没有否认,转而再看沈含晶,目光复杂起来。她一直被当年的事折磨,一度成了家里的罪人,被父亲扬言断绝关系,甚至后来……

她承受了这么多,罪魁祸首却失忆了,简直像个恶意的玩笑。

一口气堵在胸口,杨琳怎么也咽不下去。

"要进来坐坐吗?"沈含晶往旁边让了让,一副主人姿态。

就这么站在门口确实不像话,蔡阳晖半哄半抱,把雕塑似的杨琳给劝了进去。

阳台的移动门开了一道缝,海风透进室内,把丝丝缕缕的女香吹出清凉感。

餐桌上是两人吃剩的饭菜,沙发里徐知凛外套的领口处躺着一支口红,再联系今天种种,怎么想都知道不简单。杨琳复杂地看向徐知凛:"瞎瞪一次就可以了,你不像是会犯同样错误的人。"

"这跟你没有关系。"徐知凛坐到椅子上，人往后一仰。

他一副万事不理的样子，沈含晶招待客人："不介意的话，把事情经过先说一遍？"又疑惑，"关于你父母的事，我想不出来，会跟我有什么关系。"

作为同样不知经过的人，蔡阳晖的脑袋里也一堆问号。他只知道岳父之前和秘书乱搞，最终因出轨而离了婚，实在难以想象，怎么会扯上自己老婆的同学？

他借机瞟了两眼沈含晶，确实漂亮，容易让人走不动路。

原本在蔡阳晖的猜测下，不过是一夜厮混的临时女伴，这在他们圈子里再常见不过……但现在看起来，好像压根不是那么回事。权衡了下，蔡阳晖觑向徐知凛："会不会有什么误会？"

"什么误会？"杨琳眼里瞬间燃起一团火，睁大眼像要吃了沈含晶，"她都承认过，还能有什么误会？"

话里机锋冷得像刀，要把人脸皮剖开，这样的怒气冲天，但就是不愿意说具体事情。

沈含晶刚吃过晕船药，人有点犯困："我虽然不记事，但也知道自己不会无缘无故针对谁，除非……对方先惹我。"说完，朝徐知凛笑，"你说是吗？"

"你真不要脸。"杨琳在旁边冷笑。

沈含晶耐心差不多了："蔡太太，我理解你父母离异的心情……既然你不肯说，我也就不问了。实在不行，我吃点亏给你道个歉，事情就这么过去？"又笑了笑，"不好意思，刚吃完饭，想躺躺。"

"是啊老婆，都这么久了，既然人家都道过歉了，要不就算了吧。"蔡阳晖在旁边劝道。

"算什么算？"杨琳一下炸了，"要不是她，我爸妈根本不会离婚，我爸也不会跑去北方，更不可能出车祸！"

沈含晶被逗笑："你这迁怒的本事也太大了。就算你父母离婚真跟我有关，不至于后来所有事都要往这上面扯？"说着朝蔡阳晖瞄了一眼，"还是说你嫁的老公不好，也要怪我？"

那一眼，让蔡阳晖额角神经一跳。他心虚，脸都有点绿了。再看沈含晶，声音听着心平气和，然而笑盈盈又俏生生的她，最知道怎么激怒人。

"蔡太太，我本来想找人问问以前的事，你如果愿意的话，我们好好叙叙旧；如果不愿意，我也不勉强，你请自便，我和知凛还有别的事要忙。"

"你说什么！"杨琳一下站了起来，同时，听到长长的声笛响起。

数了数，一共响了三声。

"有人落水！"蔡阳晖连忙提醒，"那什么，老婆我们先走吧，有什么事晚点再说。"

"落水有人救,关你什么事？别在这儿搅和！"杨琳大力推了丈夫一把，把他手机给推得掉出来。

正好来了电话，蔡阳晖跟跟跄跄地接起，听了什么后很快骂了句："庄磊他们掉海里了，咱得去看看。"

第三章
回忆

意外突发，几人都赶去下面的甲板。

救生员充足，很快把人给捞上来。落水的一共三人，两男一女，其中有个裸体的，被救生衣盖住了重要部位。三人从头到脚都湿透了，此刻瘫倒在地上，大口地喘气，大口地吐水。

天冷水也凉，有一个被冻得痉挛性收缩，喘鸣又抽搐。

落水原因挺不光彩——一男一女看对眼，但女方是跟男朋友一起来的，对眼的两人只能私下勾搭，错开吃饭时间去偷情。想得挺好，结果被撞破，然后三人扯打到阳台，一带二全摔下去。

女方最先醒过来，头发一绺绺地糊在脸上和脖子上，像无助的女鬼，哭声细弱，一颤颤地往人耳朵里钻。

沈含晶突然打了个晃，撞到徐知凛。

"怎么了？"徐知凛用肩膀支住她。

沈含晶直着眼定了几秒："……没事。"她结束一个深呼吸，还玩笑似的指指当事人中的一员，"你朋友，玩得挺花的。"

她面色白得有点明显，徐知凛看着她，说："回去收拾东西吧，差不多靠岸了。"

沈含晶点点头，没再说什么，只是直到转身那刻，皱着的眉心也没有打开。

高饱和度的绿，让她成了视线里最鲜艳的存在。

看着那个身影走远，徐知凛收回目光。

现场一团混乱,他扫向自己的肩头,半响,摘下一根长头发。

游轮跨越两省三城,到达崖洲码头时,距离黄昏还有个把钟头。

一湾椰影三面海,崖洲拥有独特的岛屿风光。在这座拥有"东方夏威夷"之称的城市,沈含晶相当于提前放了年假,入住的酒店冠集团名,是AN旗下奢华度假品牌。

这几天里,杨琳没来找过她,倒是江宝琪,基本每天跟她一通电话,又是发牢骚,又是威胁让她跟徐知凛分手。

接触几回,沈含晶发现这位富家女还挺有意思,既凶又尿,经不起一点吓。而且江宝琪防备心虽强,但经不住套话,有些事三言两语就能问出来。

比如杨琳父母的事,就是从她嘴里听来的——杨父出轨离婚,后追随情人去到其他城市,不久后遭遇车祸。

江宝琪在电话里说:"怎么样,是不觉得自己坏到家了?"又幽幽地说,"要不是你,她也不至于嫁给蔡阳晖……"

沈含晶好笑:"江大小姐,我是失忆不是失智,你跟杨琳是好朋友,当然只会说对她有利的部分。"

不过,蔡阳晖……想起甲板那晚,这人的眼珠子快贴到自己身上的猥琐样,沈含晶思索了下。

按江宝琪说的,因为父母离婚,杨琳家境变得一年不如一年,所以只能选了范围内条件最好的蔡阳晖,那确实跟她沾了点关系,但是——

"男女间的事一个愿打一个愿挨,杨琳嫁谁不嫁谁,我不信她连基本的择偶权都没有,所以别把这大帽子往我头上扣,没用。"

"谁扣你帽子了?"江宝琪有点毛了,"你就是白眼狼,从小我们吃吃喝喝都带你,有好东西也想着给你,从来没有亏待过你,结果你恩将仇报,太没良心了!"

她叽叽喳喳,如小孩子吵架一样说些车轱辘话,脏话说不出,泼气也不足,没什么攻击性。她骂了半天听到拨水的声音,问:"你在干吗?"

"游泳。"沈含晶说着,又踢了两下水。

这漫不经心的语气,激得江宝琪又骂了两句:"你要还有点良心,抓紧跟我二哥分手,再别搞他了。"

"你自己也听见的,是他心甘情愿的,我没有强迫过他。"

"哎?你这人怎么说不通啊,你,你……"江宝琪急到结巴。

沈含晶拿过刚送来的餐，喝了口饮料："这么想拆散我们，你直接给他打电话吧，困了，挂了。"

结束通话，她将半个身体浸入水里。

她咬着吸管，赶得杯中冰块乱挤，发出凉爽的"嗒嗒"声。

喝完小半杯饮料，沈含晶转身去游泳，腰腿发力，眼鼻埋下水线时，想起那天落水的几个人。

她不怕水，只是那天甲板上的场景，突然激起她脑子里几帧闪动的画面，模模糊糊地，像是曾经被人扔进过水里，粗鲁又恶意。她甚至记得喉咙挛的感觉，那种声带内收的窒息，以及被人压在怀里拍水的震动感，一幕幕像针线翻飞，是比溺水更深的阴影。

泳池很大，水花轻响间，沈含晶游到半程，听到点动静，她回头，见是徐知凛回来了。

他举着手机，走到日光椅前坐下，听电话时，他跟她遥遥对视一眼。

沈含晶没有马上回去，在池子里游了几圈，才慢慢回到岸边。

从水里起来，她戴好墨镜，披上吸水巾，走去与他相邻的椅子。

他们住的是海景房，视野一流。只是虽然同住，但她睡主卧，徐知凛睡次卧，而且大部分时间在处理工作，几天来碰都没碰她一下，简直像人类都市里的禁欲僧。

蓝天白云，椰影和太阳伞，人惬意得不想动。她侧躺着，光明正大地听徐知凛讲电话。

从语气和说话内容上来猜，另一边应该是江廷。

没持续太久，见徐知凛挂了电话，沈含晶给他倒一杯酒："刚开的，还不错。"

徐知凛扣倒手机："股权的事已经处理好，你可以回庐城了。"

"你不跟我一起？"

"我在那边的行程已经结束。"

沈含晶勾下墨镜，斜着眼看他，好久才重新把眼镜顶上去："我知道了。之前去庐城是为了我，现在我跟梁川已经分手，你就没有去的必要了，对不对？"扎实的语气，故作的得意劲。

徐知凛转头，只见她已经躺平晒太阳，一只手搭在额头上，另一只手悬在两张躺椅中间，手腕纤细。

吸水巾只够罩住她上半身，她两腿笔直交叠，足跟微微摆动着，整个人在阳光下白得晃眼。

徐知凛喝了口酒,也躺回去:"给你一周时间,处理好手上工作,去申市过年。"

沈含晶一动未动,一副懒得搭理的样子,也不知道听见没。

碧澄澄的天,区别于申市的阴雨,这里太阳照在身上很舒服。

徐知凛安静地躺了会儿,然后腰被戳了一下,他睁开眼,一条腿越界杵在他腰间,那条腿上还有没干的水渍,泛着粼粼的光。他望过去,看她有何意图。

沈含晶撑着脑袋问:"你不看着我,不怕我回去之后,又跟梁川有点什么?"她很善良,还故意提醒他,"合同里面,可没约定过出轨的事。"

她笑得越明显,就越有恃无恐。

"你知道的,我对你没多少印象,对梁川,我可记得清清楚楚,论感情,你可比不上他。"沈含晶继续找事。看似诚恳,话里几个弯,她自己清楚。

按说一般男人,神经都会对"出轨"这样的字眼敏感,徐知凛却只说了一句:"这种事,你自己衡量。"

沈含晶坐起来,指尖搭在酒杯上,轻轻弹了下:"对我这么放心?"

徐知凛没再说话,以无动于衷应对她的轻佻试探。

沈含晶觉得有点无聊:"你一直这么没情趣吗?"她收回腿往地上站,"放心吧,我就算'绿'你,应该也不会选择这个时候。"说完紧了紧吸水巾,千姿百态地扬长而去。

沈含晶搭乘第二天的飞机回到庐城。

与袁妙会合后,袁妙盯了沈含晶好久:"看来你过得还挺滋润。"

"钱是女人的胭脂,傍了个大款,能不滋润吗?"沈含晶半开玩笑。

从机场到家,刚好把事情大致说清。袁妙连车位都不想找了,拉住沈含晶:"那个徐总摆明来者不善,对你有很大怨气,你还要跟他牵扯啊?"

"嗯。"沈含晶早想过这个问题,"如果能有选择,我不想再当一个没有过去的人。"

更不想再做那些不清不楚的梦。记忆连根拔除的还好,偏偏又给她留点余影,时不时开个口子。梦里一切失真,全是过往的碎片,她不懂自己为什么跑,又为什么哭,连梦醒时分的钝痛都找不到情绪源头。而徐知凛,或许是她缺失记忆的最佳解释者。

"会不会不记得才好？或者想起过去，对你反而是一种伤害？"袁妙有点着急，这几天发生的事，光听她都觉得不对劲，"感觉那边没什么好人，都对你挺有敌意的。"

沈含晶往后躺了躺，手里摩挲着安全带：" 我也没想到，原来我以前那么招人恨……不过法制社会，我要真干过什么伤天害理的事，早也不在外面待着了。"

"嘀——"

有车往这边来，嫌她们挡道，喇叭按得又长又大声。

袁妙被吓了一跳，赶紧把车开走，找了个停车位停下。

车才停稳，几片黄叶子掉到前窗，被雨刮器扫到角落。沈含晶解开安全带，看着落叶微微出神："这些事，觉得很不可思议吧？"

袁妙点点头，说："挺狗血的，是我小学做梦才会梦到的情节。"又想起来问，"那徐总不是说……可以不要咱们公司？"

"这话你信？"沈含晶笑着弄散头发，又打下遮阳罩，对着小镜子补了点妆。

主驾位上的袁妙有点词穷了。确实，人家可以不要她们公司，但同样有别的方法堵路，让春序生存艰难。做生意，资本场上钱就是路，就是理。

待一会儿后下车，沈含晶走到车后备厢处把行李提下来。

袁妙愁死了，琢磨来琢磨去："我还是担心你吃亏。"

她一张苦脸，逗得沈含晶嘴角飞翘。这个同学可比那些富家公子和千金、那些所谓的发小要情真得多。

两人之间没有阶级隔阂，更没有利益牵扯，有的只是这几年实实在在的友谊。

沈含晶提起行李箱的拉杆，摸了摸袁妙的手臂："要不是你有老公，我都想带你一起走的。"

袁妙叹气："还是小心点，我老感觉那位徐总，好像对你挺了解。"

沈含晶正在包里找门禁卡，闻言一顿。确实，徐知凛应该摸透了她，而她呢，对他只有梦里攒来的二手经验，以及……爱过的笃定。

找到门禁卡，沈含晶朝袁妙挑了挑眉："放心吧，关系是第一生产力。"赢面到底大不大，不到最后，谁又说得准？

从停车场到家里楼层，再开了家门。客厅基本保持原样，但还是有人来过的痕迹，不用想也知道是谁。

放下行李后，沈含晶不着急干其他的，而是先去接了杯水，然后握着杯子，慢慢地在房子里逛一圈。走到窗户旁边时，她发现墙上的圆形物品。

她站在旁边看了看，上前去盖住红点，直接拆了下来。果然，不出两个小时，梁川出现了。

他风尘仆仆，沈含晶把那圆形物品扔到桌面上："我说过，家里不准装探头。"

"我不是有意的，对不起，晶晶，我只是太担心你了……"梁川急得连话都说不转，想问她这几天的去向，更想向她解释些什么。

可沈含晶只强调一件事："梁川，我们已经分手了，别再来找我。"

梁川阵脚大乱，想牵她、抱她，却一次次被推开。沈含晶看他的视线不带憎恶，除了冷漠还是冷漠，多余的话也不肯说。

"不能再商量一下吗？"她太绝情，梁川喉咙阵阵发紧。

"卖掉公司的时候，你跟我商量过了吗？"沈含晶也不像之前那样问原因，平静到像在谈别人的事。说分就分，实在是决绝。

人生到现在，梁川没有经历过什么大风大浪，跟沈含晶的感情变故是他唯一遇到的坎儿。他这几天急疯了，白天找她，晚上梦她，没有一刻停止过担心和焦虑。

"晶晶，我想跟你好一辈子的。"梁川的声音涩得很艰难，"你真的……对我有动过感情吗？"

"没有。"她红唇张合，无情地丢下两个字。

沈含晶把梁川赶了出去。

离过年已经很近，非服务行业的基本都放了假，接下来的日子，沈含晶都在处理公司的事。

她拉黑了梁川，即使他换号打过来也会马上挂掉，不愿意跟他多说什么，甚至为此搬到酒店，梁川想见她都难。

这样的举动已经十分明显，好多次在公司碰到但不被搭理后，梁川渐渐绝望。

而这天，宋琼来了。

宋琼虽然看不上沈含晶，但更看不得儿子天天失魂落魄、要死不活的样子，只能拉下脸亲自来一趟。像从前一样，她来到春序，趾高气扬地走进沈含晶的办公室。

"听说你爸身体也不太好，如果他不方便回国，我们去看也可以。到时候把你们两个的事情定一下,过完年找个好日子,你们直接把证给领了。"坐下不久,宋琼直接表态。

沈含晶看着宋琼,没说话。她坐在办公桌后,连茶也没给宋琼倒一杯,宋琼忍气,道:"你不要跟我犟,有台阶就赶紧下。明年我在鼎湖豪园买套大平层,给你和阿川当婚房。"停了两秒,又撩下嘴角,"放心,房本会加你名字,我知道你家里情况,也不要求你什么嫁妆。"

桌面放着找出来的平面图,沈含晶翻了两下,垂着眼说:"这么大方,看来琼姨手里头宽松不少。"

"宽松倒算不上,但给小辈置办点东西还是挤得出来的,毕竟我们只有阿川一个儿子,只要你们两个好,我们老的省着点花也没什么。"

宋琼实在是难得和气,虽然觉得沈含晶没规没矩,说话都不看着人,但想想她最终在合同上签了字,还是愿意说上几句好听的。

沈含晶也很客气:"那怎么好意思,既然琼姨这么勉强,还是别了吧。"

"你好好说话。"她打太极,宋琼心里骂儿子骨头轻,但又不得不夹着眉头,为宝贝儿子扮好脸,"你跟了阿川几年,你们感情好,我和他爸也是看在眼里的。"想了想,宋琼又再让步,"只要你愿意听话,我也不会为难你,上回宴会你一声不吭就跑掉,我有说你什么吗?"

听宋琼翻旧账,沈含晶放下笔:"琼姨这么闲,公司官司也处理好了?"

她话说得慢悠悠的,宋琼出了神,火气迟了好几拍才冒出来:"你不要得了便宜还卖乖!AN什么实力你应该也清楚了,不然怎么突然又签字?说起来,你还得谢谢我们。"

"谢什么?"沈含晶问。

"装什么傻,你自己心里清楚。"宋琼嘴一撇。她跟江廷对接,只知道转让合同沈含晶签了字,认为沈含晶也是贪钱,而且觉得要不是他们梁家,沈含晶还遇不上 AN 这样的大财主。

这么想着,宋琼心里更看不上沈含晶了:"我是带着诚意来找你的,能谈就好好谈,以后你们结了婚,叫我一声妈,我也会把你当女儿看。"

沈含晶顿了下:"我有妈。"

"你哪里来的妈?"见沈含晶这么不识抬举,宋琼彻底恼火,"你说得清自己的身世吗?还有你这失忆的毛病,听说你养父什么也不肯讲,谁知道你以前有过什么腌臜事!"

她说话不管不顾,办公桌后,沈含晶视线直射:"趁我现在还愿意好好说话，你拿上东西，出去。"

"你这是什么态度？你爸没教过你怎么跟长辈说话？"宋琼声音立马高八度。

沈含晶盖上图纸："我爸只跟我说过，打狗要关门。"

"你说什么？"宋琼气疯了，好在门适时被敲开，袁妙赶紧进来拉住她，好说歹说，把人给弄了出去。

这阿姨实在尖刻又强势，一天天不知道想的什么，把自己摆得那么高，明明是来求和的，还没几句就要戳人痛处。袁妙皱着眉，心里直犯嘀咕：摊上这么个妈，小梁总也是倒霉。

终于哄得宋琼离开公司后，袁妙松了口气。她回到办公室，看见沈含晶对着窗外发呆，上去问道："……还好吧？"

沈含晶点点头："没什么不好的。"站了会儿，扭头问袁妙，"晚上一起吃饭吗？"

袁妙抽不出时间："今年轮到我们家接客，我妈得准备过年的东西，我回去帮帮她。"

"嗯。"沈含晶看看时间，"那你早点回吧，别让阿姨等。"

工作基本收尾，剩仓库守着几张出货单，等出完，展厅也就拉闸了。

袁妙点她："到时候去我们家一起过年吧，我妈做那个菜团子和粉蒸肉，你不是很喜欢吗？"

袁妙是本地人，袁妈妈跟沈含晶也很熟悉，看她瘦了吃得少了，会心疼地叮咛唠叨，平时做了好吃的也会放保温盒里，叫袁妙带来给她。所以提到这位长辈，沈含晶也很有亲切感。她拿过平板电脑，点开宋琼医院主页，在器械页面浏览几秒后，笑笑说："好啊，到时候看。"

小年后，春序也都放了假。

沈含晶这天出门一趟，乘车回来的路上，江宝琪又打来电话。她掐断没听，江宝琪追魂一样，连发几条语音。点开听，问她是不是又把徐知凛给弄哪儿去了，前几天过小年都不见他回家吃饭。

沈含晶没理江宝琪，但从她的头像点进了她的朋友圈。最新那条，是小年夜家庭聚餐的照片，老老少少坐满一桌，看起来热闹得很。主位的应该是老徐董，大概不想曝光长相，给老爷子的脸上盖了个卡通贴纸。

再往后，滑过一条条自拍日常后，找到徐知凛的身影。看起来是在某个小型宴会厅,江宝琪举着手机跟人自拍,带到后面的徐知凛。他穿黑T恤、水洗牛仔裤,人挺直地站着,灯光磊落肃穆地压在肩上,看起来青松白雪一样孤傲。

看了会儿,沈含晶锁上手机,闭目养神。大概十来分钟,车到了酒店门口。

温度太低,哪怕天上挂着太阳,呼吸间也是白气蒙蒙。沈含晶从网约车上下来,紧了紧脖子上的围巾,朝酒店大堂走去。

穿过双向贯通的廊道,她打算去大堂吧台要杯咖啡,却在电梯旁边,看到两个熟悉的人站在一起。左边留寸头的是梁川,右边单手插兜的,是徐知凛。

沈含晶出现后,他们调转视线,齐齐看过来。

"晶晶。"

梁川最先回神,脚步一抬就要过去,却见沈含晶脸上露出微笑,几乎是小跑过来。等到跟前,她惊喜地扶住徐知凛胳膊:"你怎么来了?"

徐知凛看她:"我记得我说过,就一个星期。"

"是吗?那我听错了,以为是一个月。"沈含晶顺势挽住他,嗔一句,"我还想去你家过年的,以为你不方便。"

这样旁若无人,要多亲密有多亲密。梁川愣住:"你们……怎么回事?"

"不好意思,忘记告诉你,我有新男友了。"沈含晶这才对着他笑。

梁川脑子"嗡"一下,还有点茫茫的:"什么时候的事?"

"前不久。"沈含晶语速匀缓,"你大概还不知道,知凛是我的初恋。"

"你……都记起来了?"

"没有,是他告诉我的。"

"所以?"

"所以我们复合了。"

听到"复合"两个字,梁川眼眶猛地一红,忽然回过神来。他眼睛迅速充血,捏紧拳头就要动粗,可惜文明社会,又是在别人的地盘上,很快被酒店安保给拦住。

公开场合,不少宾客包括工作人员都投来视线。在一片猜测目光中,梁川满身戾气直冲徐知凛:"找我买公司,又找人灌我酒,你全是故意的,是不是?"

"我只找人问过一回,是你母亲一直联系我,也是你们主动来见我。"徐知凛声音淡漠,"而且我没记错的话,那天晚上,也是你一直向我敬酒。"

他越轻描淡写，梁川越愤怒："我们都要结婚了，你跑出来，有本事正大光明地竞争，玩这些垃圾手段，还是不是男人？"

周围开始有人窃窃私语，数不清的视线围着他们打转。沈含晶没有当众晒隐私的癖好，正想说些什么，旁边的徐知凛忽然动了下。

他没看她，但把她的手拿下来，握住。男人火旺，掌心的温度从来都是要高些的，沈含晶一怔，那只手陡然又穿过她的指缝，与她十指交扣。是宣示占有的姿势，纹理交错，平滑而温热。

徐知凛眼里藏不住的笑意，慢悠悠地问："梁川，是你选钱才给了我机会……正大光明，你以为你还能争得过我？"

沈含晶侧头，看他稳操胜算的态度，好像只要他出现，她就一定会跟他走。而他的笃定，是对她的轻视。意识到这一点，沈含晶嘴角微沉。

再看对面，梁川成功被激怒，眼看又要跟安保发生肢体冲突，她开口，喊了他一声。

梁川停住。沈含晶看着他："既然分手了，体面一点。"

梁川哪里顾得上这些，他现在忍得骨头都痛："晶晶，你为了他跟我分手？"

这话沈含晶没答，只说了句："死缠烂打的样子很难看，回去吧，不要这样。"

说不清楚的滋味在梁川心头窜开，苦涩又复杂。再看那两只交握的手，更被这亲密模样刺痛。他忍了又忍，良久，他使劲咬咬牙，最后甩开安保，走出了酒店大堂。

看着他离开，徐知凛扯了下嘴角，意味不明。

不久，人群各散。沈含晶跟着徐知凛上楼，电梯里，她问："我来之前，梁川跟你在聊什么？"

"他想毁约。"徐知凛答。

合同已经走完了，再谈这些已经没有意思，沈含晶转移话题："你怎么知道我在这里？"

徐知凛看着不断升高的电梯层数："你房间挂我的账。"

这倒确实，不过沈含晶一副理所当然的样子："总不能让我花钱，那多没面子。"

电梯停稳，两人前后脚走出梯门，徐知凛看了眼她手里提的东西。沈含晶提起来："新开的药，医生让我试试这种，说不定对恢复记忆有帮助。"

又灿灿地笑,"当然,应该主要还得靠你。"

再晚一点,江廷也出现了。对于整件事,他有种被合伙耍了的感觉。不然前脚要赶人走,后脚又旧情复燃,这是什么玩法,是怎么个逻辑?

"听说你们被骂狗男女了?"带着点怨气,江廷一屁股坐到徐知凛对面,"现在内部都在传,说你强取豪夺,猜你肯定爱她爱得要死,以为你俩有什么旷世情缘。"

其实这都算美化版本,更大胆的,就差没说他夺人妻。

话不好听,徐知凛看起来却心情不错:"你可以回去过年了。"

"那我还得谢谢老板。"江廷皮笑肉不笑,"从梁川到你,她移情这么快,你信?能有点安全感吗你?"

"这很重要?"徐知凛低头回信息,眼珠子都不动一下。

门被叩响,服务员送餐进来,还有一杯打包好的咖啡。

中层行政酒廊,窗外一片华灯绵延,整个城市最好的夜景尽收眼底。

刀叉磕在盘子中心,江廷吃了口雪蟹,再瞧对面,徐知凛还在慢吞吞地吃着前菜。看他心大得没边,江廷真觉得自己多管闲事,但又忍不住提醒:"她把宋琼公司举报了。"

徐知凛这才举眼:"什么理由?"

"使用无证机械,还有假仪器假探头,药监已经去查了,估计行政处罚逃不掉。"江廷有点阴得慌,"她跟梁川怎么说也几年的感情,差一步就结婚了,这样的关系还对梁家下得去手,是真狠。"

徐知凛点点头,换了盘鳌虾:"估计是宋琼做过什么。"

他似乎毫不意外,江廷皱眉:"你就不怕她也对你怎么着?"

这话也不知道哪里出了问题,莫名其妙的,徐知凛笑得肩都有点抖:"认真地讲,我比较怕她什么都不做。"

配菜吃到嘴里,江廷突然犯牙疼。倒是徐知凛,几口吃掉盘子里的食物,然后站起来,拿着咖啡离开。

看着那个迤迤然的背影,再想到另一个令人发怵的存在,江廷有点吃不下去了。

两个神经病,绝了。

沿旋转楼梯上两层,徐知凛到了客房,打开门,穿过吧台和客厅,吹风机的声音盖过电视。

高跟鞋、女式包、丝袜、指甲油……窗帘敞着，视野比酒廊还要宽些，桌上放了一堆瓶盒杯罐，徐知凛把东西放在空处，扫了眼洗手间里吹头发的身影。

确实会享受，住他的酒店挂他的账，还选的是套房，半点不客气。

几分钟后，吹风机的声音停下。对着镜子抹好发油后，沈含晶拉开移门，就见徐知凛坐在沙发中间，左右是她叠好的衣服，顶上是没来得及收的内衣。

沈含晶愣了下，走过去，面不改色地把内衣拎起来："抱歉，刚在收拾东西，有点乱。"

算算时间，敷的面膜也差不多到点，她撕下扔到垃圾桶，随意坐在靠窗的贵妃椅上，又看了看："这椅子配色有点老气了，贴合程度也不太够，不考虑换一款？"

"那你觉得，该换什么样的好？"徐知凛接话。不同于前几回的扑克脸，他好整以暇，似乎对话题很感兴趣。

沈含晶看了他两眼，再偏开指指桌面："帮我拿一下。"

按她示意，徐知凛找到灰色收纳盒，起身递过去。盒子里全是美甲工具，沈含晶找到海绵条，支起右腿。她穿酒店的浴袍，里面是软绒，缎面绣了AN的标志。白色青果领，两边交叉的款式，腰部松松地打个活结，腿一动，浴袍立马拉开。再看趾甲，涂的是酒红色，还盖了层金粉，长长了些，甲根一道宽边露白。

徐知凛手插在兜里，看她打磨封层，再又包住甲面，然后用钢锉推掉甲油胶。

脖子前倾的姿势，头发全部埋到身前，她发量多，水草一样茂盛充盈，这样往前拢的时候，像要吃掉整张脸。一时间，只听到她发出的忙碌声。

涂完软化剂，沈含晶这才抬起头。四目相接，她眨眨眼："我没想到你会过来。"

徐知凛在床边坐下："你不就想我过来，好跟梁川见一面？"

应该很少有情侣像他们这样，句句机锋，看透彼此意图。

沈含晶眼珠轻微转动，笑了。她抬起已经处理好的右脚，放到徐知凛的腿上。等擦干净左脚的甲面后，她又若无其事地去看，停顿两秒，抽回腿。

她站起来，熟门熟路地坐到他腿上，手指搭到他背后，有一下没一下地点着。徐知凛肢体动作松散，声色不显。

像游轮那晚，但又分明有什么不大一样。

不知道他用不用香水，身上微微药感的木质香和写实的薄荷味，闻起来有点像高权限的机器人。看了一会儿，沈含晶摸起手机，找到江宝琪的语音，点播放。

等放完，她又往后仰，抵住徐知凛的膝头："我以为你家里人没事找事，没想到，还真是我把你勾来了？"

徐知凛没点头，但也没否认。

久别重逢，情绪应该还有发酵的余地，沈含晶看着他，心里暗自咂摸着什么。

鼻子山根很高，眉眼存在感也强，配一张周正颌面，夜灯之下，更像清冷男君子。

要说对他有什么印象，也是百说百随的温柔甚至温顺，更是羞红的耳朵、体贴的问询。而不是现在这样，纹丝不动，看起来像大爷。思索间，沈含晶手指卷着他蓝色领带，摸到结口后，一点点替他解开。

他越没反应，她越有兴趣继续。等勾出最后的尾尖，再往外扯。领带一寸寸滑过颈后，与衬衫剥离，又被扔在尾凳上。接着，徐知凛的眼镜也被摘掉，听她细声细气地说："其实，我经常梦到你。"

"梦到什么？"

"梦到你……这样。"她用力把他推倒，而她居高临下，享受俯视感。

乔张做致，眉眼间水分充足，像蔑视情欲规则的女玩家，有着野性底色。很不隐晦，却是久违的熟悉感。

刚刚卸干净的甲面在垫单上移动，刮出不明显的牵扯声。她低下头，浴袍的青果领滑开："找回我，高兴吗？"

高兴吗？徐知凛指尖移动。曾经以为永远不会再见到的人，以一种事过无痕的姿态出现在眼前，该在什么样的心绪里辗转？

他摸着这张脸，皮肉纤薄适中，垂眼看人时，脸上的阴影层次加深，落到唇谷，更加助长了风情感。

唇齿一磨，声线掌过耳郭，她又问了一句话，而徐知凛深以为然。他拉偏枕头，揽住她，一把翻到旁边。

头发还没有干透，碾入发间，指腹有微微的湿意。她的骨脊单薄，却是最佳控制点，灯光稀薄，清晰感一寸寸从皮肤表面分割。

亲密是一场荷尔蒙战争，热气盖过来，直接给嗅觉升温。他寸步不让，沈含晶缩了下，忽然碰到没来得及脱的手表。表带很冰，她被凉得"咝"

了一声。

徐知凛单手解下手表，随便往旁边一扔，掉到地毯上，发出"噔"的闷响。再回去时，却被躲开。

接连几回后，他收拢力道："什么意思？"

"我生理期。"两人鼻尖距离不足一厘米，沈含晶偏头，避开缠绵的呼吸，"之前都可以的……你错过合适时机了。"

徐知凛死死地盯着她，视线明灭不定。半响，他没说什么，但还是放开手脚，垮了下去。

很久，沈含晶都没有动。房间里灯开了太多，她盖住眼皮，直到浴室响起水声，才摸索着坐起来。

浴室隔得不远，半透明的玻璃移门被水汽蒙了一层。

沈含晶穿上拖鞋，走到桌子旁边，把他打包的咖啡拿来喝。液体入口，动动搅到发酸的舌根，人微微走神。

"不能睡算什么情侣"，这话是她刚才问的，但到最后，看起来又是她打了退堂鼓。

丢脸还是其次，最让她感到怔松的，是他对她身体熟到可怕的程度，好像浑身上下都是属于他的反应机关。

或许是受咖啡因影响，心脏也跳得有点过快，眼帘频繁颤动，沈含晶惘惘地碰了下胸口，指尖微动，又还记得那些突起的肌肉走线。男女之间，这种事能揭露很多，而原来在记忆之前被唤起的，会是大剂量熟悉的亲密。

次日下午，沈含晶跟着徐知凛到了申市。

徐知凛一落地就忙工作去了，沈含晶的安置，则被交给同行的江廷。江廷还记着上回的气，路上连话都不怎么跟她说，把人带到小区就要走，被沈含晶叫住。

"又怎么了？"江廷很不耐烦。

"大过年的，这么冲干什么？"沈含晶招呼他，"都到这里了，不上去坐坐？"

"坐什么？"江廷眼神怪异，"我还有事，没空跟你耗。"

沈含晶跟他对看，终于忍不住提醒："你没告诉我楼层，还有，门禁会拦我。"

江廷只好拐回去，瘟头瘟脑地要带她上楼，哪知人家提前一步走开，

076

剩两只行李箱在原地，拿他当跟班了。

江廷拖着行李箱，心里骂骂咧咧地跟过去。等到楼上，江廷帮她录门禁，又替她把行李箱放进去，再被拉着长长短短问一通，人都要被磨得没脾气了。

临要离开，江廷有些踌躇："你是不是……要去我们家吃年夜饭？"

"是吧？"沈含晶想了想，"知凛好像说过。"

叫得是真顺口，江廷骨头都酸了下。他顿了顿："虽然你不记得，但我还是要提醒你一句，我外公身体不好，你尽量不要招他老人家。"

指的是老徐董，沈含晶微微一笑："谢谢提醒。"

江廷无语，他哪里是提醒她，简直想拜托她安分一点，让他们家人好好过个年。

离除夕只剩下两天，打开窗户，年味显山露水，一簇簇的中国红。再高档的小区，过年也离不开灯笼和对联，这是喜庆的基本元素。

风吹得有点冷，沈含晶退后几步，见江廷还站着没走，顺口问："要留下来吃顿饭吗？"

江廷正搜索合适措辞，冷不丁听她挽留，只觉得她热情得很奇怪，一看就像别有用心。警惕性一下提到最高点，他溜之大吉。

送客，关门，沈含晶回到室内。

大平层，应该是新房子，没什么居住痕迹。玄关到客厅的连接处，用石材通铺一片天地墙，任何功能区都不是，纯浪费空间。

在客厅坐下，她拍了几张照片，再跟袁妙打起视频。

袁妙关心她："你一个人吗？"

"嗯。"沈含晶举起手机，对着前后左右晃了晃，"房子大吧，我像不像被有钱人圈养起来了？"

她开玩笑，袁妙也跟着打趣几句："等我过去找你玩。"

"不着急，我又不是不回去了。"沈含晶缩到沙发里。

等年后开工，两边都要兼顾。

再聊几句，袁妙伸长脖子应了句什么，好像是被喊去淘米。她在娘家，隔着屏幕都能感受到有多热闹。要说不羡慕是假的，不像沈含晶这边，连回声都冷清。

"你忙吧，有空再聊。"道过别，沈含晶挂断通话。

偌大的房子，过分空荡。沈含晶拖了个抱枕在怀里，摸摸鼻子，突然也觉得好笑。怎么会有人这么倒霉，亲生爸妈没了，自己还连出生相关的记忆都没有。

两天眨眼就过,除夕夜,沈含晶终于又看到了徐知凛。他穿一件翻领大衣,毛衫里是白色衬衣领,头发修短了些,露出明晰的发线。或许受年节的气氛影响,人拔直站着,眉眼都柔和起来,看着比之前好接近。

两人坐在车后排,徐知凛还在处理工作,是一点遗留问题,听听新品牌业主的沟通情况,再看看财务部门做的,最新分析模型下的数据走向。忙完手头工作,等合上电脑,一直看窗外的人也正好转过头来。

她压上桌板,撑着脸问一句:"听说你爷爷很不喜欢我?"

"你在乎这个?"徐知凛反问着,同时不动声色地观察沈含晶的神情。灯光下,她天生一双波光潋滟的深情眼,眼里永远带笑,招摇又纯粹。

眼前一暗,是她伸手关掉顶灯,爽快地回了句:"不在乎。"

徐知凛嘴角微动,黑暗里把腿往前伸,碰到她的外套。

等到地方,两人左右下车,又心照不宣地站到一起。

独栋住宅,下车就听到欢声笑语。地砖墙砖、庭前绿植与楼栋高度,沈含晶朝四周看了看:"我……也在这里住过吗?"

"住过。"徐知凛伸手,压在她腰后。

两人踩上台阶,进入门厅后,有小孩子眼尖,指着他们兴奋地喊了句什么。听到动静,一屋子人从各个角落看过来,热闹声戛然而止。

成为气氛破坏者,沈含晶并不觉得有什么。她跟着徐知凛走进去,稳稳地踩地,大模大样。毕竟她如果是不速之客,那他就是叛逆者——明知长辈不喜欢,还要把人往家里带,反骨十足。

在许多双眼睛的注视里,他们走向人群。

客厅挑空很高,最吸引目光的是一整面的鱼缸,以及石材纹理拼成的大面积背景墙。气派归气派,但整体装修以浅色为基本色调,家具也是自然朴素为主,跟想象中的老派豪奢风不大一样。

放眼全场,认识,或说记得的人不多,也就江家兄妹。江廷好像在跟什么人打电话,而江宝琪目光闪躲,像是生怕听到沈含晶打招呼,一直背身或侧面觑她。

一片寂静里,二楼传来点动静。

银白头发、两鬓还有点苍斑的老徐董被搀扶着出现。他往下扫一圈,视线拂过最后进来的两人:"都愣什么?开桌吧。"

已经是祖辈的人了，行动虽然有点不利索，但声音清而有力，气场还是在的。他说完话，楼下很快就恢复热闹，一群人装也要装出无事发生的模样，高高兴兴地走去餐厅。

年夜饭，一年到头人最齐、最热闹的时候。

沈含晶笑意得体，在一众徐家人里适应良好。老徐董面色寻常，并没有厉声呵斥或驱赶，而是直接无视她。

各怀心思，在开场的假热闹里，渐渐迎来真热闹。

不少家庭都有说贺词的传统，像徐家这样注重长幼尊卑的，当然也少不了这一环节。嘴最甜的，还要数江宝琪。

她打小在徐家长大，跟老徐董特别亲，上去就说了一堆吉祥话，逗得老人家不停点头，还破格喝了半杯酒，可以说是相当给面子。

江廷呢，别看长得风骚，嘴里却没什么花活，几句吉祥话刚出口，就被一群人追问什么时候结婚生孩子。江廷连称惹不起，灰溜溜地回到座位。

等挨个去贺完，所有人默契地将目光投向某个位置，气氛陡然又凉下来。

"咳，"有人提醒式地清嗓子，"知凛。"

桌面上两个杯子，徐知凛递一个给沈含晶，再带着她离开座位，去了老徐董身边。

"爷爷身体健康，松柏长青。"

在他后面，沈含晶跟着喊人："祝您……"话没说完，就被打断。

老徐董看也没看她，皱眉问徐知凛："一年就这一天，你非要让我不好过？"

"您一直催我谈女朋友，我听您的话，这就在谈。"徐知凛握着杯子，对答如流。

"除了她，跟别的女人你就处不了了？"老爷子目光如炬，"之前给你介绍的那些，哪一个比不过她？"

餐厅里更安静了，有用人来换骨碟，一看这架势，吓得站旁边没敢动。

众目睽睽下，徐知凛甩出一句："我早就说过，您有您的标准，我有我的选择。"

"嘭"的一声，老爷子砸了下桌面："你的选择就是死性不改，就是吃了亏还要上当？非要这种人把你毁个彻底？"

徐知凛毫无反应。

老爷子瞪着眼看这个孙子，眉目越来越冷厉，最后扔下一句"跟我上来"，就拄着拐离席了。

徐知凛没动。沈含晶轻轻推他:"去吧。"

有点讽刺,明明也就是空有关系的两个人,到这种场合下,居然有种盟友的错觉。

看着徐知凛离开,沈含晶回去坐下。

不久后,陆续有人离席,分散去了不同角落。听来听去,在场除了江家,其他都是一大家的,说不上跟徐家特别亲。

按说一大家子这种,年节通常都是拆开来自己过,非要跑哪里聚,除了人多热闹,大概也是关系需要维护,或许有利可图。

吃完盘子里的食物后,沈含晶在楼下逛开,等走到大回廊下,意外听到江家兄妹的对话。

隔着一排绿化带,先是听见江廷恶狠狠地在训江宝琪:"你傻不傻,脑子长来养鱼的?她敢找外公,你不会威胁回去,说要找安叔?"

"我,我没反应过来嘛。"江宝琪声音有点蔫。

"你是没反应过来,还是想看热闹?"

"没有啦。"江宝琪声音发虚,"我以为二哥只是骂她一顿,哪里想到会跟她又搞到一起去……"

"什么搞来搞去的,好好说话,不准讲粗口!"江廷提高声调,"要给外公知道是你牵的线,你死定了。"

"嘁,少吓唬我,外公才不会跟我生气。"

他们兄妹两个拌嘴,沈含晶绕过绿化带,打了声招呼。

这会儿没什么人,江宝琪倒是愿意认她:"你高兴了吧?我们家鸡飞狗跳的,现在呼吸机都要开起来了。"说完朝楼上看一眼,心想肯定在吵架,她外公那个老心脏啊,也不知道会不会又被气出毛病。

再看沈含晶,就这么堂而皇之地出现,她是真心服气的:"你是不是给我二哥下过降头,怎么他一见你就昏头昏脑?"

"别胡说八道。"江廷戳妹妹的脑门,"该干吗干吗去,杵这儿累不累。"

江宝琪捂住头,郁闷地瞪了沈含晶一眼,气鼓鼓地走了。

片刻,沈含晶左右看了看:"我以前……住哪儿?"

江廷往后面指了指:"现在都锁着,你要想去,以后找徐知凛带吧。"他是没这个胆,外孙跟孙子什么区别,他心里还是很有数的。

天开始下雨,脸上刺凉刺凉的。没在外面待太久,很快,两人也回了客厅。

客厅的弧形沙发上坐了个小孩子，三四岁的样子，抱着一瓶比他还要高的果汁，慢慢嘬着吸管。刚才就是这个孩子，叫一声吸引了所有人的注意力。

江廷过去就拿人果汁："一天吃吃喝喝，看你眼睛都胖没了！"

小孩脾气挺好，东西被收了也没哭，眨巴着眼看沈含晶："大哥哥，这个姐姐是谁啊？"

江廷："是你二哥的女朋友。"

"哦。"小孩抠抠鼻孔，在江廷的肩膀上蹭蹭手指，再对沈含晶甜甜地笑，"姐姐好。"

"这是你弟弟？"沈含晶看了眼脸都绿掉的江廷。

江廷点点头："叫宝时。"

跟江宝琪共了一个字，沈含晶继续问："亲弟弟？"

江廷正拿纸巾擦肩膀，闻言脸更绿了。可不是亲弟弟怎么着？差二十来岁，他要是结婚早，自个儿都能生出来了。

一点脚步声接近，有人端着几碗甜汤过来，问他们要不要吃。

"吃吧，我看你刚才也没怎么动筷子。"江廷说完，自己拿了一碗，坐下来给弟弟喂。

是红豆圆子，沈含晶也正准备拿，托盘忽然转了下弯，分量最多的那碗送到了面前。沈含晶抬眼看，拿托盘的婶子对着她笑了笑，微微拘谨，但十分友善。

沈含晶愣了愣，很快端了跟前那碗，说句"谢谢"。

在沙发上坐下，沈含晶开始低头喝汤。隔壁沙发上，小宝时喝一口对她咧咧嘴，缺了几颗牙都看得清清楚楚。

见弟弟腮肉向上还装可爱，江廷气都不打一处来，他怎么会有这么傻的弟弟？人善人恶都看不出来。

一碗见底，借还碗的机会，沈含晶进了厨房。中西厨是分开的，里面很宽敞，灶具全是顶配，地上连油污都不怎么看得到，干干净净，井井有条。

或许是已经过了忙碌的时段，厨房里只留几个人，而中岛台旁边在洗菜板的那位，正是刚才送糖水的婶子。

见她出现，那位婶子马上关掉水："来，给我就好了。"

沈含晶把碗递过去，犹豫着问："您是……罗婶吗？"

罗珍点点头："是我，你是晶晶吧？沈大哥的女儿？"

没认错人，沈含晶笑笑："是我，罗姨，我爸跟我提到过您。"

"哦哦，那就对了，我刚才还不太敢认。"罗珍更加激动起来，手不停地在围裙上擦拭，"你真的长大了，比以前还漂亮，我们晶晶真的是都市丽人了……"说着匀了口气，回头叫一句，"老张你快来！"

话音才落，从后面的休息室里走出来一位矮个中年男性。他留的是平头，下巴圆厚，嘴形有点方。

"这是我老公，他姓张，在徐家当司机的。"罗珍给沈含晶介绍，"那时候你考驾照，我老公还带你模拟过几回。"

沈含晶当然是没什么印象的，对人点点头："张叔好，我爸说过，跟张叔是很多年的老朋友。"

"没有没有，不敢说这个。"张国喜连忙摆手，"我们都是他手底下的人，全托沈哥的福，要不是他愿意带着，我们两口子还在厂里苦巴巴计件呢。"

"对对对，要不是沈大哥，我们没有这么轻松的日子过的。"罗珍忙声附和，又关心地问，"他人现在怎么样？"

"挺好的，药每天都在吃，医院复查也没什么。"

"还是甲减的老毛病吧？别的都还好？"

沈含晶点点头。

唠了一场，罗珍忽然想起点事来："我听沈大哥说，你现在……不记得以前了？"

"出了点意外，"沈含晶眼梢弯了下，"但我爸说过，我刚到这里来的时候，是罗姨带了我两年。"

罗珍点点头："是喽，那时候我们也刚到徐家，时间上比你爸爸空一点，就帮忙带带你。"

当年的事，罗珍还记得很清楚。四五岁的女孩子，那么小小一个，又瘦精精的，跟在后面帮工，大人转身要是不小心都能撞倒她。她又不爱说话，教什么都只点头，你以为没听进去，但一问，又能给你复述得很好。

"你从小就聪明，我还说学东西那么快，以后肯定能读大学，进大公司。"说着话，再看着眼前的明丽面孔，罗珍的眼眶突然有点发烫。

小丫头那时候，是真的好懂事。怕给大人添麻烦，主动说要剪头发，把两条黑黑亮亮的辫子给剪了，剃成男孩子一样的洋头，不用梳，连洗发水都用得很少。

最让人印象深刻的，是某天回家，看到她坐在澡盆子前面洗衣服。澡盆子那么老大,都不知道她怎么接的水,还有两条胳膊,那么细都不够一拃的,自己拎着衣服放搓衣板上,像模像样地刷刷又搓搓。后来才知道,小姑娘以为收养她的是他们夫妻俩,所以拼命讨好。

多心酸啊!想起这点过往,罗珍很快就眼泪汪汪:"你那时候好懂事的,又特别有礼貌,都没怎么让我操过心。"

这么声泪俱下,调动沈含晶奇异的心绪。她想自己真是个奇形种,看着别人为自己哭,丁点被感染的感觉都没有,似乎说的是一个不相干的人。

幽微影像是有的,恍恍惚惚的,但脑子里更像起了雾,情绪跟现实有点脱节。看罗珍还在掉眼泪,沈含晶抽纸递过去:"我现在过得很好,虽然不记得,但还是很感激您当年给我的照顾。"

"比起你爸爸对我们的帮助,那都不算什么。"罗珍擦干眼泪,又吸吸鼻子,"对了,你还有一些东西在我那里,要不要拿给你?"

"改天吧,改天我找您拿。"看她情绪稳定些,沈含晶迟疑了下,"关于我的身世,不知道您了不了解?"

这话才问完,手机响了起来。她接起来,那头是徐知凛的声音:"在哪里?"

"你下来了?"沈含晶问。

"嗯,在偏厅。"

"好,那我出去。"

挂断电话,再向罗珍夫妻道过别,沈含晶走出厨房。

人还是跟先前一样多,这么久了,居然没谁提前撤。

往偏厅方向,徐知凛也正好走出来,隔着宽可跑马的客厅,两人锁定彼此。

徐知凛走过来,人看着气定神闲:"回去?"

"好。"

简言片语后,也没跟谁打招呼,两人离开徐宅。

车速匀缓,他们在后排坐着。沈含晶觉得徐知凛很奇怪,又不是在办公什么的,顶灯还要堂堂开着。觉得太刺眼,她直接关掉,顺便把刚才见罗婶夫妇的事情给说了。

"什么感觉?"徐知凛问。

什么感觉呢?沈含晶想了想:"原来我以前,也不是人见人厌的。"

没了顶灯,徐知凛全靠感官,只觉得她的声音听起来飘轻,像在喃喃自语。他伸出一根手指,敲了敲腿面。

人见人厌,怎么会?那时候的她斯文又有礼貌,成绩从来都拔尖,是大多数人眼里的乖乖女。他还记得她有多安静多守礼,那时经过他连看都不会多看一眼,只会低头站好,等他或是他们一帮人呼呼喝喝地走过。在同龄人都是唯我独尊的年纪,她情绪稳定,从来没有咋咋呼呼的时候,连说话声音都很小。

还有她每个时期的具体形象,他也都记得清清楚楚。短发轻盈,长发秀气,一张细骨脸,一双看了就忘不掉的眼睛。眼里像有两盏小灯,清透又明澈。还有不需要用小动作丰富的温静感,从来穿得很简单,但连裙纹走向都让人想多看两眼。

从没见过她哀哀切切、顾影自怜的样子,更没有过苦大仇深的情绪。她脾气像面人一样软和,除了学习,余事不管、八卦不谈,身上没有故作和矫饰的智感,却是让人难以忽视的存在。应该,也曾经是不少男生心里的白月光。

车辆拐道,路灯闪进后座。很久没有人出声,车厢里落针可闻。

有点疲惫,徐知凛捏了捏眉心,手再放下来时,被人摸索着握住。不很干燥的触感,她手指细尖,在他手背上挠了两下。

接着,左边的人一点点挪过来,慢慢摸上他的手臂:"问你个问题可以吗?"

"什么?"

好像听到一声笑,那只手从他肩头擎过颈部,停在他喉结中间:"你从什么时候开始,喜欢上我的?"

黑暗里,徐知凛眨眨眼,慢了半拍。什么时候喜欢上她的,说得清吗?车道上初遇,更多的是惊愕,毕竟再见到她,已经是两年后的事。

她养父沈习安在他们家工作多年,很被爷爷看重。

听说了安叔收养她的事,爷爷特地把后面的小楼拨给他住,让他可以把女儿接进来,就近看顾。

而知道她已经住进他们家的那天,他刚从学校回来。

因为正门在换石柱,所以车子走后门。后门有一个小坡,车爬坡的时候,他看到了她。那时的她短短的头发,站在岗亭旁边向外张望。

只是头发虽然剪短了,但个子没长,甚至看起来还要瘦些,或许这也是他能马上认出她的原因。

回到房子里，他觉得自己应该跟她打声招呼，于是放下书包，又回到后门。可刚接近岗亭，就见她忽然从伸缩门的缝隙钻出去，疯了一样冲过马路，还差点被来往车辆撞到。

他吓了一跳，隔着马路，看她跟在一个穿波点裙的高瘦女人后面。"波点裙"在挑担的摊子上买东西，刚开始没注意到她，买完就往前走。

眼看她还一直在后头，害怕她跟丢，于是他也跑了过去。距离只有几步时，"波点裙"发现了她，还皱起眉头，好像骂了句什么，很快警惕地抱着包走了，躲避瘟神一样，而她还呆呆地站在那里，看着人的背影。

他不知所措，过去问她有没有事，她像没听见似的，看都没看他。

正好有洒水车经过，缓慢的"轰隆"声，还伴着车喇叭的响声。嘈杂的环境中，他不太清楚地，好像听到她叫了一声"妈妈"。

那天开始，他下意识地关注她。小学到初中，他们不在一起读书，但学校大门是面对面的，他读私立学校，她上公立学校。她成绩很好，好到就算不在同一所学校，也总能听到她的考试名次。也因为这个，她被大人选中陪宝琪做作业，于是他也常能见到她。

客厅下，庭院里，每一层的走廊中，不时能和她打上照面。

那时候宝琪最小，又是家里唯一的女孩子，长辈惯着、别人捧着，捧得一身小姐脾气，天天高高在上，对人颐指气使、吹毛求疵。

他看得很反感，曾经说过几回，但宝琪振振有词："你不懂，我不使唤她，她才不好过呢。保姆、厨师、园丁，家里那么多帮工的，就她跟着咱们享受，凭什么啊？就凭她是安叔的女儿吗？二哥，我跟你说，我要是和她关系好，那些人要妒忌死她的。"

这套耳濡目染来的"用人经"，他听得直皱眉，正想反驳几句，宝琪朝他身后招手："喂，你迟到了，快来！"

转头，见她抱着几本书在门口。两人对视只一眼，她很快又站到旁边，低头垂首，等他经过。

她就是这样的，从来不叫他，如果他问她什么，她多数时候也只有点头或摇头，不多跟他说一句话。于是很长一段时间里，他以为她讨厌自己。

那年春节，下了很久的雨。记得是某个傍晚，他在画室待着久了点，等想起来时间，外面已经沉沉一片，还混着雨丝。他没带伞也看不清路，跑到一半便找个地方躲雨，打算打电话让人来接。

停留的地方好像是台球室，背后有一扇窗，冻雨打在上面，密密麻麻地遮住室内情形。似乎看到点光亮，他正想敲窗的时候，一笔一画，玻璃上出现一个瘦挑的女人。

画上的女人，鬈发，穿一条长裙子，惟妙惟肖，可惜雨势忽然又起来，很快水珠就连着水珠，女人的轮廓也糊成一片。

而窗户后面，出现她的脸。她定定地看着那扇玻璃，好像在跟他对视，又好像在看那幅人像一点点化掉的痕迹。

大概有个十分钟，她从里面出来，给他递了一把伞。他还没回过神，她对他笑笑，自己先走了。

印象里好像第一次看到她笑，但感觉沉甸甸的，扯得心脏有点痛。再看已经进入雨幕的她，撑着红顶伞慢慢移动，像水汽世界里，火红的一片痂。

那天，他也似乎看到她心底埋得很深的疤。

可惜的是，即使有送伞的交集，却也没能跟她走近一点。还是原来的相处模式，她闷声不吭，默默走路默默做事，不是宝琪叫，她不会出现在面前。

偶尔进出也能看到她，坐在车里，跟她擦肩而过。

寒暑两假交替，一年年过去，他长高了，她的头发也长长了。跟宝琪她们不同，她好像从来没烫染过，都是简单扎个马尾，或高或低的，用一根纯色发绳绑着。

后来家里在地下室装了影音房，总有同学和朋友来看电影，她也经常跟着宝琪进去。

到暑假，他表哥江廷回来，说是特地托香港地区的朋友弄了一堆片子，抱去里面放。嘉禾的"五福星"系列、周氏喜剧、"最佳拍档"系列之类的，也有《猛鬼街》或《侏罗纪》这种恐怖向电影，配上开得很低的冷气，引得女孩子一波又一波的尖叫。

那天片子放完，宝琪带着一班女同学回房间玩，而江廷则在她们走后，神神秘秘地抽出一张碟，拉他一起看。

是部进口影片，封面看着有点不对劲，而正片刚放没多久，江廷起来要去洗手间，还特意说不要快进，到关键的时候暂停等他回来。

以为是无聊的情爱片，他没怎么当回事，边玩手机边听台词，直到音箱里传来过分可疑的声音，才抬头看了一眼。

好死不死，这时影音房的门开了，进来的还不是江廷，而是她。

背景音乐旖旎，还有刻意放低的呢喃……

他慌了手脚，连忙找到遥控。等摁下暂停键，画面终于不再动，他故作镇定："你……怎么来了？"

"宝琪说耳钉掉在这里，我来找找。"她摁亮灯光，也把一个不安的他照得亮堂堂，无所遁形。

他像做了坏事，从头烧到脚，正局促不安时，她朝他看了一眼。意识到是要他帮忙，他赶紧走过去，替她扳着座椅。

她应该是刚洗过澡，头发难得地没有全部扎起来，这样一弯腰，头发从肩膀滑到胸前，像电视里拍的洗发水广告那样，好像搁一把梳子上去能从头溜到尾。

耳钉米粒那么大，卡在两排座椅的中间，她的手不够长，又换他去掏。

两人交换姿势时，她一簇乌黑的头发拂到他下巴，拂过他鼻尖，潮湿的柑橘调，过分好闻。

等东西掏出来放到她手心，她说句"谢谢"就走了，而他像傻子一样，在原地呆站好久，直到那股发香消散。

也不是毫无收获的，比如醒神后他踩到一只皮筋，咖棕色的编织款式，细细一圈纽结。捡起来闻，是她的味道。

正迟疑时，不合时宜的江廷出现，看见暂停画面后兴奋地跑去找遥控器，而他则卑鄙地，默默把那只发绳据为己有。后来再看见她，他总有种小偷的心态，见不得光一样，莫名闪躲。

那年统招生中考，她稳定发挥，名次排到省级前十，不少学校抛来橄榄枝，当中也包括他们学校。私立学校虽然不愁生源，但也需要好学生来拉绩点、树排名，听说为了这个，校基金会还特地找到他们家，想靠关系拉拢她这位优秀生。

于是高中开学后，她转到了他们学校。因为课程体系的区别，他们同级但不在一个班，偶尔公开课才会碰到，或者礼堂活动，分在前后排。

他觉得自己前所未有的奇怪，只要跟她接近，就大脑一片空白，经常连说什么话都能忘记，进入机械性的表达状态。当然也有心绪波动比较大的时候，比如看见她跟其他男同学说话，再比如，听说有人跟她表白。

那时候开始流行论坛，有投身互联网行业的学长也给他们学校建了一个。突然有那么一天，论坛首页飘着对她诉说心意的帖子，放了偷拍她的照片，还有一句英文：You had me at hello（你说"你好"的时候我就喜欢上你了)。

他心里一紧,余下的半天,人像丢了魂。

那个帖子没有存在太久,毕竟私立学校再开放,也不允许学生这么高调。于是他心里又一松,摸着那只皮筋,说不清的滋味。像树了个假想敌,突然给他狠狠一击。

回去碰到她,跟家教在画室陪宝琪上课,手里拿着刮刀,在替宝琪调颜料。

那天的天气很好,她坐在阳光里特别有意境,而他站门外,突然想到论坛的那张照片里,她穿着校服,白衬衫和黑色背带裙,除了领结,再没有别的饰品。干干净净的,带着一点生涩感,但出奇好看。

偷拍不是什么好行为,摸到手机边缘时,他还是放了回去。

那晚他没有睡,在床上辗转半宿,起来就着那股心气写了封信,到第二天,又往里面塞了张电影票。

一个学校,又算住在同一个家里,机会并不难找。趁她不注意,他选择把东西夹在书里,又在楼底等了很久,直到她出来。

她脚步匆匆,看见他的时候分明吓了一跳,两只眼眨个不停,握书的指骨都紧到发白。头回做这样的事,他心里也"咚咚"跳,但还是鼓起勇气看她。只是匆匆一瞥,她脸红了个透,更在他试图说话的时候,落荒而逃。

所以到底是什么意思,他没能问出她的回答,甚至她看起来很像在躲他,可又很愿意对着他笑,腼腼腆腆的,让人跟着悸动。

于是忐忑几天后,周末他提前去了电影院,想着是死是活,总要个答案。可事与愿违,直到电影散场,她也没有出现。

中午日头格外毒,夏蝉叫得人心浮气躁,他捏着一张过期的电影票,自嘲地笑了笑。

普通班管得比较严,因为怕对她有影响,他故意选了这个电影院,小且偏僻,设施破旧不说,观影人随地吐痰,地上不知是谁扔的烟头,都还没有燃尽。他踩熄火星,捡起烟头打算扔进垃圾桶,却在转身那一刻,看到她的身影。

她打着太阳伞,脸上微微出汗,而他手里拿着一小截烟头,傻里傻气。接着,她过来跟他说话,问他怎么在这里,声音意外的温柔,也出奇的惊讶。

他由失落转困惑,人还晕晕的不知道怎么回答,她又说来帮宝琪买哈斗面包,宝琪还指定了,一定要买这边老店的。

热天的蝉真吵，吵得人脉搏都亢急起来。

那时候的他，站在水泥地面被晒出的烘味里，突然想到另一种可能。

简短的对话后，他和她一起去买了面包，又跟她坐同一辆公交车回去。因为没带零钱，上车都是她掏的币。

周末车上人不多，他们很自然地坐到后排空位，她坐靠窗的位置，而他有点窘迫，差点连腿都不知道怎么放。

车一站站地过，司机喜欢急停，起步也很暴躁，于是他晃晃荡荡地，和她磕腿又碰肩，完全没有心思再想别的。过几个站，在一个老爷叔不满司机开车心急，因而扬言要举报之后，车子终于平稳了不少。

也是这时候，她给他递了一块姜糖，上面一层炒熟的糯米粉。她真的特别爱吃姜，喜欢一切姜制的食品。

拆开包装将姜糖放进嘴里，咬开了，软软的口感，辛辣中带点清新的甜，由喉入胃，渐渐抚平这半天起伏的情绪。

在她问好不好吃之后，他郑重地点了头，而她也笑起来，又朝他伸手。以为又要给什么，他也乖乖把手递到下面，哪知道她拳头一松，姜糖的包装纸落到他掌心。接着"哧"一下笑开，他才反应过来什么意思。她请他吃了糖，那他就要替她扔纸。

攥紧那一小团包装纸，他完全失神。

那天回去后，晚饭时见到宝琪，他想过要问信的事，但不知怎的，兜兜转转的，还是咽了回去。

之后好多个晚上，他都不怎么睡得着。不止夜里，白天也一样反常，他总在离学校还有一段路的时候让车停下来，等她出现了，再隔着点距离，慢慢地跟上去。

他们穿着一样的校服，一前一后地走，她没什么反应，而他像有预谋的宵小，藏着不可告人的心思。

直到那天，她在拐角堵住他，疑惑地问："徐少爷，你总跟着我干什么？"

第四章
撑腰

记忆被情绪啄食，在过期的紧张里，车停了下来。

"徐总，富春华府到了。"司机在前面提醒着，习惯性地打开了后排顶灯。

富春华府，沈含晶现在的住宅。

她抬手挡了挡眼，看向坐在旁边的徐知凛。从那个问题后，他就一路没吭声，她还以为他睡过去了，结果眼睛睁得好好的。

"没事吧？"她好奇地看他，"今天挨骂了，心里不舒服？"

徐知凛缓缓呼出一口气："没事，你可以回去了。"

沈含晶没动。徐知凛眉心微拧，重复一句："我说，你可以回去了。"

沈含晶还是没动，直勾勾地盯着他，和他进入莫名其妙的对峙。徐知凛耐心渐失，正要起身时，她像蛇一样缠上来，人跨过中间带，就差没坐他身上："你不跟我一起？"

"我还有事，不上去。"

"可我看你今天都没怎么吃东西……"沈含晶声音放软，紧紧巴着他说，"上去吧，我给你做点吃的！"

徐知凛下巴微绷，想她哪有这么好心，一举一动，连笑都带着功利感。跟那年公交车上的一样，弧度精准，恰到好处的狡黠感。

他想拒绝，但人坐在滚烫的回忆里，后劲……似乎有点大。

高跟鞋和皮鞋，脚步层层叠叠。

灯从玄关亮到客厅，依次把崭新的住所照亮。这房子徐知凛只看过效果图，论熟悉程度，显然不如已经住过两晚的沈含晶。

找了拖鞋扔给他,沈含晶又去摸个抓夹:"吃什么?"

"都可以。"

答了等于没答,沈含晶夹好头发,自己走进厨房。

冰箱里有食材,都是她昨天去超市买的。随便取出几样,沈含晶戴上围裙,打开水龙头。

开放式厨房,切洗的声音都能听清楚,徐知凛坐在客厅沙发上,打开电视。已过十点,春晚已经播到一多半,歌曲是主题旋律,相声小品全有命题的影子,食之无味。

半个多钟头后,饭做好了。油爆虾加一碟腊肠荷兰豆,简简单单。

"吃吧。"沈含晶服务到位,连饭都帮忙盛好。

徐知凛从沙发转移,直接在中岛台上吃。

面对面的,他吃他的饭,沈含晶则盯着锅里,不时翻动一下。等他差不多吃完,沈含晶端上做好的反沙芋头,数量不多,但码得整整齐齐,上面挂了层糖霜。

徐知凛瞟了一眼,视线逗留。

"怎么了,不吃芋头?"沈含晶问。

徐知凛夹了一块:"跟谁学的?"

沈含晶摇摇头:"顺手就会做了,应该是以前学过。"她说的以前,是指失忆之前。

擦干净手,沈含晶撑在岛台上问:"要不要喝点酒?"

徐知凛微顿:"可以。"

沈含晶笑容放大,去了酒柜,拿了酒和饮料。

白兰地加雪碧,不一定是他喜欢的,但是她需要的。红棕色酒体注入杯壁,陈化的果香被打开,加上一点雪碧后,入口微微灼烧,更有细腻的气泡口感。

淡淡回甘里,沈含晶伸手,跟徐知凛碰了下杯。

撞击声很悦耳,内收的杯口也很聚香。杯沿很薄,拓下嘴唇温度,徐知凛这杯什么都没加,口感更原醇一些。

在他对面,沈含晶也将将咽下一口,食指笔直地压在杯茎上,酒液在杯中缓慢打旋,酒脚圆润,在她手里,矮脚杯也持出一点窈窕感。

电视声音不大不小,倒计时响起时,热闹也延伸到了屏幕外。等最后三位数尽,"嘭"一声,不知哪里犯了禁,居然放了一炮烟花。

沈含晶被吸引，追着走到阳台，看那短暂的爆开，在眼里碎得像流星。

"我们以前看过烟花吗？"她又问起以前的事，故意要引人回忆。

徐知凛没说话。

"多浪漫。"沈含晶回头看他，喝一口酒又把他拉过来，在他露出来的衬衫领口，留下一个湿漉漉的唇印。

没什么好装的，人都上来了，会发生些什么，不言而喻。谈不上温馨，但耳鬓厮磨，这个点正好。距离拉近，姿势已经足够亲密，靠着移门轨道，沈含晶沿着毛领屈起手指，觉得不顺，又替徐知凛把里面的衬衫抽出来。

针织面料很暖和，她的脸贴在上面："我们第一次是在哪儿？"

逆数的扣子在摸索下被解开，徐知凛拉上移门，把她带往客厅。

"那次紧张吗？是你主动的吗？感觉……怎么样？"她追问不休，鼻尖正好抵住那一圈酒印，呼出的热气温温烫烫的，透过布料的经纬抵达肌群。

没有着急绕过客厅，两人停驻于沙发靠背。

沈含晶抬起头，徐知凛低下眼。酒精在身体肆意游走，她把他的手往后牵："今天被你爷爷骂了？"

摸到微微凸起的排扣，徐知凛手臂空悬，才把另一只手里的酒杯放下，又听她继续问："你爷爷一定很喜欢你吧，寄予厚望？"

什么重望，徐知凛微哂："只是除了姓徐的，他再不相信别人而已。"

"那不是一个意思？"沈含晶眨了眨眼，视线已经有点发蒙。

到底是高度酒，微醺的感觉来得不算迟，只是助长了呼吸过烫，在肤面有微微刺痛感。

脚印踩脚印，呼吸融着呼吸，说话间，他们再次移动。喝了酒的声音娇中带懒，懒气又直挠耳心，徐知凛试图摘她的手。

沈含晶只有一件贴身小领，错落灯光下，腰部曲线不能更明显。如果说之前对他们有没有过还抱猜测态度，上回酒店之后，有些事就清楚得不能再清楚了。既然男女之事早就做尽，要发生点什么也是顺理成章。这种事一次不成是推拉，二次不成是情趣，要再不动点真格的，就实在是倒彼此胃口了。

跟着公区的一点光晕，两人进了卧室。沈含晶拉着徐知凛，先一步坐在床上，扣住他的手，并抬头仰视。

灯只允许存在一盏，不太亮，在人的脸上深浅交错。

徐知凛跟着光晕，细细涂抹她的脸。沈含晶自始至终都是笑的："你今天顶撞你爷爷,其实蛮有魅力的。"

在场那么多人都谨慎赔着小心,就他一个上去即点火,当众挑战权威的魄力,确实很吸引人。

被力道扯动,徐知凛跪上床垫,人一弯腰,她很自觉地往后躺。他撑住垫面:"看我跟家里人不和,你应该很高兴?"

"我高兴什么,难道你爷爷还能跟我合伙害你?"沈含晶摸他的脸。

反问声中,徐知凛单手帮她把头发掖到耳后,配合一份温柔。

"你爷爷是不是逼你跟我分手?还是说妥协了,但让你玩玩我就算,不要当真?"她抬起膝盖,他握住她的脚,大拇指一顶,她的鞋就掉了。

"这么感兴趣,你当时怎么不跟上去?"声音里,徐知凛凑到她的高度。

"我跟上去,咱们还能回得来?"沈含晶"吃吃"地笑。大概是喝了两杯酒的缘故,她眼里有一点湿淋淋的艳光,成功把人带下来,主动触碰。

徐知凛喝的酒连冰都没加,酒香足够持久,就像他的吻,有种介乎沉着和暴力间的微妙平衡,再消化于口鼻舌喉之间。

手被握往脑后,应和丝丝入扣的气味变化。体温是最后一层掩护,之后,达到极致。

大年夜,应该每个角落的灯都开到天亮,但年轻人早已忽视这一传统,唯一亮着灯的,只剩宽敞的客厅。

没来得及收拾的碗碟,开了忘记封口的酒,宽口的白兰地杯没有放稳,杯身躺着的,只是液体正好到杯口,没有洒出来。

好长时间,徐知凛没有睡得像今天这么沉,几乎一宿无梦,只是在快要醒的时候,有个短暂的片段。

梦里的他已经从广府回来,怀着最后一丝侥幸,问宝琪有没有拿过他写的信。

"信?什么信?我什么时候拿过你的信?"宝琪愣住,脸上那份愕然半点不像假的。

他的心直直地往下掉,咬咬牙,正想把话问清楚一点,腰肋忽然被人挠了两下。

一个激灵,他睁开眼。

被面拱动了下,钻出一个大活人。

"醒了?"沈含晶扒掉糊脸的头发,勉强坐好。

天光有点刺眼,徐知凛盯着天花板看了几秒,重新闭目。看他这样,沈含晶不知道他是醒还是没醒,坐在旁边观察了下,再凑上去,伸手试了试。

她的手才挥动两下,忽然被他大力捉住,痛得她倒吸一口气。

徐知凛看着她,眼神不善。

"痛,放开。"沈含晶使劲抽手。

僵持几秒,徐知凛松开钳制,翻身起了床。

看着手腕一圈隐隐的红痕,沈含晶心里骂他,但看他穿衣服,又忍不住伸脚点了下:"喂。"

徐知凛扣着衬衫,别眼看她。沈含晶朝他后腰看:"你那个文身是什么意思?"

徐知凛动作稍顿,面无表情地转过身,从地上捡了毛衣套好,大步走了出去。

莫名其妙,沈含晶嘴角往下一掉,骂了句"有病"。

白兰地加饮料,头痛是避免不了的,眼见床单也皱得不成样子,她干脆起来开窗。

人已经离开,客厅里除了昨晚的酒,只留了一把车钥匙。

沈含晶随便披件衣服,去到浴室。

那夜之后很长一段时间,都没再见过徐知凛。

春节半个月,初七八的时候,已经有不少公司开工。虽然没再见,但和 AN 的人,沈含晶还是有接触,从租场馆到谈装修,不仅钱到位,装修上都给足了支持。

装修公司是 AN 一直合作的,搞一个几千平方米的简单工装绰绰有余,而且建材上又有价格优势,工期也更有保证。宋琼说得对,AN 的财力和资源,的确可以帮春序快速发展。

装修等前期工作都有序进行,其他需要投入大量精力的事,除了对接供应商,再就是招募团队了。

没想到的是,徐知凛把江廷给塞过来,说是辅助,其实就是代表 AN 来看着春序,看着沈含晶。

对于这一点,江廷也很无语。他跟沈含晶有种不是冤家不聚头的倒霉感,但 BOSS 吩咐,当马仔的又只能听令,于是天天和沈含晶大眼瞪小眼,要么听她使唤,要么自己揽点事做。

这日子过了一个来月,某天工作时间,江宝琪来探班了。和她一起的除了比熊犬,还有江宝时。

几人刚进门，沈含晶也正好从外面回来。

江宝琪的狗娇贵得很，一进工地就汪汪地叫，还接连打喷嚏，弄得江宝琪心痛死了："看这尘扬得，你们怎么还没装好？"

"下个月工期。"说完，沈含晶要往上走，被江宝琪叫住。

"你帮我带一下他，我要抱狗。"江宝琪指指自己的弟弟。

沈含晶看一眼那小孩，正仰脸朝自己笑，眼睛快眯成两道缝。见没人理，他自己抓着栏杆"吭哧吭哧"地往上爬了一阶，但一喘气，绅士装的扣子马上爆开两粒，肚脐眼都露了出来。当弟弟的狼狈成这样，江宝琪只管抱着狗心疼地摸。

沈含晶把包朝肩上送了送，往前走着，牵上了江宝时。

到楼上办公室，江廷刚吃完盒饭，见到几人，问："你怎么把宝时带来了？"

"爸让我带的，说我当姐的一天到晚不管弟弟，手足情都没有。"江宝琪一屁股坐到椅子上，开始撸狗。

江家几个人聒噪得很，沈含晶接了通电话，挂掉后看江廷："消防来看备档，麻烦江助理去处理一下。"

"我好像在午休时间？"江廷挣扎着回了一句嘴，但看沈含晶无动于衷，他只得拉着脸，不情不愿地去了。

他离开后，沈含晶坐到椅子上："来有事？"

"没事就不能来了？我们家投资的项目，我想来就来。"江宝琪一如既往的傲气，不说人话。

沈含晶没再理她，见小宝时盯着自己，顺手把路上买的面包分了一个过去。哈斗面包，里面全是奶油馅，小孩啃了两下奶油糊满一脸。

等沈含晶回复几条工作信息，江宝琪已经把面包从弟弟手里抢过来："看你脏成什么样了，烦得嘞，等下回去又说是我带的。"

她拿着那啃到不成样的长条面包，外面的巧克力脆皮簌簌地落："有什么好吃的？这东西腻死了，外面跟糠一样，也就你们这种糙口的吃。"说完想扔，小宝时急得"呜呜"叫，人都要趴她身上。

江宝琪吓得直缩："别碰我，裙子脏了，我刚在秀场买的！"

他们姐弟闹腾，沈含晶坐旁边看着，等终于消停了，朝小宝时看了看："你这弟弟，意外来的？"

"关你什么事？"江宝琪没好气，但又忍不住跟她吐槽弟弟，"是不有点傻？毕竟我爸那么大年纪了，精子质量肯定不怎么样。"

沈含晶转过头，没忍住笑了。

江宝琪脑子大概是通的，跟着又吐槽她父母："一把年纪还生，真不害臊，还瞒着我，等快生了才说，真没意思。"

又想起弟弟的名字，还叫"宝石"呢，怎么不叫珍珠？江珍珠，好记又好听。说完，她把弟弟的头发薅乱、脸往两边捏，哈哈大笑："你看他像不像那个大耳朵图图？"

江家这几个晚辈一个比一个有意思，沈含晶喝了口水，打开电脑准备工作。

见沈含晶不理自己，江宝琪觉得丢面子，拍拍桌面："哎，你怎么想的？"

"什么？"

"你跟我二哥，这回奔结婚去的？"

沈含晶一愣。

这间办公室没其他人，江宝琪压低嗓子："你跟我说实话，别骗我。"

沈含晶回过神来，反问她："不可以吗？"

当然不可以！江宝琪震惊了，眼珠子骨碌碌转半天："不对，你俩明明有约定打赌的！"她忽然想起偷听的事。

沈含晶却笑得很暧昧："有没有可能，那叫情趣？而且我们都这个年纪，复合不冲着结婚，还能冲什么？"

沈含晶说得模棱两可，江宝琪直接当真了。毕竟当年就是因为她二哥年纪差一点，不然他们早就进过民政局，那她外公才真的被活活气死。再又想起徐知凛，跟沈含晶分手后，像是折断了他精神上的一根脊骨。本来好好的人，打广府回来，天天就行尸走肉一样，消沉得没法看。

"我们家又没亏待过你，你就不能当个好人吗？"想起二哥的惨样，江宝琪愤然。

多幼稚的控诉，沈含晶擦了擦杯子。对她来说，任何选择不一定光荣正确，但遵循欲望。比起当个好人，她更不想自捆手脚。

"自由恋爱，我们有错吗？"沈含晶笑。

真无耻的话，江宝琪被惊到："自由恋爱没错，但你利用我了，你就有错！"她像被点着引信的炮仗，从椅子上站起来，"你老骗我，我当初就不该相信你！"说完一手牵狗绳一手牵弟弟，径直离开。

办公室终于安静下来，沈含晶打开瓶子吃药。药才咽下喉咙，江宝琪又回来了。

她兴冲冲，一脸看好戏的样子："哎，有人来找碴儿了，你准备准备！"

跟着她的指向，沈含晶走出办公室，在店门口看到老同学杨琳。

和江宝琪的期待不同，杨琳来，还真不是找碴儿的。到会客厅，她递出请帖："上次回去我想过了，你说得对，不该把所有事都迁怒到你身上。"

沈含晶接过请帖看了看，温居派对。

"同学一场，咱们交情也不算短，这次正好有这么个机会聚聚，希望你赏脸。"杨琳再次主动示好。

请帖质量很好，烫金印面，还专门找人设计了屋子的简画版。摸着封边，沈含晶客气地笑："好，我一定去。"

杨琳放心了，视线左右看看："对了，店什么时候开张？我给你送个花篮来，凑凑喜气。"

"应该是四五月份，到时候也给你发请帖。"

"哦，那我就等着了。"杨琳悠悠然别了一下头发，手指放在耳朵旁边，大克数的钻石戒指亮得晃眼。

她走后，江宝琪很失望。

"有毛病啊，大老远跑来装菩萨，浪费我时间。"骂完杨琳，江宝琪又忍不住问沈含晶，"你真要去？"

沈含晶看了眼时间："我们要工作了，你还不走？"

走就走，江宝琪也不稀得待："我告诉你，杨琳可不是什么大度的人，小心眼子，肯定没憋好屁！"

大概听着有意思，小宝时也在旁边有样学样："没憋好屁！"

正好江廷回来，听到姐弟俩说脏话，直接拎出去教训一遍，顺便轰走了。

等重新回到办公室，沈含晶从一堆图册里抬起头："你们老板最近忙什么？"

刚应付完消防，江廷累得直接跷了二郎腿："你俩不是正谈恋爱？想知道，你直接问他啊。"

话里什么意思，沈含晶当然也听得出来。的确，不知道男友动向，听起来有点扯。

完成灯具的选品后，她去茶水间打了一杯拿铁。咖啡原汁和牛奶结合在一起，闻起来有种置身烘焙坊的感觉。

沈含晶拿出手机,找到徐知凛的微信。点进他的朋友圈,还是什么都没有,干净到让人怀疑这是个僵尸号。回到聊天界面,沈含晶的手指在输入框逗留了好久,一个语音通话发出去,马上又按了挂断。

到最后,她还是划回通讯录,联系了罗珍。

两天后,她跟罗珍约在静安一家商场见面。

不在徐家,说话用不着提心吊胆,从见面开始,罗珍就拉着沈含晶,几乎把她这几年的事都问了个遍。

在看过庐城那个展厅的照片后,罗珍更是感慨:"我们晶晶真的有出息了,这么大一间店,真好,真好。"

"还有一间在装修的,马上也要开了。"沈含晶把烫过的碗筷递给罗珍,"什么时候有空,随时欢迎您跟张叔去逛逛。"

"好好好,我跟老张都没进过这么大的店,有时候路过看见人家一张沙发标价五六位数,我们都吓死了。"罗珍说。

沈含晶笑着给她加茶:"您在徐家这么久,应该更贵的都看过了。"

这倒是,罗珍也笑笑:"不过我们有规矩,那些都不敢坐,也不怎么敢多看。"

服务员来上菜,两人停了停。

正值季节,适合吃马兰头这样的春菜,还有沪菜常见的白斩鸡和糖排。

吃几口饭,罗珍想起心头一点事来:"晶晶啊,你跟阿凛……"

沈含晶知道她想问什么,直接承认:"我们在一起,目前是男女朋友。"

出乎意料的是,罗珍并不感到惊讶。她握住杯子,甚至有点激动:"那挺好的,以前我就看你们两个要好,觉得在一起特别般配,现在你们都比以前更优秀更成熟,肯定会幸福的。"

沈含晶微微一怔。从前二人到要私奔的地步了,她和徐知凛,以前肯定是背着所有人秘密在一起的,但听起来……

"以前,您……看到过我们?"

罗珍点点头。她家老张负责送徐知凛上学,后来说徐知凛总在还剩一段路的时候让停,说是自己走一走,当锻炼。

老张一开始没多想,直到有一天发现徐知凛下车就躲起来,然后等沈含晶出现,再慢慢跟在后面……

等回家,夫妻俩讨论了这件事,当然察觉不对劲,但他们谁都没告诉,就当不知道。

在那之后,又瞧见两人十分要好。

"是什么情况呢,方便说说吗?"沈含晶问。

罗珍回想了下:"就是有一年,你在高尔夫球馆兼职,后来从车子上掉下来,把腿摔了。"

那会儿刚过完年,徐知凛从国外回来。罗珍记得很清楚,那天他一个人在楼底蹲着,后来听家教说沈含晶走了,脸一下白了,人像失了魂。

那阵两人应该是闹了别扭,他们一个找一个躲,罗珍看得揪心,所以有一天帮着徐知凛找到了沈含晶。两人应该是那天说开了,反正后来看着是和好,只是当别人面还是避嫌。

当高尔夫球童很辛苦,尤其是背杆,沈含晶的腰紫了很大一块。那段时间,罗珍特地找了药油,天天去帮她搓背,好散散淤。

有回周末,因为手头有点事绊住,罗珍去得晚了点,就看到二人在房间里说说笑笑。

要说什么亲密的举动也没有,沈含晶好像在写作业,而徐知凛在旁边陪着,偶尔帮她递个笔和尺子。男孩子挺体贴的,高高大大一个,还知道帮她遮着太阳。

害怕打扰两人,罗珍悄悄躲起来,特地等徐知凛走了再去。

哪知道那回,发现药油少了。

"我那时候问你,你还跟我说是不小心倒掉的。"罗珍看着沈含晶笑,又叹气说,"不过徐知凛真的挺心疼你的,有回你拐杖没拄好摔一跤,他眼圈都红了。"

"是吗……"沈含晶有点失神。她根据罗婶的描述,在脑子里拼凑什么。

或许所有夭折的感情,唏嘘的都只有看客。沈含晶想,如果自己没失忆,又会是怎么样的心境?感伤?后悔?还是也跟现在一样,过分平静?想了好久,她无奈地摇摇头:"可是跟他的那些,我不记得。"

"那就更是缘分喽,天都不要你们散。你不记事,但还是愿意跟他在一起,除夕那晚我就看出来了,你们两个关系很好。"罗珍这样安慰道。

对罗珍来说,虽然徐家对他们也不错,但关系肯定不如私下的交情亲,更何况作为长辈,自己是看着沈含晶长大的,心里是真把她当半个女儿。这样的关系,眼里怎么会有"配不上"三个字?从来都没有的。

等饭吃完,沈含晶开车送罗婶回家。车子是徐知凛那天留下的,一辆银灰色的GLS,对女性来说其实稍微有点大,但她最近经常要出门,拉人又拉资料，开起来正合适。

车上罗珍接了个电话，听起来是家里在要钱。到路口等灯时，她刚好挂掉："其实徐知凛挺乖的，没什么少爷架子，一直很有礼貌，对我们这些帮工也很尊重。哪怕是现在啊，别看他不像以前那么好接近了，但家里发年节费，他都会自己再拿钱，给我们多掏一份。"

沈含晶摸了摸方向盘："他挺大方的，确实。"

到家后，罗珍把以前帮沈含晶保管的几箱东西弄上车，见她打算走了，面色有些犹豫起来。

沈含晶看出来："怎么了姊，有话要说吗？"

罗珍走过去，手扒到车窗上："你是不是……想知道自己的身世？"

是上回在徐家的那个问题，沈含晶看着仪表盘，眼睫毛动了两下："想过的。"

"那这个事情，你爸爸有跟你说过吗？"

沈含晶摇摇头："我没问过他。"

对养育自己的人问起血缘亲，好像是特别不应该的事，当然，也可能她养父不会介意，只是她没能找到合适的机会。

车窗外，罗珍似乎还在迟疑："其实我了解的也不多……"

"没事，我上回就是随口问问，不重要的。"沈含晶很快笑开，转移话题说，"后天我回一趟庐城，张叔不是老胃病吗，那边我有个朋友是中医世家，治胃病特别有一手，到时候我给带点药来。"

罗珍也很快反应："好好好，那就麻烦你了。回去开车慢点啊，不要抢黄灯。"

沈含晶点点头："我走了，拜拜。"

别过罗姊，她独自开车回家。起步不久，手机响起提示，是徐知凛打来的语音电话。分神看了两眼，沈含晶把它从支架上抽出来，扔到了副驾位。

后面一个多星期，她都在庐城度过。在这边经营了几年，团队已经成熟，品牌知名度也算可以，所以年后的工作沈含晶都在远程遥控，暂时没有出现过什么问题。

至于梁川，手头工作本来也不多，刚开年还因为交接的事回过公司几回，最近一个月却没怎么出现了。开过几场会后，按去年的绩效表现，沈含晶在设计部提拔了一位副经理代替他。

那天跟袁妙回家吃饭，在路上，袁妙说起公司这段时间的八卦讨论。

沈含晶这段时间连轴转,喘气都有点累,车坐着坐着就有点分神,只听见她总结:"都是见人下菜碟的,以前说你跟梁川天生一对,现在呢,说你跟 AN 老板才叫郎才女貌,估计梁川听到要气死了。"

"气就气吧。"沈含晶把车窗调低一点。

前面有点堵,袁妙也把车窗摇下去通风:"你跟那位徐总,最近怎么样?"

"还行,目前没打没闹,还算和平相处。"

说得跟什么前世冤家一样,袁妙被逗笑:"那就好。"

到家时,天已经黑了。

进门看到玄关的大包小袋,袁妙马上笑起来:"妈,晋鹏呢?"

她到处找丈夫身影,袁母从厨房探头:"没回啊,东西叫跑腿送的。"

袁妙脸上的笑容一下僵硬,慢慢地"哦"了一声。

吃饭时候,沈含晶看出她心不在焉:"怎么了?"

"没事。"

沈含晶想了想:"你老公呢,王晋鹏不来了?"

"我给他发过信息,说见客户呢,晚点到。"袁妙勉强地笑笑。

香气逼近,袁母端着新下好的肉燕来了。每人各分一碗,先给的是沈含晶。

袁母:"晶晶啊,男朋友没跟你一起回?"

"他忙工作,没什么时间。"沈含晶端过汤碗,说了句"谢谢"。

袁母叹气:"也是,你们年轻人都忙。听说他是晋鹏公司老板,我们晋鹏最近都很少见人,当老板的肯定更没什么空。"

虽然少了个人,但一餐饭还是吃得热热闹闹。等吃完了,沈含晶去看袁爸爸查方子,回客厅时,发现袁妙拿着一瓶药,眼睛发直。她走过去看了看,上面写着叶酸。

"在备孕?"她问。

袁妙看来看去,最后放下来:"这个有点过敏,不想吃了。"

不对劲,沈含晶探究地看过去,袁妙开玩笑道:"要不给你?有效期三年的,说不定你能用上。"

用上什么,也备孕吗?沈含晶笑笑,看袁妙不太想说,她没再多问。

两地辗转,人真的有点累,再回申市,沈含晶睡了一整天。

转天刚好是杨琳的温居派对,她先跑公司处理一点事,再回家洗澡换衣服，头发刚卷完，有个陌生电话打进来。

"你好，哪位？"她接起来。

"您好，沈小姐，"那边传来一道恭恭敬敬的声音，"我是徐总的司机，车已经停您楼下了，在 A 区停车场，您随时可以下来。"

沈含晶顿了下，对镜摘下耳钉："知道了，谢谢。"

收拾好，到了停车场。司机拉开车门，她礼貌性地点点头，坐了进去。

另一边是徐知凛，这回没开顶灯，他坐在黑暗里，看她一眼。沈含晶把他当空气，车子开动后，一路连声都不吭。

四十多分钟的车程，地方到了。伴山别墅，独立庭院，门口停满豪车。

下车后，沈含晶也跟徐知凛各站一边，像不认识的陌生人。直到看见杨琳过来打招呼，她才走过去，替他整理领带，手指搭在他的领带结上，稍稍拉松一点，再沿着他西装领口滑下来，笑盈盈的。

徐知凛盯着她看。鬈发红唇，一条波点宽肩裙，长度到脚踝，脱下羊绒大衣，风月俏佳人的既视感。

几步外，杨琳冷笑着接近，到跟前时马上换好脸："外面很冷的吧，快请进。"

一通客套，一顿寒暄，接到礼物后，杨琳把他们迎到里面："二位都来了，真是赏脸。"

场面话，沈含晶也没吝啬，把这房子里里外外夸了个遍。

杨琳过分殷勤，亲自端茶过来。沈含晶闻一口，辛辣和苦涩的气味，很独特。

杨琳在旁边笑："我记得你爱吃姜，特地给你准备了姜茶，不知道合不合你口味？"

惺惺作态，格外古怪。她既然问了，沈含晶就喝了一口："糖加得有点多，不过味道还可以，谢谢。"

杨琳扯了下嘴角，正好又有客来，她抹一把眼睛："我先忙，你们自便。"

来的人不少，基本都是有钱的富二代，屋里屋外各处玩着，挺热闹。

徐知凛拿着杯酒递过去："跟杨琳和好了？"

沈含晶放下姜茶，冷漠地睃他一眼就走了，再不复刚才的恩爱样。

蔡阳晖过来招呼，刚好看见这一幕。

"弟妹脾气挺大啊，怎么闹别扭了？"他有点幸灾乐祸，"看那小脸甩得，你没把人哄好啊？"

徐知凛动了动眉毛，喝一口酒。他往外走，庭院和露台都是人，男男女女聚成一堆，人气旺盛。

蔡阳晖跟出去，用肩膀搡搡他："凯丰的地拿下来了？"

徐知凛点头，认得很爽快。

蔡阳晖一下酸了："还是你小子厉害，Y企的项目也能耗到手。"

徐知凛没再理蔡阳晖，找了把椅子坐着，拿个完整的橙子，自己坐那慢慢盘。在他视线尽头，沈含晶正跟江廷在说话。

不是江廷想主动跟沈含晶打招呼的，实在是看她一来就掏名片，感觉有点丢脸。

"都是来喝酒聊天的，你做生意没必要这么勤快吧？何况店没开，现在宣传还早了点。"

沈含晶收好名片："想多了，我请人去参加开业仪式，热闹热闹，有什么问题？"

她理直气壮，反倒江廷不好意思拆穿了。没问题才怪，这里大把玩咖，基本都是高消费人群，去了就算自己不买，拍个照往朋友圈一发，也能给春序做免费宣传。

侍应生走过，沈含晶拿了杯酒递给江廷："要喝吗？"

江廷受宠若惊。等他接过，沈含晶举着杯子朝楼上楼下看了看。她晃到布菲台，拿了一颗蓝莓又慢慢踱回来："这里的人，你应该一大半都认识吧？"

江廷："问这个干吗？"

看他一下警惕，沈含晶吃掉蓝莓："这么多人，五个你应该能拉到。"说完拍拍他肩膀，"加油。"

江廷脸都木了。

沈含晶给江廷下达完任务后，在庭院里逛上一圈，又往旋转楼梯去到楼上。

别的不说，杨琳品位还是不错的。硬装不知道她有没有参与，但软装的选择上，没有一味找大牌奢品，有些坐具灯具是纯设计师款，市面上比较难找的，肯定花钱也费了功夫。

从壁纸看到布艺，沈含晶正站客厅研究一组落地灯时，有个人影压过来："叫Vos，是荷兰的品牌。"

她侧头，见是个肤色偏黑的男性，驼峰鼻，侧背头，有点港男范。

"喜欢研究灯具？"他停在沈含晶跟前，很自然地搭起讪，视线落在她的脸上。

沈含晶直起身体："没见过这种的，有点好奇。"

她接话，对方也更健谈了："国内没有这个品牌，找买手带的。"

"你是买手？"

"我不是，但我有买手的微信。"那人顺势拿出手机，"你要是喜欢，我可以把名片推给你。"

是要先加微信的意思了。沈含晶调出二维码，对方很快扫中："自我介绍一下，我叫……"

"庄先生？"

"你认识我？"庄磊有点惊讶。

"游轮上我们见过。"沈含晶特意补充，"去崖州那回。"

崖州那回，就是他勾引人家的女朋友被捉个现形，然后撕打坠海。庄磊猝不及防："是吗？我没什么记性，不好意思不好意思……"

看他眼皮抽搐了下，沈含晶收起手机问："庄先生是做灯具生意的？"

"那倒不是。"庄磊还有点尴尬，说完，掩饰性地喝了口酒。借酒壮胆，人也镇定了点，他掏出名片递过去，同样的，沈含晶也交换了名片。

拿到手后，庄磊看得有点犯嘀咕："你是……"

"我跟知凛一起来的。"沈含晶抬出男友。

庄磊一下恍然大悟："原来是弟妹，我就说嘛，怎么看着眼熟。"他嘴里打着哈哈，完全忘记自己刚才说的记性不好。

沈含晶笑一笑。眼见蔡阳晖过来，她并不打算跟这两人多说什么，道句别，往楼下去了。

黑白波点裙子带点鱼尾款式，一走一摆，腰臀比是男人的梦。

看庄磊眼珠子发直，蔡阳晖过去捅捅他："还看什么，老徐的女人，听说是青梅竹马，早就谈过。"

见人已经走下去，庄磊勉强收回视线，想想又笑了下："徐知凛总不找女人，我以为他有什么毛病，没想到眼光不错，艳福还不浅。"

"岂止艳福不浅，还专情得很，所以你别惦记了，没戏。"

"说你自个儿呢？滚。"庄磊笑骂一句，但还是跟着下了楼。

人越来越多，院子里也更热闹起来。

吃过一轮小食，杨琳开始安排人上点饱腹的，热菜冷盘都有。

来之前没吃过什么，沈含晶也觉得有点饿。她拿平碟取了点丝瓜和肉饼，正打算再放点主食，有个戴厨工帽的人过来给炉子加水。

这人动作好像不大熟练，"噔"一下把食盆放在餐台上，还瞄了她一眼。

沈含晶皱皱眉，端着碟子打算绕过去，忽然看他好像被烫到，一只手就那么松开，食盆马上往这边倾斜着掉。

沈含晶穿高跟鞋，人没来得及反应，蓦地被人往后扯开。

"咣——"食盆是不锈钢材质，掉地上炸得耳朵都痛。

"哎，对不起对不起……"厨工连忙道歉。

一地残羹里，徐知凛松开手看沈含晶："有没有烫到？"

好险避开了，沈含晶定定神："没事。"

只不过她没事了，那个厨工却更不对劲起来。他抱着右手，把沈含晶上下扫描一遍，三角眼里突然冒起精芒："闺女，真是你啊！我可算找着你了！"

沈含晶愣住："你是？"

"我是你爸啊，亲爸！"那人的眼神黏在她身上，"对对对，我跟你妈第一回见面，她就穿这种裙子，小脸抹得白白的，那嘴还抹了口红，你跟她一样……错了错了，你比你妈要漂亮得多，毕竟有我们老陈家的血脉，瞧瞧这裙……"

说着，他走过来，伸手就要摸，被徐知凛一下挡开。力气大了点，那人讪讪地收回手："这是女婿吧？你看你，别误会，爸是见到女儿太激动了。"

他一口一个女儿，莫名笃定。沈含晶在怔忪之中，下意识地看了眼杨琳。

杨琳在旁边站着，一脸看笑话的表情。

调回视线，沈含晶再看眼前这令人反感的厨工："我有爸，你认错人了。"

见她要走，那人张嘴就嚷嚷："没认错，你就是我陈朗的女儿！老子当年卖菜起早贪黑地养你们娘俩，这么多年还辛苦找你呢，你个白眼狼，你没良心！搞什么？现在日子过好就不认老子了？"

动静闹成这样，杨琳终于肯过来了。她拦住沈含晶，大惊小怪道："去哪儿啊，你爸来了都不认啊？"

"我说过我有爸。"沈含晶冷静地看她，"一个不认识的人，你反应比我还大，这么着急出来，是不是你比较缺人当爹？"

"脸都白了还装什么啊？"杨琳不屑地笑，"怪不得喜欢吃姜，我一直以为你有什么异食癖，原来爸妈是菜贩，那确实从小不缺姜吃。"

有人帮忙说话，一旁的陈朗鼻翼扇动："就是，装什么？还跑呢，我看你今天往哪儿跑！"

文化和素质都属于底层的人，那股刁赖劲一上来就要去扑人，被徐知凛再次格开，他皱眉道："站着，别动。"

一见是他，陈朗光火地朝沈含晶吆喝："找有钱人了不起啊？就算找老外你也是老子的女儿，得给老子养老送终！"

快要破音的喊叫声里，突然外面传来一阵巨大的撞击声，吓得不少人打激灵。注意力被转移，人往外走，很快知道了这巨响的来源。

车辆事故，门口的盆景被撞裂，悬浮台阶也撞折了一个角。而肇事者，是江宝琪。

看着门前乱七八糟的样子，杨琳脸都青了："你故意的？我这是新屋，你看看被撞成了什么样？"

好好的，江宝琪自己也觉得晦气，说："你新屋，我还新车呢，过道搞这么窄，难开死了。"

"你不会开就叫别人开，或者停在外面，干吗硬要挤进来？"看灯带被撞得一闪一闪的，杨琳几乎是咬着牙在说话。

上回船票的事后两个人吵了一架，江宝琪本想今天捧场缓和关系的，这会儿正烦，听她数落更糟心了："我还没说你呢，停车场这么一点地方，摆又摆不开，还好意思叫这么多人开派对。地方不够就分两次请客，或者干脆买独栋啊，买什么叠拼？穷成这样还要臭摆阔，真不嫌丢脸。"

这些话，精准地戳中杨琳痛处。见她眼睛一瞪差点又要吵，蔡阳晖连忙按住："别别，老婆，盆栽坏了再种，台阶折了再码就行……一点钱的事嘛，今天是咱的好日子呢，别闹别闹，不好看。"

确实不好看，本来他们搞派对，车子把公区全塞住，邻居已经很有意见了。这下门口出车祸，好几家在看热闹。

火气都到了胸口，杨琳神色起起伏伏，好不容易控制住情绪，突然又看到一辆闪着警灯的车开进来。她后知后觉，才知道有人报警了。

报警的是沈含晶，原因是被人当众骚扰。那个叫陈朗的，口口声声说跟沈含晶是亲生父女，但沈含晶咬死了不认识，现场也没人知道他什么来历，加上他拿不出法律证明。倒是他几次要对沈含晶动手，有一大票目击者。

基于这些事实，民警对陈朗进行了口头警告，要把他驱离这里。

陈朗没想到一下会把警察招来，人吓麻了，忙不迭地点头，但又觉得冤："警察同志，她真是我女儿，我当年跟她妈是一对的，她妈那时候得了癌症，化疗要好多钱，我去挣钱我们才分开。"

"没有事实证据不要乱说话，你身份证信息和人家都不搭边。"民警边写记录边训他。

"我、我……"陈朗急得说不出话，眼珠子到处找人时，看到徐知凛对他点了下手指，接着转身，在桌上放了张名片。

陈朗脑筋一拐，忽然就通了。他没再纠缠，嘴里嘟嘟囔囔说着什么，对民警点头哈腰了几下，再跑去捡那顶厨工帽。帽子掉在地上，他弯腰捡起来拍了几下，顺势扶了扶桌子，把名片拿走了。

闹剧停息。宾客都陆续要离开，房子门口，杨琳站在碎石散土里，强颜欢笑，狼狈地送客。

沈含晶走出来，没事人一样冲她笑："看来今天不是什么好日子，以后再搞这种聚会，还是多看两眼皇历吧。"

杨琳气得指尖都麻了。又是车祸又是民警，她本来只想让沈含晶出个丑，结果搞这么一大摊子，毁了自己的温居派对。

沈含晶嘴一翘，唇膏红得扎眼："对了，提醒下，皇历不止一个版本。像你这样的人大概犯冲也多，皇历估计写不下，以后还是尽量找人算日子，不然下回，还说不清又会碰到什么糟心事。"说完把头发绕到耳朵后面，踩着高跟鞋，迤迤然走了。

到车子旁边，还听到江宝琪在后面嚷嚷："有意思吗，杨琳？多少钱我直接赔你，还找人定损？你要靠这个发财啊？我大老远来，连你一杯水都没喝上，抠死你算了，小家子气！"

车门一关，外面的动静被隔得再听不清。

大概十五分钟，徐知凛也回来了，从上车到车子开动，沈含晶没朝他看过一眼。不像来时的故意忽略，她呼吸浅得几乎听不见。

情绪的尽头是沉默，她坐在黑暗里，只能看见一个单薄的轮廓。

离开别墅区，拐进一条双向车道时，对面驶来的车忘记关远光，一下照得人眯起眼。徐知凛侧视，看沈含晶微微低头坐着，看不出表情，但毛发和眉眼唇鼻，在强烈的曝光下浅得像纸偶。

司机闪灯提示，对面的车终于把远光关掉。视线收窄，徐知凛缓缓回头，两只手放在腿上,大拇指慢慢扣住食指。

表面再怎么看着冷静的人,也有自己的沼泽。

那晚,徐知凛没有跟上去。

忙了几天,到了周四。开完设计会,又看看新板材的进度,他一出去,助理立马跟上:"徐总,人来了。"

徐知凛看了眼手表:"再等半小时。"

半小时里,他什么也没做。回办公室后,他脱下西装外套,自己做了一杯手冲咖啡,然后站在窗户旁边,慢慢喝完。

一杯咖啡见底时,正好门也被敲响。

"进。"

门从外打开,陈朗跟江廷一起出现。

"徐总。"江廷颔首。

陈朗跟在他后面,抖着一对稀疏的眉毛,因为紧张,控制不住地缩肩。

距离温居派对,已经过去五天。刚开始打电话,人家说忙,他心想这么大的老板忙一点也正常,所以没敢催,哪知道一等就是这么多天,晾得他心很慌。好在名片都快盯穿时,今天终于接到这边的电话,还派了专人专车去接,倍有面子,也觉得很受重视。只是一进这高楼大厦,从锃亮的地板到按钮都找不到的电梯,完完全全气派得跟他像两个世界。还有精致体面的白领们,那股目不斜视的精英感简直吞人胆气。

当中的光鲜感,同样助人妄念。进来这敞阔的办公室,左看看,墙上的画应该有个五位数,右瞧瞧,灯都是水晶的,更别提放在桌上的表。

听说有钱人玩表,一块表就是一套房。这样想着,陈朗的心肝肺忽然热起来,控制不住地咧嘴笑:"女婿,终于见到……"他还没说完,被江廷高高地瞥一眼,吓得又把话吞回去,"徐,徐总……"

徐知凛转身看他:"坐。"

坐哪里?陈朗正找地方,被江廷推了一把,带到沙发旁坐下。他是怵江廷的,虽然刚开始上车的时候还摆过架子,但被江廷像看猴一样打量几眼,人就有点直不起腰。

钱是人的胆,陈朗总觉得有钱人的气势真的不一样,在车里江廷墨镜一戴,都不用说什么,威压就出来了。

因为个子本来就矮,坐进沙发后,陈朗不安地拢手又并腿,十足鼠样。

他干笑了下:"徐总,你看这事闹得,我……"

"说吧，要多少钱。"徐知凛直接打断他。

没想到这么顺利，陈朗瞬间狂喜，狂喜之中，又强迫自己镇定："你看看，说什么钱呢，我就是想把我闺女认回来，亲情才……"

"不谈钱你来干吗？当谁有空跟你聊天？"江廷一下站起来，"那走吧，还坐着干吗？可以去找你女儿了。"

情势急转，陈朗一下摸不着头脑了："我……也不是……我，我说我说。"他连忙往旁边坐了坐，看了眼徐知凛，壮起胆报了个价。

没跟他讨价还价，徐知凛打了个电话，叫人去拿钱。

心情直落又直起，乐疯之余，陈朗又开始寻思钱是不是要少了。他心跳"怦怦"，眼睛正滴溜溜地转，忽然又听到徐知凛问："杨琳怎么找到你的？先说说。"

陈朗一下警惕起来："什么杨琳？我不认识！"

徐知凛没再问。有人敲门，他让人进来，但当人提着现金箱进来时，他抬头看了一眼："拿走，不用了。"

"哎？怎么不用了？我的钱啊！"到嘴的鸭子要飞，陈朗急得都站起来了。

徐知凛问他："一句不答就想拿钱，你看我有这么好说话？或者你直接去找杨琳，看她会不会给你另外想办法。"

"我……钱钱钱，我要钱，我说我说。"陈朗连忙妥协，"我现在就说！"

徐知凛点点头："还是刚才的问题，杨琳怎么找到你的、问过你什么，又告诉过你什么，说吧。"

现金箱被放在茶几上，拿箱子的也坐下来。

那人是徐知凛的司机，高高壮壮地坐在沙发上，跟江廷左右夹着陈朗，差点把陈朗挤成一条线，声音都有点虚："那个姓杨的小姐，我也不知道她怎么找到我……"

按陈朗的话，不知道杨琳通过什么渠道找的他，但见面就问是不是沈含晶的爸爸，接着，又把沈含晶现在的情况都跟他说了一遍。比如她被谁收养了、什么经济情况、现在又跟谁在一起……钱财上的那点诱惑，扯得不能再清楚。

听完过程，徐知凛看了一眼江廷。江廷别过脸，不大自然地搔搔鼻背。

办公室里一下安静了，陈朗眼睛盯着钱箱，舔舔干巴的嘴皮："老板，我真的都说清楚了，那天，那天都是太激动了嘛，都是误会来的。这几天我也想清楚了,闺女平平安安的,又找了你这么个好姑爷,只要以后你对她好,那我就没什么可担心的了……"

"这么多年,医院还有没有催过你还钱?"徐知凛忽然问。

"什么医院?我没欠过谁钱!"陈朗否认得很快,像对欠钱这样的字眼很应激。

徐知凛摘下眼镜,从沙发上坐起来:"当年跟你在一起的女人,她病了以后你送她去的医院,后来知道是癌症,你就跑掉了。"说着,又抽了张纸巾慢慢擦着鼻垫,"就诊档案上的联系人,你自己登记过,忘性这么大?"

陈朗脸一臊,嗓子卡半天,局促地摸着膝盖:"没有跑,我真是找钱去了……白血病啊,还是急性的,听说要人命贼快,我想多搞点钱救她妈妈嘛,就跟老乡跑货车去了,你说大老远的,闺女那么小,跟着我也不方便……"

听他还一口一个闺女,徐知凛戴好眼镜,回办公桌拿到烟盒,抖出烟点上。

火星吹亮,深闷之后,他吐出一口烟:"生而不养,当年你从医院跑掉,就可以追究你遗弃罪。"

"遗弃罪知道什么后果吗?要坐牢的。"江廷在一边补充。

陈朗这种人,半个文盲加法盲,一听坐牢就有点怂,眉毛快成倒八字,半点没了那天的刁劲:"几位老板,我没跑,真没跑……"

"别担心,你坐不成牢。"徐知凛端着烟灰缸,磕掉一点烟灰,"你和她根本没有血缘关系,慌什么?"

"哎?"一惊一乍,陈朗差点弹起来,"这可不兴乱说,什么没血缘关系?她就是我亲闺女!"

徐知凛笑了笑:"你有无精症,怎么生孩子?"

遽然间,陈朗眼睛瞪大。

徐知凛靠着办公桌,好整以暇地欣赏陈朗一副惊吓样,过了会儿,眼底流露一点闲散的笑:"你是惠北人?这些年一直在外面,连家里老人过世都不敢回去,有原因的吧?"

空气仿佛冻住,陈朗还没回神,又听徐知凛说:"二〇〇几年你就在老家输了不少钱,到现在过了十多年,那点赌债应该越摞越高了?因为这个,所以一直不敢回去?"

"没有!什么赌债,没有的事!"陈朗嘴都白了,矢口否认。

否认的下一秒,江廷碰碰他,手机上几个名字映入他眼底,全是姓陈的,同村同姓。

"看清楚了,都是你债主。"江廷翻给他看,"之前不追债是你穷,但如果知道你现在手里有钱呢?猜猜这些人会不会来找你?"

陈朗彻底蒙了:"你们调查过我?"不对,就这么几天,怎么调查到的?

没耐心跟他多待,徐知凛抽出一张银行卡,放在钱箱上面:"加上这里,是你要的数。"又弹了弹烟灰,"当然,这点钱对我来说不算什么,但我可以给你,也可以给别人。"

看陈朗茫然,江廷问:"不知道什么意思?"

确实,陈朗不懂什么意思。

"意思就是,他有的是办法把你这种杂碎踩一辈子。"江廷又拿出手机,指了指一串电话号码,"钱拿着,你去哪里都可以,但以后不要在申市出现,要不然,就把你这帮债主也请来做客。"

正常人怕无赖,而无赖,怕真正的恶人。

陈朗咽了两下口水,抬起头,看徐知凛手里的半截烟,徐徐吞吐。一副眼镜架在鼻梁上,人长得端端正正,怎么看都是文质彬彬的,哪知道一句带一句,跟阎罗一样恐吓他。刚才有那么几个瞬间,陈朗甚至觉得自己今天白跑一趟了,但没想到,居然还是有钱拿。

意识到这一点,陈朗唯唯诺诺,屁股都快坐不住:"知道了知道了,我今天就走,真的,今天就走。"被高高低低吓过一圈,陈朗拎着钱,腿都有点软。

司机膀子大,一下就把他提起来,吓得他哆哆嗦嗦,两只手抱紧钱箱:"老板,徐总,我可以自己走。"

"怕什么,有人帮忙,你的钱能拿得更安全。"说完,徐知凛看了眼司机。

司机会意,半勒半带的,立马把人给弄走了。

江廷站门口看了会儿,转身回到办公室。这什么破事,他到冰箱拿了瓶饮料:"杨琳什么时候到?"

烟已经烧到尾巴,徐知凛在烟灰缸里摁灭:"应该差不多了。"垫的纸不够湿,他拿起杯子往上面浇点水,只是这么一低头,后脖子上那点痕就掉出衣领。

江廷连看两眼:"你这伤好得够慢的,猫能抓这么深吧?"

徐知凛没理他,直起身说:"你可以回去了,告诉宝琪,以后对外人嘴严一点。"

妹妹干的蠢事，当哥的也连坐。江廷没办法，只能灰溜溜地走了。他驾车离开时，杨琳正好进到电梯厅。

AN这边，想想也有好几年没来了，杨琳被助理下楼迎接，又被带往办公室，胸口心跳急促，在期待什么，自己也说不太清。

敲开办公室的门，徐知凛刚从最里面走出来。他换了一身休闲装，看起来要去打球。

杨琳走过去，到沙发旁边，就见桌子上摆着一台POS机。

徐知凛理完衣领，指了指那台POS机，把陈朗刚才要的数报给她："我已经垫付过了，你可以直接刷卡。"

"……什么？"杨琳愣住。

"陈朗要的钱，人是你找的，这个钱当然由你出。"

"什么钱？我凭什么出？"杨琳眉头皱得死死的。

徐知凛点点头："你也可以不出，但你改了遗嘱的事，明天就会有人联系蔡家。"

杨琳趔趄了下，扶住沙发椅背。

徐知凛拉开抽屉，选了块表戴上："蔡思慧快回来了吧？喜达的董事会马上也要开，她肯定很愿意听到这种消息。"

蔡思慧，是杨琳的小姑子，跟她老公是龙凤胎。

蔡家最讲公平，股权资产，代代都是儿女对半分的，但杨琳不愿意，于是在遗嘱上做了点手脚，趁公公病糊涂的时候让公公签了。改遗嘱这种事，被查出来的后果，直接就是丧失继承权，一毛钱一分股都没有。

"呼"的一声，抽屉重新合上。杨琳被震回神，咬牙还想说什么，徐知凛告诉她："没必要否认，你敢做这样的事，就要有被人知道、被人揭穿的准备。"

他不是信口开河的人，没有证据，不会拿出来说。这一点，杨琳也清楚。她死死地捏住椅背："那你为什么要给姓陈的钱？他是沈含晶的爸，就算养他，那也是沈含晶的事！"

时间差不多，徐知凛打电话把助理叫进来，看一眼杨琳："宝琪只告诉你，当年我爷爷查过陈朗，但你们肯定不知道，陈朗跟她没有血缘关系。"

杨琳不信："你怎么知道没有血缘关系？我看就是亲生的，不要脸的底子一模一样。"

"我也不记得,你又干过什么正大光明的事?"徐知凛去拿车钥匙。

杨琳气息急促,脸色一瞬间很难看:"你就那么喜欢她?到现在也还是?"

拿钥匙的动作迟滞了下,徐知凛顿了顿:"我说过,跟你没关系。"

他说走就走,办公室里,只剩杨琳和助理。助理客气地微笑:"杨小姐,我替您刷卡。"

杨琳吸气:"我没这么多钱。"

"没关系的,我可以陪您回去拿。"

一下子,杨琳气都岔了。所以这是什么意思,拿她的钱,换沈含晶一个清净吗?

杨琳实在是气不过,但闭上眼仔细想想,她那个小姑子强势又有能力,撕起来一家子都怕,而她老公蔡阳晖看着温柔体面,其实花销大得不得了,公司又没有什么业绩增长,如果这种事真被抖出去,她真的什么都别想拿到。

走投无路,只能花钱消灾。杨琳喉咙里苦得冒烟,她抽出卡,看着助理过磁,又抖着手输入密码。

清脆的打印声,小票出得很快。AN旗下会所的会费,一年就是七位数,再存点到消费账户,签一张艺术品寄卖的单子,头目马上就有了。

江廷这边,赶在晚高峰之前,人到了春序。一上楼,就看到妹妹坐在办公室,桌子上全是食品包装盒。

"你怎么又来这里了?"他推开门,眉头可以夹死苍蝇。

江宝琪指指桌面:"我来看你啊,给你送下午茶好不好?多惦记你。"

"我用你惦记?"江廷将车钥匙和手机一扔,把人抓过来,"你是不是跟杨琳说过什么?"

"什么?我跟杨琳都闹掰了,还有什么好说的啦。"江宝琪扭扭肩,拿过一盒马卡龙,"哥,刚烤的,好吃。"

瞧这心虚样,江廷正想说什么,余光瞥见沈含晶出现在走廊,盯着她走过去,才悄悄问妹妹:"当年查她妈妈的事,你是不是跟杨琳说过?"

"没有!"江宝琪回答得好快。

"还撒谎!"江廷气得敲她脑袋,"要是没有,你跑来献什么殷勤?"

被看穿了,江宝琪抱着椅子挣扎开:"我不是有意的,那时候说漏嘴了嘛……"

她想了想，鬼鬼祟祟地朝隔壁办公室看一眼："她那个亲爸，这几天没来骚扰她吧？"

"不会来了，而且也不是她亲爸，你以后不要乱说话。"

"啊？你怎么知道？"

"我不但知道这个，还知道你完蛋了。"江廷一口干掉马卡龙，"多准备点钱吧，下个月什么都别买了，这里开张，你自己看着消费。"

意思就是要给钱，江宝琪不傻："凭什么啊？那个人既然不是她亲爸，也赖不着她，误会而已，干吗掏我钱包？"

"因为不花钱，你不会长记性。"正好有信息提示，江廷去拿手机，看完冷飕飕地扫江宝琪一眼，"回去吧，我要工作了。"

拉开门，兄妹两个一前一后地走出去，江宝琪回家，江廷则是去了沈含晶办公室。

装修到现在，玻璃门上的腰封已经贴好了，里面桌椅也早已到位，绿植再挂起来，俨然进入正式办公状态。

找他是公事，沈含晶新谈了床垫品牌的代理，庐城那边已经有订单，得先把代理费清掉。账上 AN 之前给的钱在装修上已经用得差不多了，需要再划一笔款。

正常用途，江廷点点头："我明天就走程序。"说完又谈了其他工作，顺便观察她的脸色。

派对那天的经历，不管陈朗是不是她亲爸，对普通人来说，光是怕被那种人缠上的恶心感，应该也会吃不下睡不好。但她不同，照常上班照常谈单，看不出跟平时有什么不同。

撇开个人恩怨，他有时候确实佩服她，在什么情况下都笑得出来，但其实热情藏于表面，骨子里又有不惧碾压的顽强劲。再想想陈朗那样的人，说句垃圾都很客气了。

但也就是陈朗那样的人，她妈妈真的跟过，还是带她一起的。现在想想，泥沙俱下的环境里培养出来的淡定甚至冷漠，兴许真会刻进骨子里。记忆可能没了，但本性不会变，以前什么样，现在还什么样。

杨琳非要针对她，不知道怎么想的。

谈完工作，江廷看一眼表："没别的事，我下班了？"

沈含晶点点头："下吧。"

看她又拿计算器要算什么，江廷忽然被陈朗的事勾起一点恻隐心："天气预报说晚上有台风,有什么明天再处理吧,你也早点回!"

沈含晶捉着一支笔抬头,冲他笑笑:"知道了,谢谢提醒。"

江廷绷着脸,别别扭扭正要走,又被她叫住:"你是不是回徐家?"

"是,怎么了?"

沈含晶站起来,把一个手提袋放桌面:"我给罗婶带的药,本来约今天送过去的,跟庐城那边开了个远程会议就耽误了。方便的话,你帮我带一下?"

又使唤人,江廷脸一下黑了:"叫跑腿,我不方便。"

他拒绝过就走,沈含晶只好收起来,重新放回柜子里。

下午五点下班,待到晚上八点,等晚高峰缓解,沈含晶开车回家。

这个点,有老有小的家庭一般都吃过饭,路过商业广场时,看到不少家长带着孩子在玩,电动滑板、单轮鞋,或者牵着氢气球,在大人的看护下无忧无虑地蹦跳和笑。

过了禁号的时间,马路上也能看到外地牌的车在跑,货运车居多。

到小区门口,有位果贩开着三轮车在摆夜摊,左右两个灯照着,旁边留一点空位,孩子搭了个简易书桌在写作业。

难得地面有车位,沈含晶把车倒进去,停好之后,拐回去买点草莓和雪梨。嗓子有点痒,雪梨熬汤可以喝一点。

扫码的时候,摊主孩子应该写作业写累了,揉揉眼,再伸个大懒腰。沈含晶跟孩子对视一眼,笑笑。给完钱,她提着两袋水果往家回。

一户一梯,很快就到了楼层。她摁手开门,发现里面的灯是亮的。玄关摆着高尔夫球具,客厅沙发上坐着徐知凛。隔着几米对视,她撇撇嘴:"干吗,来蹭饭?"

徐知凛偏头看她,默认了。

沈含晶并没多说话,问完就自顾自地换鞋、放包、开冰箱,又走进卧室。没多久,她换了家居服出来,手里拿着湿巾,边走边卸妆。

她从来都很瘦,脚踝像纤细的树枝,踝骨特别明显,走路习惯也很好,就算穿着拖鞋也不会在地上拖来拖去。

家里就两个人,什么动静都被放得特别大,徐知凛坐在沙发里,凭声音就能猜出她具体在忙什么:接水、拿食材、切菜炒菜,以及打喷嚏、咳嗽。

她做事从来都很利索,饭菜很快做好,但也不喊他,自己关了油烟机,端着碗去吃饭。

徐知凛换了个台,体育频道,正在放广告。放下遥控器,他走到餐桌,自己拿碗盛饭。

盛过饭,广告也放完了,开始重播2016年巴西的奥运会,游泳场。

两人一餐饭吃得很安静。她做的是葱油青笋和虾仁蒸豆腐,味道都很淡,不怎么下饭。

沈含晶咳了下,伸手抽一张纸:"来找我,是要说陈朗的事?"

徐知凛抬头看她:"你不意外?"

"没什么好意外的,我已经知道他说谎。"擦过嘴,沈含晶把纸巾扔到垃圾桶,"跟我妈一样,我亲生父亲也早就没了,对不对?"

电视里,讲解员的声音忽然大了起来,是有人跳出很好的成绩。紧接着,观众也开始欢呼,一浪接一浪,和此刻客厅里的静滞成了反比。

"你给安叔打过电话?"徐知凛问。

"罗婶告诉我的。"沈含晶挖了一勺蒸蛋,在米饭上面一下下铲开,"这边的事,不想让我爸知道。"

不想让他知道,所以,她回申市也没告诉过他?

徐知凛握着筷子,睁眼看她机械性地吞着饭,好像并没什么胃口,于是想想,再没说什么。

一顿饭吃完,沈含晶拿出电脑办公,耳朵里塞着耳机,专心致志。

徐知凛在阳台接电话,大概也是公事,讲了很久。中途沈含晶往那边分了一寸余光,看到他点烟在抽,人站在雾里,背影看起来有点倦怠。

忙完手头的事,沈含晶回房间洗了个澡,出来正好收到老店的报表,就拿平板电脑坐床上看了会儿。看到仓储那栏时,外面响起一点脚步声,从阳台到客厅,似乎又在往主卧来。她手指分开,把成本数据再放大一些。大到几乎变成马赛克时,手机嗡嗡响起,同时脚步停住。

简短两三句单音节的回复中,声音渐远。最后听到的,是大门被关上的动静。沈含晶眨了下眼,视线集中,接着把报表看完。配送成本有点高,转化率保持,客诉控制得也还可以。两款摆件的下单率偏低,得考虑换换品牌,或者几个样板房一起更新风格。

将备注都打完,沈含晶放下平板电脑。她走到房门边,拉开往外看,大灯已经关闭,只留着过道的夜灯。

她退回房间,掀开被子躺到床上,蜷紧身体。

他像幽灵一样,自己来自己走,突然变脸,不知道在想什么。

转眼周日,沈含晶和罗婶去了墓园。

天气很好,扫墓的人随处可见,低声啜泣的能见到,也有人淡淡感伤,平静呆望。

按编号找过去,石碑上有一张照片,正中写着故人的名字:冯珊。

收起伞,沈含晶蹲着,才要把带来的花放下,却见墓前已经有花束在。不算很新鲜,但也只是微微枯萎的程度。再想想日期,清明刚过不久。

正思考这花的来源时,听罗婶叹了口气:"现在看,你跟你妈妈真的好像。"

沈含晶放下花,也站起来。墓碑是黑色大理石材质,太阳下能映出人的脸。当然,也把照片衬得很清楚。

"多好看,像我们那时候挂画上的女明星。"罗珍笑着说。

吊肩裙,黑色大鬈发,酒红色发箍,以及那个年代流行的细弯眉。

沈含晶将指尖贴上去,沿着照片里人的轮廓描绘着,唇角也慢慢扬起来。

真的好时髦。

按从罗婶那里听来的,她父母,曾经支过服装摊。而在这之前,夫妻俩是在广府待过的。20世纪90年代的南下打工潮,他们去到广府,挣几年钱后,才转来申市做点小生意。一开始是摆服装摊,因为货源好,生意也比较红火,所以她刚出生的时候,家里的经济条件应该也不算差。

只是天妒人顺,后来进货时生父死于事故,而她妈妈产后虚弱,摊子勉强支了一段时间,但一个女人又带着孩子,实在没能干太久,也只能顶给别人。到后来冯珊跟了陈朗,再后来,又突发急病。

"能记起一点来吗?"罗婶问。

沈含晶摇摇头:"没什么印象。"但她做过类似的梦。梦里车道空荡,而她坐在马路中间,嘴里还吃着零食,人迷迷糊糊的,不知道在等什么。

现在知道了,应该就是在等车。而那一天,等到了徐家的车。

车子刹得很及时,但徐家挺有心的,担心她们母女受伤,所以把人送去医院。也是那回,她知道了冯珊患血癌的消息。

其实很多信息都是零散的,因为急病不讲道理,那天后没多久,冯珊就进了ICU。至于沈含晶,是沈习安看她实在可怜,加上又正好跟他同姓,就干脆收到名下养了。

"你真的要好好谢谢你爸爸,他是活菩萨,我们以前啊,背地里经常这么叫他。"罗珍感慨,"虽然他长得严肃,看起来确实有点吓人,但其实心地特别善良,谁都愿意拉一把。"

沈含晶点点头:"我会的。"

这辈子,她都会记得养父的好,所以更要努力挣钱,要抓住一切机会发展事业,让自己强大起来,好好报答养育之恩。

只是养恩之外,同样也有生恩。想到这里,沈含晶苦笑了下,开始陷入失忆之后,为数不多的后悔情绪。

别的都可以不记得,但怎么可以连生恩都忘了。要不是这次回申市,都不知道什么时候能来这里。所以,妈妈会不会怪她?

沈含晶一遍遍地摸着墓碑,牵动嘴角,也对着中心的照片回了个笑。

在墓园待了两个多小时,离开的时候,时间已经到中午。

看一眼旁边枯掉的花枝,沈含晶沉吟了下:"徐家那边,老徐董为什么查我?"

这个罗珍是听说过的:"那时候你跟徐知凛走了,他想把你们叫回来。"

"不是早就知道我亲爸没了,怎么还会查到陈朗身上?"

"那时候老爷子气得连饭都吃不下,又找人去查了一遍。"

沈含晶点点头。所以按老徐董的想法,如果是亲父女,就打算联系陈朗,让陈朗把她这个"不孝女"给带走,那他们徐家的宝贝孙子就能回来了。

提到这个,罗珍还有点后悔:"我早告诉你就好了,也不用被那个姓陈的恶心一下。"

"没事的。"沈含晶笑笑,"知不知道,他肯定都有机会恶心我。"苍蝇不咬人但恶心人,陈朗就是个定时炸弹,出来晃悠是早晚的事。只是没想到,会是杨琳去找他。

墓园在郊区,地面很多小石子,看罗姊走得有点不太稳,沈含晶把伞偏过去,半扶着她走。

等到停车场后,两人上车,驶离墓区。高速路上车不多,看沈含晶有点咳,罗珍给她开了一瓶水喝。

"最近,徐知凛是不是比较忙?"

"是吧。"沈含晶含糊回答。

罗珍说怪不得:"老爷子已经从疗养院搬回家里了,但除夕那天以后,好像就没见他回去过。"

"他以前经常回?"

"也不经常,但没有隔这么久的。"

话音落半,车从立交桥拐了下去。

沈含晶对路不熟,趁红灯多看两眼导航,又听罗珍在旁边提道:"晶晶啊,你劝一下徐知凛,让他偶尔还是回去吃个饭,看看他爷爷。"

人老就怕没钱、怕孤独,老爷子不缺钱,只缺人陪,尤其这个亲孙子,是他特别看重的。

"虽然两个人总是吵架,但能看到人,老爷子心底总还是高兴的。"罗珍总结。

沈含晶不笨,很快听出里面的意思。罗姊是在教她,一个不被长辈接受的"孙媳妇"人选,该怎么讨好老人。

路口红灯转绿,沈含晶没有及时回答,按导航的指示,就近找了个地方吃饭。等菜上来后,她才继续刚才的话题:"徐家爷孙俩,关系一直不好吗?"

罗珍摇摇头,说:"以前不这样,老爷子虽然一直比较强势,但徐知凛也听话,所以爷孙俩也是一慈一孝。"

关系变差,还是从小辈忤逆开始的。最开始,好像是留学的事。

徐知凛读私立学校,上的是国际班,早就规划好要出国的,但到后来,一向听话的他,坚持要留在国内上大学。也是那回,爷孙两个有了比较大的争执,毕业后就突然出了私奔的事。这就又回到沈含晶身上了。

她叫了杯百香果柠檬水,将吸管咬在嘴里听罗姊说话,在听到罗姊回忆私奔的事时,她忽然联想起现在的徐知凛,不由得"扑哧"一声笑。

为情私奔的"恋爱脑",怎么都跟现在的扑克脸联想不起来。反差感有点过强了,她不禁怀疑:"真是我拐他的吗?他怎么这么听话,说走就跟我走了?"

放弃优渥生活,跟什么都没有的女朋友跑得老远,这种事情听起来真的很"玛丽苏",很不真实。

罗珍被问住,这个她哪里说得清,小情侣为爱犯起狂来,大概也不存在谁拐的谁。到现在脑子记得比较清楚的,还是徐知凛从广府回来以后的事。

那时候的徐知凛,被抽掉魂一样,别人站他旁边说话他都听不见。饭吃得少,人也瘦得厉害,两道肩嶙峋。当然也有不沉默的时候,情绪最激动,还要数跟老爷子吵架。他粗声粗气,两只眼睛黑漆漆的,那种不顾一切的倔,迸发着陌生的戾气。

"唔……"沈含晶吸口饮料，手指在腮边点了点，"那后来呢，他怎么变了？"

"后来……"罗珍想了下。

具体变化说不太清，学虽然继续上了，但一天天的，徐知凛比以前更不爱说话。到他大学毕业的时候，好像AN有个什么酒店品牌的评星没通过，要摘星降级。不巧的是那段时间老爷子手术排期，没精力管公司的事，他就出面去处理了。

商业上的那些罗珍不懂，只知道这事好险解决了，徐知凛开始接管公司，但跟老爷子的关系也越来越差，经常为了工作的事吵，祖孙两个跟仇家也差不了多少。后来身体原因，老爷子住进疗养院，也就不怎么管公司了。

纯当八卦的话，在沈含晶听来，这些过往听起来还挺有意思。看罗婶说得口干，她给加点茶，半开玩笑说："那也不见得是坏事，出去一趟，徐少爷成长不少。"

加完茶，有服务员端着托盘过来："打扰一下，这是您的辣鸭脖卷菜。"

菜到桌上，沈含晶看了眼："我们没叫这个。"

"呃……"服务员马上查看菜单，"对不起对不起，送错了。"

菜被端走，上到隔壁桌。

都是卡座，中间隔着一道半人高的挡板，旁边食客是一对情侣，说话声音有点大。

"你怎么叫辣菜，不是刚文完身吗？"女方问。

"对啊，"男的回答说，"痛得要死，我以形补形。"

"补什么形？你不是文肋骨旁边？"

"没有，我换成后面脖子了，那地方割骨头一样，就改成脖子了。"

"喊，孬种。"

后面开始嘻嘻哈哈地笑。

沈含晶看了眼手机，想到上次在徐知凛身上发现的那串文身。刚开始以为是贴纸，所以她挠了两下，没想到是真的。还文在肋骨上，看来他挺能忍痛。

吃完饭，沈含晶送了罗婶，自己也回到家。打开家门，在玄关看到高尔夫球具，是徐知凛上回忘记拿走的。

房子里是熟悉的空荡，一个人也没有。

她有点累，躺在床上缓了半天，手一挥，不小心打到一个坚硬的壳子。

她嘴里"呲呲"叫痛，把东西拖过来，是一个日记本。

鹅黄封面，上面有简单的插画，是她以前写的，来自上回从罗婶那里取的旧物。这本已经看得差不多，她拿着翻了两页，又起身去找另外的。

几只箱子里基本都是书，还有不太大的手工，甚至一幅十字绣，再就是日记本。日记本都是带锁的，密码已经记不得了，她随手挑了一本，把锁带剪开，带回床上继续看。

日记内容不多，每页都只有几行，而且不知道该说谨慎还是什么，居然找不到跟徐知凛有关的内容。

沈含晶心里有点好笑，走马观花地翻动着，在看到当中某一页的时候，忽然停住。

她的指尖在那一行字上摸来摸去，越看，越觉得眼熟。

她闭起眼想了想，然后拖过手机，点开相册，找到不久前偷拍的那张。照片放大后，跟日记上的字对比过，果然一模一样。

沈含晶没能控制住，笑着往后躺，呈"大"字形，看着天花板越笑越奇怪。到最后，人又笑又咳，日记慢慢盖到脸上。

第五章
恋爱模式

接近开业,后面一个多星期,沈含晶再没有休息过。布场、礼仪、流程、宣发,哪一样都不能出错。这天开小组会议,再次核对宾客名单时,她问江廷:"徐总来不来?"

来干吗?江廷差点脱口而出,但当着这么多人的面,他还是尽量正色道:"回头我确认一下。"

沈含晶先是点头,又摆摆手,偏过头咳两下:"不用了,晚点我自己问他。"话没说完,又是一阵咳。

看她肺都快咳出来了,等会议结束,江廷以文件夹挡住口鼻,提醒:"你搞什么,咳成这样不去看医生?"

沈含晶喝口水顺顺气:"没事,快好了。"

不知道哪里来的信心,总觉得小毛病扛扛都能过去,江廷看一眼桌面:"你还吃辣条?"

沈含晶看了下,确实有一小包辣条,她拿起来:"同事给的,我不吃,你要不要?"

江廷当然不吃:"久咳不治,你小心支气管炎。"说完,皱眉走了。

沈含晶也打算走,收拾好东西正要离开,视线再次划过那包辣条时,心念一动。她重新坐下来,把锯口撕开。

大红的包装,辣度不低,搁鼻子底下一闻,浓浓的呛味。

手机电量充足,沈含晶解锁,点进通讯录找到号码,点了呼叫。等待音响起,漫长的"嘟"声中,终于接通。

"喂？"她主动打招呼。

"有事？"简单的两个字，冷冷淡淡。

"在忙吗？有没有打扰到你？"沈含晶问。

那边停顿一秒："什么事？"

沈含晶笑了下，抽出辣条，上嘴咬掉半截。辛辣的味道散开，花椒面好像一下冲到喉管，她边咳边说："也没什么，就是……这边开业……不知道你方不方便……来一下？"

一句话分成好多截，辣条上附着的腌料开始刺激呼吸道，她的脸涨红，捂着胸口放肆地咳。电话那边，好像听到拖动椅子的声音，接着是隐约一句"会议暂停"。窸窸窣窣的动静后，有比较明显的推门声。

"你在公司？"徐知凛问。

"对，在公司。"有点堵鼻子，沈含晶用纸巾捂通一点，忽然又后知后觉似的，"你是不是在忙？那晚点……发信息给我也可以。"说完抽了抽鼻子，点上挂断键。

会议室很安静，放手机的声音"噔"一下，她把东西归整好，走了出去。下楼正好碰到给辣条的同事，问她："晶晶姐，辣条好吃吗？"

沈含晶点点头："挺好吃的，谢谢。"再一看时间，"今晚好像要下雨，让大家都早点回吧，省得淋雨。"

"好的。"

同事都走得早，沈含晶也没怎么加班，到点就拎电脑走了。

到家时接近七点，推开门，徐知凛站在地线上。一身黑西装，笔挺的肩线和裤缝，像是要去参加什么晚宴活动。领带是精心选过的，温莎结饱满有力，但换个身高不够的人，会显得敦实，没有他这种踏实稳重的感觉。

沈含晶定定看着他，忽然想起罗姐形容的他，几年之间大有变化，脱掉一身斯文骨，换上一张锋利感的商业脸。

回想重遇之后他的各种模样，谑笑的，冷淡的，阴郁乖僻，捉摸不透。总结就是忽冷忽热。

沈含晶挂好包："你怎么来了？"这回不是有意的，但说完，立马咳了一声。

徐知凛看她："嗓子不舒服？"

"没事，我喝碗梨汤就好了。"沈含晶换好拖鞋，揪了揪颈部皮肤。

病了不吃药，徐知凛微微皱眉："你没去看过？"

沈含晶摇摇头，边咳边打开冰箱："菜吃完了，叫外卖？"

说完，她偏头看他，见他不张嘴，于是关上冰箱，去卧室换衣服。"砰"一声，卧室门被关上，但即使隔着门，也能听到那不规则的咳嗽声。

过几分钟门开了，人走出来。应该不是暖气的原因，她的脸红得有点不正常。

"你不吃我就不叫了，或者你自己搞定。"沈含晶吃劲地说话，到厨房接了半锅水，再把之前买的雪梨拿出来，开始削皮。

徐知凛看一眼表："把衣服穿上，去趟医院。"

沈含晶没反应，还在削皮。这雪梨有点放久了，皮还挺厚，削着削着容易断。

徐知凛绕到中岛台前："还削什么，去穿衣服。"

人到前面，沈含晶才说话："不去，我自己会买药。"她硬邦邦地拒绝，听起来像在闹情绪。

徐知凛硬挺挺地站着，看她完全没有要出去的意思，嘴角一捺，转身去卧室。他拿着大衣出来时，水已经沸了，沈含晶开始削第二个梨子。

徐知凛手臂上挂着大衣，过去还没扯她，那件衣服挡住光，她动作一错，大拇指被割伤。血冒得很快，结成一团往下流。

再没什么好说的，徐知凛把人带离厨房，往沙发上一摁，找来创可贴。沈含晶伸着手，目光绕着他转。

清创，撒药，再撕掉创可贴包上去。全程，她一声不吭。

徐知凛忙完抬头，撞上她直勾勾的视线，眼底还有奇怪笑意。气息一默，他忽然拧眉："你故意的。"

沈含晶歪头："可能？"

徐知凛不再多想，扔掉手里的药，起身即要走。他步子跨得大，沈含晶从沙发里站起来，几乎是小跑着跟过去。

到玄关时，她将将踩上他的后鞋跟，两只手一左一右，游到他前面扣住，脸也贴着他后背："你要走吗？"她声音很虚，不似装出来的样儿，"我病成这样，你也要走吗？"

"放开。"徐知凛声音很冷。

沈含晶当然没放："不是要带我去医院？你走了，我自己怎么去？"

徐知凛不说话了，但掰她的手，力气很大，几乎一下就要解开。

沈含晶咬牙收紧："那个陈朗没来找我！"那天后，也没再找过她。

徐知凛只愣一秒，很快又用更大的力气解开她双臂，只是再往前，手压到门把手的时候，听她喊了一声："徐知凛！你跑什么，怕我吃了你吗？"

他回过头，见人站在玄关的灯光下，急促起伏，绑住的头发散开一点，碎发飞在鬓角两边，目光追着他，笔直又紧绷。气息凌乱成这样，有那么一霎，很像当年仓皇固执的模样。

视线里，人走过来，微扬着下巴："所以陈朗的事，你是不是已经帮我处理好了？"

"你想说什么？"徐知凛垂眼扫她。

沈含晶伸手，冰凉的手指走过他的颈线，摸到他后脖子的某一处："你怎么比我还容易留痕？"说着，另一只手沿着西装领口，慢慢滑到胸肋边缘，"这里的文身，是什么意思？"

徐知凛当然不会说。他按住那只手，使劲要往外抽时，沈含晶高高地踮起脚，气息擦过来时，烫到能浇湿人的脸。还有那双眼，得意又促狭地看着他："徐总，为什么……要把我的初潮日期刻在身上？"

回忆像纸页翻动的声音，徐知凛不自觉地蜷起手掌："你记起来的？"

沈含晶偏头想了想："日记上翻到的，你要看吗？"

日记，徐知凛再次垂眼。写的什么？他文身的过程，还是她得意的渲染？就像此刻，她笑得格外张扬，高度复制那年狡黠的猎得感，问他，准备怎么证明对她的爱。

"轰隆"一道雷声，让原本病着的人打了个冷战。沈含晶从徐知凛怀里退出来，顺手帮他理了理衣领："原来真的是啊？"

"是又怎么样？"徐知凛没有否认。

"不怎么样，问一下而已。"沈含晶看着他，眼底专注，心里笑开，为他曾经的单纯。

外面的雨开始拍窗，感觉有点冷，沈含晶回去拿外套。穿好后，她摸摸额头，边咳边笑："去医院吧，我感觉有点扛不住了。"是真的扛不住，晕乎乎的，眼睛都开始有重影了。

雨线扬落，像被筛过一样细又密，出租车抗震能力也不太行，人坐在里面，像是被甩动的颗粒。呼吸湿湿地溅到肤面，徐知凛伸手摸了下，感冒的人额头滚烫。

他要抽回手，手臂却被抱住，用力抱得很紧，她挨着他，唇齿间游走着他的名字，一遍又一遍。

检查吊水，来回耗了一夜。后来接连三天，徐知凛没有去公司，于是江廷回去汇报工作时，意外扑了个空。

他问另一个助理："老叶，徐总就没说什么时候回来？"

叶助跟他面面相觑，摇摇头："那天晚上本来有个局的，徐总临时打电话说取消，后来这几天就没再见人了。"

江廷摆手走了，心里浮现大概的猜测，八九不离十。

他转身回办公室，打开电脑接份文件，打开看了看，把笔往桌上一抛。

嫌信息发来发去效率太低，江廷拿出手机，直接拨通电话："小雀……"回过神把"小雀斑"三个字吞回肚子里，"袁经理，文件是不是发错了？我要资产盘点表，你发的会议记录，还是去年的。"

"对不起，我可能发错了。"电话那头，袁妙马上道歉。

"没事，你现在把盘点表发过来吧，我正好让人核对。"

"能不能稍等一下，我现在……有点不方便。"

"你不在公司？"江廷看了眼时间。

袁妙嗫嚅："不好意思，我……上午请假。"

江廷皱眉，听出她声音有点压抑，要哭不哭的。想了想，他往椅背一靠："行吧，那你有空发我。"

"好的，谢谢。"最后这句，声音都在打战，感觉挂上电话就要哭出来。

江廷拿着手机，二郎腿在空中点了点。BOSS翘班，对接的也不在工作岗位，那他还这么勤奋干吗？遂偷溜之。

通勤车开得不够爽，江廷打算换一辆去跑山的，结果刚回家，被他妈给逮了。徐敏女士刚社交回来，头发纹理都是精心盘过的，她看了眼表："怎么这个点回来，今天放假？"

"没放，准备出差的，我来拿两件衣服。"江廷胡诌。

有些日子没看见大儿子，徐敏拉着不让走："你在那个什么卖家具的地方，待得怎么样？"

江廷好笑："妈，你关心这个？"

徐敏点点头，一本正经说："那个沈含晶，我怀疑她装失忆。"

"装来干吗？"

"那还能干吗？"徐敏说起侄儿，"骗傻小子啊，骗徐知凛呗。"

江廷沉思："有道理，不然下回见面，你找她要诊断书？"

徐敏一下端庄了，矜持地摸摸刘海："你妈什么身份，怎么好跟那种

126

人打交道?"

江廷有点憋不住了:"你什么身份?三个孩子的妈?"

"啧。"徐敏最烦这句话,狠狠推儿子一把,"闭嘴。"她踩着高跟,想起除夕那天的再遇,"那个沈含晶肯定另有目的,你当心点。"又拍拍他,"妈看人很准的,你信我。"

"我又不是徐知凛,我有什么好当心的。"江廷走进客厅,整个窝进沙发,忽然又想起点事,"妈,当年他们两个分开,会不会有什么误会?"

徐敏摇头:"你以为看TVB?哪儿来那么多狗血剧情,只有现实。"

两个什么都不懂的小年轻,一时冲动可以,真要独家独户过日子,哪里有那么简单。不匹配不登对,迟早要分的嘛。

坐一会儿,见江廷要走,徐敏喊住他:"月底宝琪有个相亲要去,你到时候带带她。"

"是宝琪的相亲,还是我的?"江廷探究地问。

徐敏冲他翻个白眼:"没人看得上你,别自作多情。"

"成,那我就放心了。"江廷掂掂钥匙,下去车库。2T多重的欧陆,纯正英式风,轮毂一看就很强悍。他坐进去,正要发动时,徐知凛发来信息,让他去接一趟。

江廷恨得牙痒,无奈只能换车换方向,带着一腔怨气到了富春华府。等徐知凛坐进车,他大惊小怪:"嚯,徐总,您总算舍得从温柔乡抽身了?"

徐知凛关上车门:"去公司。"

江廷还没撒够气,追问:"这几天保姆当得怎么样?肯定很有成就感?"又摇头,"不对不对,这不重要,要紧是三天三夜啊,您二位感情得升温成什么样?"

"开你的车,别吵。"后视镜里,徐知凛捏了捏鼻梁。

声儿听着疲惫,样儿看起来也像几天没睡,江廷摸了把方向盘,到底嘴下留点情。感情这本账,还得自己拎。

轮毂转动,缓缓碾过水泥地面。

车子驶离小区时,沈含晶刚从床上坐起来。病了三天,又是打针又是喝药的,人已经好得差不多了。

她走到餐厅,坐到桌前。桌上的外卖还是热的,排骨、卤水豆腐和虾饺,还有她点名要的西多士,主食是生滚粥。她咬了块排骨,再挑根姜丝进嘴里嚼的时候,有电话响起。

电话才接通,袁妙的哭腔很快传过来,呜呜咽咽,哽咽不停。她不说话,沈含晶也就举着电话听,直到她哭得差不多,才问怎么回事。

袁妙擤擤鼻子,再开口,声音已经冷静很多:"我跟王晋鹏离婚了。"

是个陈述句,沈含晶也抽张纸巾:"什么时候的事?"

"今天,刚办的离婚证。"

于是接下来,从发现姓王的出轨到正式离婚,好几个小时,聊到手机都发烫。

听到袁妙没吃亏,沈含晶也就放心了,边吃饭边当八卦品。等吃饱后,她站起来走走路:"我以为你拿到证据就要跟他离,没想到憋这么久。"

袁妙"哼"了声:"我没那么傻,马上离肯定离不掉,还不如给他一次'机会',正好当着两方家长的面,让他把财产协议给签了。"

净身出户啊,确实能忍又有谋。沈含晶笑起来:"还是袁女士厉害。"

再聊几句,袁妙提出说:"这里我不想待了,能不能给我调到新店去?我怕我爸妈念我。"

"当然可以。"沈含晶接了杯水,"一直想让你过来帮我,这就有机会了,果然最不能分开的还是咱们。"

"我要是过去,肯定要吃你的住你的,你男朋友,徐总他能愿意吗?"袁妙开玩笑。

沈含晶喝口水,目光扫见沙发上的领带,嘴角弯了又弯,把文身的事给说了。

听完,袁妙怔了好久:"那他真的,以前好爱你啊……"

这种事情形容起来,应该要用一个比浪漫还要夸张的词语,可惜袁妙太震惊,一下没能想出来。等从震惊里回神,她问沈含晶:"那……你怎么想的?"

怎么想的?沈含晶站在沙发前,拿起领带。

相爱,私奔,为她妥协、低头,原来都不是荷尔蒙过剩的无脑举动,徐知凛这个人,真的爱过她。如果说原来只是猜测,甚至赌的成分比较大,那么这一回,就是极有力的验证。至于之后……

"这么难得的男人,当然是好好谈恋爱了。"沈含晶笑。

挂断电话后,她重新回到餐桌,把刚刚吃过的外卖盖好,平放在桌面。接着,她拍了几张照片。

等选定角度最合适的那张，她发到朋友圈：真的年龄大了，一点小毛病都能击垮我。

发完，她摸了摸腿上那条刚刚出现在照片里的领带，真丝材质，顺滑又清爽。

既然曾经用情那么深，装什么一身傲骨、扮什么高冷疏离，她是真的不相信，他能抽离得干干净净。

病好后，沈含晶回到公司。离开三天，各项工作还是有序推进，等到真正开业那天，全部打起了十二分精神，跟好流程。

花篮摆满门前，布场也按了效果图来，现场不算顾客，宾客中有江廷叫来的，也有沈含晶在这边邀请的品牌商代表，还有一些家居博主，很是热闹了。

接待中，江宝琪带着个不便宜的花篮出现："我爸让送的，说也算我哥正儿八经参与的公司，来凑份热闹。"

沈含晶看了看上面的署名"江富"，也就是徐家唯一的女婿。

"欢迎。"她对江宝琪微笑，"要逛逛吗？可以找我们同事带一带。"

来就是消费送钱的，江宝琪瘪瘪嘴，冤大头一样，捂着包跟了进去。

流程不算多，其实线下都是走个过场，新媒体时代，重要的还是线上宣传。走完大半流程，徐知凛出现了。

一见他，沈含晶从接待里抽身，笑着迎过去。她穿浅色系的西装套裙，大方精致，配合明艳但不娇的笑容，很有一店之长的稳重感。等到面前，她伸手去挽徐知凛："路上堵车吗？"

徐知凛看了看四周："人不少。"

"有开业优惠和抽奖，刚刚来几批顾客，还有些散客，这里人流挺好的。"沈含晶笑着，精心描过的眉眼微微上翘，"当然，还是金主给力。"

装修过后就是宣传占大头，哪里都要砸钱，要是没有 AN 出资，她在实操上会保守一些，不敢摆这么大阵仗。

人确实多，店员有些忙不过来，只好找沈含晶支援。

"那边有个吧区，你要是嫌吵，可以上我办公室坐坐。"匆匆招呼两句，沈含晶放开徐知凛，自己忙去了。

徐知凛在原地站了站，就走上二楼，看看大厅摆设。美陈做得好，来拍照发社交圈的都不在少数，人头攒动中，看见挤过来的江宝琪。

"二哥……"她小心翼翼地打招呼，"你怎么来了？"

"来看看。"

"哦。"就一卖家具的，江宝琪不觉得有什么好看，但她这会儿很会卖乖，"二哥你来得正好，我想把咱们地下室那组沙发给换了，刚刚看到几套还不错的，你也来选一下？"

她说的是徐宅，地下室沙发什么样，徐知凛一下也不太记得，见她拿平板电脑划来划去："你看着选吧，区别不大。"

"那就……这个！"江宝琪爽快下定一套，又殷勤地问他，"二哥你渴吗，我去给你弄杯喝的？"

"不用，你自己逛就可以，我要走了。"说完，徐知凛转身离开。

销售拟了单子来，江宝琪肉痛地刷过卡，刚好江廷出现，她把账单给他看，夸张地哭穷："我把刚订的包给退了，销售还发了其他的，我都说不喜欢……我以前从来不用这样的，别搞不好，人家以为咱们破产。"

江廷没理她，背手站着，看那边的两个人。楼梯旁边，半路出现的沈含晶截住徐知凛，仰头跟他说了几句什么。背对着，看不到徐知凛有没有说话，但两人刚开始还是拉着小臂的，说着说着，沈含晶直接就敲他手指去了。

江宝琪也看见，撇撇嘴："也太亲密了吧，她怎么这么黏人？"

"情侣不亲密还叫情侣？"江廷反问。

江宝琪不这么觉得，她还记得游轮那晚的事，明明听起来谈交易一样的，怎么还假戏真做起来？自己琢磨不对劲，江宝琪问江廷："你说二哥是不是虚情假意，故意给她下套？"

"谁一天闲得慌，尽围着别人的感情瞎琢磨，有那时间干点不正经的没意思吗？江廷摸出手机："下什么套？当事人可能都没想清楚，你倒装聪明了。"

还下套，到底是想报复人家，还是用力过猛的接近，某个姓徐的，还能分得清吗？

开业当天，沈含晶忙到很晚。徐知凛来过一趟就走了，实在顾不过来，她也没留。等晚上准备收工，她才发现自己今天只吃了一顿，人饿得不行。

"下班了吗？"她给徐知凛打电话。

"在酒店。"

"哦，你们酒店不是有吃的吗？你等下回家给我带点，我好饿。"

那边的声音停顿两秒："吃什么？"

"面或者粉吧，饺子云吞也可以，要方便消化的。"

"好。"

电话打完，沈含晶收拾东西下班。人困得很，怕疲劳驾驶，所以叫了网约车。

徐知凛先一步到家，开门时，他刚脱下西装。

"你怎么也这么晚？"换好鞋，沈含晶直奔餐桌，"你吃了吗？要不要一起？"

"吃过了。"徐知凛站在客厅摘表。

撕拉的声音很大，他看她拆包装，揭开打包盒，又看她开始吃东西，自己呆立了片刻后，去卧室洗澡。

他洗完澡出来，沈含晶也回了卧室，跟他交替洗澡。这里是她的地盘，什么轨迹都行云流水，洗完出来，人往床上一倒，嘟囔着说好困。

困中看人一眼，眼波松松的。都躺在一个被窝，沈含晶自己闭眼眯了会儿，突然翻身，白生生的手压在被面上："你今天是不是忘了说什么话？"

"什么？"

"大金主，难道不祝我生意兴隆吗？"她睁着一只眼看人，声音里有不带讨好的娇嗔。

徐知凛半支着，喉结微提："生意兴隆。"

这回一切都很自然，亲吻推被，嫌热或冷，最近的时候，两人眼睫贴着眼睫。

结束后，徐知凛去西装口袋拿了包烟，正打算点，沈含晶也坐起来："给我也来一根？"

这时的她，声音是最慵懒的时候。徐知凛烟都含到嘴里了，闭眼拿掉烟，没继续。

"不抽了吗？"

"嗯。"

沈含晶眼皮千斤重，但还是趴在他胸膛上："你什么时候学会抽烟的？"

枕头很高，徐知凛懒懒地躺着，一臂横在眼前："忘了。"

安静地躺了会儿，沈含晶换个姿势，压住他一条手臂。徐知凛感觉有点硌，低头一看，肩膀上已经留了个深深的坑。他看她两眼，拨开她的头发:"你的耳钉还在。"

"忘了。"沈含晶闭着眼,两下拆掉耳钉,随手放到床头柜上,"关灯吧,我要睡了。"

灯关掉,房里一片沉重的暗。

手臂有点麻,闭着眼,徐知凛没什么睡意。黑暗中,好像听到一点声音,偏头仔细听,是沈含晶在说话。

"知凛……"她无意识地叫他,"有点冷。"像生病那晚,她在他旁边呓语。

徐知凛睁开眼,再次想起一句话:不要相信捕猎者袒露的脆弱。

只是她好像真的冷,人蜷起,手指胡乱地勾他衣角。越来越模糊的声音中,徐知凛滑进被子里,手臂微微用力,把人揽过来一点。

开业过后,进入正式运营阶段。相比老店,新店面积更大,地段也更好,又正逢"金五银六",逛家装市场的不在少数。

忙完这轮后,公司安排聚餐,找个有露台的餐吧,热热闹闹庆祝了一场。

聚餐是凌晨结束的,沈含晶多喝了点酒,看到徐知凛时,身体都有点打晃:"你来了,我刚想叫代驾……"

"喝了多少?"徐知凛接住她。

沈含晶想了想,将脸埋进他怀里:"半瓶吧,应该。"

半瓶喝成这样,徐知凛用手贴着她额头,把人带走了。

凌晨没有车水马龙,一路空旷。沈含晶闭眼靠着徐知凛,正昏昏欲睡时,忽然把脚从鞋子里退出来,一下诡异地绷直。

"怎么了?"

"抽筋了。"沈含晶脸本来就有点红,这下表情都开始扭曲,要哭不哭的。

看她脚指头都翘起来,徐知凛伸手将她的脚捞到自己腿上:"这里?"他按了按。

"嗯……往上一点。"

"这里?"

"对,轻点轻点,痛、不对,痒……"沈含晶往后靠,整个身体拉成直线。

按她说的,徐知凛找到相关肌群慢慢推开,一路推到脚掌,帮她把酸胀揉顺。

大概有个十分钟,抽筋缓解了,沈含晶松了一口气,脚重新缩回来,人又靠回他肩上。她头发又多又长,掉几缕刺着徐知凛脖子,徐知凛伸手要帮她把头发往耳朵后面别,被她一个激灵捉住:"你没擦手。"

"我的手很干净,还是你嫌弃自己的脚?"

"我的脚也很干净。"沈含晶抿着唇跟他对视,作妖一样,非要占个上风。

喝过酒的人,两只眼透亮透亮的,让人很难忽视。徐知凛看她一会儿,从储物格中取出湿巾,等两只手都擦一遍,蛮不讲理的人又主动靠回来,笑嘻嘻地说:"快到端午了。"

"嗯。"

沈含晶提起他们家的家宴:"你爷爷不喜欢我,我还要去吗?"

徐知凛很平静:"他不喜欢的事情太多,我不可能样样顺着。"要么妥协,要么习惯。

沈含晶笑起来,右手放到他的腿上,沿着他的裤缝走到他的膝盖上,再挠两下,被他使劲握住。

两人体温都很高,她小力挣开,他又追过来在她后臀拍一下,警告似的。

沈含晶没再动了,懒洋洋地闭上眼,恋爱模式啊,多自然。

过不了多久,端午到了。气温开始升高,衣服也开始越穿越薄,沈含晶选了条半裙加开衫,跟着徐知凛去到徐家。

江宝琪瞄了她两眼:"你这裙子哪里买的?"

"淘宝。"

"……你怎么不好好打扮下?"

"我好好打扮,你外公就会喜欢我了?"沈含晶故意反问。

当然不会,跟她重不重视和打不打扮没关系,单这张脸这个名字,就足以激怒老爷子。比如这回知道她来,老爷子直接不露面了。缺他一位,饭桌上辈分最大的就是这家的女儿女婿,徐敏和江富。

徐敏是懒得管事的,吃饭都不怎么低头,生怕弄乱发型或者颈纹加重,于是场面上说话的,就成了江富。

江富长了一双标准的丹凤眼,这点江廷跟他很像,并且人很精神,哪怕已到中年,举手投足都很有风度。他全程谈笑风生,几乎照顾到桌上每一个人,包括沈含晶。

在被问到店里生意时,沈含晶笑着说:"还可以,谢您关心。"

江富点点头,又去看徐知凛:"阿凛,照顾好你女朋友,等下吃完饭带她到处转转，上回你不在，冷落她好久。"

他们说话，沈含晶低头喝汤，余光微晃时，瞥见没上桌的几个小孩子。都不大，学前班的年纪，围在电视前看动画片。沈含晶唯一认识的，就是江宝时。小孩胖墩墩的，穿的又是浅底衣服，手里抱着什么东西在吃，坐在地毯上适适意意。

她收回眼神，笑了下，被徐知凛看到："笑什么？"

沈含晶朝那边抬抬下巴："你小表弟挺可爱的。"

大概孩子有顺风耳，吃完饭下桌，小宝时跟上来："二哥。"

徐知凛拍拍他的脑袋："有没有吃饭？"

"吃了。"小宝时眯着眼笑，点点自己圆鼓鼓的肚子，"饱的。"说完脖子一转，看着沈含晶。

沈含晶跟他对视："我想去以前住过的地方看看，可以吗？"

话是跟徐知凛说的，徐知凛略一思索，叫人去拿钥匙。

钥匙到手，两人朝后面走，还带着个小尾巴。

两层半的小洋房，坡顶，红砖墙，是沈含晶以前住的地方。上去有一段台阶，小宝时走得吃力，徐知凛直接把他抱起来，到阶上，掏钥匙开了门。

木地板、木楼梯，沉沉的踢脚线，白色的石膏顶，以及一屋子的老家具。长久没人住，霉味是避免不了的，但也没到呛鼻子的地步，只是需要开窗散一散，或者用手赶一赶。

光线有点暗，沈含晶在客厅站了站，一回头，见徐知凛牵着小宝时在看她。她笑笑："还是有一点熟悉感的。"

到底是住了十几年的地方，而且陈设应该没变，人站在这里，她甚至依稀记得该去哪儿找遥控开电视。

这叫什么？看着北面的玻璃花窗，沈含晶思考了下，想这大概是医生说过的一种唤起：身体知觉上的再认记忆。

"我是不是住二楼？"说着，她已经往楼上走了。

木楼梯承重虽然不差，但动静大，而且梯面不够宽，沈含晶两步一阶，庆幸今天没有穿高跟，不然就怕崴脚。

走过小客厅，就到了房间门口。扭动把手，将门一推，里头的布局映入眼底。摆设很简单，床柜和书桌，还有几个摞起来的收纳箱，里头放的应该是旧衣服。房间采光很好，即使拉着窗帘，光还是透到床上和地上，黄澄澄的。

沈含晶站在门口看了会儿，走进去，视线从左到右，置身其中。木板应该潮过，有些地方微微鼓起，家具基本都用东西盖着，镜子上也有一层布。

原木色衣柜，旁边贴了两个小挂钩。其实应该是三个的，有一个因为黏性不够掉了，也留下一层弄不掉的胶。还有墙上的插座，曾经因为接触不良，被电极烧出一点黄和黑之间的斑。

熟悉感是有的，比梦要清晰一些，但此刻从知觉上来说，其实不是很好。一点点梦醒时分的刺痛感，心脏微微痉挛，毕竟这里的每一样，都像她丢失的岁月刻痕。

走近窗边，沈含晶拉开左边帘子，再扭开窗户。外面一丛绿叶，从这里看出去，是弯曲的走道和远处的花园。纱帘终于再次被风拂动，脑子里出现一点剪影，像电影里摇晃的镜头。

沈含晶站在那里，似乎找到一点记忆回路，跟生钝的过去短暂重合。

过了很久，她被一点动静惊醒。她走出房间，见小宝时一手指着阁楼，一手抱着徐知凛的腿，撒娇要上去。

"上面有什么？"沈含晶问。

"植物房，以前你养的一些盆栽。"

"应该都枯了吧。"沈含晶站在楼梯口看了一眼。尖顶楼角，层高应该很低。她看徐知凛，再看他满眼渴望的小表弟，"要不你带他上去？小孩子可能都喜欢这样的。"

徐知凛大概也被缠得有点无奈，弯腰把人抱起来，往阁楼去了。

脚步声好像就在头顶，沈含晶扒着栏杆看了看一楼，也再回到自己房间。

书桌有抽屉，但没有锁扣，拉开看看，里头都是些零散的小东西。

她坐在椅子上翻了会儿，找出一个发箍来。手编的小雏菊，黏成一个圈，可以当发箍，也可以戴在手上。沈含晶拿起手机，拍了张照片给袁妙：看我以前的少女心。

袁妙回了个表情包：这个我也买过，戴上去很像韩剧纯情女主。

这里的韩剧真的是指很多年前的，毕竟一股土味。

从书桌离开，沈含晶又去拉开衣柜。双开门衣柜，右边两层，左边则是完整的一层，用来挂外套的，大到可以藏人。衣服很久没动，大多已经被挂出明显的衣架痕，沈含晶拨着看了看，走马观花。

合好衣柜后，她轻手轻脚地上了阁楼。阁楼确实不大，是连她都要弯腰的程度。

正前方，徐知凛背对她坐着，头发刚修的，有点短，两侧肩峰微微拱着，人泡在阳光里，有一种安静的少年感。

她踩上地板，小宝时回头发现沈含晶："姐姐！"声音脆脆的。

沈含晶伸手摸他的头，再去看徐知凛，很不巧，正好捉住他把什么东西放进口袋。

"是什么？"她直接问了。

"没什么。"徐知凛把小宝时拉起来，"回去吧，爷爷找我。"

沈含晶走过去："徐少爷，这里是你家，但东西应该是我的？"

徐知凛看着她，目光乌沉沉："是我的。"

"你的怎么会在这里？"沈含晶不大相信，"到底是什么，不能给我看一下吗？"

她挡在前面，挺执着地想讨来看看。徐知凛背着万吨沉默，还是把东西掏了出来。是一张电影票，方方正正的蓝白底，热敏纸材质，上面打印的小字基本都模糊掉，只能看清电影院的名字，还有一点二维码的影子。

"这有什么好藏的？"沈含晶不解地翻来翻去，发现这票虽然字不清了，但票面和票根都在，这说明根本没用过。她将疑惑目光投向徐知凛，"怎么就一张？"

在她茫然的视线里，徐知凛敛眼："因为当时，就给了一张。"说完弯下腰，把刚才搬动的东西复归原位，也借由动作，掩去话尾的痕迹。

从老房子出来时，外面的太阳更烈了。沈含晶拿手挡脸，觉得遮不全，又钻到徐知凛身后，踩着他的影子往前走。看她这么怕太阳，徐知凛干脆脱掉外套，将人揽到身前，外套往她头上一盖。沈含晶朝他笑笑，明媚如火。

回到主楼，徐知凛去楼上见老爷子，沈含晶则在客厅待着。对面的沙发里，徐敏正抓着女儿问相亲结果。

江宝琪一扁嘴："还行吧，就是人有点黑。"

徐敏不以为然："黑怕什么？矮才要紧。"

"可是……我还觉得他挺油的。"

"别胡说八道，学几个词就乱往人身上砸。"这句徐敏不爱听了，"人家青年才俊，听说大学就开始投资，孵化好几家公司，回报率还不低。要不是你爸的关系，人家还嫌你年龄小。"

江宝琪有点烦："我也觉得我年龄小，赶这么早干吗？我还不想结婚。"

"哦唷……"徐敏脸都皱了，"我谢谢你啊，能不能把自己摆正？你以为今年十八岁啊？事业嘛没点事业，有合适的就要抓紧，难道打算玩一辈子？你妈像你这个年纪，已经把你哥生出来了，好不好。"

母女两个正斗嘴，当爹的来了。一见江富，江宝琪就哭诉："爸……"

江富安慰她："琪琪听话，多跟人接触接触，没有坏处的。"

"我不喜欢……"

"那你喜欢什么样的，爸再给你找。"

催婚车轮战，沈含晶没什么兴趣听了。她掏出手机玩一会儿，等刷完一遍朋友圈，客厅里只剩江富。

见她抬头，江富露出个和善的笑："刚刚跟阿凛去后面了？"

沈含晶礼貌地点头，正好余光见到楼上有影子，以为是徐知凛，所以朝那边看了一眼。

江富也看了下，安慰她："没事，他们爷孙俩应该是聊工作。"又笑说，"现在你回来了，我看阿凛也比以前要开朗些，你们好好处着，别想太多。"

沈含晶微微点头，心里也活动开来。徐知凛这位姑父，不仅对他称呼上很亲热，对她也过分和气，而且是这边长辈里，唯一主动认她身份的。想了想，她装出担忧模样："上回来的时候有点被吓到，所以比较担心他。"

江富笑起来，连眼角的堆褶都很儒雅，说出来的话却有点耐人寻味："没事，老爷子疼孙子的。"

突突几下声响，是江宝时跑了过来。小娃娃跑得有点不平衡，拍着手接近这边："爸爸！"

"嗨，儿子哎！"江富眉开眼笑，沉着腰，一下把儿子举起来，耳边几根白头发都熠熠生辉。一把年纪了，这真是拿命在疼的。

沈含晶低头，把裙子褶拍平。

徐家就生了一个传代的,女儿女婿这把年纪还在拼命生,要说没点猫腻，她打问号。

过了差不多十分钟，徐知凛下来了。人看着没什么异常，沈含晶问他："今天没挨骂吧？"

"怎么，你还有点期待？"

"一点点吧，不算太多。"

看她乌溜溜的眼，有点幸灾乐祸的样子，徐知凛一把将人拢过来，往外面走。路上碰到江家几个，他撇头道过别，直接带着人走了。

走也走得不安分，一个挣一个拉，直到两只手扣到一起，才听到沈含晶的笑声。在别人眼里,妥妥的打情骂俏。

之前偷偷摸摸的小情侣,现在正大光明牵着手,在这座宅子里活动,在所有人眼皮子底下亲密。看背影,确实也活脱脱一对璧人。

江宝琪嘟囔:"都不懂二哥,躲躲不行吗,干吗老带她来?外公因为这个都没吃饭。"

小孩子不懂事,江富也没纠正她,只转了转手指上的婚戒:"琪琪,快给你外公送点吃的上去,他老人家心情不好,你多陪陪。"

隐隐听得引擎声响,大门也打开了,黑色迈莎锐驶过走道,开了出去。

回到家,沈含晶接了个电话。是服务部门的一点问题,有客户约好今天上门安装,但等了很久配送才到,不仅超时,还差点跟客户发生口角。

销售和设计都是前端工作,后端的品控和安装也很用心,不然一个客诉(客户投诉)、一个返修,就极有可能影响信誉度。但培养自己的后勤团队需要时间,想把老店的所有标准复制过来,因为有地区差异,实施上也会遇到困难。比如人力成本高,对刚开不久的店铺来说,前期还是得依赖第三方,但第三方又是难以约束的,尤其服务标准很难达到,这就容易引起客诉。

事情一定要及时解决,沈含晶马上调人去处理这事,再上线远程跟进。等终于处理完,也将近傍晚。

"忙完了?"徐知凛走近问。

"嗯。"沈含晶伸了个懒腰,把他拉过来,脸靠在他身上,"好累。"

"吃饭吧。"徐知凛拍拍她的背。

酒店直送的外卖,两菜一汤,不算铺张。吃饭时,沈含晶把刚才的事给说了,徐知凛翻翻手机:"我推个人给你,他底下有一家物流公司,在申市网点比较多,你可以跟他谈谈。"

"谁啊,我认识吗?"

"庄磊。"

那确实是认识。沈含晶夹一筷子豌豆尖:"我有他微信。"

徐知凛顿了下,听她把上回温居派对上的事给说了,又听她问:"他跟蔡阳晖是不是关系挺好?"

这两个人,徐知凛喝口水:"有几年交情。"

听他声音淡淡的,沈含晶并着腿想想,"明白了,酒肉朋友。"

饭吃完,轮到徐知凛忙了。他跟沈含晶不同,沈含晶不在办公室时,喜欢坐沙发坐床上，能盘腿盘腿，能躺就躺，争分夺秒给自己找舒适度。而徐知凛呢，有书房的地方，他一定在书房。这点沈含晶清楚，从浴室出来不见人，自然就往书房去了。

书房和其他区域的风格差不多，简洁风，不起眼的设计感，窗外是大面积夜景。推开书房门，徐知凛坐在椅子上，鼻梁上架着一副眼镜，专注地看着屏幕，肩挺腰直，不能再周正。

沈含晶笑了笑。有钱人家养出来的确实不一样，有种时刻被拘着的教养感。她抱臂，一侧身体靠着门框，直到工作中的人越过屏幕看向她，她才散开手，一摇一摇地走进去。

"这么晚了，没忙完？"沈含晶坐到他腿上，一只手扶着他的肩，在他耳边说了句什么。

徐知凛盯着她，半晌，手臂绕过她的腰，把人打横抱起来，离开书房。

见方向是浴室，沈含晶挣扎："我洗过澡了。"

"头发没洗。"徐知凛把她往上颠了颠。

沈含晶轻轻吁气："徐少爷，这么多年，你有过其他女人吗？她们比我更好吗？"

惯性全在皮肤里疯长，什么都皱巴巴的，包括声音。

重逢后，这是少有的交流时刻。烁亮的眼，一张脸被包在黑亮长发里，目光笔直又肆意。

一寸寸，徐知凛扫过她，她眼角眉梢的反应，跟当年一模一样。他甚至想起那一天，被她笑着拉过手，去摸那道干涸的血疤。

徐知凛笑了笑，从嗓子里磨出一句："希望我有吗？"

沈含晶视线下移，看他喉结细陡的弧线随着说话而跳动。

只是听到这句后，她瞬间变了脸："滚！"她力道全卸，就要抽身，却被用力抓住。

徐知凛笑出声，如果有什么浮夸的表演，反而容易失真。但她不会，她擅长的是利用真实，比如就算不在乎，也要表现得张牙舞爪。

出来后，两人回到卧室。徐知凛找来吹风机，给沈含晶吹头发。她躺在他腿上，人像是已经睡过去，懒到甚至不愿翻身。没人说话，吹风机开的温风模式，白噪声不算太吵，规律得如同安眠曲。

发丝穿过手心时，徐知凛恍惚了下，想起那间逼仄的出租屋。那时候也是这样，她或躺着或坐着吹头发，但多数时候是面对他的，有时候嘟嘟嚷嚷，说着当天上班的事。

吹完后，两人会躺下来畅想以后的日子，要长长久久在一起，要共同努力，要存钱，让生活条件好起来。甚至还说过，要几个孩子。

那时候多好，地方虽然不大，但充满了她的影子。可原来太过年轻，是犯不起什么错的。

端午后，袁妙交接好手头工作，来了申市。她本来就负责后勤的，到这边以后，帮沈含晶分摊了不少工作，让沈含晶能抽身出来去忙别的事。

配送上的问题，沈含晶约过庄磊。大概是因为徐知凛的关系，这回他再没有强行撩她，客客气气的，沟通上也很尽力。

任何事都没有一蹴而就的，沈含晶也清楚这一点，该急的时候急，不急的时候，人也放松些。

这天工作日，罗珍和张国喜来了。两人难得同天休息，沈含晶带他们在店里仔细逛过，最后送了一套电视柜。

得知不用钱，夫妇两个连连摆手，张国喜卡都带好了："别别别，多少钱我们按价付，哪里白要这个。"

"不是白要的，"沈含晶笑说，"我们最近做效果图库呢，想把这个装到您二位家里，到时候请人去拍几张照，我们好用来宣传。"

"那也不能一分不收，照片怎么拍都可以，但这个多少钱，我们今天直接给了最好。"

他们坚持，沈含晶只好妥协。她拿单子填了另一款的价格，让店员带着去付款。

罗珍拿出卡去刷，办公室里，沈含晶想起个事来。她问张国喜："张叔，那位江富，您对他了解吗？"

"徐家女婿啊？"挺巧，张国喜对他还真有些了解，"那是个厉害人物，以前他在酒店站礼宾台的，就是那个什么前厅吧，反正属于基层员工，后来跟徐敏小姐结婚了，这么多年，人家已经爬到AN二把手的位置。"

"二把手？"沈含晶想了想，"他管哪里？"

"好像是财……哦不对，他不管财务了，现在管人事？"张国喜回想着，慢慢捋这点事，"当年徐知凛进公司，好像不知道因为什么事，差点把他弄出公司，后来徐敏小姐跟老爷子求过情吧，才又把他留了下来。"

沈含晶心里翻转了下。留下来，但部门间的转换，也算一种降职了。

毕竟人力和财务，哪怕同个管理层级，实际地位也是很有区别的。

"怎么突然问这个？"张国喜好奇。

沈含晶回神："也没什么，就是上回端午去那里，感觉他人挺好的，很和气。"

"江总对谁都好，最会做人。"张国喜干笑了下，表情有点微妙。像他这样自己一手一脚挣钱养家的，最看不起靠老婆发家的男人。可能别人都羡慕，但他不这么想，更不会去巴结，不像另一个司机，关系跟江总特别近，家里有点什么事都会跟江总聊，还特别会受江总的好，帮这位司机的孩子介绍工作呀，司机的孩子结婚时送一份大礼呀。

"我们那里有句老话，说这样的人得罪不得，最会钻营。"张国喜这么来了句，说完可能觉得有点刻薄，讪讪地摸了下桌子。

还没支吾完，办公室门被敲响，江廷进来，一看张国喜："张叔来了。"

张国喜心虚，马上起来打招呼："廷少。"

沈含晶也看了眼江廷："找我有事？"

"我妈病了，请三天假，我看她去。"江廷抓了抓头发，他头发很长了，都可以扎辫子了。

请假正常，但三天……沈含晶有点狐疑："你去照顾？"

江廷摇头："我妈不在这里，在仑南，来回需要这么久。"

"好，那你去吧。"

沈含晶答应后，江廷手往兜里一揣，迈着大长腿走了。他不傻，知道他妈肯定又是骗他相亲，所以压根没打算去，想着借这几天假出海去浪。

不过一转念，徐知凛刚好也不在，他其实可以多请几天的。想到这里，江廷立马后悔了，他脑筋一动就原地掉头，但忘了自己在楼梯上，于是猛一回头不小心跟人撞上。

准确来说，是撞到块木板，还是尖角的地方。他闷哼一声捂住鼻子，缓缓蹲下。

袁妙拿着组装板，人有点傻。她本来是拿这个去看漆料的，没想到这人突然回过身来，自己撞上来了。

见江廷半天没反应，袁妙赶紧蹲下去："没事吧？"

过了三四分钟，江廷才从痛劲里缓过神，再一看手心里的血，心里骂了句娘。这下好，直接休病假了。

江家人来得很快，江宝琪脸都吓白了："哥，你痛不痛？听说要做手术啊,我刚刚看你那个 X 光片,这里断了!"

她拿两根手指比画,那么一折,江廷觉得痛感加剧:"别跟我说话,吵死了。"

相比江宝琪,当爹的比较淡定:"没事,小手术,很快就能好。"说完,江富回头,"听说是你们送他来医院的,谢谢,辛苦了。"

"不不,是我不小心撞了他,对不起。"袁妙懊恼得很,惴惴地道歉。

沈含晶站她旁边:"不好意思,是我管理失误,以后在店里拿原料板,我会让他们包一下角。"想一想,虽然知道对方不在意,但还是说了句,"廷少这个是工伤,我这边会负责的。"

江富也没有拒绝,脾气很好地笑笑:"那就麻烦了。"

等她们走后,江富关心儿子:"还痛得厉害?"

"好多了。"江廷有气无力。

害怕江廷发烧,江富用手贴了贴江廷的额头。

江宝琪很气,拉住江富的手:"爸,你能不能让哥别去那儿了?让二哥把他调回去嘛,一个卖家具的,钱又赚不到,看我哥多受罪。"

江富笑了笑。家装市场,不管硬软装利润都很可观,怎么会没钱赚?

当然,重要的也不是这个。

他拿起手机:"爸去问医生,你看着你哥哥,耐心点照顾。"

当晚九点,沈含晶回到家。已经是夏天,暖气变成冷风,热得泡不住澡。

淋完浴出来,脖子上还腻了一点汗,沈含晶低头擦干净,再拿过手机,给徐知凛打视频。

"睡了吗?"

"刚开完会,没这么早。"

"哦,我也还要一会儿。"沈含晶把手机架好,拿过身体乳一边擦,一边把江廷的事给说了。

"听说你姑姑很疼他,这下我是不是把你姑姑也得罪了?"

她故意夸张,徐知凛摘下眼镜,搓搓眉心,说:"我姑忘性大,等江廷好了,她估计也差不多忘了。"

"真的?"

"嗯,宝琪跟她比较像,没什么心眼,好哄也好骗。"徐知凛拿起咖啡醒神,看她擦身体乳,从小腿一路往上,指头在皮肤按出浅窝。

夏天的睡裙，一条肤感冰凉的吊带，长度到膝盖。弯腰时，中间的吊坠荡来荡去，呼吸伸张有力，带动胸前曲线。

左腿擦完到了右腿，沈含晶换一侧对着屏幕："你还要多久回来？"

"慢的话，可能还要一周。"

"这么久，那你现在一个人？"

"一个人。"

"有没有给自己安排侍寝的？"

"什么意思，查岗吗？"徐知凛摸了摸烟盒，看她低头按摩小腿肚，头发全盖下来，腰窝曲线指向尾椎的末梢。

"去那么久，真工作假工作？"她又问。

徐知凛笑了笑，点点烟盒："不好说。"

沈含晶转头，正好听见打火机一声清脆的"嗒"声，屏幕那头，徐知凛咬了根烟，偏头去点火。清晰的颌线，料峭的喉结，大概因为刚刚开会，都晚上了，衬衫还扣得严丝合缝。点完他抽一口，朝旁边吐出烟雾，微微眯眼，看了下屏幕："擦完了？"

"没有。"沈含晶躺倒，腰以下不入镜，但动作很明显，在竖腿抹霜，抹得一丝不苟。

他抽两口烟后，见她又侧躺着，单手撑头。她说："快点回来，想你了。"

屏幕已经熄灭，徐知凛仰躺着，记起她身体乳的味道。

过几分钟，他慢慢挽起袖子，按下表壳旁边的拨柄，齿轮传导，很快，三种不同的打簧声响起。像管风琴气流吹动时发出的声音，徐知凛计算着走时，闭上眼，想起在她耳边一遍遍发过的誓，这辈子除了她，再不会碰其他女人。

那现在是不是他又要开始进入一个个被驯化的夜晚？

申市这边，沈含晶同样回味刚才的场景，尤其是他高仰起头，锐利的下颌角弧度配上那样明显的隆起，其实很好看。

他的喉结，她格外喜欢。还有他那双手，文质纤长。

闭上眼想想，印象里动不动红耳朵的少年成熟了，品一品，是另外的味道。

不自觉发笑时,手机响动了下,沈含晶摸过来一看,是微信的好友申请,来自江富。思考两分钟,她点了通过。

天明,又是新一周。除开工作外,再需要她关心的就是江廷的伤势了。

江廷住在私立医院,手术排期很快,消肿后就做了复位手术,接下来就是住院观察。

作为肇事方,内疚的袁妙每天都会去一趟,买点水果什么的探视两眼。这天她在家煲汤,正好沈含晶也有空,拿了车钥匙跟她一起过去。

进医院奔去病房,到走廊时袁妙忽然想上厕所,只能沈含晶提着保温壶先过去。

约定在病房门口等的,但到了病房外,她听到里面母子两个在说话,是徐敏回来了。

儿子受伤,徐敏心疼得哭了一场,这会儿正抹眼泪:"还痛不痛啊儿子?你真是受罪了,小时候折腿,长大了折鼻子,看看这脸,现在真是破相了……"

江廷躺在床上,可能是术后血运不好,脸肿了。他安慰当妈的:"放心吧徐女士,破不了相,过几天就能好。"

徐敏抽抽鼻子:"那就好。你要什么没什么,妈还想靠这张脸给你找个媳妇,破相可就麻烦了。"

又是婚事,江廷开玩笑道:"听说蔡阳晖的妹妹要回来了,不然我去追她?"

"蔡思慧啊?人家是常春藤高才生,哪里看得上你?"徐敏嘴上吐槽,但还是有点期待,"真的?你去追她?"

江廷笑了下,扯得脸都疼:"你不说了人家看不上我,不过我要是徐知凛的话,还可以试试。"

听到侄儿的名字,徐敏一直皱眉,嘟嘟囔囔地说:"你要是徐知凛你妈就气死了,门当户对的不要,跟个小黄毛丫头搞不清。"

"人家那叫真爱。"江廷纠正她。

"哦唷,笑死人了,回头又给骗得裤子都没有了,还真爱。"

在徐敏的夸张声线里,病房外,袁妙正好回来。沈含晶没说什么,礼貌地叩叩门:"江助理。"

病房里面,母子两个都看过来。气氛尴尬了下,下一秒,江廷顶着猪头一样的脸打招呼:"你们来了。"

"妙妙煲了汤,我们给你送过来。"走进去,沈含晶朝前点头,"江太太。"

徐敏怔了下,这称呼说不出哪里不对,可又好像不大对劲,总之就是听得有点别扭。她端着架子,没搭理。

江廷呢,因为脸肿了视线也不好,一下三个女人在旁边,眼睛有点费劲,忙不过来。他看袁妙,袁妙把汤放柜子上:"江助理,这是我爸爸给的方子,说对术后恢复比较好。"

人家送了也不能不领情,江廷点点头:"谢谢,太麻烦了。"

"不麻烦,你要是喝得有点效果,我明天再送过来。"袁妙笑笑,"我爸说这个连喝几天,活血效果应该不错的,利水消肿。"

一旁的徐敏没忍住,探头看了看保温壶。她皱着眉头,心里嘀咕这哪里来的土方子,说得神乎其神的。再一回头,不偏不倚对上沈含晶的视线。

沈含晶微微一笑:"妙妙她爸是老中医,治过不少病人,手上的医术都是传了几代的,可以放心喝。"说完也没多待,和袁妙转身离开了。

等进电梯,袁妙感叹一句:"江助理他妈妈保养得挺好的,看不出上五十了。"

沈含晶点点头。徐敏是真正从头到脚的精致,浑身都有股毫不松懈的美劲,这个年纪,除了口周老化得比较明显,连白头发都没怎么看到。

出电梯,两人朝停车场走去。路上袁妙又想起一件事:"听说江助理还有个几岁的弟弟,那就是前几年才生的,他爸妈肯定很恩爱。"

确实,这么多年夫妻俩没红过脸,江富更没有一点花边绯闻。

这种情况下,不是真心对真心,就是装得太厉害,没露过破绽。

"是的吧,我听人说过,那两位可是模范夫妻。"沈含晶掏出钥匙,对着车的方向按了按。

过了两天,徐知凛回来了。

沈含晶刚回家,人在浴室里卸妆洗脸,流水的声音盖过手机的响动。等敷好泥膜出来,已经过了二十多分钟。

看到手机上的信息,她回去冲干净脸,用洗脸巾随便擦了擦,下去一楼。绿化带边,徐知凛穿件黑衬衫,站着看她:"就不能跑两步?"

这么一说,沈含晶直接停下,连走也不走了。

徐知凛眼冒笑意,走过去,在那张素脸上揉两把:"口不对心,就是这么想我的?"

沈含晶也笑起来,伸手抱他的腰:"刚回来?"

"嗯。"

"衣服都没换,看出来了。"沈含晶替他把衬衫解开一颗扣,"老扣这么严丝合缝干吗,你不热?"

"有自然风。"徐知凛抓住她的手,"吃饭没有?"

"我最近减肥,不吃晚饭。"

"减哪里?"徐知凛上下扫她。

沈含晶眼也不眨:"哪里肉多减哪里。"

徐知凛鼻息一松,揽着她朝车的方向走。

"去哪儿?"

"去吃饭。"

"说了不吃。"沈含晶支起眼皮,"你大晚上来找我,就为了吃饭?"

"不然我应该为什么来?"到车子旁边,徐知凛打开车门。

沈含晶坐进去,顺手拉他:"去开房吗?"

徐知凛目光轻晃。

"不去你们酒店,去对家的,就当市场调研。"沈含晶想得很周到。

徐知凛笑了下,也坐进去:"可以,用你的身份证。"

"我没带身份证。"

"那怎么办?"

"用你的啊!"

用他的还叫市调?徐知凛把门一关:"好。"

司机坐在前排,目不斜视。徐知凛随口报了个酒店名,车子很快启动,朝目的地去。

暮黑被灯光破开无数个口子,城市的夜晚,连空气都清醒着。

"你这次出差怎么这么久?"沈含晶问。

徐知凛:"是新签的项目,比较重要。"

他这回去的是滨城,新拿下的央企项目在那边,还有附带的一些资源,亲自过去也是想看看有没有另外的合作机会,比如多签一个品牌,或者谈几个地商。

沈含晶点点头,边听边把玩他的手腕,劲瘦的一截。

说完出差的事,她又提起庄磊。上回除了合作,庄磊还给她店里介绍了几单生意，单值都不低。

"我要不要改天请他吃个饭，好好谢一下？"

徐知凛说不急："他欠着我人情，正好还到你头上而已。"

"哦，那怪不得。"沈含晶想了想，"我看他名片上还有个头衔，是什么医疗公司的？"

"药企，跟医疗行业往来多，这回江廷住的医院，他们家里就有股份。"说完，徐知凛低头，撞撞她鼻梢。

沈含晶很上道，手立马就挂他脖子上去了，唇肉辗转，呼吸深入。

正亲得浑身发软时，车子忽然停下来，司机说："徐总，前面有事故。"

两人分开，视线都往前面看。确实有事故，但其中一方好像有点眼熟。

"是不是宝琪？"沈含晶按下车窗。

徐知凛已经靠车牌认出来："是她。"

推门下车，江宝琪正跟人吵架。是一对骑三轮车的父子，这会儿老的闭眼躺在地上，年轻的哭丧着脸喊爸，没喊两句又指着江宝琪，说她开车撞人还不认。

江宝琪气死了，一见到徐知凛后更有底气，指着那两人就骂："他们故意的，这叫碰瓷！二哥，我们报警抓他们！"

她嗷嗷叫，跪地上的人哭得更惨了："你这人怎么胡说八道啊，是你不会开车自己别上来，还反咬我们一口了，怎么会有你这种人？"

"我反咬你们？我……"

江宝琪气到要跳脚，想向徐知凛求援的，被徐知凛扫了一眼。

徐知凛："解决事情，吵什么？"

江宝琪张张嘴，胆气一下缩了。她这边消停，在场人又听到另一阵哭声，来自她开的车里。开门一看，小宝时坐在宝宝椅里，小脸通红，鼻涕泡都哭出来了。

围观的人越来越多，徐知凛把小宝时抱到自己车里，对沈含晶说："你先带宝时，我晚点就回。"说完交代司机，"去茵湖。"

茵湖天地，徐知凛现在住的地方。烫金地段的房子，其实外观跟其他的高档小区也没太大区别，但旁边有个会所，网球场开着灯，无边际泳池旁边也有开派对的，夜生活很便利。

绕过喷泉下到停车场，从单元楼到家里门禁都是司机一路带的。司机很礼貌，问还有没有什么需要他做的，沈含晶摇摇头："你去接他吧，我这里没事了。"

"好的。"

司机离开,房子里就剩下沈含晶和小宝时。小孩子哭完就累,被安抚后在车上睡过一觉,这时候清醒了,闲不住要到处走。

房子是黑金色系,皮革材质的家具比较多,装修风格相对成熟。横厅开阔,外面一圈是观景阳台,沈含晶出去没走几步,小朋友叫饿。

她去找吃的,可打开冰箱,里面除了饮料就没什么,十足寡佬做派。

"能忍吗?"沈含晶看看时间,"是很饿,还是能忍一下,等你哥哥姐姐回来?"

宝时抓她鞋子:"饿,姐姐我好饿。"

没办法,沈含晶只能打开手机叫外卖,选了最近的餐厅,刷刷菜式,自己也有点隐隐饿了,于是多叫了点。

等外卖的时间跟个小孩子共处一室,沈含晶不知道能带他玩什么,只能打开电视,再从冰箱拿了瓶汽水给他喝。

房子很干净,应该每天都有人打扫,还用了熏香,淡淡的草木气息。

陪着看一会儿动画片,沈含晶觉得肚子痛,安顿好小宝时,自己去了趟洗手间。中途回了袁妙几条信息,蹲得稍微有点久,等出来时,小孩已经不在客厅了。

捉迷藏是每一代孩子乐此不疲的游戏,好在房子就一层,很快在某间卧室找到人。

看布局应该是主卧,因为拉开衣柜,里面全是徐知凛的衣服。衣柜挺大挺深的,这小孩还知道藏在挂壁那一层,只可惜自己没捂住嘴,笑得嘻嘻哈哈。

"出来吧,"拍拍他的脚,沈含晶吓唬说,"你宝琪姐姐回来了,她要骂人的。"

小孩没兜住,在一排衣服后面现形,龇起牙笑:"回来啦!"

"嗯,回来了,你二哥也回了。"沈含晶伸手去拉他,只是人出来的时候,脚好像带到个什么盒子,盒子"砰"地摔下来,里面东西也撒出一地。

闯祸了。沈含晶看了眼江宝时,这小孩也知道干坏事了,鸭子一样往地上一坐,拘谨地朝她笑。

沈含晶叹口气,开始收拾东西。是个月饼盒子,四四方方的,还是质量不怎么样的那种铁盒,上面"广式月饼"四个字都锈了边。

这盒子的廉价程度,跟这套房完全不搭边。里面装的都是些小东西,发夹、发网、唇膏、洗脸时用来夹头发的魔术贴等,大多是女生用的零碎物品。

里头还有一串钥匙,一串钥匙下头压着几张收据,上面写着房租。再翻翻,还有一张是押金单。纸张不止这几样,很快她又看到一张A5大小的纸,打开一看,是报警回执。

回执上的公章已经有些淡了,字迹也很浅,但内容还是能看清,比如上面写着她的名字,而理由是"失联"。

影影绰绰,脑子里有什么飞来飞去,闪动得很快。沈含晶盯着回执上的内容,再看看自己的名字,在盯得快要认不出时,听到外面响起的动静。应该是人回来了。

胸口有点闷,她重重喘口气,手脚迅速地把东西收好合好,只是脑子和动作有点跟不上,拉好柜门后,人干脆也往地上一坐。

于是等徐知凛找过来时,就见她盘腿坐着,跟小宝时两个在拍手掌。一大一小,看着还挺和谐。

"二哥。"小宝时先喊人,昂着大脑袋,露几颗缺牙。

徐知凛走进来:"怎么跑这里来了,犯困?"

"寻宝来了。"沈含晶拉着小宝时站起来,凑到徐知凛旁边克制地低声说,"顺便看看有没有女人头发。"

徐知凛牵过小宝时,再看了眼地上,才坐没多久,她自己已经留下一根。

回到客厅,江宝琪在拆外卖,刚刚回来时正好碰到了,顺手带上来了。她这会儿勤快得很,全部拆开摆在桌上,还给每个人分好餐具。

揭盖声音有点刺耳,发现一盒菜后,她马上递给徐知凛:"二哥快看,有你爱吃的!"

"放中间,一起吃。"徐知凛把小宝时抱到椅子上。

"哦。"江宝琪又摆了回去,拆开筷子自己先夹了一块,看了看。这东西叫什么反沙芋,她不喜欢芋头,这种做法以前也没见过,听说是广东菜,奇奇怪怪。她咬了下,口感粉粉沙沙的,吃起来还挺糯,就是外面那层糖衣稍微有点甜。

含淀粉多的食物热量高,江宝琪不敢吃多了,转手喂给弟弟:"好吃吗?"

江宝时是最不挑食的小孩,你给他吃生米都津津有味:"好吃!"

"刚刚有没有吓到?"江宝琪趁机安抚,又夹了一块来喂他。

小朋友摇摇头，有吃的，什么事都忘了。但徐知凛没忘，扫一眼江宝琪："你去哪里？为什么单独带他？"

"我，我去约会……"江宝琪嗫嚅，"我爸妈让我见的相亲对象，我不想自己跟他一起，就带上宝时了。"

她越说头越低，忽然又摸摸耳朵："对了二哥，那个人还说是你朋友。"

"叫什么名字？"

"庄磊。"

听到这个名字，沈含晶抬头，看了眼徐知凛。

徐知凛嘴角一顿，问江宝琪："你看上了？"

"还行吧，第一次见面感觉不怎么样，但这回接触，觉得这人还挺有意思的。"江宝琪声音越来越小，脸也有变红的迹象。

沈含晶眉心微动，很快又低头，自顾自吃饭。

过几秒，听到徐知凛的声音："以后出去，找司机代驾或者打车都可以，不要再单独带着宝时，你开车不熟，再出事怎么办？"

怎么办？她总不能次次都遇上碰瓷的吧？

想是这么想，但江宝琪不敢反嘴，只能恹恹地点头："知道了。"

一顿饭吃完，江宝琪姐弟被司机送走。而对于刚刚听到的事，沈含晶很难不调侃两句："宝琪跟庄磊，这两个人相亲能相到一起，真有缘分。"

徐知凛擦完桌子在洗手，回头看她跪在沙发上，朝他笑。又听她问他："你有没有相过亲？"

"没有。"

"真没有假没有？"追问间她换了个姿势，下巴垫在手上。

徐知凛关掉水龙头，走过来时抽了两张纸巾，单手把她的下巴抬起来，先是擦了一下，再把团好的纸巾塞住她的鼻子："别动。"

沈含晶愣了下，直到他绕过沙发，把她放倒仰躺，才反应过来自己在流鼻血。过会儿回神，她睁着一双眼看徐知凛："按韩剧的走向，我这应该是绝症的前奏。"

徐知凛没说话，但在她头顶轻轻拍了一下。

沈含晶仰视他："真的，你想想我妈，白血病啊……现在不都说嘛，祖上有癌症史的，后代也有遗传概率。"

这时候不用扯什么医学常识了，徐知凛手掌按住她头顶，接戏问："那

剧情往下，是不是该发现我和你是同父异母的兄妹？"

沈含晶被逗笑，用后脑勺来回碾他大腿："神经病！"

笑笑闹闹的，说起父母，沈含晶又想起母亲墓前的花。隐隐猜到些什么，她停下动作，认真地看了眼徐知凛。

"有话说？"徐知凛低头。

沈含晶跟他视线相撞，她动动嘴角："没什么。"说完闭上眼，"我晕血，有点困了。"声音听起来确实不太有精神。

徐知凛把电视音量调低，人也靠在椅背，合起眼，手里一下下摸着她的头发。

大概过了几分钟，徐知凛睁开眼。腿上的人眉宇平缓，呼吸均匀，应该已进入浅眠状态。看她睡着，他伸手把纸巾勾过来，沾点水，替她把鼻子旁边的血渍清理干净。

第六章
她的私心

过几天，AN 董事会。进入下半年，到该要公布财报的时候了。

上市公司议程多，这回该到的董事会成员全到齐，加上还要商量周年庆的事，所以历时接近三个钟，会议才结束。

刚好有个电话来，徐知凛举着手机回办公室，讲没多久，有人敲门。

"进。"

门被打开，一个蓄胡的人进来，说："走得够快的，上个洗手间就不见你了。"

再讲两句，徐知凛挂断电话，对他道："孙总。"

来人叫孙慈，是徐知凛的大学同学，也是山石资本的代表。而山石资本，是现阶段持有 AN 股份最多的公司。

听他客气，孙慈也上来就抱拳："徐总，近来可安好？"又故意看一眼手机，"跟女朋友打电话呢？有没有打扰到你？"

"想多了，公事。"徐知凛站起来，和他一起坐到会客区。

两人各据一方，孙慈半躺着问："听说你最近恋爱了？谈得挺滋润的？"

"比不上梁总，听说嫂子都怀上了？"徐知凛抖了根烟递过去，想起他家里有孕妇，还是将烟塞回烟盒。

孙慈真在戒烟，一看到烟就心痒痒，猛地搓两把脸："刚照出来，可能是双胎。"

徐知凛："那得多说一句恭喜。不过听说双胎辛苦，你这接下来，应酬怎么都得削一半吧？"

"嗐，别提了。"孙慈叹气，"孕妇激素波动大，人家天天说见我就烦，巴不得我搬出去住。"

叙两句旧，又谈起公事。

"听说湃松的系统被黑客入侵，信息都被盗了。"

资方不会无缘无故提起对家，徐知凛沉吟了下："放心，AN对信息安全一直很重视，定期系统排查，用的也是高尖人才。"略作停顿，又皱眉，"明天再让人查一遍，看有没有办法把安防再做升级。"

对任何一个行业来说，保障客户信息安全，是最基本也是最重要的。数据被泄露，品牌信誉受损不用说，可能还要面临消费者集体起诉，如果支付信息也被窃取，住客的财产安全都会受到威胁。那对酒店来说，是巨大的经营危机。

孙慈在旁边听，半响，摸摸胡子："我们一直信任徐总的管理能力，像湃松那样的纰漏，相信AN肯定不会有。"再谈了谈财报的事，他看了眼时间，"走了，什么时候带你女朋友上我家吃个饭去？我老婆对她挺好奇的，想知道哪路神仙居然引动了你的春心。"

"回头我问问她。"徐知凛也站起来，"走吧，送你。"

离开办公室，两人闲聊着下了楼。

送完回来，徐知凛在电梯间碰到江富。

在公司，江富开口喊他一声"徐总"："宝琪的事你姑姑跟我说了，那个叫庄磊的，我不知道他原来私下是那样的人。"

徐知凛看着脚面："安排相亲之前，没找人打听一下？"

"打听过，也是朋友介绍的，我问过几个人，都说他人品挺好，又上进。"解释完，江富又摇摇头，"看来，还是不能尽信表面评价。"

开合声响起，电梯到了。徐知凛单手收在兜里，提醒一句："宝琪好像对他有好感。"

江富愣了下："是吗？那不清楚，我晚点问问。这孩子太单纯，不能让她给人骗了。"说完站在原地，看着徐知凛径直走进电梯，直到梯门关上，才皱了下眉。

电梯里，徐知凛摸出手机，找到沈含晶的微信，给她发条信息。

收到信息时，沈含晶正在办公室画画。对面是合作挺久的灯具厂商，今天来送样品。谈几句后，沈含晶说起之前在杨琳家里看过的那款灯。

当时因为庄磊打岔而忘记拍照,这时候形容起来比较抽象,于是拣了支铅笔,把灯的设计画了个大概。

厂商拿着画纸看了看:"你不会上的美院吧,怎么画得这么好?"

"夸张。"沈含晶看一眼信息,想了想说,"可能以前学过一点?"有些东西是肌肉记忆,比如煮饭、写字,是潜意识就会做的事情。

灯确实好看,围绕材质和尺寸,沈含晶跟厂商就着那幅画讨论了好久,等这点工作结束,她带厂商去吃饭。

已经是下午两点多,这个午饭吃得有点晚。就近找了家店,沈含晶把车停好。旁边是间烘焙店,一开车门,饼酥和黄油的香味直往鼻子里钻。

她站着闻了闻,忽然想起自己曾经兼职过的西饼店,于是给徐知凛发消息,问他想不想去。

徐知凛:什么时候?

沈含晶:你在公司?

徐知凛:在。

沈含晶:下午忙不忙?

这回,徐知凛直接打电话过来了。

"你想下午去?"他问。

沈含晶正在点菜:"我反正下午没事。"

"可以,那就下午。"应该是听到声音,徐知凛问她,"你在外面?"

"在跟朋友吃饭。"

"大概什么时候结束?"

"那哪知道,我才点完菜。"

那边顿了顿:"我下午都在公司,你吃完可以直接过来。"

"让我去接你啊?"沈含晶扬了下眉,但开着人家的车,接一趟也没什么,"行吧,你定位发我。"

挂完电话,凉拌菜先上来了。厂商八卦地问:"男朋友?"

"嗯。"

"本地人吗?"

沈含晶点点头,又听对方问:"在一起多久啦?"

她右手撑着桌面,盘弄耳环的动作忽然停住:"好像……半年多了。"

居然已经半年多了,猛地一算,时间长到她自己都恍惚。沈含晶摸了摸耳垂。

演戏一样的开始，四不靠的感情关系，好像随时会崩掉的恋情，竟然这么诡异地稳定着，还持续到现在，有点说不出的稀奇。

吃饭吃了一个多小时。吃完后，沈含晶按导航开到目的地。中规中矩的写字楼，横平竖直的风格，除了层高，看起来没什么特色。

嫌下车麻烦，沈含晶没进去。她在地面找了个位置停着，给徐知凛拨电话："下来吧徐少爷，我到了。"

十分钟左右，徐知凛出现在停车场。他衣服都换好了，灰裤白T恤的休闲装，顶着太阳走过来，直接坐到副驾位。一拉安全带，人往后一靠，配上墨镜，整个大爷样。

沈含晶看了他两眼，没说什么，直接按导航走了。

"跟谁吃饭这么晚？"路上徐知凛问。

"跟个厂商朋友。我上回在杨琳家里看到个灯，感觉还不错，想让她找找有没有类似的。"

说起杨琳家，就想到温居派对，再想到庄磊。红绿灯口，沈含晶把车停下："宝琪的事你管没管？"

徐知凛点头："跟我姑说了。"

日头射眼，沈含晶把遮阳板打下来。她想起在徐宅那天，听到说是江富的关系给介绍的，心里琢磨了下："你姑父姑妈，就没人知道你跟庄磊有交情？"说完盯着徐知凛。

可惜他墨镜盖脸，看不清他什么表情，只见他喉结动了两下："大概不知道。"

他说得模棱两可，沈含晶也没再问。她摸着方向盘，笑了笑。

西点店的位置稍微有点偏，等开到地方，已经满街都是校车。

两人下车进去，店里正常营业，只有个兼职的小姑娘站柜台，看着也就大一大二的样子，青春靓丽，笑容也好看。

没想到老板和老板娘居然不在，沈含晶拿着手机，找到了老板娘的微信。

徐知凛倒不在意人，问她："吃什么？"

"随便点吧。"沈含晶聊着微信，先去找地方坐了。

联系到人，老板娘说亲戚结婚随礼去了，叫她先坐坐，马上回来。沈含晶说只是路过，很快就走了，等下回约好再来。

聊完，徐知凛正好也端着东西过来。他将墨镜收入裤兜，没长长的头发有点刺刺的，明光打在窄挺鼻梁上，配上浅色系的一身衣服，让她想到手机里的那张照片。

穿灰色帽衫的少年,红着脸握住她的手。还有梦见过的场景,他雪天站在屋檐底下,即使将拉链拉到脖子,应该也是冷的,后来进入店里,端端正正坐在她现在的位置,抱着她的包。

忆起这一幕幕,沈含晶的视线有点失焦,直到徐知凛端着东西坐下来,她人还定定的。

"发什么呆?"徐知凛晃了她一下。

沈含晶回神,接过他递来的手套,想起老板娘的话:"你以前,经常来接我?"

再看徐知凛,似乎也有片刻停顿,接着递给她一个巧克力哈斗面包:"有空会来。"

面包长长的一条,外面是巧克力脆皮,里面是巧克力和卡仕达酱,咬一口,满嘴满鼻的甜酥味。

慢慢嚼完一口,沈含晶又接过他拧开的水,说声"谢谢"后,两人对坐着,有种相顾无言的沉默。

沉默里,沈含晶想起照片,想到那些梦,再想到不久前在他家里意外发现的铁盒子。不知道是不是所有的失忆者都这样,跟故人在一起,有些回忆记不记得起来是一回事,但总有些痕迹会在你猝不及防的时候出现,然后提醒你,过去曾经发生过些什么。也怪不得,医生一直建议要多和以前的朋友接触。

没坐多久,到了下班高峰。客人出出进进,店员小姑娘一直在喊"欢迎光临",声音很热情。

沈含晶犹豫着抓起手机:"老板娘给我发过以前的合照,你要看吗?"也是这张照片,她进一步认出了他。

徐知凛喝口水,拧好瓶盖:"不看了,我知道是哪一张。"说完站起来,去柜台抽几张纸递给她,"嘴变色了。"

沈含晶接过来,擦完默默站起来:"走吧,天都黑了。"

她起身就往外走,徐知凛在后面碰碰她,递给她:"车钥匙。"

沈含晶一扭头,有点烦他:"你没考驾照吗?来是我开,怎么回去又要我开?"

"我有夜盲症。"徐知凛淡淡回答。

沈含晶重重愣住。怪不得他总要司机,怪不得晚上坐车后面都总得开顶灯,原来……

"很严重吗?"

"好很多,但晚上开车不算安全。"

"哦……"沈含晶没说话了,接过钥匙往外走。

她脑子乱乱的,有点要糊成一锅粥的感觉。她只顾走路,下台阶时忽然有只没系绳的狗跑过来,是小型犬,跑得耳朵往两边飞,四肢都离地了。

眼看那狗要冲撞上人,徐知凛快走几步,拦了沈含晶一下,不知道怎么就惹毛了那狗,扑起来在他手臂咬了一口。

事发突然,沈含晶连忙把那狗弄开,而眼见出了事,狗主人才跑过来,嘴里叫那只狗的名字,一把抓住它。

想到狗主人刚刚还不紧不慢的样子,沈含晶沉下脸:"你怎么回事?公众场合,不系绳你养什么狗?"

狗主人正抱着狗在安抚,看她一副很不好惹的样子,也没敢多说什么:"对不起,它刚刚跑太快了我没发现。"

沈含晶眼神锁住那狗主人:"你这狗打疫苗没有?"

"打了打了。"对方忙不迭点头。

沈含晶拿出手机,点两下递过去:"扫我微信,把你姓名、电话发给我,我们现在要去医院检查,费用全部你出。"

"好的好的。"狗主人还算配合,马上按她说的做了。

上车,找医院,检查,然后打针。前前后后好几个小时,等从医院出来,已经是后半夜的事了。再回到车里,系好安全带后,沈含晶看了眼徐知凛。

他个子高,副驾位早被他往后调了下,这时候两条长腿往前面伸开,看起来随时能睡过去。

情绪起伏半天,想到这人刚打完狂犬疫苗,不知道为什么,沈含晶忽然没憋住,笑了下。

徐知凛偏过头,半天才问:"笑什么?"

开着空调,车窗严丝合缝的,他声音很低,有种幽幽的感觉。沈含晶摸一下眼皮,莫名好奇:"被狗咬了,会犯困吗?"

徐知凛:"什么意思?"

他这么平静,沈含晶更想笑了,右手伸过去:"你说你现在咬我一下,我算是被人咬,还是……"话没说全,真被抓住咬了一口。

不怎么重,但沈含晶抽回手,看自己手腕上的两个牙印:"你真咬啊?"

徐知凛没再理她："开车，回家。"

跟一个有夜盲症且刚被狗咬过的人，确实没什么好计较的。沈含晶乖乖开车，把他送回家。

本来想送到茵湖就走，可到楼下时接了个电话，是老店那边升级的样板房图纸。其实不怎么急，而且回家就可以处理，但那一刻沈含晶心念微动，问徐知凛："你电脑在家里吗？能不能借我用一下？"

这样的询问，徐知凛当然没有拒绝。两人一起搭电梯上去，徐知凛把沈含晶带进书房，把电脑密码告诉她："自己用吧。"

出乎意料的顺利，见他都不进来就要走，沈含晶下意识地叫住他。徐知凛回头看她。沈含晶想了想："医生说不能洗澡。"

"我去睡觉，困。"徐知凛面无表情，接她刚才的梗。

沈含晶笑了下，掀掀嘴角。等他离开，她走到书桌后面，坐着等好一会儿，才把笔记本电脑打开，输入密码。

默认背景图，界面很清爽，只有少数几个文件夹。点开浏览器，没有关闭的网页上，是公司的OA界面。心里像被鼓搥了两下，她收起浏览界面，找到企鹅图标。

春序不是大公司，没有开发自己的OA系统，平时内部办公最多用钉钉，但这回图纸是设计公司发的，CAD格式，习惯用这个软件传输。

双击打开，企鹅居然还是旧版本的，看来平时用得少，没怎么更新过。账号那栏，沈含晶正打算敲下自己的号，手指悬了悬，往下拉，跳出一个曾经登录过的号码，应该就是徐知凛的。

她点中号码，对着密码栏看了好久，闭眼捋捋思路，手放上键盘，尝试性输入她生日的年月日，错了。

再试一回，名字头三个字母加上生日，点下回车，显示登录成功。

电脑款式其实不太新，应该用了两三年了，但操作还是很流畅。企鹅界面跳出来，标志性的海蓝色。好友不多，全是默认分组，而且并没有认真分，全在一个列表里。

点开看了看，很快，沈含晶找到一个眼熟的头像。是她那只奶牛纹的绒布包。

猜测这是自己以前用过的QQ，沈含晶双击点开，看到几条聊天记录。准确来说是单方面发的消息，而消息的目的，是要钱。电视上都报道过的伎俩，盗号老骗术，声称急病住院需要钱。几条公式化的话术，消息最后，是一条微信收款码。

再看这边，徐知凛没有回复。

在别人的号上，看到自己被盗号码发来的信息，是种很奇妙的体验。盯了一会儿，沈含晶本来想点开空间再看看，但又怕留下访问记录，于是保险起见，还是回到右下角选了退出。

回到桌面，深色的风景壁纸，映着她一张做贼脸。指甲长长了，一下下打在触控板上，响起冷冰冰但又无规律的敲击声。

没多久，沈含晶抿了下嘴，登上自己现在用的账号，开始处理工作。看完图打完备注，她关上电脑，到了主卧。徐知凛真的在睡觉，他躺在床上，开了盏夜灯。

沈含晶走过去。应该是感受到旁边有人，徐知凛睁开一只眼，困意明显。

"忙完了？"

"完了。"

"太晚别回去了，睡吧。"徐知凛没支撑太久，重新闭上眼，摸索着在沈含晶的手背上敲了两下。

沈含晶坐在床边，就着那点灯光看他，好久才应一声："嗯。"

夜晚宁静，后半夜，徐知凛醒过来。他偏了偏头，看着熟睡中的沈含晶，突然又想起面包店外她疾言厉色的样子，渐渐地，眼底涌起一点笑意，手指贴上去，滑过她的面颊。

狂犬疫苗共有五针要打，等打完，已经是一个月后的事了。

天气越来越热，离开空调走哪儿都会出一身汗。

这周末，沈含晶和袁妙去逛街，还是逛之前逛过的国金，只是休息日到处是人。

去到消费过的店里，想起那时候自己舍不得买鞋，倒给出轨的前夫花过钱，袁妙说要报复性消费，于是选了鞋又选了包。

在成衣区，沈含晶也开始选裙子，AN周年庆，徐知凛让她一起去。她随眼看了几条，正打算去试的时候，袁妙说手机落车上了，得取一下。

"去吧，记不记得停哪里？"沈含晶把车钥匙给她。

"记得，粉红区啊，我还能找错吗？"袁妙信誓旦旦地接过钥匙。

袁妙走后，沈含晶进了试衣间。也就三条裙子，区别在色系和风格，虽然每一套穿出来导购都说好看，但她还是按自己的眼光，选了最简单的那条。

等换回自己的衣服，袁妙出来了。跟她一起的还有江宝琪，而且江宝琪热情得出奇，上来就跟沈含晶打招呼："这么巧，你也是来选礼服的吧？是不是周年庆你要去？"

是挺巧的，沈含晶敷衍两句，跟袁妙对视一眼。

见她们视线交换，江宝琪明显有点慌了，拉住沈含晶问："你选的哪套？我帮你看看。"

"不用，我已经选好了。"沈含晶婉拒。

"这么快？"江宝琪朝货架看了眼，"你在这里选的吗？要不要再挑一下，店员肯定还有一些没摆出来。"

说的应该是高定那类了，沈含晶摇摇头。正好店里销售拿着POS机过来，沈含晶扫码付款，江宝琪又插一嘴："记我账上吧，当我送你的。"

"不用，我直接买就好。"沈含晶调出二维码，很快付好款。

这边被拒，江宝琪眼珠子转转，又去问袁妙："你要买什么吗？我送你。"

这心虚劲，花钱堵人嘴一样，沈含晶跟袁妙心有灵犀，都不打算再待了。只是裙子包装需要时间，于是这几分钟，又见一熟人进来。

短发过耳，一套针织分体裙，长腿细白，马甲线若隐若现。是最近挺有名的网红，曹莎莎。

沈含晶跟她认识，也是源于上回杨琳的温居派对，两人聊过几句，还互加了微信，所以这回都很快认出对方。

"曹小姐。"沈含晶跟她打招呼。

"叫我莎莎就好了。"曹莎莎笑着走过来，"好久不见，听说你们店已经开业了，恭喜呀。"

曹莎莎人长得好看，笑容也甜，跟沈含晶寒暄两句，被柜姐领着去看包了，走前对江宝琪笑了笑，明显是认识的。但江宝琪没理她，应该是关系不怎么样。

等错开距离，江宝琪问沈含晶："你跟她认识？"

"在杨琳家里见过。"沈含晶提包想走。

"哦。"江宝琪没当回事，"你们等下去哪儿？"

她亦步亦趋的，沈含晶停下来："我们回家，你有事？"

"呃……也没什么事，问一句而已。"江宝琪嘴上说没事，但还是多看了袁妙一眼，欲言又止。

因为她的古怪，沈含晶和袁妙没留在商场吃饭，真就直接回了家。也是在路上，沈含晶终于知道江宝琪为什么反常了。原因是袁妙下去拿手机，撞见江宝琪跟人牵手约会，而那个人，是庄磊。

"你看清了吗，确定是他？"沈含晶问。

"看清了。"袁妙很确定，"那个庄总不是去过咱们店里嘛，而且他长相那么有特色，我不可能看错的。"

沈含晶点点头，那就怪不得了。

回到小区，停好车后，两人上楼。高温天气，一回到家就把空调打开。

沈含晶去了趟洗手间，回来就见袁妙盯着她的盒子，说："你这裙子选得好快啊，不用我帮你看看吗？"

"你打开看看吧，我就不试了。"沈含晶把自己往沙发上一扔，根本不想动。

袁妙拆开盒子抖抖裙子："是不是有点太轻了？我看人家发 vlog，这种场合好像都跟女明星一样，穿大拖尾。"

"大拖尾麻烦得很，不方便走路。"沈含晶盘腿伸腰，打了个呵欠。她本来就是小市民，不打算装名媛，也没必要。

过了一个星期，周年庆酒会。

沈含晶提前下班，在家烫好衣服做好妆造，晚上七点左右，被司机接到现场。地点是 AN 旗下的会所，这个点，已经到场不少客人。

克制的黑和张扬的红，是这座会所的两大色调。地板光可鉴人，踩上去"咚咚"作响，走进大门，在某个显眼的摆件旁边，看到正跟人交谈的徐知凛。

他穿暗门襟的衬衫，西服挺阔扎实，人也挺拔。应该用了发胶，头发往后抓，立体骨相在灯光下，很有清俊优雅感。

沈含晶走过去："知凛。"

"来了。"徐知凛朝她伸手，把人拉近。

在场有好几个人，都把视线投来。徐知凛介绍她："我女朋友。"

沈含晶不着急挎上他，微笑着逐一给人递名片："幸会。"

都是明眼人，没占这情侣俩时间，聊过几句后，都各有去向。

徐知凛侧目。沈含晶转了半圈："还可以吗？"指她今天的装扮。

"很好。"徐知凛牵住她，往旁边走。

沈含晶拍拍裙面。当然好了，又好又巧，他穿黑西服，她穿红裙子，还跟这会所的两大主色呼应上了。

走到酒塔旁边，沈含晶问："你爷爷没来？"

"他身体不好，受不了这么闹，已经好几年不参加了。"徐知凛伸手，取只杯子递过去。

"那我需要做些什么吗？"沈含晶接过，将杯子举到前面，透过橙色液体看他，"我酒量还可以，今晚帮你挡酒？"

在她手里，酒杯像一朵饱满的郁金香，徐知凛点点头："好。"

橙金光影，空间动线流畅，挑高的大厅显得开阔又通透。陆续有客人来，沈含晶跟着徐知凛在一楼接待，没多久，看见蔡阳晖和杨琳。

蔡阳晖一颗头锃光瓦亮，人也春风满面，杨琳那张脸就僵得不行，全程跟沈含晶连眼神都不怎么接触，目不斜视地就走了。

晚上八点左右，转战楼上。两层的旋转楼梯对女士的高跟鞋和长裙不是太友好，所以走的人很少，多数绕道去搭电梯。

得益于着装上的便利，沈含晶没去挤电梯，挽着徐知凛直接踩上阶梯。她穿着挂脖裙，抹胸领，裙长到膝。全身没有多少设计痕迹，缎面的招褶也是跟着身体线条走的，被风吹动时，举手投足间能看出一点翻转的灵动感。

楼梯旁边就是主台，沈含晶被徐知凛牵上去，站在他旁边，笑微微地充当花瓶。其实也没什么特别的环节，周年庆嘛，每年都有的，就是办个交流的场合，也为AN在圈子里保持一个活跃度。

"嘭"的一声，香槟开好，董事会几名成员站到台上，向宾客致意。跟着这些人一起向宾客举杯时，沈含晶忽然想起一件事，嘴角弧度更放大了些。徐老爷子要是在，估计得气出个好歹。

仪式过后，她跟着徐知凛在场中穿梭。说是给他挡酒，但沈含晶其实没怎么喝，更多时候是给他倒酒，或者看他喝得有点多了，再递杯茶过去。

一圈走下来，喝多了得放水，徐知凛去洗手间，沈含晶自己找个地方坐着歇歇脚，或转悠着听人聊点什么。宾客不少，各行各业的都有，聊的也不尽相同，但话题最多还是围绕AN，比如AN最近拿下的知名业主，再比如AN这些年的变化。尤其是在徐知凛上任后。

早些时候，沈含晶就在罗婶那边听说过，AN前几年有过一次危机，但事实远比罗婶说的要严重很多。评星被卡，业主被抢，卫监也没少上门，以及运营上各种负面消息，铺天盖地的，都觉得AN要不行了，甚至要退出酒店行业。

而确实，AN内部有过这种想法，想放弃评级不过的品牌，跟毁约的业主妥协，花点钱压一压负面消息，慢慢投入其他行业，比如房产。毕竟AN早年就是靠拿地，拿到地后盖酒店再慢慢发展起来的，所以他们有地，就有转行的底气。

但这些，全被徐知凛给否决了。他摸得清归因，知道一切不过是内部管理不够规范，跟不上越来越严格的评星标准和宾客需求导致的，而这些，都与肿胀的权力、懒腐的团队脱不开关系。

家族企业，太多的关系盘根错节。所以上任后他做了两件事，一是卖地，二是筹备上市。

这两件事，在当时AN的内部，哪件都不被支持。归根结底还是"家族企业"这四个字，比如上市就得出让股份，得接受监管，财报、人力、所有决策都要经过公示。别的不说，单转移话语权这一点，就是家族企业比较忌讳的。

但也正因为是家族企业，当时的徐家手里有绝对的股份，可以一票压制其他所有反对的声音，所以徐知凛力排众议，着手自己的计划。

他要换团队，要从上到下整改学习，按最高标准来。可这么搞，成本实在太高，因为AN在之前世界级的金融危机里已经受过一回重创，资金链前所未有的紧张，所以要卖地，卖命根子。

在老股东的眼里，地就是钱，是一切的资源。但在徐知凛看来，地是重资产，是负担，是和AN发展不匹配的东西，更是让AN抗风险能力变低的主因。于是后面那三年，他完全改变战略，由自持酒店物业，转型为品牌方。除了极少一部分核心物业保留着，其他都是与人合作，作为管理方提供运营服务，再从中分利。

事实证明，徐知凛做得很对。今天的AN，旗下不少优质酒店品牌，项目遍地，每年光收管理费就已很可观。商务系、高端系、度假系，甚至与其他行业的知名品牌合作主题酒店，在旅业款待业的各细分市场都占有一席之地。

很多事情已经是几年前的旧篇，再怎么夸赞也都只是平平仄仄的声调而已。当事人的坎坷和阻力，不管讲述者还是旁听者，最多能体会三成。

沈含晶端着酒，一边消化听来的信息，一边在场子里打转，抓紧机会给春序找业务。

推杯换盏一番，过没多久她去补妆，却意外在小过道发现一对男女。那两人亲密的姿态，已经说明了一切。是江宝琪和庄磊。

他俩在聊天，不知道庄磊说了什么，江宝琪笑得直捂头，神色娇憨。笑完，发现沈含晶，江宝琪一下紧张起来，睁圆了眼看这边。沈含晶撇开视线，迈脚就走了。

等到了洗手间，江宝琪跟过来。

"你怎么一个人啊？"江宝琪没话找话，"我二哥呢？"

"跟丢了，也可能因为这里是女洗手间，他进不来？"沈含晶拿出粉饼拍脸，抽空应道。

这话有点绕，江宝琪眨了下眼，见她又开始补睫毛，贴在旁边说："你上睫毛没刷好，有点像苍蝇腿。"

"嗯，我故意这么刷的，你二哥比较喜欢看苍蝇腿。"沈含晶把睫毛膏扔回包里，再拿出口红。

她补妆很快，没几下就拉上包包离开，江宝琪急了，话没想好怎么说，只能提着裙脚跟在后面。一路跟进主厅，正好杨琳迎面过来，江宝琪灵机一动，拽住杨琳："你去哪儿？"

杨琳："你有毛病吧，管我去哪儿？"

杨琳甩开手要走，又听江宝琪问："思慧姐呢？她不是回国了吗，怎么今天没来？"

听到这个名字，杨琳停了下来。而另一方向，沈含晶也没再继续走。三人站在一起，不尴不尬的。

看了眼沈含晶，再看了眼江宝琪，杨琳想了想，说："她改签了，下礼拜回。"

"哦，就是反正会回来呗？"江宝琪追问。

"当然，家在这里，她为什么不回来？"

"那……她谈男朋友没？"

"这就不清楚了，等她回来你自己问吧。"说完，杨琳的视线蜻蜓点水般掠过沈含晶，踩着尖头鞋走了。

她一离开，江宝琪立马看向沈含晶。站了半晚上，沈含晶也累了，就近找个高脚椅坐着。江宝琪影子一样跟过来："我和你说件事，你答应我，不要把刚才那个……告诉我二哥。"

"哪个？"

"就是，就是……刚才你看到的。"

看她憋红了脸，沈含晶也不再装傻："庄磊，你喜欢他什么？"

"他有意思，有耐心，有见地……"

"家里人都不同意了，你还要继续？"

"也没有不同意，就是说他有点……花心，跟我不太合适。"江宝琪低着头，脚尖踢了踢地毯，"他本来就比我大，恋爱经验丰富了点，不是也很正常？"

沈含晶哂笑了下。温室里的花朵，还留有象牙塔式的愚蠢。看来吃穿不愁，真不见得是好事。

她"嗯"了一声："放心，我没那么爱管闲事。"

"真的？"江宝琪眼里闪过亮光，"好好好，那我也跟你说，那个蔡思慧跟我二哥……"

"这个没必要说，我不感兴趣。"沈含晶打断她。

"你不感兴趣？"江宝琪晃了下眼。

沈含晶点头。

"那你对什么感兴趣？"

提起这个，沈含晶目标就明确很多，她打开手机："我们最近拍了个视频，还有你上回订的家具也快到了，到时候拍几张照片，放你账号做个宣传？"

江宝琪微博粉丝不少，流量这种东西，怎么不是最香的？

江宝琪被迫看完那条视频，最后复杂地盯着她："钻钱眼里，你这个人没救了。"

无聊的话，沈含晶没搭理。

左前方向，徐知凛正和几个人在说着什么。他身后是一面背景墙，整面石材拼接，华丽的金色纹理，优雅的鱼肚白"穿游"其中。

没说几句，有人过来敬酒与攀谈。他侧身接待，边点头边跟人说话，嘴角弧度浅浅，眼梢笑意沉着，通身一股自在的姿态。碰杯的清脆悦耳声像被复制了一样，随处可闻。这才是他的世界，衣香鬓影，浮华不尽。

恍恍惚惚，沈含晶有一刹那好像退成十几年前的自己，在某个人不多的角落，静静看着他。管家的养女和雇主家的公子，隔的不只是阶层。

看得有点久，徐知凛的视线穿过人流，捕捉到她的目光。沈含晶没站起来，伸手把头发绕到耳后，再举起酒，远远地跟他碰了下杯。

徐知凛很快走过来:"累了?"

"有一点。"

"刚刚没吃点东西?"

"裙子紧啊,哪里敢吃什么。"沈含晶半是抱怨。

活动结束于凌晨十二点,徐知凛借酒醉为由,没参加后半场。沈含晶跟着他回到家,鼻尖嗅嗅:"你这酒真喝得有点多。"

徐知凛承认了:"是有点。"

"有没有吃解酒药?"

"吃了。"

打开门,徐知凛解开领带:"冰箱里有面包,你可以垫一下胃。"

"我不饿,我要去洗澡,一身汗。"沈含晶踩着拖鞋,找了根橡皮筋把头发扎起来。

看她往浴室走,徐知凛拉下领带再脱掉西服,自己打算去客卧洗的,临时又来个电话,是孙慈打的。今晚孙慈本来也要去,但因为他老婆白天肚子痛,所以跑医院待了半天没敢离开,这会儿打电话解释原因。解释完了,他忽然又提起一个人:"你们家那位姑父,你是不是要看着点?"

徐知凛口有点渴,起来接杯水:"怎么了?"

"也没什么,就是听到点消息,说他最近跟庄氏的人在接触。"孙慈慢悠悠地问,"听说他女儿,还跟姓庄的相亲?"

没谁闲得八卦这些,既然提起,肯定是有更深层次的原因。徐知凛喝完水,感觉鼻腔酒味过浓,拿着手机去了阳台。凌晨的夏夜,草木逼退热浪,空气凉沁沁的,清神又醒肤。电话打了十来分钟,他低垂着眼明明在想事,忽然偏了下,余光中看到的一幕让他转过身。

他目光定定的,喉结轻轻滚动:"先这样,改天再聊。"

他挂断电话,看着站在客厅中央的人慢慢走过来。她身上的衣服袖子有点长了,几乎遮到手肘,穿着白色拖鞋,鞋面往上是光洁的两条腿,长度盖过腿尺余——她穿的是他的一件纯白T恤。

跨过移门,她在阳台上站定。徐知凛把手机揣兜里:"穿这么点,你不冷?"

"我洗的热水澡,有点烫。"沈含晶抓住他一侧肩膀,两只脚前后从鞋里退出来,踩到他脚面上,"你跟谁打电话?"

"同学。"

166

"男的女的？"

"男的。"为让她能平衡住，徐知凛往后靠，单手握住她的腰，另一只手绕到她的后脑勺，拇指一顶，橡皮筋到手，她的头发也散了下来，披满肩膀。

沈含晶甩甩头发，伸腰问他："喝了酒，是不是比较不容易……"暗示意味十足。

徐知凛目光下移，望着那双白晃晃的腿："要试试？"

阳台移门终于被关上，这一回，空调的冷气没有跑掉。强劲的冷气让非金属物品都冰冰凉凉的。

闷得太久，两个人脑子都有点发蒙。

徐知凛爬起来，可能是散了劲的缘故，绕过尾凳时差点被绊倒。沈含晶正拿手机看时间，一见他扑趔趄，"哧"地笑出声："所以夜盲症……是晚上开灯也看不见吗？"这促狭劲要升天了。

徐知凛弯腰，把她的内衣捡起来挂到凳子上："以后洗澡，最好进去再开始脱衣服。"

沈含晶没理他，抱着手机开始刷朋友圈。其实天快亮了，但可能困过头，人有点回光返照式的精神。她点进朋友圈刷了会儿，很快看到蔡阳晖的动态。是不久前发的，AN周年庆现场，除开会所照片外，还有跟徐知凛的合照，也带到了她。

她看完这条，顺势点进蔡阳晖朋友圈。蔡阳晖这人很有意思，明明就是偷腥成瘾的人，偏偏朋友圈很爱晒老婆、晒家庭。

沈含晶往下划拉，终于在一排杨琳的图片之外，看到了蔡家的全家福。是在游轮上拍的，应该也是这几年的照片，一家人很好认，蔡阳晖夫妇、家里长辈，再然后，就应该是叫蔡思慧的那位了。

放大照片看了看，这对龙凤胎长得不太像，也可能是性别不同的缘故，蔡思慧的五官比蔡阳晖耐看不少。

很多照片，沈含晶才翻看了几张，就听到浴室门被打开的声音。眼见徐知凛走出来，她把手机一盖，闭眼睡觉。

床面一沉，徐知凛躺回来："下个星期有没有空？"

沈含晶支起眼皮："干吗？"

"刚刚那个同学说想聚聚，让带你一起去。"

"去哪里？"

"去他家。他老婆怀孕了，去吃顿饭。"徐知凛揽住她，凑近额面。

他刷过牙洗过澡，一身的清凉皂香。被他这样单手控着，她几乎是条件反射般，后背再次微微起鸡皮疙瘩。她往旁边躲了躲："现在难说，过两天我看看工作安排。"

"嗯。"徐知凛也没追问，伸手关灯，"睡吧。"

人是真的困了，不过几分钟而已，他用手探过去，她已经睡熟。

借江宝琪的光，店里人流有所增长。虽然江宝琪不是家居博主，但粉丝活跃度不低，就算这些粉丝不消费，但冲着春序的环境来，把这里当个社交打卡点，也相当于是再一次宣传。

除了江宝琪带来的人流，再就是到申市以后，沈含晶通过各种渠道认识的客户，或者客户介绍的一些客户。这一部分多半是高消费人群，碰到他们来店里了，只要有空，她都会亲自接待，既给对方面子，又能提高转介绍的概率。

周五上班不久，沈含晶又接待了一位客户，是那天买裙子时遇过的，曹莎莎。听她说新房添置，沈含晶马上恭喜了一通，再带着她在店里转，边走边聊。做熟人单不能上来就直奔主题，尤其是这种只有几面之缘的，得找找话题，免得销售过程太生硬。

展厅比较大，样板间也多，沈含晶带着曹莎莎从北欧风逛到美式田园风，看她对哪件东西感兴趣了，再着重讲解一下。

整个过程一个多钟头，曹莎莎挑了不少喜欢的，坐具卧具都有，她不怕风格打架，就喜欢混搭。

东西选好后，曹莎莎爽快下定，又说等家具到位也要办温居派对，到时候请沈含晶去做客。

沈含晶笑着答应了。把人送到门口时，曹莎莎忽然问："听说沈店长跟蔡太太是同学？"

蔡太太，是指杨琳了。沈含晶点点头："高中同学。"

"哦，那其实关系应该不差啊？"曹莎莎摸着车钥匙，很不解地回忆道，"那天那个神经病突然出来搞事情，她还帮着那人说话，我真是看得莫名其妙。"

沈含晶笑了笑，低头瞥过曹莎莎五位数的拖鞋："其实我也不太明白为什么那样，但她后来又跟我道歉，说是误会。"再叹口气，无奈道，"同学一场，我也不好跟她计较，好在那个神经病后来没再出现，这事也就这么过去了。"

"也是，"曹莎莎跟着叹气，"确实不好说什么。她可能脑子一热，当时以为自己在做什么好事吧。"说完没再逗留，离开了。

把人送走，沈含晶回到店里。袁妙刚好在看那笔订单："真有钱啊。"

的确，曹莎莎出手大方。

"人家也是住别墅的，比起房子，这点钱应该不算什么。"沈含晶说。

"别墅啊？"袁妙趴下来找，"她住哪里？"

沈含晶指指单子上填的地址，挺巧，跟杨琳一个小区。

门被敲了两下，江廷走进来："这个月收支表已经发过去了，还有，下个月我要回AN办公。"

"以后不来了？"沈含晶看他一眼。

江廷："有事当然会来，例会我也在。"

但这边管不着他了，想到这里，江廷心情大好。

空调太干，沈含晶拿起喷雾喷了下脸："你现在就回AN？"

"对。"

"那你等等我，我也过去，捎我一趟。"

"我等你？"江廷皱眉，"你要去自己去就好了，不认识路开导航。"

沈含晶："我刚刚喝了瓶菠萝啤，不方便开车。"

"那就打车。"

来回几句，旁边的袁妙也说话了："江助理，捎一趟而已，别这么小气嘛。"

听到帮腔，江廷这才撇头看她。她人坐得低，上衣领口荡开，内衣肩带都露出来了，自己不知道，还冲他笑。

视线收回，江廷提醒道："你那个月结单有点问题，我打在备注里，回头记得看一下。"

袁妙："哦，好的。"

看她还趴桌上，江廷重重咳一声，暗示性的。袁妙先还没反应过来，直到江廷侧身提了提自己的领子，才捂住胸口，红着脸站起来："我回去看看。"

她离开办公室，不久后，沈含晶也坐上了江廷的车。一辆白色的G63，棱角分明的外形很像火柴盒，但江廷车开得挺平稳，有人要并线他也让，不急不躁。

开出几千米，在一个十字路口，他停下车等红绿灯，问沈含晶："你跟徐知凛约好了？"

沈含晶点点头："晚上去他同学家吃饭。"

江廷摸摸鼻子，没说话了。他的鼻子已经恢复，挺还是挺的，但原来的驼峰位置好像上靠了点，现在看看有罗马鼻的感觉。配上那双眼，跟他爸江富很像了。但除开长相，江家这对父子，就再没有哪里相似了。

车子启动，沈含晶也收回视线："你单身吗？"

听她突然问这么一句，江廷奇怪地瞥了她一眼。

"有没有谈过女朋友？"沈含晶继续。

"你说呢？"江廷眉尾上扬。

这不废话嘛，他多正常一男的，怎么可能不谈恋爱，以为谁都跟徐知凛一样年年月月当和尚？

沈含晶："上回在医院，我听到你和你妈说的话了。"

医院……江廷瞬间想起来："你听到什么了？"

"听到你妈妈催你结婚来着，还听到……你说要去追谁？"沈含晶故意停顿了下，等观察过他的反应，才又把话锋一转，"所以，要不要我帮你介绍女朋友？"

江廷没绷住，嗤地笑了下。她才来这里多久，认识几个人啊，就要给他介绍女朋友？

"不劳您驾，我自己会搞定。"江廷吊着眼皮，不以为意。

这游荡懒散的样子，看得沈含晶也笑了笑。

其实有些事很好猜，比如当年徐知凛要是没回来，AN 就是他们江家的了。可目前来看，江廷是没有这份心思的。他事业心不强，日子能混就混，估计进 AN 也是受了他爸安排，不然现在指不定在哪里虚度光阴。

再开了十几千米，地方到了。走进 AN 大楼，外面看着很平常，里面装得还是挺气派。深色大理石地面，木纹和光影负责营造透视感，休息区的座椅和承重柱设计在一起，没有占用多余的视野。香氛也用得很好，偏厚重的浮尘木质感，丰富但不过量。

去到徐知凛的楼层，江廷问了下，说他办公室有客人。

"没事，我在这里等他。"沈含晶说。

江廷犹豫了下："你要不要去我办公室等？"

沈含晶摇头："你忙吧，我不打扰你了。"

一整层都是总经办，前台那片区域足够人坐着或溜达了。

接待上了茶水，沈含晶道谢，握着杯子站在落地窗旁边慢慢等。喝完半杯茶，她去趟洗手间，出来时正好看到徐知凛办公室的门开了，她站在走廊的这一端，看见出来的是位女士。白色烟管裤加黑色衬衫，人很高挑，锁骨发，染的是标志性的酒红色。

沈含晶忆起照片里的那个人，对方应该就是蔡思慧。

等蔡思慧离开，沈含晶才朝徐知凛办公室过去。

"徐总？"她敲敲门。

徐知凛正在看信息："等很久了？"

"刚到。"沈含晶站着没动，"还忙吗？不忙的话，走了？"

"还有点事，稍微等一下。"徐知凛指指沙发，"坐会儿。"

"哦。"沈含晶这才走进去，踩着厚重的地毯，一步步到了沙发旁边。

桌面还没有收拾，上面摆着待客的茶水，装茶水的杯壁上挂着淡淡的口红印。她动动鼻子，闻到女士香水味，丝滑又清丽，留香很好，也很耐闻。

她坐下来，靠着沙发看徐知凛忙工作。

有人敲门，是接待重新送了茶水进来，连着一起的，还有洗干净的水果和小吃。

"谢谢。"沈含晶朝对方点了点头，在果盘里找到一块姜汁软糖，撕开包装将糖含进嘴里后，跷着腿重新靠了回去。咬开糯弹的糖体，辣而不辛的姜味进入胃部时，她想到一件事。

AN的股权，其实很分散。当年为了扭转危机，AN递交上市申请，但背着一堆负面消息，加上对家族企业的偏见，他们在资本市场并不被看好。为表明诚意，卖地的钱，他用来回购老股东的股份。当时老股东本来就不满他的决策，于是一大半欣然退股，拿钱走人。

股份到手后，徐知凛全部抛向市场，又为展示背水一战的决心，他连徐家的股份都出让出去，自己只留了个位数。他持股很低，即使加上内部高管的，应该不超过15个点。其中三分之一的股权，应该还是掌握在徐敏手里，也就是江家那边。所以徐知凛看似大权在握，其实并没有想象中的那么坚稳。想要让他动一动，也不算太难，只要足够有钱，足够有心。

"咚咚——"又有人敲门，思绪被打断，沈含晶看向门口。

这回进来的是江廷，他看了眼沈含晶，再看徐知凛。

"有事？"徐知凛问。

江廷走过来:"上回说要找做安防的,有个团队挺合适,他们以前在金融系统干过,对信息安全很有经验。"

"好,资料放着,我明天仔细看看。"

江廷放下资料,人杵着没走。

徐知凛抬头:"还有事?"

"外公上回复查,好像结果不是太好,你还是抽空去陪陪他吧。"沉吟半秒,江廷又说,"电话都打我这里来了,问我什么时候回去。"其实他心里清楚,老爷子哪里是问他,根本就是问这个内孙。

办公桌后,徐知凛半含着眼:"知道了,明天就去。"

江廷走后,手里的工作也刚好处理完,徐知凛关上电脑,朝沈含晶的方向看一眼。她由靠着改蜷着,双手抱着膝盖安静地玩手机,嘴里还在嚼着糖,腮帮子一动一动的。

徐知凛笑了下,起来走过去。沈含晶仰头看他:"忙完了?"

徐知凛点点头,伸手在她脸上捏了下:"好乖。"

早不是十七八岁的人了,乖字真的跟自己搭不上什么关系,沈含晶白了他一眼:"少来。"

正是下班时间,两人一起下楼离开,从电梯间到大堂,吸引了不少好奇的目光。一众偷摸打量里,沈含晶慢慢跟徐知凛拉开距离,先是后退半步,接着是半臂距离。

徐知凛发现了,扭头看她。沈含晶冲他笑笑,还没笑完,被一把拉过去,他的手掌贴着她的后颈,将她带上了车。

车一开,沈含晶就变脸了,往他手臂上捶了几下:"我又不是肉票,你不能温柔点?"

徐知凛任她捶:"你怎么知道不是?"

话说得也有道理,上了他的车,司机也是他的人,会发生点什么都说不定。

沈含晶一愣,很快把车窗降下来,张嘴往外喊:"救——"

她没喊完,被捂着嘴拉回来,她被死死压在他腿上。

"你这样的呼救法,会让自己变得更危险。"

"那徐总打算绑我干吗?我要钱没钱,要色……"她挣扎着看他,"其实你也不差啊。"

她的声音是真的半点不收敛,司机肯定听到了,嘴角轻微抽动。

徐知凛掐住她的脸，屈起指关节在她额头作势要敲，半晌又收回手，在她后颈使劲捏了两下。

到孙慈家的时候，天已经黑了。一开门，饭菜香浓到扑鼻。
"欢迎欢迎，总算等到了。"孙慈夫妇站在玄关接待，喊了声徐知凛又看着女士，等他介绍。
"我女朋友，沈含晶。"徐知凛把人拉过来，再介绍这两位，"孙慈、黄璐，都是我大学同学。"
"你们好。"沈含晶主动伸手，跟两位都握了下，然后被迎到客厅。
"饭马上好了，随便坐哈。"孙慈招呼着让坐下，又跟妻子相视一笑，"我就说肯定是位大美女，不然咱们徐总怎么舍得下凡接接地气，谈谈恋爱！"
"是吗？"沈含晶欠身看徐知凛，"我怎么不知道徐总原来这么矜贵？"
她大大方方地接了玩笑话，孙慈夫妇也都乐了，更起劲地揶揄徐知凛，说他以前读大学怎么怎么高冷，不追人也不接受追求，生活里除了学习就没有其他事。
"那时候不理解，现在知道了，原来是眼光高，非要找个这么漂亮的，怪不得看不上我们女同学。"
几句来回，说说笑笑的，气氛很融洽，一直到餐桌上。
被问起两人怎么认识时，沈含晶喝着汤说："徐总是我们公司投资人，我看他有钱，故意追他的。"
"那难追吗？"黄璐问。
桌子底下，沈含晶踢踢徐知凛，徐知凛分来余光。
沈含晶眯眼一笑："不算难追吧，毕竟见面第三回，我们就确定关系了。"
当然知道有玩笑成分，黄璐故意"嚄"了一声："真看不出来，这么精明的徐总，居然这么简单就被拿下了？"
孙慈正好端菜过来："精明吗？你忘了他当年被骗的事了？"
"被骗？"沈含晶诧异地看徐知凛，"不能吧？你还被骗过？"
有些事提起来就想笑，孙慈的目光游过去："网络诈骗，就那个QQ，他朋友号被盗了，给他发信息来，他当真了。"
一口汤料停在嘴里，浸着鸡汤的松茸片，清甜又鲜嫩，沈含晶低头咀嚼，好多下之后，慢慢吞咽。
桌上孙慈还在说，说当年他们一起去敦煌拍星轨，晚上在雅丹露营的时候，徐知凛忽然不见人。大半夜的，也没谁发现他离开，到白天起床收机器，才发现他深一脚浅一脚，人不知道打哪儿回来，手机也没电了。重要的是，当时问他，他什么也没说。

"那怎么知道他被骗？"沈含晶问。

"因为警察找到他了，人家抓骗子追资金呢，他这金额算大的，所以……"孙慈憋不住了大笑着，等笑声渐歇，再觑徐知凛，"听说分几张卡转的，就沙漠那鬼信号，也不知道他跑了多少地方，自己又有夜盲症，估计在哪儿蹲了一晚上吧。"

陈年旧事，被当成笑话讲出来。的确是曾经令不少人震惊过的传闻，黄璐也压不住笑："我们当时还觉得奇怪，想他怎么半点警惕心都没有，真就给钱了。"

看一眼徐知凛，他倒挺镇定，丝毫没有因为过去的糗事而尴尬。见沈含晶汤汁到底了，他问她："再喝一碗？"

沈含晶摇摇头："我喝完这碗就行，不然容易肚子胀。"

"对对，别光喝汤，菜也多吃点。"黄璐站起来调整菜碟，"尝尝这个，这是徐总最爱吃的。"

沈含晶看了眼，反沙芋，是她也喜欢吃、喜欢做的一道菜。而孙慈、黄璐，这夫妻两个既是同学又是同乡，都是潮汕人，对潮州菜在行得很。她夹了一块咬开，芋头粉香，糖霜细腻，做得比她地道多了。

沈含晶心不在焉地吃完芋头，继续喝汤，瓷质汤勺打在杯子内壁，搅出碎碎的"叮"声。桌面上的话题已经换到其他的，但她脑子还塞着，在想刚才的事。比如当年的徐知凛，是怎样一个人在沙漠辗转，给手机找信号，最后又孤孤单单坐在哪处，等待天亮。

一个成年大学生，防范意识不可能低成那样，不可能没往盗号的方向想过。但骗子为什么总能骗到钱，无非抓住人性弱点，比如受骗的一方，愿意相信哪怕只有万分之一的可能性。

吃完饭有住家阿姨收拾，几个人离开餐桌，男女自然分开活动。

两个男人去露台站着，说话的只言片语飘过来，都跟工作上的事相关。沈含晶跟着黄璐参观家里，两层的大复式，上上下下的，还有准备好的宝宝房。

黄璐刚怀孕不久，肚子其实还不太显，沈含晶问："听说是双胎，怀起来会比较辛苦吧？"

"现在没什么感觉，估计到孕中后期会比较明显。"黄璐摸着肚子，声音低低柔柔的。

经过家政间，里面烘干机正在工作，可能没放稳，有点"吱吱"作响。

沈含晶跟着到了楼梯旁边，超大面的观景玻璃，能掌握客厅全视野。

"我看你跟徐知凛感情挺好的。"黄璐朝下望一眼，"见过家长了吗？"

"去他家吃过几次饭，他爷爷不太喜欢我。"

"不会吧？为什么？"黄璐讶然。

手机收到条消息，沈含晶点开。是江富的信息，约有空见个面。

"老爷子看不上我吧，大概比较喜欢门当户对的。"退出微信，沈含晶也朝阳台看了眼，男人们已经坐下来，徐知凛一条腿伸在前面，笔直的。

"他以前夜盲症很严重吗？"沈含晶问。

"好像是吧，晚上人畜不分的那种？应该相当于高度散光近视的感觉。"黄璐回想了下，"其实他上大学那会儿挺不好接触的，特别高冷，话很少很少，但夜盲症这一点，还挺有反差感的。"

那时候还有女同学开玩笑说，想泡到徐知凛，只需要晚上把他约出来，往最黑的地方一带，等他摸不到回去的路了，在他最慌的时候出现，把他领回有光的地方。借一点吊桥效应的光，说不定这事就成了，就算当不成女朋友，也能当他的救命恩人，拉近心理上的距离。

"就没人试过吗？"沈含晶忍俊不禁，笑了会儿，嘴角弧度慢慢压下来。

差不多时间要回去了，她下楼跟徐知凛会合。

考虑到黄璐怀着孕，没让夫妻俩送下楼，于是在玄关，孙慈拍拍徐知凛的肩："有些事抓紧吧，也老大不小的了。"

暗示意味里，徐知凛牵着沈含晶走了。

车上，沈含晶问："明天去看你爷爷？"

徐知凛点头，看着她问："一起？"

"我才不去。你爷爷现在身体不好，别一见我气出个好歹来，我担待不起。"沈含晶声音轻俏，指尖从他掌心划过。

徐知凛用力握住她，使劲捏了两下："不要乱讲话。"

等回到茵湖，沈含晶去洗了个澡，出来后，在客厅找到看书的徐知凛。

书是刚才孙慈给的，看了眼书皮，是一本人物传记。写的是一位商业巨子，东亚区域企业家中的领袖人物。现在不像过去，这种类型的书，已经被很多读书博主归为口水书，以及无聊的成功学里。

"你看这个是为了找共鸣？"沈含晶坐过去，见他没反应，手指点点他肩头。

徐知凛把书换一只手拿，空出的那只手摊开，等她将手放过来，再缓慢握紧。沈含晶靠着他的肩，把玩他的手。是很好看的手，指节白净匀长，触感清瘦却也柔软。富贵窝里长大的少爷，常年养尊处优的人，应该没有吃过什么苦。

现在想想，当年他就那么跟她跑去广东，也不知道怎么适应，又是怎么谋生的。尤其，他还有不常见的夜盲症。

她的手指在他掌心划圈，玩了一会儿有点无聊，她半躺着，伸手摸到徐知凛的眼镜戴上，顿时头晕，她赶紧摘下眼镜，就见徐知凛转过头来。

"看什么？"沈含晶没好气地瞥他。

徐知凛拨拨她的头发，一笑，颊廓分明。他这样笑其实很勾人，但他勾人的时候，远不止这样的瞬间。比如讲话讲到一半忽然亲她，再比如站在床尾，抓着腿把她拖到床沿。

客厅的灯光不刺眼，沈含晶躺得太舒服，慢慢闭上眼。

等徐知凛合上书，她已经睡着了。长睫盖目，呼吸轻浅。看了很久，他伸手将她抱回房间。

洗漱出来关灯睡觉，迷迷糊糊间，好像听到她在唤自己的名字。徐知凛睁开眼，就见旁边的人缩成一团。他侧身，轻轻把她拍醒："怎么了？"

沈含晶睁开眼，几秒后才回过神："没事，做梦了。"

徐知凛摸摸她的额头："噩梦？"

沈含晶一顿，手指走过床单。噩梦，算吗？她梦见漆黑夜里，他浑身湿淋淋的，一头一脸的伤，说不尽的狼狈。

黑夜放大沉默，沈含晶借呼吸掩盖思绪，忽然问："当年……你是不是找了我很久？"

徐知凛没动静。

这个人真的很奇怪，明明一手扯着回忆的封带，但从来没向她喂食过记忆。沈含晶抿了下嘴，停在他怀里："为什么你从来不跟我说以前的事呢？你不想我记起来？"

好久，才听到徐知凛一句："不重要。"

不重要？沈含晶不明白："我以为你很希望我恢复，希望我记起所有的事，希望我理解你的情绪，然后对一切后悔，悔到恨不得去抄经书？"

抄经书……徐知凛好笑地摇摇头："你不会的。"

"没试过怎么知道，你对我就这么了解？"她自己一个闷在被子里嘀嘀咕咕。

徐知凛失笑，嘴唇碰碰她发顶："睡吧，很晚了。"

说完他伸手要压被子，沈含晶却仰头凑过来。蜻蜓点水般一个吻，又像只是气息摩擦了一瞬。

"晚安。"她声音困倦，好像下一秒就能睡着。

徐知凛的视线停住，指腹滑了下，枕面上一点残留的水渍。

而在他怀里，沈含晶闭上眼，脚趾正滑过被子。

情绪化的道德，能值几个钱。

第七章
再见旧人

第二天上午，徐知凛回到徐宅。没聊几句，爷孙两个又谈起公事。

"同股同权太危险，章程还是得改，改成双重股权。"老爷子极其郑重，再次提起这事。

徐知凛沉吟了下："过段时间吧，这个得等时机。"贸然改动，风险也很大。

老爷子眉头死皱，思索片刻道："那就出一份回购计划，说做内部激励用。"

老调重弹了。徐知凛摇摇头："没那么简单，都急不来。"

见老爷子捂着胸口在咳，他过去帮着拍背顺气，等人好些了，再倒水端过去。这个年纪的老人头发全白了，鬓边苍斑醒目，关节也不如以前利索，一接一伸，动作缓慢。

老爷子喝完水，徐知凛把杯子接过来，放在旁边的床头柜上，又把叠好的手帕递过去："我最近在谈几个新项目，都是核心地段，可能有几个品牌要一起签，所以短期之内，最好不要有什么大的波动。"

老爷子慢腾腾地擦着嘴角，擦完人缓了一阵，等问过业主方和项目城市后，定定神说："那你看着办，但这个事情，一定要提上议程。"

目前这个情况，大量股权在市场上流通，万一出现个恶意收购的，AN会变得很危险。

徐知凛转身，坐进矮深的沙发里。他当然知道风险，但双重股权说得好听，企业拥有一票否决权，独裁者谁都想当，市场却不见得认可。

权益得不到保证,股民就会用脚投票,大量抛售。到时候既波及股价,又可能影响到在谈的项目,得不偿失。

而且当年 AN 上市的 G 交所,那时也并不接受所谓的双重股权。历史遗留问题,总是很难一下子就翻个面。

"咚咚——"

门被叩开,一颗脑袋伸进来:"外公!二哥!"

"宝琪。"老爷子朝她招招手。

江宝琪眉开眼笑,人从门缝里挤进来:"外公今天好点没有?"

"好多了。"

"肯定是二哥的功劳,有二哥陪着,外公脸色都红润好多。"江宝琪满脸乖笑。

老爷子笑着看她:"出去玩了?"

"去恒隆逛了逛。"江宝琪掏出一个盒子,"我给外公买的手帕,经典花色的,您看。"

年轻的小辈,笑容甜沁沁的,声音也清亮,一个人就有喊喊喳喳的效果。对老人来说,空间都变得更有生气些。

送完礼物再逗两句乐,江宝琪歪头问徐知凛:"二哥,你今天不走了吧?晚上一起吃饭啊?"

徐知凛没说话,视线下移,看她右手的无名指。

就几秒,江宝琪立马心虚,手掌慢慢缩回袖子里:"你们是不是在谈事情啊?那,那我先走了?"

老爷子点头:"去吧,把你妈妈也叫过来,晚上一起吃个饭。"

"嗯嗯。"江宝琪连忙点头,转身就走。

看那跑得飞快的身影,徐知凛回头提起一件事:"庄氏那边,最近有点动向。"

庄氏,老爷子想了想:"那边做主的,还是庄新明吧?"

徐知凛点点头:"是他。"

老爷子冷笑了下。一把年纪还不肯退,永远要霸着那点权力,怪不得庄家子子孙孙都好吃懒做,下面两代没一个顶用的。

当年的摘星危机里,AN 向庄氏求援,庄氏明明在评分委员会有过硬的关系,媒体渠道也很有资源,可以帮忙压一压负面消息,却一再推拒。知道商业场上没有永远的朋友,可金融危机的时候,AN 给庄氏做过过桥担保的，所以于情于理，庄氏都不该拒绝。

但庄氏不仅拒绝了，而且脸皮还很厚，等危机过了，又跑来做些不痛不痒的支援。只能锦上添花的交情，值得十二分警惕。

"庄新明就是个野蛮人，闽商习气，胃口大得很，翻脸就能不认，你要小心他。"老爷子叮嘱。

徐知凛按住鼻梁，眼里划过一点笑。

商场本来不是讲道理的地方，所以没必要盖这么多标签，有钱在手，有利可趋，谁都想体验一把野蛮人的感觉。

"您放心，我都知道。"

他这样说，老爷子也点点头。孙子能接自己的班，当长辈的肯定感到欣慰，只是欣慰之余，该说的还是得说。

"你跟沈习安那个女儿，时间也够长了。"老爷子声音沉着，"徐知凛，差不多可以了，不要一直错下去，她跟你不合适。"

"合不合适，我自己清楚。"徐知凛声音一下冷淡了。

看他坐起来，老爷子也正色道："我早就说过她心思不简单，你自己也知道，为什么总不听劝？你到底怎么想的？"

"现在做的，就是我想的。"

"你现在做什么？你给钱给资源，还跟她在外面同居，你以为我不知道？"老爷子气得咬牙，"你想娶她，我永远不会点这个头！"

"我自己的事，从来不需要谁点头。"徐知凛站直，转身离开。

楼底没有人，他在楼梯旁边叼出根烟，接着摁响打火机，很快，一缕烟从指尖冒出来。他往停车场走，在雨棚边，发现抱着手机的江宝琪。

江宝琪也没想到他这么快下来，惴惴喊了句："二哥……"

徐知凛夹着根烟，顿脚看她。他视线定定的，很有穿透力，江宝琪干笑："你要走了吗？"

徐知凛看她藏往后面的右手："手链哪里买的？"

江宝琪心一松，很快说了牌子，但又撇撇嘴："你问这个，不会是要给沈含晶买吧？她才不喜欢这些穿啊戴的，你不如直接给钱。"

没理这话，徐知凛踱步走了。

新工作周，因为选品的原因，沈含晶连续在外面跑了三天。周四上午，她起得稍微晚了点，到公司时，正好徐知凛打来电话，问她周末忙什么。

沈含晶关上车门："新的样板房装好了,我要回趟老店。"

"周末就去?"

"周末就去。"

徐知凛"嗯"了声："我也要去出差,下周才回来。"

沈含晶问他："哪里?"

徐知凛说了个地名,是知名旅游区："风景很好,以后有空可以一起去。"

沈含晶笑了："徐老板,你不会本来就是想约我去度假的吧?"

电话里安静了几秒,徐知凛好像还真考虑了下："我最近没什么空,度假可能要等年尾。"

"是吗?那挺可惜的,我还打算国庆以后出去玩,你要没空,我只能找别人了。"沈含晶把车钥匙放进包里,手里的包晃晃悠悠。

讲着电话,她走进店里,在一楼的布艺区,看见一位留酒红发色的高挑女士。她一眼就认出来了,是那天在 AN 见过的,蔡思慧。

有店员打招呼,吸引了蔡思慧的注意,她跟着声音转过头,看见沈含晶后,微微一笑。

挂断电话,沈含晶看着对方走过来。

"你应该不记得我,但我们以前见过。"蔡思慧做了个自我介绍,又提了一句,"那年在崇礼的滑雪场,我还教过你。"

她态度友善,沈含晶也笑笑："那算老朋友了,上去坐坐?"

"会不会影响你工作?"

"没关系,这边请。"

跟老店一样,这里的办公室也在三楼。沈含晶带着人过去,路上也闲聊了几句,得知蔡思慧高中后就去了国外留学,这些年基本上都在国外待着。而她这次过来,是为了给婚房选家具。

"原来喜事将近,恭喜。"沈含晶倒好茶水,做了个请的动作。

"谢谢,听说你这边生意不错,也得恭喜你。"

"还行,主要是市场环境好,用点心的话,生意都不会太差。"

双方口吻平常,互相说着客套话,毕竟真的算不上熟,就算沈含晶没失忆,两个人也没什么好聊的。

没坐多久,蔡思慧象征性地看看产品图册,很快就下好单,把几乎整屋的配置都给了春序做。比起叙旧,她更像是直接来帮衬生意的。

销售环节后,沈含晶把人送到门口。太阳下,蔡思慧的发色泛着暖光:"我前几天去 AN 见徐总了,你们两个都没怎么变。"

这是见面后她唯一一次提起徐知凛,但很快又转移话题,邀请沈含晶去参加婚礼:"请帖还在写,到时候我寄一份过来,希望你能赏脸。"

沈含晶答应得很爽快:"不知道就算了,现在知道,我肯定是要去送份祝福的。"

"好的,那我就放心了。"蔡思慧嗓音里带笑,拢着包,左手的婚戒很显眼,"就到这里吧,你还要工作,改天有空再约。"

道完别,她把目光从沈含晶脸上移开,转身往路边走。

站了会儿,一辆揽胜刚好停过来,蔡思慧打开车门上去。主驾位,男友朱晰扬扬眉:"这么快?"

"不然呢,我要留下来吃个饭?"蔡思慧拉好安全带。

"老情敌见面,怎么不得斗一斗?"朱晰摸摸下巴,"哦,忘了,人家失忆,不记得你。"

还幸灾乐祸呢,蔡思慧白了他一眼:"开你的车,别废话。"

车子重新驶动,穿街过路,停在红灯前。十字路口,几个方向的灯都要等,时间长得很。

停好车,朱晰转头问:"刚老远看你们两个,有说有笑,彼此还挺和谐的?"

蔡思慧靠着车窗,敛下了眼。的确,对于她的出现,沈含晶明显是不意外的,那就证明以前的事,应该多少听说了一些。这样的前提下,沈含晶还全程没有任何敌意,人出乎意料地平静。

朱晰在旁边笑了两声:"你说人家要是知道,以前跟徐总是因为你闹掰了,还能有这么好态度吗?"

拱火呢这是,蔡思慧伸手掐他:"你闲得慌是不是?"

朱晰举手投降:"这也不能怪我吧,谁让你跟人男朋友真有点过去,而且这一对我也好奇得很,总想让你跟我仔细说说,今天终于见到本人了,这求知欲怎么还憋得住?"

他软磨硬泡,嬉皮笑脸的,副驾位上,蔡思慧也若有所思。确实,一见到本人,更勾起她以前的回忆来。

比如她没跟沈含晶说的是,其实早在滑雪场之前,两个人就在徐家见过面。那时,蔡家还没有搬到申市,跟徐家也没有现在往来得频繁。但距离是距离，实际上两家交情一直很好，好到有过结亲的想法。

联姻这种事，有些人可能会觉得电视里才有，其实从港台到内地，从传统行业到新兴产业，两姓间的结合并不少见。究其原因，不管是维持财富在代际间的传递，还是资源的互惠，或是危机之下的抱团取暖，都很有必要。而对于子孙来说，享受了家族所提供的，就要为家族付出，那时的蔡思慧不觉得有什么问题。

所以那年得知以后，她欣然答应。何况徐知凛性格人品都很好，的确是不错的伴侣人选。

于是，在徐老爷子的寿宴上，蔡思慧精心打扮，跟着去了徐家。在双方长辈的撮合之下，那场宴会，她跟徐知凛有了很多相处的机会。

不仅如此，长辈们还会带头开玩笑，意图已经十分明显。按两家的意思，是他们申请同所学校，一起出国留学。当然最好的情况是出国前先把婚给订了，等男方到了年纪再回来登记，顺便办正式的婚礼。

也是在那场宴会上，她开始注意沈含晶。对沈含晶的第一印象，是默默跟在江宝琪后面的女生，话很少很安静，像半个隐形人。

记得是在二楼天台，她看到沈含晶跟个男生在一起，两人抱着画具，有说有笑地并肩走，走着走着，男生忽然伸出左手，摸了摸沈含晶的头发。沈含晶虽然躲开，但脸上还是笑着的，当时从那个角度看过去，十分亲昵。

男生头发很长，长到扎了个辫子。因为外形比较特殊，所以蔡思慧稍微回想了下，记起是教画画的家教，还听说是 G 美高才生。

因为跟沈含晶年纪相差不大，所以当时出于好奇，蔡思慧拉着徐知凛问了句，问那两个人是不是在一起。她记得很清楚，徐知凛瞬间变了脸色。

"所以说，你当时就知道他们俩有猫腻？"朱晰问了一句。

"猜是猜过的，毕竟她长得漂亮，又跟他抬头不见低头见，在意也很正常。"蔡思慧把座椅调开，往后躺了躺。

红灯终于转了，朱晰扶上方向盘："那你又是怎么着，确定人家两个确实在一起呢？"

蔡思慧抱臂想想，吐出三个字："滑雪场。"

徐老爷子寿宴后不久，他们一伙人去崇礼滑雪。其实最开始徐知凛是不愿意去的，毕竟明眼人都看得出来，那不过是又一次的撮合。

"所以人家不愿意去，就是不想跟你凑一对呗。"朱晰调侃道。

这个蔡思慧没否认："可是出发前一天，他忽然又改变主意，跟着过去了。"

"为什么?"

"你说呢?"

朱晰琢磨一遍:"因为姓沈的那女孩在?"

蔡思慧点点头,因为沈含晶在。

雪场上,沈含晶多数时候围着江宝琪转,帮江宝琪拿拿雪具、递递喝的,等江宝琪玩累了,自己才穿上护具,去了绿色雪道。她人拄着雪杖,颤颤巍巍的。

经过时见她屈膝要摔,蔡思慧顺手拉一把,看她不大熟练,又带着她玩了几轮。她悟性很强,两轮下来就基本掌握了诀窍,于是到第三轮,蔡思慧没再跟着。

哪知道就是这轮,沈含晶因为重心不稳,向后摔了个狠的。她左手触地,人也结结实实倒在了雪道上。

还没等蔡思慧反应,徐知凛不知道打哪里出现,运着板就过去了。但沈含晶很客气很生疏,甚至没让他扶,自己用没受伤的右手拄着雪杖爬起来,跟迟来的雪场救援走了。

那一刻,蔡思慧透过宽大的护目镜,看见徐知凛眼里浓浓的担忧,以及忍不住要关心的姿态。

好在沈含晶左手只有一点扭伤,但不算严重,只是后来的行程都没参加,自己窝在酒店养伤。

而恰在回程前的晚上,蔡思慧又看见两人在一起的画面。

"就这么巧,这都能给你撞到。"朱晰笑出声。

蔡思慧伸出手,在膝盖上敲了两下。是啊,当时也觉得是巧,但后来再想想,就不觉得是那么回事了。毕竟这个"巧"字,是要建立在沈含晶刚好去她房间坐过,又刚好把手机落在她房里上。

所以比较大的可能性,沈含晶是故意让她看见的。

"就是那回闹掰的。"

差不多到地方,朱晰正好开过道闸口,惊讶地问:"姓沈的女孩都受伤了,两人还闹掰?那男方也太不怜香惜玉了。"

说完,听见一声笑。他转头看,蔡思慧在叹气,人也不停地摇头:"如果听见现场,估计你不会这么想了。"

"怎么说?"

怎么说？蔡思慧看了眼手表，约定的点快到了，而左前方的咖啡厅方向，已经见到徐知凛的身影。

车子停进车位，她算着时间，把对话大概复述了一下。听完，朱晰震惊得好一会儿才反应过来："好家伙，看不出来啊。"

他记起刚才远远看过的沈含晶，不仅客客气气的，还笑盈盈的，外表看起来挺正常一女的，没想到那么强悍那么偏执……这一般男的怎么吃得消？

"那么小就有心机，的确是个人才，你说那位徐总还怎么跑得脱？这要是我……"

"是你怎么？"蔡思慧没好气地瞥他一眼。

朱晰笑起来，伸手勾她下巴："是我肯定选你。"

蔡思慧白了他一眼，又想了想："其实她那样的成长环境，换了你跟我，不一定有人家强。"

朱晰点点头。客观来说，经历过坎坷还没有活在自我贬低里，这样的人内心确实强大。

松开安全带，两人一左一右下了车，再朝咖啡厅走去。

圆桌旁，徐知凛慢慢站起来，等走近后，蔡思慧给双方做了介绍。

"徐总。"

"朱总。"

两人握了握手。朱晰端详徐知凛，有点纳闷，看着堂堂正正的，偏偏是个死心眼，喜欢上一个不正常的女人。但再想想，男女之间也是一个愿打一个愿挨，真的，这么般配，锁死了最好。

周末，沈含晶回到庐城。老店样板房已经装好，落地效果还算到位，浏览量也可以。

关门之后，她跟团队开了个会，拿着报表数据，就转化率之类的讨论一通，又公布了新的激励政策。

等会议结束，刚好晚饭时间。想着也这么久没回来，沈含晶请团队聚餐，去了附近新开的农庄。

只是没想到，会在这里碰上梁川。迎面遇到之前，团队还有同事在开玩笑，问沈含晶怎么没把徐知凛带回来，说这么久，连徐总的面都没见过。起哄归起哄，看见梁川后，还是都哑了声音，一溜烟跑进包房去坐。

楼下走道上,只剩沈含晶跟梁川。

"好久不见。"沈含晶先打了招呼。

她落落大方,梁川心里更加刺痛:"……好久不见,什么时候回来的?"

"今天刚回。"

"那,什么时候会走?"

"明天吧,或者周一。"

"那明天一起吃个饭?"梁川顺势邀请。

沈含晶摇头:"不了,我明天要在公司。"

她拒绝得很快,梁川声音酸涩:"吃个饭而已,晶晶,这都不愿意吗?"

"没什么空。"

看看时间,沈含晶正想离开,又听梁川问:"你在那边……一切都好吗?"

"挺好的,毕竟也是待过的地方。"沈含晶敷衍道。

看她随时想走,梁川一下没忍住:"晶晶,当初是我错了,但你就算报复我,也没必要……"

"这跟你没什么关系,真的。"沈含晶立定看他。

采光不太好,他人又高,站在过道上,脸上就额角那块有一点光。不久,又听他咬牙问:"你真的对我动过感情吗?"

"问这个有意义吗?"沈含晶有点想笑。

"那你爱他?"梁川把字眼咬得格外重。

这回,沈含晶是真的笑出声:"别傻了,梁川,就算以后我和他分开,也不会再跟你有什么。所以,没必要在我身上浪费时间。"

再看梁川,整张脸都埋在昏沉的黑暗里,唇线抿得直直的。没耐心再待下去,沈含晶摇摇头:"回去吧,别一天到晚记着儿女情长这点破事,找点正经事做。"说完,踩着高跟鞋离开了。

包间里,同事们聊得热火朝天,沈含晶坐下后,偶尔接一句说说笑,半晚就这么过去。

搬到申市以后,再回庐城,她都是住在 AN 的酒店。最好的套房,最高的视野,有钱人的世界确实安逸,只要你想,可以永远不用低头。

站一会儿,沈含晶拍了夜景照片发给徐知凛,问他:在干吗?

几分钟后,徐知凛也回一张同样的照片:打算睡了。

沈含晶:你什么时候回去?

徐知凛：可能要几天，暂时不确定。

沈含晶回个"哦"字，没再说什么了。

关好窗帘，她躺到床上，把玩一会儿手机，点进江富的信息看了好久，最后点出票务软件，订了明天的票。其实离得不远，从庐城飞过去，两个半小时航程。

到地方后，沈含晶打了个电话，很快有人来接。来人姓叶，好像是徐知凛特助，也是负责信批的董办人员。

"是不是在忙，我没打扰到你们吧？"沈含晶问。

"没有没有，"叶助理连忙摇头，"我正好闲着，是徐总在跟人谈事，暂时抽不出空。"

行李被装上车，人也坐了进去。

下高速不久，车子渐渐驶进度假区。按说不是旅游旺季，但差不多遍地是人，车况也有点紧，往来的车不少。

"是要在这里开酒店吗？"看着窗外，沈含晶问了句。

"是的，已经在竞标了。"

"把握大吗？"

叶助理笑笑："其实已经到最终轮，应该跑不掉了。"

沈含晶点点头，景区的地最不好拿，一般酒店应该连投标资格都没有。AN资源这么好，应该在很多人眼里，都是肥肉一块。

到了住的地方，在房间里躺了半小时左右，徐知凛回来了。他穿得很商务，进来后摘表解领带，走到沙发旁边。

"惊喜吗？"沈含晶竖躺着，两条腿架在沙发靠背，交叉着看他。

"怎么想到过来？"徐知凛坐过去，将手里的文件放到桌面上。

"当然是想你了。"沈含晶把腿收回来，搭在他腿上。

"去吃饭。"徐知凛抓住她的脚腕，挠挠她的脚心。

沈含晶摇头："我不饿，我想再躺会儿。"

她买的是经济舱，座椅还不能调节，坐得脖子酸酸痛痛的。

徐知凛起身，暂时消失了一下。沈含晶伸着脖子看了看，桌面放的是招标文件，只要她想，随时能翻看。

没太久，徐知凛走回来，人也平躺下，脸跟她凑在一起。

"太挤了，你往外面点。"沈含晶推他，手顺势往下，摸到他脊柱沟，感受脊骨在皮肉之下滑动。

徐知凛把她抱到身上，慢慢摸到她的手腕，把东西给她戴好。

是一条手链。

沈含晶举起手，看着手链："哪里来的？"

"刚买的。"

这么巧？沈含晶歪头看他："你肯定不知道我要来，这是买给其他人的吧？"

随她乱猜，徐知凛没接话，转而问了句："你多久没回德国了？"

沈含晶愣了下，算算时间："一年多。"

徐知凛摸摸她耳朵："我申请了签证，找个时间去一趟，看看安叔。"

过了好久，才听到沈含晶的一句："好。"她没什么再躺下去的欲望，撑着他胸膛坐起来，"去吃饭吧，我饿了。"

"好。"

两人出门去餐厅。经过泳池区时，一群穿着泳衣的女孩走过，腿长肤白，引得沈含晶都多看了两眼。再看徐知凛，余光都没跟一眼。

沈含晶好笑："你怎么这么自觉？"

"自觉不好？免得有些人要发作。"徐知凛拉着她，仍然目不斜视。

"胡说八道，我才没这么小气。"沈含晶轻轻踢他一脚，忽然反应过来，"我以前发作过？"

徐知凛看她一眼，不言而喻。沈含晶微微诧异："我以前，真有过这么小气的时候？"

到餐厅了，前面有个A字牌，提示防滑。旁边这个不看路，徐知凛只能用点力揽住她，往里面带。

不一定是小气，她要的是他听话，要他的绝对服从，要感情关系里至高无上的话语权而已。

沈含晶来了兴趣："你说说，我以前怎么小气的？"

"没有，是我记错。"

"别蒙我，说出来你又不掉块肉。"

在她的缠问中，徐知凛不可避免地想到滑雪场那夜。

滑雪场，零下气温。摔伤后她一直躲在房间里，电话不接信息不回。

回程前一晚好不容易联系上，她约他在酒店后门，他也按时间去了。看表时间一直过，他站在原地等了很久都不见人，于是拿出手机给她发信息。

发完不久她出现了，手腕上还包着纱布。他很心急，想问她伤势情况却又怕她不高兴，正迟疑着，她主动投了过来，抱住他，轻轻喊他的名字。

她的忽冷忽热，让他有点措手不及，但心里还是高兴的，于是摸摸她的头发，问她的手好得怎么样了。

她说好得差不多了，但有些事做起来很不方便，所以人不太舒服。

"什么不方便？"他担心地问。

她笑了下，踮脚到他耳朵边，软声软气说："洗澡不方便，你帮我吗？"不记得从什么时候开始，她偶尔会说些这样的话，促狭地捉弄人。他声音一紧，无奈地劝她："别这样。"

她开始笑，唇鼻擦着他的颈线，洒下连叠的热息："为什么？你不帮我那想帮谁？蔡思慧吗？"

他重重愣住。很快，她又问："来个蔡思慧，已经不想理我了吗？"

他皱眉："是你一直不理我。"不管在学校还是家里，这段时间她一直忽视他，拿他当空气。

"有吗，我不记得了。"她往后退开，一双眼睛碧清明亮。

他想了想："蔡家的事我已经跟爷爷说过了，我不愿意。"又小心翼翼地表态，"至于蔡思慧，我可以跟她说得再清楚一点。"

她摇摇头："我不要你说清楚，我要你从明天开始不看蔡思慧，不跟她说话，不要理她，让她知难而退。"再弯着眼笑，"还有你爷爷，他给你安排这种事情我觉得是非常不对的，所以你要跟他吵一架，还要当着蔡家的面吵，让所有人都明白你的态度。"

她要把事情闹大，他不由得错愕："我们跟蔡家好多年交情了，当年我父母出事他们也帮过忙的，这样……不太好。"

"所以不愿意是吗？"她对他的话充耳不闻，只问这一句。

旁边的万龙雪道开了夜场，灯光打到其他建筑上，也映到了这一片。

他突然感觉有点喘不过气，试图跟她讲道理："这回的事我知道你不高兴，但我们可以把话说清楚，你也要给我解释的机会，而不是……"说到这里，他闭眼停顿了下，"我不是你的宠物，高兴了逗两下，不高兴就直接冷暴力。"

"徐知凛，不愿意就不愿意，不要扯这么多话，我不想听。"她往后退一步，转身就要走。

他连忙拉住她："为什么这么武断，不能商量一下吗？"情绪涌动，他咬了咬牙，"还有你刚才的话，那不是在意，我只感觉到满满的控制欲。"

她回头看他，哂笑着说："你不要跟我讲这个，我只问你听还是不听。还有，别跟我谈在意这个词，况且谁规定不能是这样？我偏要这样。"

她表明意思，要无条件地顺从，而他也意识到了，在她那里，对于感情的规则都自洽得可怕，绝对得可怕。

"那你跟方治成呢？"他问起那个家教。

她想也不想："我们是朋友而已，怎么了？"

"朋友关系可以让他和你离那么近？可以让他……摸你的头发？"

"你都能跟人相亲了，他摸我头发有什么问题？"她一直对情绪管理得很好，哪怕是这种时候，人还是笑着的。

印象中聊到这里，他们之间迎来一段长长的沉默。

不记得过了多久，他解释说："当时我并不知情，而且我已经跟我爷爷说过了，我不会接受他的安排，更不会出国留学。"

"徐知凛，随便你说什么。"她很坚决，"我只问你听不听我的话，如果你做不到，我们就掰了。"

他想起之前的承诺："别的我都可以接受，但基本的自由我应该要有。"他实在忍不住，又认真地问，"你是真的在意我吗？还是……只想控制我？"

"你听我的话，我就在意你。"她回答得很干脆。

可频繁出现"听话"这样的字眼，很明显，这不是正常的交往。

"真的不能商量一下吗？"他再次请求。

她没说话，但眼神已经代替回答。而他也忽然意识到，在她那里，他可能什么也不是。

巨大的失落感下，他收回手："你不懂，你只在意你自己。"

"你很懂吗？不要太把自己当回事了。"她嗤笑着，最后留给他的一句话是，"徐知凛，你可以滚了。"

经年累月，每次想到这一段，情绪都会复杂得难以形容。但后来知道了，她就是这样的人，不在乎一切，不只是他，也包括她自己。

不然，也不会有后面那件事。

手机响动，回忆戛然而止。徐知凛接起电话："怎么了？"

对面是孙慈，他声音很低："庄氏好像在回笼资金，原来打算要做的药研都在收停。"

"我已经知道了。"徐知凛边说话，边把刚上的菜移到沈含晶面前。

沈含晶夹了一筷子,边吃边看着他,直勾勾的。

电话没讲太久,几分钟就挂断了。看徐知凛开始吃饭,沈含晶踩他的鞋:"我刚问你的事还没说。"

"没什么说的,我记错了,总不能编一个来骗你?"徐知凛给她加了道茶,"别吃太辣,到新地方,小心水土不服。"

很明显的搪塞,沈含晶有点不高兴。

她脱下鞋,脚尖从他小腿一路往上,被他一把按住:"公众场合,别闹。"

沈含晶笑出声。

一餐饭,吃得稍微有点艰难。

第二天两人回到申市,各忙各的工作。大多数时间,沈含晶都扑在业绩上。

这天仓库送货,一看有曹莎莎的单,她正好不忙,也就跟车过去了。明明提前打过招呼,但到小区门口被拦住,沈含晶给曹莎莎打电话。

曹莎莎接得有点匆忙,说是忘记跟物业说,于是电话挂断后,送货的车子又在外面等了很久才进去。到具体区域后,迎面一辆 RS7 开过来。

因为路本身有点窄,货车体积又大,所以他们停在一边,打算等那辆车出来再进。

沈含晶坐在后排,对面的车过来时,她不经意地看了眼,发现开车的人居然是庄磊。很难认错,毕竟他的造型不比蔡阳晖的大光头难认。

没多久卸货入户,看见了曹莎莎。

曹莎莎穿着睡袍,真丝料子贴肤面,看起来很清凉。

曹莎莎:"还让沈店长亲自来,这怎么好意思。"

"刚好有空就过来了,也一直想见识下曹小姐的新家,不知道方不方便?"沈含晶看看窗户,"早就听说这里户型很好,现在从采光就能看出来。"

曹莎莎似乎也对自己的新房很满意,带着沈含晶一边走,一边似不经意地问:"是在选跟徐总的婚房吗?那这里还是小了点,就怕你笑话。"

沈含晶笑笑:"没那么快。"

"是吗?我听说你们感情挺稳定的,还以为马上要结婚了。"曹莎莎猛地回头,大概因为惊讶,瞳光都闪了闪。

她态度有些失常,沈含晶装作没看清,错开眼笑笑:"没有,这些都说不准的,太远的事我还没想过。"

"为什么,家里不同意吗?"曹莎莎紧跟着问。

沈含晶点点头:"他爷爷不喜欢我。"

"哦……"曹莎莎转开眼,暂时没再问了。

沈含晶跟着她继续逛,每个区域都看了看。大开间,横厅也很可观,两层半的高度很不错了,房型售价肯定不低。

再想想曹莎莎,她人红也有一个原因就是很少带货,平时分享的多以自用为主,也因此,大家都称她为良心博主。那么这种情况下,本来也不是富家出身的人,到底怎么买得起这样一套房子,很值得琢磨。

走上二楼,曹莎莎忽然又问:"沈店长,听说你以前就跟徐总好过?"

沈含晶看着她,点点头。

"那徐总还是比较长情的,这样的男人真难得。"曹莎莎眨了下眼,"但听说你……失忆了?"

"对,所以以前的事都不怎么记得。"面对她的打听,沈含晶随口答了一句,马上侧目去看房子里的布置,装作不设防的样子。

果然,曹莎莎又问:"是什么原因呢,方便问一下吗?"

沈含晶背过身。她失忆其实不是公开的事,一般人也不会问到这一层,所以这个消息来源,挺让人生疑。

略作思索,沈含晶回答道:"雪场事故,我可能高估自己技术,选了个坡度高的,不小心摔了。"说完往卫生间瞟一眼,目光划过水台,看见了男人用的剃须刀。

过会儿,沈含晶跟到南面的一间房。房间摆设很眼熟,而且架着的各种机器和商品也证实了,这就是曹莎莎平时录视频的地方。

进去逛了一圈,手机响起。是江宝琪发来的信息,问:在干吗?

沈含晶心念打转,直接告诉她,在曹莎莎家里。

江宝琪:你什么时候跟她这么好了?

沈含晶:送货。

江宝琪计较起来:之前我们家的沙发你都不送,凭什么区别对待啊?你这样做生意是不行的!

沈含晶:那时候没空,而且你外公不喜欢我,我过去干吗,讨嫌?

打完这句,她听到曹莎莎好奇地问:"是徐总吗?"

沈含晶摇摇头:"公司同事。"

曹莎莎"哦"一声,没说话了。她很热情,带着沈含晶上上下下地参观,最后还送了瓶香水给沈含晶:"不是什么贵东西,但感觉你很适合,希望不要嫌弃。"

"谢谢。"沈含晶收下香水,没多久,跟着安装师傅离开了。

回车里把香水拆开闻了闻,跟曹莎莎身上的,是同一款香。

结合刚刚对徐知凛问透底的打听,沈含晶低头笑笑。这点心计对她来说,其实很不够看。

等回到店里,江宝琪打来电话:"你还在她家?"

"谁?"

"装什么傻啊,姓曹的呗。"

"哦,已经回来了。"沈含晶坐到电脑桌后,"你好像对人家有意见?"

知道说的是曹莎莎,江宝琪"喊"了声:"她抢过我广告。"但这不是重要的,一两条广告也挣不了多少钱,最让人反感的是,"前几个月,她跟蔡光头在微博上勾搭。"

"是勾搭过还是……在勾搭?"沈含晶问。

"当然是勾搭过啊。"江宝琪有点不耐烦,"应该是温居派对那回勾搭上的,杨琳都气疯了,差点把蔡阳晖头给抓破,闹那么大,蔡阳晖肯定不敢再找她。"

说得很笃定,沈含晶却觉得未必。对男人来说,偷不到的腥,永远都有吸引力。

她拿支笔在手里转:"找我什么事?如果是庄磊你可以放心,你们两个交往,我没和任何人说过。"

江宝琪紧张起来:"你说话不要这么大声,给旁边的人听到怎么办?而且我也没跟他交往,就是……接触接触。"顿一顿又问,"你是不是见过思慧姐了?我听她说会请你参加婚礼。"

沈含晶"嗯"了一声:"刚好问你,她怎么结婚这么赶?"

连订婚的仪式都省略了,对她这种家境来说,其实挺少见的。

"真爱了呗。"江宝琪的口吻见怪不怪,"思慧姐姐人家一直很利落的,说干吗就干吗,而且她男朋友是振中的太子爷,振中药业听过吧,比蔡家有钱。"

沈含晶对这个兴趣不大:"还有没有事,没事我挂了,有工作。"

她动不动要挂电话,江宝琪有点不高兴了:"你以为谁愿意给你打电话啊?是我有个朋友开民宿的,说看中你们店里的家具,问能不能给打个折,她量大,怎么你都有得赚。"

"当然可以。放心，冲你的面子我都会给折扣。"沈含晶很快变脸，确认起客户信息。

江宝琪嫌她现实，随便说几句就把微信推过去，让她自己聊。

挂了电话不久，庄磊出现了。把车停好后，他着急忙慌地跑下去，亲自给江宝琪开车门："不好意思，刚才公司出点事，路上耽误了一下。"

确实多等了一会儿，但他人很绅士很体贴，道歉也及时，江宝琪的火也压下去："没事，你工作要紧。"

车行几里，庄磊开始找话题："我看你昨天发了幅画，是自己画的吗？"

"对啊，我不是写了嘛，无聊之作。"江宝琪跷着脚，忽然不满，"你怎么回事？都没看清楚我发的字。你对你以前的女朋友也这样吗？敷衍一下就好了？"

她小姐脾气说来就来，庄磊耐心哄："看清楚了，真的，连标点符号都没落，我还看到你说是用的左手，画起来肯定很不容易。"

那确实应该是看过的，江宝琪"哼"一声："以前画画家教是左撇子，我学过他一段时间，后来上笔有点掰不回来了。"

"左撇子？"庄磊偏头问，"那应该挺有天分吧，左手都能教人画画。"

"G美高才生，那还能没天分？"江宝琪闲闲地瞪他一眼，但很快"啧"了声，"就是人品不太行，是个小偷。"

庄磊："偷过你的东西？"

"那倒没有，我的东西他拿了也没用。"江宝琪把墨镜挂到脸上，"他偷摸换我爷一幅画，名家真迹啊，买来的时候就七位数了。"

七位数，庄磊在心里算了下金额："那应该判很久？"

江宝琪点点头："好像是无期，这辈子估计出不来了。"说完又想到些什么，眉头死死拧起来，"不想提他，这个人死晦气，活该判他无期。"

她心情说变就变，庄磊也没好再提。

等到红绿灯口，他偏头看江宝琪，她安安静静地坐在副驾位，一副墨镜遮了半张脸，下巴白皙又小巧，让人心里痒痒的。

庄磊手指动了动，很想上去摸两把，但想想江宝琪说翻脸就翻脸的脾气，还是管住了自己的手："过段时间……要不要出去玩？"

江宝琪头一歪："去哪里？"

庄磊没敢说太远，试探着问："去马来西亚？"

"出国太远了，我不好找借口。"

"那去海南？"

海南确实近多了，江宝琪顶顶墨镜："行啊，不过要等过思慧姐婚礼。"

四十来分钟后，车子开到一间中古店，地点比较偏，没什么人。两层的店，店里放着各式老旧的奢侈品，都是涨过价的，标签上的数字不低。

对于两人来说，钱都是小事，但庄磊不喜欢这种地方，他很少陪女人逛街，宁愿直接掏钱，毕竟衣服鞋子穿在外面，试来试去都一个样，对他来说没什么区别。但江宝琪要来，他也只能跟上了。购物全程，庄磊什么都哄着她，顺着她，前前后后伺候到底的那种。

其实对于江宝琪，要说喜欢他确实也喜欢，毕竟人长得漂亮，就是这个脾气让人有点吃不消，男人大多数时候还是喜欢温柔听话的，"顺从"这两个字，本身就是最好的催化剂。

一周左右，沈含晶收到请帖。时间在国庆，也就是半个月之后，而喜帖到手的时候，已经接近中秋。

这天下班，沈含晶直接去了茵湖。她跟徐知凛早已是半同居状态，大半时间都住在这里。

开锁进门，徐知凛还没回来。沈含晶放下东西给他打电话，说要叫外卖，问要不要叫他的份。徐知凛说不用，晚上有饭局。

"哦，会很晚才回来吗？"

"尽量早点。"徐知凛问，"有事找我？"

沈含晶否认："你忙你的，我没事。"

通话结束没多久，外卖来了。一个人好像不太能提起胃口，她勉强吃了点，在房子里来回走了几圈，最后进浴室洗了个澡。出来时已经过了九点，电话响起。她拿起来一看，是养父沈习安。

"爸。"她点了接听。

"晶晶，睡了吗？"

"没呢，这时候还早。"沈含晶看了眼时间，算算时差问，"爸，你吃饭了吗？最近有没有去复查？"

"吃过了，复查也没事。你有没有吃晚饭？不要总因为工作不吃饭，胃受不了。"电话那头，沈习安也细细地问。

"嗯，我知道，一直都有按时吃饭……工作嘛，肯定没有身体重要。"

相互关心的开头，父女两个又说了些其他的话题。猜测养父是想自己了，沈含晶说："爸，你放心，我什么都好，前几天还跟梁川说要去看你，但最近一直比较忙，可能得……"

话没讲完，她忽然听到一点动静。像是从玄关传来的，开门又关门。

沈含晶放缓呼吸，拿着手机仔细听，又悄悄从床上站起来，挨着门框往外看。

客厅亮堂堂的，一览无遗。好像……并没有人。

电梯一层层往下，等梯门打开，徐知凛走了出来。

"徐先生。"值班的物业人员站直打招呼，好奇他怎么刚回就要走。

徐知凛朝人点点头，走到大门外。入秋后，晚上的风已经带着冷气，徐知凛伸手到兜里拿出烟盒，但盯着盒面看了好久，还是又放了回去。

他拿出手机打电话："散了没有？"

电话那边是蔡阳晖："你赶场子一样走人，当然大家都散了。"

"你也走了？"

"走了，准备回家，怎么着吧？"

徐知凛在脸上揉了两把："要不要找个地方喝一杯？"

这个点，只能找酒吧了。

坐出租车到达地方，将近十点。灯红酒绿，是蔡阳晖喜欢的环境。他喝口酒，人往卡座一摊："怎么了徐总，回去太晚挨骂了？"

"没有，家里就我一个。"徐知凛左手握成空拳，挡住眉心。

"得了吧。"蔡阳晖看破不说破，知道八成是有点什么。

再想想他那女朋友，长得漂亮是漂亮，怪不得他给钱给资源，但结合这段时间听来的一点旧事，猜也能猜到不是什么温柔款，从上回派对她甩脸的模样就能看出来，平时没少发脾气。

不过现身说法，男人骨子里就是有点贱，喜欢作得要死，这点蔡阳晖自己同样清楚，不然当年也不会死追杨琳。

一看徐知凛闷闷的，他故意开玩笑："我妹现在要结婚了，是不是很后悔？"

"什么？"音乐太高，徐知凛没听清。

蔡阳晖坐过来揽住他，开口又叹气："其实当我妹夫，你比姓朱的合适，那小子跟我犯冲，尿不到一个壶里。"

正好服务员来上小食，是个蛮漂亮的小姑娘，短裙短发，笑得也甜。

蔡阳晖那眼珠子跟有定位一样，糊人家身上不走了，使劲往人家身上看，等人走远了，才恋恋不舍地收回目光。

徐知凛把他推开："我跟你也尿不到一个壶里，别拖我下水。"

"至于吗？"蔡阳晖觉得有点好笑，"成成成，你最管得住眼，你冰清玉洁，你柳下惠，你男德第一，行了吧？"

他从不跟人争这些，在他看来野味是野味，调剂而已，不管在外面怎么样，心里装着老婆就行了。在这一点上，还是庄磊跟他比较投契，像徐知凛这样的，专情两个字把自己捆得死死的，这辈子就一个女人，人生无趣。

过没多久，DJ 到位，夜场开始沸腾，重音高音无比嘈杂。蔡阳晖已经坐不住了，一双眼在舞池里瞟来瞟去。

看蔡阳晖这样，徐知凛喝完手边的酒，自己先走了。其实没喝多少，又是夜场的酒，按说不应该有醉意的，但他下车时有点头晕，于是原地站了站，等那股劲过去。

站得有点久，直到喉咙泛痒，他才往楼上回。推门进去，客厅灯还亮着，沈含晶从沙发里探出头："回来了？"

"嗯。"徐知凛关好门，在玄关把领带、手表全解掉，走进客厅，"怎么还没睡？"

"等你啊，我以为你最晚十点回来。"沈含晶坐起来，拉着他西服下摆闻闻，"又喝酒了？"

徐知凛侧身迁就她的高度："喝了点，不多。"

"那你是把酒倒身上了？"沈含晶站直，动手把他的西服扒下来，这回还闻到烟味，不是他常吸的那款，是混杂的味道。

"我去洗澡。"见她皱眉，徐知凛把衬衫下摆从裤子里抽出来。

正要往卧室走，他又被她拉住："等一下，先试试这个。"

沈含晶把纸盒打开："这个牌子的好穿，绒棉吸汗，而且现在降温穿正好，你试试。"

蓝纹衬衫，敞角领，摸着的确舒服。

至于她怎么会对男式衬衫这么了解，无非是给梁川买过。

徐知凛没说什么，解开皮带再脱掉衬衫，任由沈含晶把新衬衫包在自己身上。她问："怎么样，你动一下，合身吗？"

"刚好。"徐知凛动动手臂，又问她，"回礼吗？"

"不算吧？而且衬衫才几个钱，怎么当得起回礼？"沈含晶说。

徐知凛没再问什么，直接穿着去浴室了。

浴室地面已经干了，能闻到一点她用过的洗发水味道，脏衣篓里还有她换下的衣服，薄毛衣加一条长长的吊带裙。

徐知凛脱掉衣服，走到喷头下。热水一开，脑袋好像更晕了些，微微缺氧的感觉。等洗完，他打开窗户透透气，冷风拍脸，人才清醒点。

回到卧室，看床上那位闭着眼，好像已经睡着。徐知凛走过去，手伸进被子底下摸她的脚。

大概是被冰到，她绷起脚背，他正好握住亲了下。

"干吗？"沈含晶睁眼抱怨，"我要睡了，你别弄我。"

徐知凛脱鞋也躺上去，往她后背摸了一把："你穿这个睡？"说完埋首吸闻，眉头绞动。

"喜欢这个味道吗？"她问。

她习惯把香水喷在内衣上，徐知凛如实说："太甜了，有点腻。"

"我也觉得。"她捧住他的脸，凑过来亲了下，"所以还是我原来用的比较好闻，对不对？"

见她突然笑得这么开心，徐知凛抬起单侧眉毛，压过去回吻，绕着绕着，就到了床沿……

过几天，中秋到了。跟之前的每个节一样，这回，沈含晶也跟着去了徐家。

有之前几次的经历，徐家人对她已经见怪不怪，包括徐敏，也只在她出现时看过她一眼，很快就领着小儿子走开了。

照例，徐知凛又被老爷子拉去楼上，等到吃完饭才下来，但公司有急事，马上要赶回去。

他本来打算带沈含晶一起走的，江宝琪却拉住沈含晶："二哥你先走吧，我有个朋友找她买家具，今天刚好都有空，我们等会儿一起见个面。"

见徐知凛迟疑，江宝琪又保证道："放心吧二哥，我会送她回去的！"

沈含晶大概猜到什么，对徐知凛点点头："你忙吧，晚点我再回。"

果然，徐知凛走后，她被带去楼上书房，见到徐老爷子。老人家坐在沙发里，模样跟除夕那晚没怎么变，只是头发好像白得更明显。

书房当然不止一把座椅，但他不说坐，沈含晶也就站在地上，朝他落落大方地笑："您找我？"

坐着盯她好久，老爷子才开口："你应该知道，我不可能同意你和徐知凛的事。"

这样开门见山,沈含晶也没提别的:"我不需要您同意,他也不需要。"

老爷子移开视线:"这回是什么条件?直说吧。"

"我上回开的什么条件?"沈含晶顺势反问。

老爷子没接她的话:"女人青春有限,你没必要继续在徐知凛身上浪费时间。要多少钱你给个数,拿到之后离开他,回去找你父亲沈习安。"

"所以我当年开的条件,是钱?"沈含晶若有所思。

她避重就轻,老爷子皱眉点破:"你根本不是真心和徐知凛在一起。"

"您怎么知道我不真心?"沈含晶两手交握着,以恭谨的姿态回答道,"而且就算我不真心,但肯定是动心的。富家子弟光环,您应该清楚,像我们这种小市民出身的人,爱的就是有钱人身上那种说不出的吸引力。"

老爷子面色微哂:"你够坦诚。"

"您应该阅人无数,所以我不觉得在您面前说谎有什么必要。"

她口才还是有的,老爷子冷笑了下,这才勉强给她指个位置:"坐吧。"

"我站着就好了。"沈含晶原地没动,"我爸说过,徐家对我也算有恩,虽然我不记得,但在您面前站一站,是我应该的。"

一个"恩"字,让老爷子更加觉得嘲讽:"那你就离开徐知凛,不然,我会亲自联系沈习安。"

还真是这一套,沈含晶点点头:"我爸换过好多回号码,不知道您手里的还能不能打通,打不通的话,我可以把新号发给您。"说完,又好心提醒道,"但您想好了,八年前我能把您孙子带走,八年后,我能做的可能不止这些?"

"你威胁我?"老头眯起眼看她。

"讲事实而已,这也算威胁?"沈含晶低头,松弛地看了眼脚尖,"而且是您孙子非要跟我在一起,您跟我说这些,真的没什么用。"

抬头再看老爷子,见他眉筋一颤,提气应该是想要说点什么的,但出口就是连串的急咳。

沈含晶想了想:"我看您今天身体不太好,要不先到这儿?"

回应她的,只有连绵不断的咳嗽声。见他咳到扶住椅子扶手,咳到佝偻着腰,沈含晶看到旁边有茶台,于是倒杯茶递过去,却被一把打翻。

湿意从鼻尖流到衣服,沈含晶怔愣住,过几秒,人缓缓站起来。把杯子放到桌上后,她顺手抽两张纸巾:"其实您当年真不该插手,如果我跟您孙子继续在一起,您应该连曾孙都有了,四代同堂多热闹,对不对?"

这无疑是挑衅,老爷子瞬间胸闷气短,咳得眼睛都红了。失态之下,他颤颤巍巍的手往门外一指,头回说出句粗鄙话:"滚出去!"

门一开,外面马上有人冲进去,帮着老人家顺气。

房里嘈杂得很,人仰马翻的动静里,沈含晶走到一楼,并没有着急离开。

过了很久,江宝琪也走下来。看她穿着湿衣服,头发尖还是一撮撮的,江宝琪心里这会儿也不知道什么滋味:"走吧,送你回去。"

坐的是上回撞过杨琳家门口的车,一辆最新款的M8,腰肩护翼很厚实。

沈含晶没去茵湖,让江宝琪把她送到和袁妙一起住的地方去。她今天穿了件套头的毛线衫,吸水以后沉沉地坠着,于是揪几张纸巾,从领口垫到下面。

旁边,江宝琪看她狼狈又淡定,幽幽地说了一句:"其实好多年前我外公就说过,说你很沉得住气,将来会有出息。"

"就是没想到,是拐你二哥的出息?"沈含晶问。

她当梗来接,江宝琪翻了下眼皮。其实后来想想,外公之所以说这样的话,大概是察觉到她跟二哥的事,所以故意把安叔叫过去,说她心思深,其实用意是敲打是提醒。但挺不巧,被她本人听到了,估计后来就这么记恨上外公。记恨的原因,大概是说以后让她搬出去,不许她再住到徐家了吧。

江宝琪觉得人太记仇不行,于是转头劝沈含晶:"我大学老师说过的,太记仇的人会过得很辛苦。"

"我连以前的事都不记得,还记什么仇?"沈含晶眼皮都没掀。

江宝琪开着车,脑袋里确确实实想到一件事,但几回都欲言又止。她嘴皮子动来动去,最后一撇脑袋:"我怎么知道你记什么仇?我就是提醒你,爱听不听。"

多难得,千金小姐还会劝人。沈含晶这才抬眼看她:"谢了,那我也提醒你一句,找男人最好把眼睛擦亮一点,多用用自己的第六感。"

这话明显带着点暗示,江宝琪猛地偏头:"你什么意思?"

"看车。"沈含晶把她脑袋推回去,"以后不要一惊一乍的,你这样开车很危险。"

江宝琪也知道不对,但还是嘴硬:"放心,撞不着你,真撞了我赔。"

沈含晶没理她,为了自身安全,后半段路连话都再没说过。

等终于到地方,江宝琪抓着沈含晶不让走,沈含晶才慢吞吞地说:"这种事杨琳应该有经验,你可以跟她讨教一下……走了。"

江宝琪脑子还是蒙的,看她推门下去,本能地喊了句:"哎!今天的事你别跟我说二哥说啊!"

见人不理,江宝琪气得狠拍两下座椅,拍完看着前面散步一样的背影,突然想起老师说的完整话,好像是:太敏感的心思,容易变成刺向自己的刀?

才想完,她被自己肉麻得打了个激灵。

还是自己的事最重要,江宝琪低头找到杨琳的微信,但在对话框里输入几回信息,她都觉得不太对。想了想,她刷回主界面,开始翻庄磊的朋友圈、微博,以及抖音账号。

沈含晶回到楼上,推开大门,袁妙穿着睡衣出现:"回来了?"

袁妙惊讶,沈含晶同样惊讶:"你没回老家?"

"回了,碰到王晋鹏。"

前夫哥?沈含晶换上拖鞋问:"他知道你坐哪趟飞机?"

"他之前手机上绑过我信息,进去能查到。"

这就非常让人反感了,沈含晶皱眉:"所以他是什么意思?"

"跟小三分了,又惦记我呗。"袁妙递来一瓶刚买的维他奶,"神经病,还往我卡里打钱。我就该等小三怀孕再跟他离,他们王家有后了,也不会都支持儿子来骚扰我。"

于是围绕王晋鹏,在沙发坐的一个多小时,她们俩都在骂人。骂饿了,袁妙把刚买的酸辣粉泡上,跟沈含晶各端一碗,坐在地毯上嗦。

沈含晶吃到手上沾红油时,徐知凛电话来了。她正擦手,打开扩音:"喂?"

"在哪里?"

"在家。"

"富春?"

"嗯。"

"去接你?"徐知凛问。

"心情不好,不想见你。"大概是堵了鼻子,沈含晶的声音听着闷闷的,带点不明显的娇气。但很快,嗦粉的声音刺溜溜地传过来。

徐知凛笑了下:"心情不好,东西还吃得下去?"

"关你什么事？"那边声音更大了，"我宁愿气死不想饿死，行不行？"

大概吃的粉确实辣，她在那边直吸气，很快还咳了一下。

走出电梯，徐知凛笑意更明显："你应该不会气死也不会饿死，小心呛出什么来。"

"咒我啊？放心吧我这人惜命得很，而且人家说祸害留千年，我怎么不得活到一百来岁，寿终正寝？"

恶狠狠的腔调下，徐知凛放缓脚步，好半晌，垂眼说了句："那就好。"

他语气忽然正经，沈含晶反倒卡壳了，一时想不到该接什么话。很快，听筒里传来一句："那先这样，我挂了。"

整个通话时间没有持续太久，结束后，沈含晶机械性地把粉吃完，再收拾桌面。

袁妙去找棒棒糖，找到后递给她一根："吃这个吧，比水管用。"

沈含晶接过糖，剥糖衣的时候，听到袁妙问："你跟徐总感情好像不错啊？"

"是吗？"沈含晶把糖塞进嘴里。

"怎么不是？相比以前跟仇人一样，现在可好太多了。"袁妙如实说。

沈含晶笑了一下，拿起手机切小号。刚好来了条微信，是江富的。

她动手打字，刚回完信息，又听袁妙好奇地问："既然处得好，那现在是不是……你们都不计较以前的事，一笔勾销了？"

糖是不二家的，扁扁的一根，浓郁的葡萄味牢牢扒在口腔中，确实能缓解辣度。

沈含晶切回大号，搅动着嘴里那点糖渣，慢慢咬碎。烂尾的感情本来就没必要再续，而且像她这种彻头彻尾的利己主义者，本身就是自私的人。所以一笔勾销这种事，在她这里，从来不存在。

中秋不久，到了蔡思慧婚礼的日子。婚礼在 AN 的酒店，包场，挺隆重的。

开始前，宴会厅的各个角落，宾客们在叙旧交谈。

进去没多久，沈含晶看见庄磊。参加婚礼的来宾都打扮得比较隆重，他穿棕色格纹西装，复古风加背头，再配上无镜片的黑框眼镜，很绅士，但也很油腻。

碰到难免要说点什么，但也没聊太久，打过招呼后，二人谈上几句无关紧要的，庄磊也就离开了。留意他去的方向江宝琪曾出现过，沈含晶也就多看了两眼。

就这两眼，把杨琳给招过来了。杨琳手里端着一杯酒："别白费心思了，庄老爷子比徐家的更难搞定，你想勾人家孙子，恐怕没这么容易。"

两人已经很久没说过话，沈含晶收回视线问："你好像很有经验，自己勾过？"又低头琢磨了下，"不会是没勾上庄磊，所以才嫁给蔡阳晖？"

话不投机也没什么好聊的，说完这两句，沈含晶直接走开，剩杨琳站在原地干瞪眼。

灯火流转，闪得眼睛疼，大厅人声喁喁，不少有头有脸的人物。

小姑子结婚这么大排场，杨琳心里本来就堵得慌，她喝口酒跑去洗手间补妆，结果看见江宝琪鬼鬼祟祟的，于是开口叫住："你去哪里？"

江宝琪吓一跳，回头眼皮都乱眨几下："我去车库，去……拿补妆包。"

杨琳狐疑："去车库，我还以为你去当贼。"说完忽然想到什么，"你过来，我问你个事。"

她招狗一样，江宝琪本来不理的，但自己也有事要问，还是不情不愿地走过去："什么事？"

"你们家那个画画的家教，当年到底是怎么进去的？"杨琳问。

莫名其妙问这个，江宝琪瞬间警惕："不是说了吗？偷东西。"

杨琳沉思了下："但我记得那时候，他爸妈好像特意跑过来磕头，你外公也答应不搞那么严重？"

江宝琪："你法盲啊？这跟失主有什么关系？犯法还怎么私了？"

杨琳忍气："我听说他跟沈含晶……"

"神经病。"江宝琪拿眼风扫她，"你听什么说？小说？"

江宝琪这张嘴是真的气人，杨琳死瞪她一眼，转身就要走的，却又被拉住："有来有往啊，现在换我问你问题。你一般，是怎么发现你老公在外面有女人的？"

"有病是不是？"杨琳甩开手，"我老公好得很，你乱讲什么？"

"发什么火啊？以前，我问的是以前，真心问的。"江宝琪解释。

"以前也没有，你不要胡说八道！"杨琳把手抽出来，握着揉了两下，心念又一动，"你交男朋友了？"

江宝琪当然不承认："帮朋友问的。"

鬼才信。杨琳上下打量她，眼里开始冒笑意："社交账号没查到什么？"

江宝琪摇头。庄磊的关注列表都干净得很，压根没什么异样。

"你拿男的手机,查他外卖地址。"杨琳来了兴趣,给她支招,"还有,把他车牌号码都绑你微信上,看他去过哪里。"

是江宝琪没想过的方法,她感觉可行,说:"我试……回头我让我朋友试试。"

杨琳"嗤"地笑一声,说句"装什么装",扭头走了。

江宝琪也知道多少暴露了,被人看笑话心里很不爽,她给庄磊发消息,取消了约好的私会。磨磨蹭蹭,好半天才又回到宴会厅。

江宝琪左右看看,一眼瞟到沈含晶。江宝琪对她是有埋怨的,挤过去:"知道什么直接告诉我就好了,有意思吗这样?"

沈含晶看江宝琪,说:"其实我也只是猜测,这种事,还得你自己去查。"想了想,又给她递杯酒,"我教你一招马上能验到的?"

"什么?"

"唇膏笔知不知道?"

江宝琪消化了下:"长得像唇膏的……笔?"

沈含晶点头:"你买一支放他车里,下回坐他车的时候假装是第一次发现,问他这支'笔'是不是他自己用的,用起来怎么样……要真有鬼,他连'笔芯'是什么味道的都能给你编出来。"

"啊?"江宝琪眼眶一扩,还想再问点什么,但见徐知凛过来,立马慌得没敢再说话。等人走近,她喊声"二哥",很快端杯酒跑了。

"在聊什么?"徐知凛问。

"聊怎么捉奸。"

"捉谁?"

"问这么清楚干吗?反正不是你。"沈含晶往备餐台一靠,看着徐知凛。

中秋节过后,两人就没怎么见过面,这回再看他,人好像瘦了点。当然,也可能是西装的颜色显瘦,毕竟黑色又是双排扣,看起来比普通西装大一点也正常。

听他咳嗽两声后,她问:"感冒了?"

"没事。"徐知凛侧头,手并成拳抵着。

等他咳完,眼前多了一杯水:"今天酒少喝,你肯定是感冒了。"

徐知凛把水接过来,喝完拉住她的手:"我尽量。"

灯光变暗,仪式马上开始。沈含晶跟徐知凛坐在同一桌,位置很好,不用转身就能看到舞台。

新人入场,《婚礼进行曲》响起,穿婚纱的蔡思慧踩着红毯和光晕,一步步走上舞台。没多久,司仪说起两人的恋爱故事,从国外的相遇到相知,再到决定要一辈子相伴。

音乐、灯光都很好,氛围到位,感动了不少人。长辈致辞后,舞台中央出现一架钢琴,朱晰坐过去弹了一曲,再度向蔡思慧示爱。才艺的确可以让人变得更有魅力,尤其表演的是钢琴这种优雅的乐器。

沈含晶小声问徐知凛:"你会弹吗?"

桌子底下,徐知凛牵住她:"我弹的话,你确定你受得了,不会起鸡皮疙瘩?"

沈含晶差点笑出来:"你是在说人家肉麻煽情?"

徐知凛不承认:"你说的,我可没有这个意思。"

沈含晶想抽手,试了试没能动,只好作罢。

最后环节,是喜闻乐见的抛花束。但和其他婚礼不一样的是,蔡思慧并没有集结一帮姐妹,然后转过身直接抛。她在台上讲了几句话,最后拿着捧花下来,走到沈含晶那桌。

众目睽睽之下,她直接把花递给沈含晶。虽然有点意外,但沈含晶还是站起来,伸手接过花。

"希望你们也能幸福。"蔡思慧对她说,说完再看了眼徐知凛。

徐知凛已经陪沈含晶站起来:"谢谢。"

蔡思慧洒然一笑:"其实我以前就知道,你这辈子离不开她。"所以就算当时跟他一起去留学,恐怕也不会有什么好结果。太深太复杂的感情,别人是插不进去的,要想挤进谁的心里,更是难上加难。

幸好她没有固执到底,要不然也遇不到现在的伴侣。而且结果也证明了,这两个人,确实不会被轻易分开。

是有点戏剧化的发展了,聚光灯打到这里,司仪很会来事,马上吆喝起来,带着现场一起起哄。

起哄声里,徐知凛面对场中,单手搂住沈含晶的腰:"希望明年,有机会请大家喝上喜酒。"

他微微笑着,嘴角带着一丝浅浅的弧度。麦克风下,嗓音格外低醇和动听。应该很少有女人不会为这种承诺动心,沈含晶偏过头看他,自己也笑笑,伸手过去,跟他十指交扣。强烈灯光下,俨然一对恩爱情侣。

婚礼结束已经快晚上十点了,大晚上的,酸风刺眼。跟主家道过别,两人走出大堂。

客多车多，队也排得比较长。等车的时间里，沈含晶把包包从徐知凛手里拿回来，再从头顶给他斜挎到身上，笑一下："背着吧，多好看。"

大堂外，蔡阳晖夫妇出来了。

蔡阳晖满脸涨红，一颗光头看着锃亮。他拍拍徐知凛的肩："徐啊，说话得算话啊，明年，嗯……就等吃你的酒席。"

看他站都站不太稳，徐知凛扶了一把："你喝了多少？"

蔡阳晖咧嘴笑："姓朱那小子娶了我妹，说话还跟老子拿洋调，老子不得朝死里……灌他！"

相比丈夫的热情多话，杨琳在旁边不冷不热。好半天，她看了眼沈含晶，轻蔑地笑了下，小声说句："什么喜酒，能吃着才怪。"说完，不耐烦地扯蔡阳晖，"别发疯了，走。"

他们的车确实先到，等驶走这一趟，沈含晶和徐知凛也上了车，往茵湖而去。

车上，沈含晶问："蔡思慧跟你说的话是什么意思？"

"什么话？"徐知凛低头。

"你们之前……谈过？"沈含晶在他怀里抬眼。

"没有。"

"真的？"

追问下，徐知凛摩挲她后颈："你在乎这个？"

"怎么不在乎？第一次听这个名字我就不舒服了。"黑暗里，沈含晶的声音温温懒懒。

徐知凛笑了笑："你最好是。"

回到茵湖，沈含晶其实已经困得不行，连澡都不想洗，人往床上一倒就要睡，但又想起，今天药还没吃。

她挣扎着坐起来，正准备去客厅，手机忽然来了信息。一看是语音电话，来自曹莎莎。

沈含晶靠在枕头上，点了接听，很快也知道她打电话的原因：红酒泼在沙发上了。

"刚泼的？"沈含晶问。

"不是……"

"那是多久？有没有超过两天？"

"没没，应该不到十分钟。"曹莎莎说。

"别急。"沈含晶调整坐姿，牵牵被角说，"上回送入户礼的箱子，里面应该有专门的清洁液，你翻一下。"

"箱子？哦，我去找一下。"

听筒里动静乱起来，先是拖鞋踢踏，再是使劲推门，"嘭"一声非常刺耳。

窸窸窣窣的翻找声里，沈含晶提醒她："箱子上带着我们店 logo，瓶身灰色，跟你手机差不多高，有喷头。"

"瓶身灰色……"

那边念念叨叨的，过会儿总算找到，又在沈含晶的指导下，用纸巾慢慢吸掉色渍。

等待的一两分钟里，徐知凛回到卧室。看沈含晶盯着屏幕，以为她玩手机，于是问一句："还没睡？"

沈含晶摇摇头，拇指压住点听筒："我药还没吃。"

"帮你拿过来？"

"好。"

徐知凛离开，而听筒那边，好像也过分安静。

"好了吗，曹小姐？"沈含晶出声。

"哦哦，好了、好了，还稍微有点湿。"曹莎莎回答。

沈含晶："你找吹风机，开最低挡的冷风慢慢吹，应该几分钟就会干。"

"啊……那我试试。"曹莎莎又去找吹风机，半点没有要挂的意思，而且不同于刚才的慌张，这回从走路到开门都慢悠悠的，像在故意拖延时间。

在她折腾这些的时候，这一边，徐知凛再次进来。他左手握水杯，右手端药盒，意识到沈含晶在讲电话，把东西放旁边就走了。离开卧室时，他还把门带上，非常自觉。

电话那边，曹莎莎终于也把那点红酒渍处理干净。

她口头道着谢，很快又小心翼翼地问："刚刚好像听到一点声音，不会是徐总吧？我是不是……打扰你们了？"

沈含晶装作没听见，但语气冷淡下来："还有事吗，曹小姐？没事的话，我要休息了。"

那边停顿几秒："也没什么，就是那个衣柜门好像合不上，轨道也卡卡的……如果方便的话咱们视频，我去拍给你看看？"

"不好意思，确实不太方便。"沈含晶拒绝她，"而且柜体问题需要现场排查,我回头填个售后单,让服务部门去帮你看一下。"

"……好吧。"听筒里迟疑了下,很快传来曹莎莎的道歉声,"不好意思,今天真不是故意的,主要明天请几个姐妹到家里玩,我对这些就比较紧张……"

沈含晶静静地听她解释,听完侧身拿水杯:"问一下,曹小姐,平时家里是你自己做卫生吗?"

"呃,有家政阿姨。"

"嗯。"沈含晶喝口水。

她当然知道有家政阿姨,更知道曹莎莎楼上也有同样材质的一组旧沙发,所以酒渍这样的小事,完全用不着大惊小怪。

看破不说破,再客套几句,沈含晶要笑不笑地说:"曹小姐放心,如果有空,我一定亲自上门,给你处理售后。"

"会不会太麻烦你?"

"不麻烦,改天见,晚安。"她这时耐心极了。

等挂断电话,她才拿药过来数好吞下,再然后,嘴角牵出个笑。

传来轻微的叩门声,沈含晶应了个:"进——"

人确实困得不太想动了,连徐知凛进来,她也只睁了一只眼。

看她有气无力的,徐知凛把她的手机拿开:"精神不太好?"

沈含晶摇头:"就是容易犯困,最近。"确实困,困到开始说倒装句了。

徐知凛坐床上抱住她,转头看了眼药瓶:"这药吃多久了?"

"不到一年。"

"是不是该换个新药?"他沉吟。

沈含晶感觉自己意识已经不太清楚了,人往被子里滑:"医生说这个要坚持服用,一定周期才能有效果……"

她钻得太下了,从徐知凛的角度,这时候只能看见她一头头发,声音模糊,基本被床絮给吞了。

徐知凛替她埋好被角,过了很久摸摸她的脸:"睡吧。"

第八章
意外

第二天上班，九点忙到中午，才有点空。

袁妙拎饭上来，她最近都是自己在家做饭，顺便帮沈含晶也做一份。饭菜香里，两人聊天，袁妙问起昨天蔡思慧婚礼的事，尤其是接捧花的那部分。

沈含晶正剥着橙子："你从哪里知道的？"

"微信啊，喏。"袁妙掏出工作手机，点进朋友圈。有几个客户正好也在婚礼现场，拍了照片发朋友圈被她刷到了。

剥完橙子，沈含晶接过手机，看到有自己的照片。角度选得很好，照片中她手握捧花，跟徐知凛并肩站着，借一点新人的光，看起来也很幸福。

"所以你俩，打算要走进新阶段了？"袁妙问。

"老爷子还没搞定。"沈含晶埋头说了句。

"那……一定要他同意吗？"袁妙犹豫。

沈含晶没回这句，转而问道："曹莎莎那里，还剩什么没到？"

袁妙查了下工单，一组地柜，还有一把按摩椅。

"发过来了吗？"

"发了，物流更新过，应该就两天会到。"

沈含晶点点头："到库先放着，我来跟配送。"

袁妙皱眉："东西不多，让其他同事跟就好了，你最近都没怎么休息。"

前段时间接了几个走量的单，都是沈含晶在跟进，时不时还要兼顾一下老店那边。其实她本来身体也不算好，毕竟以前受过伤，精力比别人更容易消耗，辛苦起来肯定也会更觉得累。

"你太忙了，要不要招个助理分担一下？"袁妙问。

"过段时间吧，最近没什么空面试。"沈含晶低头吃饭。

"那你找时间休息一天，别这么熬。"

"没事，我每天睡很久的。"

袁妙："睡很久就是累啊，身体在提醒你要休息。"

听到叹气声，沈含晶有点无奈，一指碗："知道啦，快吃饭。"

"那位曹小姐的单你还跟吗？"袁妙问，"应该不会是她指定要你跟吧？"

沈含晶想了想，把昨晚的事给说了。袁妙是经历过小三事件的，马上听出不对。

"别墅都住得起，一套沙发被弄脏至于紧张成那样？再说大晚上打什么电话，故意的吧，当面就敢勾搭别人男朋友，真厉害！"她大感诧异，想想更觉奇怪，"还要跟你视频？怕不是想跟徐总打个照面？够有心机的！"

"这你都看出来了？"沈含晶把橙子递过去，"挺甜的。"

袁妙拿起一瓣橙子，但生生把橙子吃出火药味来："真的，她那个单我负责吧。最烦这种人，天下男的又没死绝，自己正儿八经找个不行吗，非盯别人的男朋友和老公。"

"没关系，我来。"沈含晶擦擦嘴，"我需要她的单，还有点用。"

说完起身，去趟洗手间。

路上经过设计部，看见插座旁边摆着几杯奶茶，其中一杯的盖子还是打开的。她敲门进去，有几名同事看见她，齐齐喊："晶晶姐。"

沈含晶点点头："在吃饭？"

"是啊，你吃了吗？"

"我刚吃过。"沈含晶笑了下，也没走过去，看着奶茶提醒了句，"带水的东西还是不要放插座旁边，倒了的话，会比较危险。"

"哦哦，好的。"几人七手八脚地连忙把自己的奶茶拿开。

看几杯奶茶都是同一家的包装，沈含晶问了句："好喝吗这家？"

"挺好喝的哎。"聊起奶茶，几人开始给她说口感，还推荐起新品，"这个好喝，叫老佛爷宝藏茶，里面黑芝麻对头发好，还有miss可可那款也好喝。"

"好，我回头都尝尝。"

聊完刚好来了电话，沈含晶退出设计部，摁下接听键："喂？"

"你在哪儿？"是江宝琪。

"上班。什么事？"

"还能什么事？庄磊个王八蛋，真的有鬼！"

"不会吧？"沈含晶假装惊讶，听着江宝琪把事情给复述一遍。

唇膏笔一留一取，问上两句，男人果然露马脚。按江宝琪说的，庄磊想也不想就承认了，还告诉她，这唇膏涂起来是薄荷味的。

江宝琪气惨了："我要跟他分手！"

"要分手你拆穿他就可以了，还给我打什么电话？"沈含晶问。

"我就不能跟你发泄两句吗？"江宝琪冲着听筒吐气，"我也帮过你的好不好？早了不说，前段时间还给你介绍生意！"

沈含晶了然地笑笑，想这位千金是多缺朋友，憋成这样也找不到其他人倾诉。她拐进会议室："那你想怎么办？"

江宝琪说："当然是分手了！不过这口气我咽不下去，王八蛋居然敢绿我！"

千金小姐，瞒着家里人谈地下恋，碰到个渣男，多数也只能当个暗亏给吃了。毕竟闹大了怕家里人知道，但不闹吧，心里又憋屈。

"其他线索呢，女方找到了吗？"沈含晶开始套话，从怎么找的开始，又提醒要分辨清楚，庄磊是只绿了江宝琪一边，还是把两头的女人都绿了。听过一轮，她沉吟了下，"你再耐心找找吧，尽量准确一点，不要搞误伤。"又表态说，"如果确定地方确定目标了，我可以陪你捉奸。"

江宝琪废话多得很，等这通电话打完，午休时间已经快结束了。

沈含晶靠往椅背，脑子里想着刚才的内容。比如杨琳，既然她教的是绑车牌号和看外卖地址，那么蔡阳晖至今还没有被发现，大概就是反侦察意识已经很强，强到可以完美避开杨琳。

没在会议室耽误太久，稍微眯了会儿眼，沈含晶回到自己的办公室，才到门外，正好看见江廷。

这人被外派，已经很久没出现了。

见他一手花一手礼盒，沈含晶站门口等着他过来："这是要送谁？"

"快开门，这花味道太冲了。"江廷腾不出手，拿下巴示意她办公室。

等沈含晶推开门，他直接把东西往桌上一摆，吓醒了正在沙发上午休的袁妙。

见袁妙坐起来,江廷指指那两样东西:"跑腿说是送你的,自己看吧。"说完又嘀咕,"什么年代了,还有人玩这么老土的追求把戏。"

袁妙愣中回神,花里没找到卡片,拆开礼物才看见一张心形纸笺。但看完之后,她立马皱眉撕掉,扔进垃圾桶。

"谁啊?"江廷投去好奇视线,但看她反应,忽然也明白过来,"不会是王晋鹏?"

袁妙没理他,将两件东西原样拎走了,看样子是要全部扔掉去。

看她背影气冲冲,江廷觉得有点好笑,回过头问沈含晶:"真是她前夫?"

"这跟你应该扯不上关系吧,廷少?"沈含晶给他倒一杯水,"大驾光临,什么贵干?"

这态度还差不多,江廷说:"来审表,顺便给你接两个单,找人跟一下吧。"他打开手机,把资料推过去,"都是我朋友,人爽快,好说话。"

沈含晶看了看,都是申市当地的企业,其中一家还是黑珍珠榜上常年有名的餐厅,占的是独栋洋楼,面积不小。

人不在这里,单子顺手就捞两张大的,江廷这资源确实让人羡慕。

沈含晶看了好久,最后收起手机,说:"谢了,请你喝杯奶茶?"又想起点什么,"会修电脑吗?我外接这台显示屏有点闪。"

"找你男朋友吧,他当过网管。"江廷不想动,但奶茶不喝白不喝,"给我点两杯最贵的,最近缺水。"

手背有点痒,他挠了挠,北方城市真的干巴,待这么多天,感觉皮都快爆了。挠完,电话响起。沈含晶坐回自己的办公椅,听见江廷把手机接起来。

总共没几句话,头一句:"徐女士,什么吩咐?"

第二句:"没空,不去。"

第三句:"过敏了,医院吊水呢。"

第四句:"哪个医院你别管了,这里人多得很,回头你来一趟又头痛。"

讲完,挂掉电话。江廷坐起身,想起问沈含晶:"听说你跟我外公吵了一架?"

沈含晶正在吃下午的药,拨到手里说了句:"没有,是你外公自己发的火。"

小老头脾气确实有点大,这个江廷是清楚的,想想也没再说什么。

但见她仰头吃药,听见药瓶"哗啦啦"的声音,他不由得琢磨:"这个能管用？你想起点什么来没有？"

"可能没这么快吧。"沈含晶扶着脑袋，在太阳穴按了两下。但她最近有点奇怪，人好像越来越迟钝，也特别容易累，而且一躺下就做梦，时间比以前长。只是清醒的时候人又停不下来，因为一停下来，思绪有点控制不住要往外飞，无边无际的，扯得心跳过速。

不想这些，她抓手机点外卖，一看今天天气不错，干脆转账给行政，请全公司喝下午茶。看在江廷给介绍单子的份上，她又补充一句：就说廷少请的。

做完这些，该开始工作了。看显示器还是有点闪，沈含晶干脆拔掉转换线，直接用笔记本电脑屏幕。好在下午事情不算多，办公室坐坐，展厅走走，几小时很快就过。

六点左右，她提包下班。天空经历一场火烧云，这时候还有余光。车子开在路上，偶尔能看到离枝的树叶，因为风不大，飘得很慢。

晚高峰哪里都堵，沈含晶给徐知凛打电话："回不回去吃饭？"

"你做？"

"嗯。"

"冰箱没菜了。"

差点忘了这个，沈含晶切屏打开外卖："我叫生鲜店送。"

"去超市买吧，我也去。"徐知凛说。

半个多小时后，两人在附近超市会合。才下车，徐知凛就被喂了一口奶茶，她问："好不好喝？"

他说实话："齁。"

"那你把这个吃了。"沈含晶把上面那颗费列罗挑给他，茶的甜度确实低一些。

两人走进超市，一起去到生鲜区。徐知凛身上只穿一件衬衫，推着购物车，跟在她后面装东西。水果蔬菜都拿了些，中途被招呼试吃。

促销员很热情，但沈含晶接过才知道是羊肉饺，遂转身，喂给徐知凛。

徐知凛正在听语音，嚼完说了句："不膻，要不要买？"

"这是南疆羊，不会膻的。"促销员很快解释道。

"好，那来一份。"

超市逛了很久，徐知凛一直跟着拿东西装东西，或者帮忙试吃，偶尔回个工作信息，路过需要的生活用品，自己也会伸手拿两份。

不知不觉地，购物车被装满，连他西装外套都只能盖在上面。等把东西从超市搬到车后面，再提回家，沈含晶都觉得手酸了。

"完了，现在不想做饭，"她不停地甩手，"把刚刚那点饺子煮掉算了。"

"我来煮，你去休息。"徐知凛挽起衬衫袖，绕到中岛台后开始烧水。

他做事很快，也没在厨房弄出什么大动静，自己一个人洗洗切切的，往饺子汤里加了蘑菇和青菜，又额外白灼了一份秋葵。

东西全摆上桌，沈含晶咬了个饺子尝尝，熟的。她眉梢一挑："你会做饭？"

"煮个半成品算会？"徐知凛把勺子递过去。

沈含晶接过来，想了想："我电脑坏了。"

"找人修。"

"你不是当过网管吗，你不会修？"

徐知凛一抬眼。沈含晶早有准备，笑着解释："江廷说的。"

徐知凛看她几秒，眼睛慢慢垂下来："太久，早忘了。"

"哦。"沈含晶也低下头，喝了口汤。

江廷说他当过网管，指的应该是私跑那段时间的事。

吃完饭，沈含晶去了浴室。她打开浴缸喷头，等注水的时间里开始卸妆，卸完往脸上涂了一层面膜，接着站在镜子前面，不知怎的就发起了呆。

直到脚后跟感受到一点烫烫的水流，人才忽然回神。她转身，迅速把阀门关掉。只是浴缸的水还在往外溢，一股一股，从缸沿流到地面。

也许是浴室温度太高，看着这幕场景，沈含晶忽然感觉有点喘不过气。她捂着心口，一个人缓了好久。

等终于把在浴室的事情做完，沈含晶离开卧室，去找徐知凛。

徐知凛正在书房加班，她把手张开："以前不掉这么多头发的，我会不会是得绝症了？"

她头发太长，掉一根顶别人两根，这样团在一起，看起来确实有分量。

徐知凛手离开键盘："你要不要抽出来数一下，看有几根？"

"我才没那么无聊。"沈含晶把头发扔进垃圾桶，顺势坐他腿上，"今天，江廷给我介绍了两个单。"

"那挺好。"徐知凛说。

他装不知道，沈含晶抱住他叹口气："怎么办？突然觉得你表哥也挺帅的。"

徐知凛带着轮滑往后坐了坐，嘴里淡定地吐出三个字："他怕你。"

沈含晶被逗笑："那算了，我不喜欢怕我的男人。"说完跟他对视，慢慢贴住额头。

徐知凛偏头咳了两声，胸口起伏，不是故意的。

沈含晶也发现有点不对，又拿手背贴他额头："你是不是有点发烧？"

"没有，是你离得太近。"徐知凛找到遥控，把空调开起来。

室温慢慢平衡，额温好像确实恢复正常。沈含晶把头靠在他右边肩膀，看一眼桌面文件："中秋那天，你爷爷找我了。"

徐知凛点点头："猜到了。"

他这么淡定，沈含晶问："那你不想知道我们都聊了什么？"

"什么？"

"他给我钱，让我离开你。"沈含晶评价说，"电视里的老俗套。"

徐知凛问："那你没答应他？"

沈含晶摇头。

"为什么？给的钱不够多？"

沈含晶抽回视线："抱着死钱有什么用，我比较喜欢抱着提款机。"说完，双臂滑到他腰间，用力抱紧。

"那你可能选错了，我不是什么提款机。"徐知凛看着她，"我挺穷的，车房都是家里的，AN股份也很少，所以现在这些可能随时会没有，所以，你直接拿徐家的钱比较划算。"

"那怎么办？"沈含晶眼珠转转，很快惋惜，"我已经跟你爷爷谈崩了。"

"多崩？"徐知凛问。

"没人跟你说过吗？好像都叫医生了。"沈含晶忽然委屈，"可他挺过分的，我好心给他倒茶，他泼在我身上，好烫。"

"泼哪里？"

"这里。"沈含晶把他手牵进去，"是不是还红的？"

那得用眼睛看了，徐知凛低头："好像有一点。"

沈含晶撑着桌角问："你爷爷……不会找人打我吧？"

"难说。"徐知凛动动牙关，"所以你以后小心点，没事尽量不要出去，哪天被人套麻袋，我很难找到你。"

沈含晶把脚踩到后面的椅子背："你会找我？"

"看情况。"

才说完,她的脚从椅子背到了他的背上。

徐知凛笑了下,站起来,把她抱出书房。

壁灯再次亮起来的时候,沈含晶连手都无力地掉下床边。

徐知凛倒在枕头上,一条手臂横在额头上,闭会儿眼。

其实那天在徐宅,他们说过什么,他爷爷都录了给他听,就今天他还被叫回去一趟。离开时,老爷子在后面厉声喊他:"徐知凛,我是你爷爷,听我的话,我不会害你!"

晕沉沉的,徐知凛坐起来,顺便抱旁边那位。

沈含晶已经在做梦,眼皮支起一道缝,含混不清地说:"我不弄了……"

迷迷糊糊,徐知凛好笑地把她手臂捞起来,放进被子里,干脆就这么躺了。

灯关掉大半,借那一点光源看她,细微的骨骼折角,单薄的嘴唇。人白,汗都有点反光。

他伸手过去替她擦汗,她大概以为是在摸她,发出点无意义的鼻音,往旁边动了动,侧脸找他的手。

徐知凛忽然想起在庐城,酒吧那晚她也是这样,慢慢躺进梁川的手掌心。

历历在目。

动作停顿,过一会儿,徐知凛指尖向上,重新摸索到她的鬓角。

要说记恨,的的确确有过,毕竟当时找她回来,是想看她被折去棱角的样子,想揭开她的创面,看她后悔甚至绝望。但到现在,要说错其实也没有哪一步是错的,毕竟是他自己忽略了一些事。

比如跟她在一起,她不用记起什么,他已经被迫一遍遍回到过去,在情感惯性的作用下,越滑越深。

被子盖得厚,沉沉地压在身上,沈含晶感觉有点热,把脚伸出去一点。

想醒的,但醒不过来。梦像巨大的网,黑乎乎的,她站在网的这边,而徐知凛像个瞎子一样在黑暗里摸索。

情景再转,他泡在水里,满头满脸的伤,怎么也叫不醒。一个激灵,沈含晶陡然睁开眼。

半夜太安静了,静到能听见她小口喘气,听到她心跳乱撞。

呆呆地躺一会儿,沈含晶从床上爬起来,本来想去洗手间,却又忽然觉得睡在旁边的人有点不对劲。

她凑过去看看,伸手摸了下,再轻轻推他:"知凛。"

徐知凛从鼻腔应她一声，但没睁眼。沈含晶把灯调亮一点，再用自己的额头试他的温度，最后起来去找药箱。

好在家里东西都齐，用温度计一测，他确实在发烧。于是她找毛巾找冰袋，把他拍醒，给他吃点药，过会儿再测他体温，来来回回的。守着个病号，她后半夜没再睡着。天亮时分，徐知凛的体温终于开始往下降。

"我就说你感冒，你怎么半点没反应？"沈含晶有点无语，这么大个人了。

"我吃过药，以为只是咳嗽。"烧了一晚上，徐知凛的声音都像在沙里淘过，低低刺刺的。

沈含晶把体温计甩回去："今天别上班了，在家休息。"

"那你呢？"

"我不是人啊？照顾你一晚上，我也要睡。"沈含晶没什么好气，趿着拖鞋出去倒水去了。

这病假一休，就是好几天。但两人毕竟有工作，又都丢不开手，就算不去公司，该处理的还是要处理，于是很快，就成了居家办公模式。

这天午睡一会儿，收到江宝琪的信息，好几条。

徐知凛还没醒，沈含晶走到客厅阳台，先听她发的语音。

前面两条都是牢骚，就一条说基本确定小三地址，但又觉得有点奇怪。

沈含晶：哪里奇怪？

江宝琪回忆说：我前天过去看到蔡阳晖，他好像夜跑，不知道怎么也拐进去了。

据此，她推断道：有蔡阳晖，那里不会是他们搞的什么……嗑药犯法的场子吧？

千金小姐原来也不是太单纯，但想错方向了。

沈含晶没纠正她，发条语音回去："你看着吧，庄磊哪天再去，你到时候联系我，至于他们嗑药还是别的，到地方再分析。"

人还是有点困困的，她重新回到卧室，眯了会儿眼。

这回半梦半醒的时候，好像听到什么声音，断断续续的，不是太清楚。于是她扭了扭脖子："说什么？没听清。"

徐知凛看着她，没回答。沈含晶抹了把眼，才发现他戴着耳机，他无奈地笑："我在面试。"

"哦……"沈含晶趴回去，很老实。

徐知凛摸摸她后脑勺,面试继续。多是对方表达,偶尔沈含晶能听到他发问。从只言片语里能听出来,是在面试新的网安团队。准确来说是复试,但他口吻一直很平静,难说满不满意。

二十来分钟,面试结束。沈含晶还原样趴着,徐知凛俯身过去,在她耳背亲了亲,再起床去洗手间。等再回来,他又跟助理通了个电话,听取背调信息。被病情打倒,板正的少爷也只能抱着电脑,在床上处理公务。

沈含晶趴得好累,一看时间差不多,起来给他拿药:"止咳的,你已经不烧了。"

感冒药吃完都会犯困,更何况病号刚刚还操劳过。徐知凛靠回床头:"再睡会儿吗?"他问沈含晶。

"不躺了,我躺得浑身疼,而且阿姨马上到,我把要洗的拿过去。"沈含晶伸个懒腰,捡捡衣服,端着水走出房间。

总共就两个人,又没怎么出门,其实要洗的不多。她拎着脏衣篓在分类,脑子里把刚才听见的整理一遍,揪出几条重要信息,编辑好发给江富。

发完人在客厅坐了会儿,直到打扫的阿姨进门搞卫生,沈含晶跟她聊过几句,再又回到卧室。

徐知凛闭眼躺着,呼吸均匀。

沈含晶坐在旁边看他,把人看醒了,他开口:"上来一起睡。"

沈含晶不想睡,但问了他一个问题:"你以前,是不是掉过水里?"

徐知凛睁眼:"没有,我水性很好,怎么问这个?"

沈含晶摇摇头:"你睡吧,我去店里开个例会,晚点就回来。"

天高云也远,秋天的太阳没那么呆,跟温度一样正合适。

工作日客人不多,店门口还有车位。沈含晶开过去停好,再提包下去,只是快到店门口时她忽然感觉有点异样,于是回头扫了几眼。

江廷正好从店里出来,看她疑神疑鬼的,问:"找什么?"

"没什么。"沈含晶对着车重新按按钥匙,确定已经锁好,再问江廷,"去哪儿,会不开了?"

江廷:"我妈说头疼,我回去看看。"

沈含晶点点头,跟他刚擦肩,江宝琪电话来了。

"你现在有没有空?"江宝琪咬牙切齿,"庄磊那王八蛋,早上跟我说去什么展会,结果我刚刚收到信息,他的车又进了那里!"

218

"现在？"沈含晶看了眼时间，揣酌了下，"可以，我陪你过去，你把杨琳也叫上。"

江宝琪不懂："为什么叫她？"

"她住得近，而且多个人多份帮手。"举着电话，沈含晶转身回停车场。

江廷都还在玩手机，就看她走路带风地回到车上，方向盘一打就又走了。莫名其妙。他没管太多，自己也开车走人，毕竟他妈妈电话追得急。

等回到家，就见徐女士真躺在床上，边上还趴着小宝时。傻小子脑袋转了半个圈，脚尖没跟着转过来，"咚"一下坐地上："大哥。"冲他傻乐。

"怎么样了徐女士？"江廷把弟弟拎起来，拍拍他屁股上的灰。

徐敏捂着心口："我感觉不太好，一抽抽地疼。"

"医生来过没有？"江廷问。

"还没到，让我先静躺。"徐敏靠在一堆枕头中间，虚弱地看着大儿子，"昨天晚上梦到你舅舅了，嫌我没照顾好徐知凛，跟我吵架。"

开始了，江廷眉一扬："这么严重？"

徐敏点点头："还有你外婆，也把我骂一顿。"说完看江廷没反应，"你怎么不问问骂的什么？"

江廷正掐着弟弟的脸看他的牙，看完上下搜罗，把他口袋里糖全掏走，这才问一句："骂什么？"

"骂我不会当妈，儿子一把年纪还不结婚，不给她老人家报个曾外孙的喜，让她天天惦记……"

江廷凑上去打断她："妈，你是不是刚做过那个热玛吉？看这脖子一丝线都没有，比小姑娘还白净。"

"是吗？打的不是热玛吉，是其他的……"徐敏不自觉地抬下巴。

江廷笑起来："这头发烫的纹理也好看，颜色特别显白，虽然病着吧，半点不耽误气色好。"

"就哄你妈吧，头发都多久没做了。"

江廷问小宝时："你说，妈好不好看？"

小朋友当然捧场："好看！"

再给两个儿子夸下去，徐敏眼角都快崩上太阳穴。

"行了妈，今年过年，我争取带一个半个的回来给你看。"应付完这点事，江廷借口要工作，把弟弟往床上一放，掂着车钥匙走了。

往楼下走的时候，手机收到几条消息。江廷点开看了看，是沈含晶之前那个假爹陈朗，已经回到村里老家，拖着一条残腿在走路。活该。

收起手机，江廷掏出车钥匙，到二楼时，迎面碰上他爸。

"爸。"江廷喊了一声。

"回公司，还是去哪里？"

"公司。"

江富点头："来聊聊。"

父子俩走到阳台，江富问："有没有想过自己的以后？"

"我刚跟妈说了，争取年底带一个回来。"

"我不是指这个，我指你的事业。"江富看着大儿子，"你在徐知凛身边这么久，有没有学到点什么？"

江廷笑笑，撕了颗糖扔进嘴里："爸你有话直说，弄得跟老师、学生一样，你知道的，这种话我答不上来。"

无所谓的态度，让江富直皱眉。

他从小把这儿子带在身边，可到这时候，好像也没能养出什么血性来。

沉吟了下，江富提起道："爸觉得徐知凛有点不对，这么久了，他不是让你出差，就是把你派到一些无关紧要的项目上去，连董事会议都不让你跟进去学习……"思索片刻，再压压调门说，"还有找网安的事，也就让你递了个资料吧？这么防着你，兄弟当得还有什么意思？"

"你知道的，你儿子就这样，没什么大志。"江廷两手插兜，慢慢转着脖子，松松颈椎。

"江廷，不要这么说自己，你不比任何人差。"

"那还是差挺远的，比如你想让我取代的叶助，我就没人家那个能力。"江廷直言，"人家双一流毕业，董办实务经验也丰富，我连信披都搞不懂，什么证券法公司法在我眼里跟天书一样，我就不是那块料。"

"只要有机会，都可以学。"江富沉声。

"放过我吧，我就不学了。"江廷抽出手，搭在护栏上，"爸，你一把年纪了，现在怎么样以后还就怎么样吧，真的，别折腾了。"

"叫你学点东西是折腾？要不是你外公偏心，我也不用担心你们几个的以后。"

"爸。"这回江廷真笑了，笑得两肩直抖，"你要这么想，当年怎么不入赘？那我也能跟着姓徐，也是外公的亲孙子了。"

"江廷，你听听自己在说什么！"当爸的声音拔高，侧身正想训儿子两句,被突如其来的手机铃声打断。

接起来,电话里说庄磊跟蔡阳晖,两个人都被派出所抓了。

事件当场,一片混乱。江宝琪还恶心得说不出话,而杨琳白着张脸,连呼吸都是散的。过了好久,她抬头看沈含晶:"你是故意的。"

"不是你自己想看笑话,所以一叫就过来的?"沈含晶站旁边问,"报警也是你坚持要做的,怎么,现在搬石头砸到自己的脚,难受了?"

看她若无其事,杨琳气得头晕:"分明是你先不安好心!"

"我没说要报警。"沈含晶静静地看她,"杨琳,是你自己把事情弄严重了,不要怪其他人。"

几秒后,杨琳咬着牙,无力地低下头。确实,是她看热闹上头,结果没想到,里面有她自己的老公。

"我怎么办,现在怎么办……"杨琳喃喃自语,忽然又剜一眼沈含晶,"你得意了,看我难受,现在是不是高兴得很?"

"你老公跟人一起在外面包女的,关我什么事?而且刚刚打曹莎莎,你不是还很来劲?"

事情已经办完,沈含晶打开包包找车钥匙,忽然听到杨琳骂了句:"姓沈的,你这种人真是贱得可怕!"

她快步过来,沈含晶退得有点慢,被她一下抓住右手,手链就那么被拉断了,掉到地上再被踩住。见那手一指还要发疯,沈含晶直接托住她的手腕:"杨琳,我是故意的又怎么样?说你蠢你就真不动脑子,同一个套你都钻,你说你好不好笑?活不活该?"

"你终于敢承认了?"杨琳死盯着沈含晶,挣扎两下,"放开我!"

"别急啊。"沈含晶加重点力道,嘲讽道,"听说当年你爸妈也是这么离的婚,这回有警察笔录在,你应该能离得更容易,所以我是在帮你,你还鬼叫什么?"说完大力把她推开,弯腰捡起手链,转头走了。

走到车旁时,正好江家父子赶到。江富看了她一眼,眼神复杂。

沈含晶回到车上,照样回店,照样开会。

开完会,袁妙跟过来问个数据。见沈含晶拿着手链在拼,她过来看了一眼:"怎么断了?"

"被人扯的。"

"谁啊?"

"杨琳。"

"你那个同学？"袁妙一愣，由此知道了刚刚发生的事。

袁妙陷入呆滞："这些人……"

沈含晶笑了下。

人总要有些消遣，不为温饱操劳，不缺钱但肚子里又没货的，就爱玩些见不得人的东西，所以抹掉有钱的光环，那当中的大部分人，什么都不是。

她低头研究手链，袁妙问："能接得上吗？"

"接不上了，可能要送去修复。"

两个接口，一个断在头，一个断在尾。沈含晶把它摊在手心，微微失神。

晚上回茵湖，徐知凛一直在打电话，或者回信息。等打完电话，沈含晶把手链给他看："戴不上去了。"

徐知凛也没问怎么会坏，摸摸她耳郭："没事，再买新的。"

转天周末，正好有空。吃完中午饭后，两人打算去旁边商场逛一逛。

临要出门，徐知凛却接到个电话，是孙慈那边打的，想让他过去一趟。

"去吧，你先忙。"沈含晶推他。

徐知凛只能和她改约："等我回来。"

他走后，沈含晶独自在家，微信切小号，江富来过几通语音电话，都没接到。

重新打回去，江富接得很快："你在哪里？"

"有事说事，不用管我在哪里。"沈含晶走去阳台，窝进椅子里。

电话那边，江富不大高兴："你不该管庄磊的事。"

"庄磊怎么了，还没保释出来？"

"不是这个问题。"江富有点说不出话，神色起起伏伏。怎么都没想过她会敢动庄磊，还带着宝琪。这么一来，就怕庄氏……

"庄氏如果因为这个对你有什么意见，那我觉得你可以先反悔了，这样的合作，没有继续的必要。"沈含晶直接把话挑明，又确实好奇，"而且宝琪可是你女儿，难道她被渣男骗，你这个当爸的也无所谓？"

"我不是这个意思，但事情确实不该这么办，你太莽撞了。"

在江富的指责声中，沈含晶哂笑了下。

所谓私心，只要自己事业顺利，女儿再怎么被人欺负，也可以先忍一忍，再拖一拖。

后面传来动静，她回头看了看："改天再说吧，我现在有事。"

回到客厅，是负责打扫的家政阿姨来了。

"沈小姐。"她跟沈含晶打招呼,"今天没跟徐总出去玩啊?"

"他工作去了。"

"哦哦,徐总身体好了吧?"

"差不多了,就是还有点咳。"

聊几句,沈含晶去书房找本书看了会儿,看完坐在椅子上发呆。

书桌旁边的柜筒,钥匙一直插在上面,没有收掉过。她拉开第二格,看见自己当初签的对赌协议。她处心积虑要签的,一路追到游轮上签的东西,就这样放在眼前,毫不设防。

她想起庐城的重遇,想起化妆间里他夹过烟的手指、谑笑的嗓音,以及深刻的视线。更想起年初到现在,他态度上无声的转变。

所以这段时间如果只当作臣服实验,那么每个阶段的成就感,都一步步助长了她的底气。其实他要想对付她,很简单。比如在供应商那边动手脚,让她的工装大单逾期,甚至背上赔偿款,对赌协议她直接就会输掉。所以对她来说,这张协议本身不是目的,她筹码里最大的,是他的感情。

沈含晶把协议放回原地。推上柜筒后,她对着电脑想了想,给罗婶打个电话,问之前和徐知凛去待过的城市,具体是哪里。

罗婶回忆好久,最后报给她一座城市名。根据这个名字,沈含晶开始在电脑前找资料,最后找到2011年那座城市的一些新闻。

跟水有关的。比如那一年出现咸潮,导致海水倒灌,影响半个城市的人口用水;再比如特大暴雨引发严重内涝,十多万人转移。

消息来自贴吧或地方媒体,一张张的照片里,汽车被没顶,积水淹到成人大腿,水面漂着拖鞋和衣架,有小孩子被放到泡沫箱里,街市摊档都用油布盖着、篮筐压着。

全市有死有伤。有被冲进下水管道失踪的,有因为瓦房倒塌而被压的,还有大型网吧里,有人因为插座进水而触电身亡。

看了很久,沈含晶关掉网页,清除记录。她起来走到客厅,阿姨刚把衣服从烘干机里拿出来,正在沙发上叠。

沈含晶也过去帮忙,阿姨连忙摆手:"不用不用,我来就好了。"

"没事,我也闲得无聊。"沈含晶坐到沙发上,刚拿起一条刚熨好的裤子,门铃响了。

以为是徐知凛,阿姨放下熨斗去开门,哪知门一开,蔡阳晖冲了进来。

"人呢?"他往里冲,一见沈含晶眼都红了。

阿姨也吓蒙了，连忙要拉他："天啊！你是谁？你进来干吗？"

蔡阳晖哪里是她能拉住的，他气势汹汹地绕过沙发，地上掉了盒纸巾，被他一脚踹出老远。

他吃人一样逼近沈含晶："你好样的，你敢算到我头上来？"

被恶狠狠指着，沈含晶缓缓站起来："蔡阳晖，我劝你最好出去，或者有话好好说。"

"你还敢威胁我？"蔡阳晖满脸阴气。

看他没什么理智，沈含晶退后想拿手机，被他一把抢过去，砸在地上。

蔡阳晖："你够狠的啊，非要惹杨琳，是不是老子揍你一顿，你才不搞事？"

巨大的摔地声中，玄关也传来连串动静。

"蔡阳晖，手给我放下。"徐知凛穿过过道，同样出现在客厅里。

"好，你回来了？来得真巧！"蔡阳晖非但没有把手放下，食指更加用力指着沈含晶，"就你这个女朋友，把老子弄进派出所，现在我老婆还要跟我离婚！这事怎么办？"

他说话时，徐知凛已经从另一边穿到沙发旁，把沈含晶拉到自己身后，再直视蔡阳晖："有话说话，这里不是只有你能动手。"

蔡阳晖觉得他有毛病："为了个女的你要跟我动手，你脑子不正常了吧？再说人家也记不得你，离开你这几年，鬼知道她跟过多少男人！"

话没说完，迎面挨了一拳。瞬间，客厅"丁零咣啷"。徐知凛抓着蔡阳晖，接连几拳把他打翻在地，压腿时一拳打空打到茶几边，又被他回了一拳。这拳打到徐知凛的眼镜，视线白了一下，拳头过来时只避开一半，于是提膝去压制。

前段时间还喝夜酒的两个人，从沙发上打到地上，用劲都狠厉，刚叠好的衣服散了一地。

好在物业来得及时，帮忙把缠斗中的两人架开，也连忙道歉，说之前蔡阳晖以朋友身份来过几次，以为这回也是来做客的，所以才放上来了。

沈含晶扶住徐知凛，没空再管那么多，让他们把蔡阳晖给带走。

打架后，呼吸剧烈起伏，徐知凛本来感冒也没好，先咳了顿狠的。他身上的衬衫皱得不成样，扣子还掉了一颗。

家里一片狼藉，沈含晶让阿姨先去找医药箱，找到碘伏和棉签，等徐知凛平定些，开始替他上药："痛就说，我尽量轻点。"

"我没事。"徐知凛轻轻匀气。

沈含晶没再说话,专心给他伤口消毒,然后把药膏涂上去。

"沈小姐,还需要我做些什么吗?"阿姨问。

知道她大概赶其他工,沈含晶摇摇头:"可以了,谢谢。"

等阿姨走后,她找到创可贴,贴上去把徐知凛脸上的小伤口盖住,再去找了条毛巾。

厨房水龙头一开,最先洗掉的,是她手心里那层汗。她将毛巾放冷水里浸了一下后提起拧干,再包着手掌大小的冰袋,给他的眼眶做冷敷。

"疼不疼?"沈含晶问。

徐知凛摇头:"不疼,你有没有吓到?"

沈含晶看着他,忽然说了句:"不是我报的警,我没想把他们弄进派出所。"

徐知凛跟她对视,点点头:"我知道。"

沈含晶却摇头:"但杨琳,确实是我让叫过去的。"顿了几秒又说,"之前陈朗那回我一直记着,我知道你可能帮我出过气,但这口气,我还是想自己再出一回。"

这次,徐知凛看她很久。

"还有吗?"他问。

"什么?"

"还有什么要说的吗?"

沈含晶摇头:"没有了。"

徐知凛伸直腿:"刚去孙慈公司,我们开了个会。"

"什么会?"沈含晶问。

"也没什么,只是 AN 这里,可能要多一位……新股东。"说着,徐知凛把手轻轻放在她手背,笑了下。

他说的新股东,就是庄氏。

几天后,庄氏第一次举牌,公告已经持有 AN 股份 5.03%。

那之后,徐知凛变得更忙,以前一个月出差两三天,现在两三天出一回差,而且待很久。

不过年末哪儿都忙,建材市场也一样,沈含晶同样也埋在工作里。这时候出货量大,全店上下一片繁忙,人人走路都生风。

十一月过半,天气晴冷。

这天加完班已经过了晚上十点，袁妙和沈含晶去找地方吃饭。火锅店到处是人，番茄锅和牛油锅各有各的红，里面的东西捞出来都不怎么用蘸料，热腾腾的，下肚正好。

隔壁有人叫扯面，年轻的服务生手法娴熟好一顿甩，不少人在看，袁妙也拍了几张照片。拍完她继续吃饭："我今天看到有人分析，说庄氏想收购AN？"

"什么分析，公众号吗？"沈含晶吃了口油条，觉得不够软，又加点汤。

"是个自媒体博主，炒股的。"袁妙找到那条视频，点给她看，"听他说得挺有道理，但庄家和徐家不是有交情吗？"

视频其实很长，沈含晶看两眼就关掉了："你说对这些人来说，交情重要还是钱重要？"

"那应该……还是钱重要。"袁妙捞了两个丸子，"但他们应该也不懂做酒店吧？干吗突然要吃AN的饭？"

"他们不用懂这个，本来想赚的应该也不是酒店的钱，太慢了。"

"那是？"

"什么来钱比较快，他们冲的，大概就是那个。"

袁妙不炒股，但她爸是个老股民，经常在家看股市资讯，耳濡目染也听过一些。她吃着丸子琢磨几秒："难道姓庄的那边是想……操纵股价？但也不对啊，他们不该等低价再抄底？怎么现在就开始了？"

"因为低价再买，太张扬了，现在正常价买到举牌的数，先亮个相比较合适。"沈含晶拿起手机，点进微信刷朋友圈。

"那他们怎么知道AN股份会低？"袁妙问。

沈含晶动作顿了下："因为他们会想办法，把AN股价先拉下来。"

到时候再低价进行大量增持，等增持到足够控制董事会，再把股价做高，到时候抛售，这个差价就是滚出来的利润了。至于AN这个集团最后是死是活，他们根本不在意。

吃完饭，两人离开火锅店。正好路边有卖手机膜的，沈含晶新换的手机，拿过去让摊主帮忙贴一张钢化膜。

旁边是烧烤摊，有小女孩被父亲抱在怀里，等她选好的烤肠。肠到手后，小女孩噘起嘴吹了吹，然后边吃着，边被抱着走过人流。

手机贴好，沈含晶付过款，顺便给养父打了个电话。德国应该是下午时间，但等待音一遍又一遍，直到自动挂断，也没有接通。

"叔叔是不是在忙？"袁妙猜测道。

"可能吧。"沈含晶盯着手机，微微皱眉。

其实上回接到养父电话以后，她心里就总揪着一块。虽然那边声音和情绪听着都正常，但她就是有种说不上来的担忧。

不久夜市散场，沈含晶回到茵湖，打开门，一片安静。

她在黑暗里茫然地站了站，才开灯脱鞋，忙着回家后的日常。

从浴室洗完澡出来已是凌晨，沈含晶上床睡觉。徐知凛经常出差不在家，被子里他的味道也淡了不少。

睡前刷会儿手机，沈含晶发条微信过去，很快锁屏睡了。

第二天醒来，手机收到徐知凛的回复：手稍微还有点青，但快好了。

沈含晶：什么时候回来？

徐知凛：今天。

沈含晶起床上班，一切照旧。下午的时候灯具供应商来了，也带来了上次那画做的样品。

沈含晶通电试了试："形状差不多，但光源好像不是这个味道。"她伸手过去，观察手心的感觉，"太刺眼了，而且旁边的光也有点散。"

供应商找原因："可能是盖板的问题，光没收好，我让打样师傅换个材质看看。"

"好，辛苦。"

送走供应商，沈含晶回到办公室。

行政过来，问今年年会怎么安排。沈含晶想了想，让找就近的 AN 酒店要份报价，选个差不多的宴会厅。

忙完天已经黑了，马路排起长龙，车尾灯密密麻麻，时亮时熄。

想起冰箱里没有青菜，沈含晶绕去超市买了点，中间看见上回吃的羊肉饺子，也拿了一盒。

提着购物袋到地库，把袋子放进后备厢时，忽然听到地库的巡逻人员拿喇叭喊了声："那位顾客，请不要走过道中间，当心前后来车。"

沈含晶抬头，见确实有人走在过道中间，而且离她不远。

那人穿一件旧黄色大衣，脑袋戴一顶黑色鸭舌帽，脸上也戴着大号口罩。虽然看不清脸，但停下的时候又好像盯着她看了两秒，最后钻进对面的停车区。

可能是被后视镜挂到，"叮咣"一下有什么东西掉到地上，他蹲身用左手捡起来,很快人就不见了。

带着一点疑虑,沈含晶关上后备厢,坐进驾驶位。她总觉得哪里不对劲,不确定是不是想多了,但有点不敢贸然开车,于是把所有车窗锁定,给徐知凛打了个电话。

漫长的"嘟"声,无人接听。

正好几辆车开出去,都是携家带口的。沈含晶发动车子,偷偷驶进车流,跟着开出了地库。

但她还不敢放松警惕,直到将车驶入主干道,她还一路开一路留意后面,在高度的戒备之中,回到了茵湖。

今天时间充裕,她做了个黄油虾,拌一碟菠菜,再把羊肉饺子摊成生煎版的,撒一层白芝麻佐味。想了想,她又做了一盘口蘑。

看米饭差不多蒸好,她拿起手机准备打电话,看见有个未接来电,是徐知凛的。回拨过去,徐知凛问她:"给我打过电话?"

"对,你在忙?"

"刚开会没听到,怎么了?"他问。

"没事。"沈含晶解开围裙,"你几点回?"

"有个饭局,可能会很晚。"徐知凛说。

"哦。"沈含晶垂眼看着自己的手指,摸摸指甲盖,"那你少喝点,感冒刚好。"

"你别等我,自己早点睡。"

"好。"

挂断电话,沈含晶把菜端到桌上,自己慢慢吃了一顿饭。

那天夜里,徐知凛果然回来得很晚,而且之后,也越来越忙。

庄氏那边,持续在二级市场增持AN的股份。因为他们跟AN以前的关系,所以外界有说是友情买入的,以防AN股份被盯上,但也有人说庄徐两家已经因为私事闹掰,所以这回,庄氏就是冲AN控制权来的。

各路消息云云之时,AN直接跟季报一起公告,说对庄氏买入AN股票一事,从来都不知情。这样一来,相当于间接坐实庄氏的动机,也令AN股价小涨。毕竟有知情人透露,庄氏这回准备了不少钱,对AN势在必得。

不久,到了年度的最后一个月。

这天下午,沈含晶参加完一个协会活动,开车回了店里。袁妙正好在财务室对账,对完拐进她的办公室,说有个布艺的供应商可能爆单了,这

边一批窗帘怎么也催不过来,有两个客户脾气不太好,在微信里骂人。

沈含晶看过订单,直接给那边的销售总监打电话,好说歹说,终于得到承诺出货的具体时间。

袁妙这才松口气:"你吃饭了吗?"

"吃了。"沈含晶把手机放回去,沉吟了下,"我想回去一趟。"

"啊?回哪里?"

"回去看看我爸。"

这是要回德国的意思。袁妙盖上笔:"上回,叔叔一直没接电话吗?"

沈含晶摇头:"联系上了,但我确实也好久没回去,挺想他的。"

"哦哦,那你什么时候回?"

"忙完这段时间吧。"沈含晶思索。

再聊一段工作的事,袁妙推门出去。两三分钟,她忽然又跑回来。

"怎么了?"看她着急的样子,沈含晶问。

"你看,是不是出事了?"袁妙把手机递过来。

是一条最新资讯,上面写的是,AN旗下拥有会员数最多的湃淞旅业,可能存在数据泄露。

事件发酵得很快,她们看到的时候,已经有顾客在网上发帖,说前几天差点被骗子发的链接骗走银行卡里的钱,而且点进去还看见过AN的伪官网,现在才知道,真是AN出了问题。

真也好假也好,互联网的消息都是长了腿的,这一秒发,可能不出半小时,已经飞遍全网,而且有了不同版本。

"挺严重的吧这个?"见沈含晶一直盯着看,袁妙小心翼翼地问。

沈含晶来回看了两遍,最后在评论区翻找很久,"嗯,严重。"

对一家酒店来说,住客信息都能被泄露,品牌在消费者心里的信任绝对会受损。但住客可能不会立马锐减,反应最直接的,还得看股价。

次日下午五点,AN股价跌停。同日庄氏二次举牌,已持有AN股份10.08%,逼近AN自持的占比。

庄氏掌舵者庄新成,年已七旬。在某次出席活动时,他被问到AN这次的数据泄露事件,表示支持后生,相信徐知凛会处理好这件事,给广大消费者一个说法,也会让AN顺利度过危机。

然而也就一周有余,庄氏接连两次举牌,持股已达24.1%,力压原来的山石资本,成为AN第一大股东。

没多久，庄氏以第一大股东的身份，要求更换AN董事及监事，撤除徐知凛集团总经理的职位。

此时外界，更有不少消息。预测走向的有，支招的也有，比如让AN找一位有钱的白衣骑士，买到超过庄氏股份的比例，稳住话语权。还有人疑惑，山石资本为什么一直没有动静，全程没有增持过，以及跟徐家要好的蔡家，也没有任何动作。

蔡家虽然不算雄厚，但如果愿意买到相应股本，愿意在AN董事会占上一席，也可以跟庄氏暂时分抗一下。

然而蔡家没有，就算翻朋友圈，现在的掌事人蔡阳晖也毫不表态。至此，AN似乎孤立无援。

资本之争越演越烈，天气却越来越冷，转眼，圣诞接近。厂商基本都在赶最后一批货，开完月中的会后，沈含晶也慢慢闲下来。同一条街，不少品牌的店员在数日子等放假，春序积压的单子也出得差不多，整体来说，今年生意真的不错。

赚了钱当然要分钱，财散人聚，最基本的道理。这天确定年终奖后，沈含晶打开出货安排，看见下午一单是AN的，接待室桌椅。

她打开电脑，见下午没什么工作安排，于是处理完手头的事，跟着送货去了。

到AN时是三点多。这回换的几套桌椅都是小接待室的，因为早就空出来，所以卸货入场也比较快。

等货装卸完，沈含晶打算去趟楼上。往外走时，她接了个电话，是老店那边打的。正仔细听的时候，外面廊道上，徐知凛从眼前走过。

他穿一套深灰西装，后面跟着几个人，自己步子迈得很大，目不斜视。其实她已经很久没见他，就他这经过的几秒，侧脸已经有一点陌生感。

接完电话，沈含晶走到外面露台，正好看见他的车子启动，离开办公区。站了会儿，沈含晶也坐电梯下去，开车回店。

那天她加班到很晚，还没想走，但车场保安打电话，说她车窗被砸了。

过去一看，确实主驾位的车窗破了个洞。年底这种事确实会多些，但最奇怪的是，她车里根本没放包，也没有任何财物损失。

保安看了一圈，好心提醒："沈小姐，你最近是不是得罪什么人了？"

沈含晶抿了抿嘴。确实，不为财的话，这一举动很像是纯泄愤。可谁干的呢？蔡阳晖，还是庄磊？应该不太可能，毕竟他们都刚保释出来，这种事不管自己做还是找人干，都得不偿失。

但就是因为找不到头绪，才更让人觉得奇怪。可惜车场太黑了，监控没能查出什么。

沈含晶把现场照片拍了一堆，清理碎碴时，突然想到那天超市地库里，穿戴奇怪的陌生人。

这么一想，后背似乎出了点白毛汗，她加快速度清理，把车开到 4S 店之前，先去了趟派出所，登记报案。

等忙完所有，已经是凌晨。她打车回到家，脑袋有点木木的，推门进屋，徐知凛居然在。

他应该也刚回来，西装脱掉就剩马甲，自己坐在单人沙发里。沙发矮深，他手里一杯酒，喝到剩一半。

"难得啊，你今天忙完了？"沈含晶走过去。

"你刚下班？"徐知凛问。

"对，刚下班。"

"吃饭了吗？"

"吃过了，你呢？"

徐知凛笑，朝她递出手。沈含晶把包包放旁边，顺手拉他，却反被扯进沙发。徐知凛抱着她，把她头顶的毛线帽摘掉："有静电，打手。"

"天冷是这样的，太干了。"沈含晶坐他腿上，手在他脸上流连，最后摸到他嘴唇。她凑过去想亲他的，他却往旁边咳了两声，只让她亲到脸。

沈含晶垂眼笑了下，把旁边的酒拿过来，喝了一口。杏仁酒的味道，一点药草味的衬托。

喝完，她问："心情不好？"

徐知凛回过正脸，伸手摸她头发："最近有没有关注 AN？"

"怎么了？"沈含晶问。

关注什么呢？关注庄氏要清洗 AN 管理层，还是庄氏要接管 AN 董事会？

"当然是庄氏。"徐知凛坐直一点，"你说他们……为什么这么有把握？"

被问到，沈含晶作势思考："大概因为……有钱？"

徐知凛眼皮动了下，眼里含着笑意："你看，我之前就说过，我有的一切都很危险，果然这么快就被人惦记了。"说完，望着沈含晶，片刻坐起来握住她肩头，"如果我这回输了，怎么办？"

沈含晶同样望着他，窄而内收的轮廓，一双眼定定的，黑不见底。她低头喝酒："那你会输吗？"

徐知凛看她很久，直到把最后那点酒液全部吞下，才收眼一笑："放心，我不会输。"

徐知凛的话，不只是说说而已。

元旦前夕，就在庄氏打算参加 AN 董事会的前几天，振中药业、山石资本，以及另一家知名地产商陆续举牌，表示持有庄氏股份，均已超过5%。

而后，国内一家钻研罕见病的药研室传出要找买主的消息。这间研究所口风一直很紧，庄氏跟了好几年都没能扒出点什么，这回消息一出，振中出手迅速，以最高价拿下两款原研新药。

而庄氏因为钱大部分在 AN，连出价的 Top3 都没达到。与盯了很久的方子失之交臂，后院又起火，庄氏多少察觉不对，但这时候再掉头，为时已晚。

元旦前的最后一个工作日，AN 召开股东会，庄氏派人出席，且目的直接，要求重选董事会。也就是这天，AN 向公安机关报案，把新招聘的网安团队负责人送了进去，请求立案调查。跟着一起被捕的，还有某位集团高管，罪名是受贿，且这两个人背后的主谋，都直指庄氏。

消息传出来，几路人马皆各有心思。

沈含晶坐在办公室，就算不主动搜索，刷刷朋友圈、刷刷微博，相关字句都会往眼睛里蹦。何况还有个袁妙。

袁妙不清楚沈含晶跟徐知凛之间的事，只是担心 AN 真的易主，毕竟那是她们公司的大财主。

"你看，这个人好会分析。他说庄氏本来想高额套现，结果到现在，钱真的都套在 AN。"袁妙念着手机上的内容，"还有这个，药企圈的号，说庄氏这回没拿到药单，明年政府集采，恐怕他们拼不过振中。"

她全部分享过来，沈含晶也撑着脸看了看。

后面药企圈提到的政府集采，有人在评论区做了科普，大意是庄氏如果明年真的因为新药而输给振中，造成的损失是很难估算的。还有人直接讽刺，说庄氏现在应该睡不着觉了，不仅担心集采的事，还担心振中现在要做的事。

毕竟对家买了自己的股票，还在二级市场持续活跃，这情况换谁心不慌？

"这个振中是哪里来的啊？怎么这么帅？"袁妙问。

振中……沈含晶想了想："记得蔡思慧吗？她婆家。"

"啊，那她还挺仗义的……比她弟弟仗义。"

沈含晶笑着摇摇头。商业场上很难说仗义这种话，非要说的话，山石资本的孙慈跟徐知凛是大学同学，这是实打实的关系，至于蔡思慧老公朱晰，跟徐知凛应该没什么交情。所以这回突然出手，应该也有背地里的交易，暂时不为人知而已。

一看时间不早了，沈含晶问袁妙："回去吗？"

"去哪里？"

"当然是回家啊。"沈含晶关上电脑，"走吧，今晚给你做顿饭。"

离店开车，车开到半途，袁妙这才感觉有点不对。

"你跟徐总……还好吧？"她问。

主驾位，沈含晶没说话。看这样，袁妙也没好再问。

回到富春，车子过闸时，沈含晶忽然慢慢停住："那个是不是王晋鹏？"

袁妙吓一跳，仔细看还真是："他怎么知道我住这里？"

沈含晶摇摇头。

"这人怎么阴魂不散？有毛病。"袁妙骂了句。

"试着说有男朋友了？"沈含晶试图支招，但又觉得——"看这个情况，除非你再婚，不然他不会轻易撒手。"

"……我去哪儿找男朋友？"

手机响动，沈含晶打开看了下。是蔡思慧，约她明天一起吃饭。

正回信息，袁妙打算下车："我去跟姓王的聊聊。"

"不如电话聊？"沈含晶连忙拉住她，"太晚了，别下去。"

袁妙说："没事，我当面跟他聊好一点，把话都说清楚。"

她坚持要去，沈含晶问："我陪你？"

"不用，多个人有些话反而说不开。你先回去吧，有需要我会叫你的。"袁妙松开安全带，临走前安抚沈含晶，"没事，王晋鹏不敢干什么，他怂着的。"

"好，自己小心点。"

两人就此分开。

沈含晶停好车回到住所，一路还在想着袁妙的事。不管姓王的怎么知道这个地址，看来，这里都不能再住了。进门洗手到厨房，沈含晶还想着搬家的事。

她从冰箱里拿菜，看见有酥肉和菠菜，于是混在一起做了个汤，又打算弄个蘸碟，于是找碗装了葱花辣椒，再转点熟油倒进去。看旁边汤锅开始"汩汩"地响，再又顺手把碗给移开。

哪知碗壁太薄，拿起来时烫得晃了一下，马上被油泼到手，火辣辣的，像针刺一样疼。沈含晶打开水龙头，把手放到下面一直冲，等痛感缓解些了，她找到烫伤膏，把伤口旁边涂得厚厚的。

半小时后袁妙回家，见她抓着冰袋，马上也跑过来："怎么了，受伤了吗？"

"没事，烫了一下。"沈含晶换一侧包着，"跟王晋鹏说清楚了吗？"

袁妙点点头："我跟他说了，再缠着我，我就把他和小三的照片发给他同事，让他别想做人。"

"那他怎么知道这里的？"

"他去找我爸拔罐，看到我寄回去的快递了，上面有地址。"

"嗯，说清楚了就好。"沈含晶拿开冰袋，又涂一遍烫伤膏。钻心痛感一阵又一阵，今天晚上，怕不好睡了。

第二天中午，和蔡思慧约在附近吃饭。

蔡思慧头发修短了些，之前是锁骨发，现在是齐耳长度，看起来更加利落。

"别担心，庄氏这回做不成事。"她安慰沈含晶。

AN 这些年做的项目交的业主，关系不是白建立的。这些业主里有钱有势的不在少数，知名地产商不缺，还有各方关系够硬的 Y 企。庄氏想要恶意收购，想对董事会大换血，想清洗管理层，就势必会对 AN 品牌造成影响，那么接下来影响的，就该是各大业主的利益了。所以庄氏要动 AN，也得考虑这些业主愿不愿意。

新菜上来，沈含晶吃了两口，问蔡思慧："蔡小姐已经有打算，要接管蔡家吧？"

蔡思慧也很坦荡："我不瞒你，确实有这个想法。"

喜达是祖辈打下来的基业，她看不得蔡家被自己那个没出息的哥哥给弄得半死不活。还有杨琳，没谁指望她能在事业上帮到蔡家，但关键时刻要能拎得清，能推一推劝一劝。

比如 AN 这回的事，蔡家应该第一时间出面帮忙的，帮多帮少看能力，态度上必须要坚定。商业场上都这样，有来才有往，这回蔡家如果帮了

AN，以后蔡家再有难，AN 肯定也不会袖手旁观。更何况，AN 还在蔡家董事会上占有一席。这样子视而不见，真的蠢到没药救。

聊了半程，沈含晶实心赞了句："蔡小姐是女强人。"不仅出身、资源和眼界都是高位。本身拥有得比其他人多，但仍然没有停止过努力，这样的人，其实更值得钦佩。

她再笑了笑："你今天找我，是有什么事吗？"

"其实没什么具体的事，就是回国以后太无聊了，特别想找个人吃顿饭，聊点有的没的。"蔡思慧给她加了口水，笑着说，"希望今天没有打扰到你。"

"当然没有。"沈含晶点点桌面，"我在这边其实也没什么朋友，能一起坐坐，随时欢迎。"

菜陆续上完，安静的餐厅，两人确实坐了挺久。期间，蔡思慧一直在观察沈含晶，看她谈吐淡定、举止自若，整个人落落大方，比起几年前，其实看起来开朗很多。要说脸，变化实际不大，只是几年前的沈含晶漂亮也够漂亮，但人前，真的过度安静，太低眉顺眼，美中就带点底气不足的感觉，经不住别人太细的打量。不像现在，有种历经红尘磨炼的稳静感。带点麻木，其实更动人。

聊着聊着，蔡思慧忽然又想起那年雪场的事。

其实跟沈含晶，还有一件事她没说。是后来回程，意识到可能是被故意安排撞见，所以她问过沈含晶，难道不怕自己把事情告诉徐家大人？

沈含晶当时回复说怕，但更希望她去告诉。问为什么，沈含晶当时的回应是："因为你不说，也有别人会说。"过了很久，又笑了下，"我宁愿，事情是被你捅破的。"

这番对话她当时没弄懂，现在要问，估计也问不出什么来。

一顿饭吃完，蔡思慧说家婆马上过生日，想送她一份礼物，请沈含晶做做参谋。沈含晶没有拒绝。

从餐厅出来，两人到附近的商场逛。商场是新开的，上面就是办公楼，所以工作日人也不少。

走到三楼，碰见江家姐弟。

小宝时胖溜溜的，见谁都一个笑模样："姐姐！"

牵他的是江宝琪，看到沈含晶，江宝琪目光顿了顿，越过去跟蔡思慧打招呼："思慧姐。"

"宝琪。"蔡思慧也朝她点点头，"今天不忙？"

"不忙啊,我最近都在家待着……"江宝琪边跟蔡思慧说话,边偷瞄沈含晶。

沈含晶没理她,自己逛到旁边,发现之前戴过的手链同款。徐知凛送的那条还放在家里,依旧断着,没有拿去修复。

销售过来介绍,说是最新款,刚调的货,就剩少数几条。沈含晶逗留一会儿,走开到旁边柜台,看中一条领带。

香槟底和墨绿纹,很有格调,跟徐知凛几套西服都很配。

"这条吧,帮我包起来,谢谢。"

江宝琪溜边过来:"给我二哥买的?"

沈含晶没理她,在柜台拿颗糖给江宝时。小孩乐呵呵正在笑,立马被江宝琪收掉糖:"妈不让你吃糖,看你牙都掉没了。"

要说这个弟弟脾气也真的好,对着糖纸空舔两口,笑眯眯地说:"我吃过啦!"

"傻样。"

蔡思慧接了个电话,一脸歉意地过来,说:"不好意思,家里忽然有点急事。"

沈含晶点点头,让她先回去了。

过会儿领带包装好,沈含晶付完款也要离开,被江宝琪纳闷地跟着。

江宝琪:"你干吗不理我?"又拍她肩膀,"什么时候,你跟思慧姐关系这么好的?"

"逛个街而已,没什么关系。"沈含晶从店里离开,往电梯间走。

明显不想理人,江宝琪"哼"一声:"跩什么呀,人家思慧姐姐比你厉害,也没你这么跩。"

"多厉害?"沈含晶伸出手,按亮电梯的下行键。

江宝琪刺激她:"人家在常春藤读的研,正儿八经的高才生,当年要不是你,我二哥都跟她一起去美国了。"

电梯快到了,沈含晶侧头。

"看什么?你考过省级名次,我二哥成绩也不差的,当时那绩点拿出去申请学校,早都几个offer了。"江宝琪蹲下去想抱弟弟,抱不动又有点发脾气,"你才几岁啊,怎么这么重?"

电梯门开,沈含晶进去挡住:"进不进来?"

江宝琪别别扭扭地跟了进去:"我问你,上回庄磊那个事,你是不是

早就知道？"

"猜到一点。"沈含晶说。

"是猜到一点，还是根本就引我上套，利用我报复杨琳？"江宝琪蛮生气的，瞪起眼想骂人，忽然又看见沈含晶的右手，"你手怎么了？"

她说话喜欢碰人，沈含晶眉头微皱，把手盖回袖子里："你觉得我在利用你，那我就在利用你。江宝琪，以后不要跟着我。"说完等电梯门开，她就走了。

商场离茵湖不算远，十几千米。

因为手被烫伤开不了车，沈含晶打的出租车。下车到大堂，碰到物业打招呼时她一个闪念，问及徐知凛。

物业回想了下："徐总啊？他好像刚走，没半小时吧。"

沈含晶一怔，以为他还在出差，原来……已经回了申市。那么昨晚她没在家，他肯定也是知道的。

在原地停留几秒，沈含晶转身离开。

那天后，她没再去过茵湖，徐知凛也没有找过她。

离年越来越近。店里开始排年假，行政在网上定制了一批春联年画，打算送给客户。拆两套出来看，春联内容都不同，福字的字体也很特别，还有Q版财神爷和钟馗。

沈含晶也在楼下待了很久，听同事们说要贴在店里，看大家去找胶水胶布，热闹得像今天就过年。

门口贴福字时，江廷从财务室下来，跟沈含晶碰了个正着。

"廷少。"沈含晶主动喊他。

江廷想走没能走脱，只好顿足："好久不见。"

"最近忙什么？"沈含晶随口一问。

江廷迟疑了下："忙……内审的事。"

因为高管受贿的事，AN顺势启动内审。还有之前被送进去的网安负责人，自己认下所有的错，说是故意把AN数据外泄。原因是收了外界贿赂，跟人里应外合，要重创AN品牌信誉。也正因为这个，他当初才能在一众竞争者里胜出，顺利带团队入职AN。至于到底受谁指使，具体的AN没有公布过，但这些已经够了。

当然最主要的是，是这次湃淞系统只有很少一部分泄漏，并没有涉及太多住客。而AN的公关部门也足够给力，道歉公告发布得及时又诚恳，没有试图掩盖事实，并主动给那部分住客的会员卡里发了大额补偿券。

AN 在国内经营多年，口碑在同行业其实都是 Top 级。以及这次在庄氏恶意收购事件中，受害者角色也赢得不少同情票，加上有错就认的形象，极大地挽回了 AN 的品牌力。互联网时代，没什么是不可以被营销扭转的，只要公关抓得住大众心理，资本家也可以被共情。

处理好外敌，接下来，就该是肃内了，其实砍的就是裙带关系。

在这种特殊时期，江廷还能跟没事人一样，沈含晶绝对是佩服的。她背起手笑："廷少，你其实很聪明，对吧？"

比如知道他父亲不安分，他干脆摆烂，干脆什么也不管。更知道他父亲很难斗得过徐知凛，所以他一开始就置身事外。

江廷抠了抠耳朵："要夸人可以大大方方地夸，声音高点不怕，还带个问号干什么？"说完想走，走出两步又倒回来，"你跟徐知凛，是不是很久没见了？"

"好像是吧？记不太清。"沈含晶弯腰，把一卷胶布放正。

"你就没想去找找他？"江廷暗示，"说不定，他在等你？"

"等我干什么？"沈含晶在年树上摘个橘子，掰一半递过去，"吃吗？甜的。"

看她真在嚼，江廷也半信半疑地接过，又邀请道："我回 AN，要不要带你？"

沈含晶摆摆手，上楼去了。

那无所谓的背影，江廷看了好久。有时候觉得很奇怪，她要什么没什么，但从来不怨天尤人，可是又坏得很自洽，自洽到可怕的程度。所以，到底是经历让她懂事太早，是情感隔离得太厉害，还是……真的天生就不好惹？

江廷摇摇头，走出店外，把皮剥掉，将橘子放进嘴里，才一嚼，立马打了个激灵。呸，真酸。

第九章
记忆的审判

两天后,庄氏一款以保健品名义销售的补剂,被爆有违禁成分。这款是庄氏的王牌产品,如果爆料属实,不仅要吊销批号,还有被立案调查的风险。

在这样的情形之下,庄氏再也顾不上AN,一边紧急召回产品,一边表态,愿意把手里股份给AN回购。毕竟再坚持下去,资金套死不说,振中药业这个对家,已经开始在他们内部挖人了。

于是闹到年前一周,庄氏与AN以讲和的姿态结束了这场战争。明面上庄氏曾一度把AN逼到绝境,但事后再看,庄氏反而帮AN清了散户,把股份给聚在一起。

消息滚动几天,到了南方小年。按这边习俗,小年是要吃年糕和荸荠的。袁妙回了庐城,店里也只剩下很少员工,沈含晶带着大家一起在楼上厨房做饭,热乎乎地吃了顿小年饭。

饭后,她给养父打电话,说了准备回去的事。养父口头应得好,但她总觉得老人气息有点虚飘飘的,可怎么也问不出真话来。

挂断电话,沈含晶回了办公室,开始查机票信息。

烫伤的手还没好全,有一点疤扯得皮紧,她拿大拇指在刷信息。

页面跳转时,门被敲响。她抬头一看,徐知凛进来。

很久没见了,他穿一件黑色大衣,眼镜架在鼻梁上,一张斯文俊秀的脸。

沈含晶坐直身体,朝他笑了笑:"来了。"

她太平静,徐知凛往门外看了一眼:"出去喝杯东西?"

"没必要吧，就在这里说，很方便。"

徐知凛点点头："看来，你知道我要说什么。"

太聪明的人，从头到尾不用说一句，已经察觉关系的松动，更察觉彼此的态度。

办公室有水，刚烧好的。沈含晶找个纸杯倒出来，放到徐知凛面前："不好意思，没有茶叶。"

徐知凛拢住杯体，太烫了，只能将手扣在最上面。

等水温降一点，他端起来喝一口："江富给你什么好处？"

"他没说吗？他掌权以后，春序的对赌协议就可以作废了。"沈含晶眼睛弯起一点点，"人不是已经停职了？这些难道还问不出来？"

徐知凛看着她，从眼到鼻，再到颈间那条丝巾，黑白波点，是她一直喜欢的纹理。

"太恨我是吗？因为我插手春序？"他问。

沈含晶没有回答。

两个人面对面坐着，有几分钟，谁都没有说话。但分明不久前，还在同一间屋子里共度好几天。

徐知凛指尖掣动杯壁。他记得她一遍遍给他量体温，进进出出给他端水递药，不像现在，抿不出一丝情绪。半晌，他说："你一直有机会，可以跟我说清楚。"

沈含晶点头："我知道。"但不想说。

已经做过的事，没有再修补的必要。她可以坦诚，但不会后悔，更不会求情。

"我就是这样的，我以为你了解？"

"了解什么？"徐知凛举眼看她。

他目光灼灼，沈含晶错开眼。桌面放着几个小橘子，全是从盆景上摘下来的。她剥开一个，掰瓣送进嘴里，吃不出味道，但嗅觉异常发达，能闻见徐知凛身上的寒气，外面大概要下雪了。

等吃掉半个，她说："江富那边，我给他提供过几回信息，凡是我看到的、听到的，我觉得有用的，都告诉过他。"说完坦然地抬头，"我需要为这个负什么法律责任吗？"

"宁愿这样也不肯解释是吗？"徐知凛盯着她。她就这么不愿意认一句错，不愿意低一下头。

沈含晶摸着手里的半个橘子，一根根摘掉表面的白丝："你不是很了解我？我以为你知道的，我从来不解释，不认错，不走回头路。"

徐知凛笑笑，嘴角小幅度拉动了下。确实，她是这样的，随时能走，随时准备要跟所有人告别。永远都这样，永远不会留恋。

他曾经以为自己能是例外，就算以前不是，现在也应该是。但很明显，他没能做到。

徐知凛摘下眼镜，抽了张纸来擦。

沈含晶忽然问："你一直知道我在做什么，对不对？所以为什么不提防我？"

徐知凛还在擦眼镜，慢慢地，从镜框到镜脚，擦得一丝不苟。等终于擦完，他重新戴上眼镜："跟你没有关系，信息你告不告诉江富，那个团队我都会录用，因为他们的履历确实足够优秀。"

是这样吗？沈含晶压下眉梢，笑出一点磨钝的弧度。

"那我猜错你今天来的目的了吗？"她看着自己的手指，指缝里残留黄色的橘子汁水，像次等砖的颜色，不干不净的斑驳。

沈含晶往前坐一点，看着徐知凛，声音放软："你来不是为了揭穿我，是想告诉我，一切跟我没有关系，所以只要我愿意跟你撒个娇、低个头，我们还能跟以前一样……是这样吗，知凛？"

她语气轻飘飘的，像没有浮力。徐知凛探手把领带松开一点："你觉得呢？"

回应他的，是沈含晶的嗤笑。

"不要这么低自尊，徐知凛。"她板直着声线问，"就这么放不下我吗？留了刺还要给我台阶下，就不怕我以后再害你？"

她这样的态度，却让徐知凛整个人更松懈下来，往椅背靠，看她忽然变得很有表达欲，一句接着一句。

比如她说："别做这种自我感动的事，世界上不是只有我一个女的。你去找其他女人，找像蔡思慧一样跟你家世相当，人聪明又上进的。

"或者你想再看我演戏吗，我现在就可以演给你看，告诉你我很后悔很难受，我每天晚上都睡不着……但都是假的，假的知道吗？没有意义。

"还有以前的事我记不起来，就算记起来也没用，以前怎么抛弃你的，以后可能也会做同样的事，所以不要在我身上浪费时间。"

话不好听，很不好听，一句句都在试图把人的心往下摁。她不是过去那个她衍生出来的,她一直没变过。还是跟以前一样,像固执的石头,有软硬不吃的倔,也不怕把真真正正的自己掏出来,毫不遮掩地摊在人跟前。

过了很久,徐知凛才重新坐直,两条腿左右分开,支在地面。

"沈含晶。"他少有地叫她全名,认真地看着她,"我是一个正常人,一直都是。"

"什么意思?"沈含晶觉得好笑,"所以你是说我有病,不正常?"

徐知凛摇摇头:"我的意思是,因为我是一个正常人,所以我对你从来不是臣服,更没有过'不得不'。"

桌椅之后,沈含晶目不转睛。

她平视徐知凛,明明人就坐在跟前,但看不清是什么神情。不管是失望还是失落,她都找不到。但他的话像把裁纸刀,停留在那一句的思绪截面,不用锋利起伏,却也能贯穿人。

"我不是第一次说这样的话,我知道你可能还不太清楚,但我希望这回,你能记住。"说话间,徐知凛离开座椅,沉倦地看着她,"从头到尾我对你的感情都是心甘情愿的,只是想跟你在一起,但你好像……始终搞不清这一点。"

八年前是,八年后的现在,同样是。

他转过头,办公室一扇窗户关得很紧,外面灰蒙蒙的,天压得很低。

"春序的事是我不对,当初我不该动你的公司,不该强行把你弄到这里来。"徐知凛的视线轻度游离。说完他转回来,正脸静静地看着沈含晶,"对赌协议我会让人公证去作废,以后你想在哪里都可以,但尽量,我们就不要再见面了。"

他其实不是一板一眼的人,这时候声音好像还带着温度,但说完这些话,目光已经很淡,淡到像在看一个不相干的人。

手指动了动,再动了动,一阵又一阵的拉扯感——沈含晶低头,看手指皮上的那点疤,像是在哪里沾来的沥青,格外狰狞,格外丑陋。

"还有话要说吗?"她缓缓掀动眼皮。

"没有了。"徐知凛转过身,几步走到门口,手指压在门把上,一拉就开。

年关,进店的客人少,在空荡的展厅格外引人注目。他走下去,一楼有个顾客在看摆件,穿洗旧的黄色大衣,戴黑色鸭舌帽、大号口罩。

摆件没多大,那人拿起来用手掂了掂,用的是左手。店员在旁边热情地介绍,那人只吐出简单两个字:"还行。"

徐知凛没太在意，一路往外走，走出店门时烟瘾犯了，于是摸出一根烟。旁边值班的保安很有眼力见，马上过来送火。点着后，徐知凛道了句谢，往停车场走。

一辆车刚好开过去，他站在原地等了等，不经意回头，发现刚才那个黄衣服的客人居然在往楼上走。不对，是在往楼上跑，那人步子迈得特别大，急得好像不顾一切。

而二楼走廊，沈含晶刚从办公室出来。

徐知凛皱了下眉，很突然，隐约有什么在脑子里闪现。他扔掉烟迅速回身，经过店门口时跟保安撞了个狠的。

保安趔趄了下，嘴里一句"徐总"还没喊出口，就见徐知凛疯了一样往楼上跑，脚步乱踩之中，很快听到尖叫声。

二楼走廊，穿黄衣服的客人手里，赫然出现一把明晃晃的刀。那人持刀吼了句什么，直接往沈含晶身上刺过去。赶到的徐知凛一个飞扑抱上去。

到这时候，保安再迟钝也回神了。他找到鱼叉马上"咚咚咚"往上跑，可为时已晚，就见几下缠斗的动作后，徐知凛猛地蜷缩一下，腰向后拱起的同时，手臂大力一甩，把刀甩出几米之外。

可那把刀，也已经沾了血。

旁边人迅速蜂拥，跟保安一起把行凶者按在地上。行凶者开始发狂，喉咙里不停怪叫，脑袋挣扎着动个不停："沈含晶！你这个祸害！你害了老子一辈子！你要给老子偿命！"

太突然了，一切都太突然了。动乱前方，沈含晶跪在地上，抱住受伤的徐知凛，整个人都在发抖。

"救护车……快叫救护车！"她抬头喊人，又把脖子上的丝巾扯下来，堵在流血的伤口，"知凛，徐知凛，看人，不要闭眼，看我！"

徐知凛咽了下嗓子，回头说出一个字："方……"

方什么？顺着他的视线，沈含晶朝前看了一眼，碰巧行凶之人拼命抬起头，视线锁定她，像要把她生吞活剥。那人帽子已经掉了，口罩也被扒下来，一张脸裸露在人前。

刹那，令人不寒而栗的熟悉感冲过来，沈含晶呼吸紊乱。然而此刻无暇旁顾，她强迫自己冷静下来，催问救护车有没有叫，让人把医药箱拿过来，止血的东西翻得满地都是。

她指尖发冷，呼吸也忽起忽伏，一边给徐知凛止血，一边跟他说话，确保他不要陷入昏迷。

很快，救护车到了。医护人员下来，沈含晶也跟着过去。

往外走出几步，小腿被什么东西打中，是行凶者给警察铐住，脚下还把个石子踢到她身上："贱女人！你不得好死！"

恶狠狠的对视中，再次证明他有多恨她。

"没事吧店长？"旁边连忙有人问。

沈含晶摇摇头，连拍灰都顾不及，摸索着往救护车的方向走。大冷天，外面的风冷得像刀，要刮进齿缝，更要剖开人的脸。

救护车的鸣笛声、警车的警笛声，起起伏伏交错在一起，让人心里穿了孔、翻了浪一样。一路高度紧绷的情绪中，医院到了。

车轮碾过划着禁停线的急救通道，门开以后，医护飞快把担架床运走，前前后后忙成一团。沈含晶跟到急救室外，被门挡住。

护士进出拿东西，看她木头人一样站着，安慰说："去洗个手吧，消一下毒，别着急。"

沈含晶点点头，按指示牌，到了洗手间。浅色的墙，浅色的地板，消毒水的味道很刺鼻，医院的环境让人很难喘得过气。

打开水龙头，手伸到下面，鲜血和烫疤在一起，像红色的蜡，烧得只剩油。她麻木地清洗着，血水一线线沿着洗手盆流进下水道时，忽然想起刚才那个行凶者的脸，以及熟悉的声线。或许，惯用的还是左手？

她抬头，心像被用力地握了下，忽然记起那人的名字。

方治成，那个美术家教，那个……本该在坐牢的人。

眼前镜子照骨一样，有什么东西一点点挣脱眼眶，过去的每分每秒都变得具体起来。沈含晶看着衣服上半干的血迹，整个人被打散，身体被拉扯成两个角色。

过去的，和现在的。

仿佛陷入一场巨大且有力的精神错乱，她突然记起打完球之后，站在晚风里看着她的少年，还有值完夜班，给她带一碗热粥的少年，都是徐知凛。

更记得那年闹掰，他眼梢微红，第一次对她说那些话——沈含晶，我是个正常人。

过去的画面像缝纫机的针脚，踩出又密又深的扎口，一下一下，挤压血管神经。像被极快击穿，沈含晶身体一晃，整个人栽入黑暗。

傍晚时分，天空下起雪。雪沫子像粉像沙，被风吹得撞到玻璃上，很快又往其他地方飞。等到夜里，气温又是直降几度。

　　刀擦到脾，徐知凛的生命体征不算稳定，需要在监护病房观察一夜。

　　病房外，江廷作为家属，回答了民警一些问题。等他送完民警回来，江宝琪也匆匆赶到。这消息把她吓惨了："搞什么啊，那个方治成不是在坐牢吗？怎么跑出来了？"

　　江廷铁青着脸，最后说了四个字："监外就医。"

　　从警察那里得到的消息，说方治成入狱以后表现一直很好，所以获得过两次减刑机会。但就在今年，他查出癌症，所以申请了监外就医。刚好这么巧，他又发现了回来的沈含晶。所以跟踪、砸车窗，都是他做的。一开始或许只想泄愤，但病痛的折磨，以及医院一次次检查的恶性结果，放大他迁怒的情绪，更让他彻底钻进死胡同，所以到最后，又还是选了最极端的方式。

　　江廷差点一脚踹在椅子上："当时就该先废了他的手，再送进去！"

　　江宝琪抱着包，也差点骂句脏话。

　　大年底的，现在两个人都躺在病房，简直了，都什么破事！

　　观察一晚，次日上午，徐知凛总算是转去了普通病房。而沈含晶因为在国内没有亲人，所以接近中午的时候，袁妙从老家飞了过来。

　　"天啊……"她到现在还没缓过来，人坐都坐不住，拉着江宝琪问，"江小姐，那个姓方的为什么那么疯？"

　　江宝琪目光复杂，心里也说不清什么滋味。她看着沈含晶苍白的脸，好久才挤出一句话："报复吧。"

　　毕竟当年，方治成其实有机会被轻判的。当时事发，方治成父母来求情，两个老实巴交的农村人，坐车坐得身上都馊了，跪在地上把头磕破，请求放他们儿子一回。

　　她外公其实人挺好的，看这模样起了恻隐心，想把那幅画的价值说低一点，量刑标准就能松一级。

　　但最后，管家安叔出面，求外公一定要按实际价值去报，要把姓方的给送进牢里，量最重的刑。

　　"安叔？"袁妙怔了下，"是……晶晶她爸吗？"

　　江宝琪点头。

"那为什么啊？晶晶跟姓方的有什么仇，为什么要管姓方的判多少年？"袁妙又问。

江宝琪太为难了，有些事感觉说不出口，嗫嚅着："他俩应该……也有过一段？也可能是方治成逼她的吧，她不太愿意……偷东西就不知道有没有关系了……"

"啊？"袁妙没太听清。

正要再问清楚的时候，旁边传来斩钉截铁的两个字："没有。"

转头，是沈含晶醒了。

病床上，她出声否认说："我跟方治成什么都没有过，他去偷东西也是他自己的事，跟我没有关系。"

她最多，不过是透露画的位置而已，所以——"方治成活该坐牢。"

病房里安静数秒。过一会儿，江宝琪瞠大眼："你想起来了？"

沈含晶坐起来："知凛呢？"

"在楼上。"见她要下床，江宝琪马上阻止，"你别去了，我外公可能在。"

"那他怎么样，要不要紧？"

"过危险期了，应该没什么大问题。"江宝琪眼睛滴溜溜地看着沈含晶，没太搞懂什么情况。是受刺激，所以恢复记忆的吗？

"还好吗？我去叫医生来看看？"袁妙问。

沈含晶确实有些头晕，倒在枕头上，点点头。

袁妙走后，江宝琪研究沈含晶："你真想起来了？全部？"

沈含晶手心盖在额头上，看了她几秒："你想说什么？"

江宝琪眼睛乱眨几下，犹犹豫豫道："那你有没有想起来，安叔为什么坚持要姓方的判那么重？"

沈含晶看向被面，慢慢说了句："因为他一直骚扰我，也威胁过我。"

不仅骚扰，还曾给她下药，企图迷晕她。所以她当时想的是，如果徐家答应方家父母的请求，那她要以受害者的身份，送方治成多坐几年牢。她不怕名声臭，也早就想好要报考很远很远的学校，从今以后离开申市，再不回来。

反正当时跟徐知凛闹掰了，没想过要重新和好，她没什么好在乎的，只要方治成遭报应。

江宝琪摸摸鼻子，没想到她真记得："那他……为什么要威胁你？"

这是真不清楚的。

"因为，他知道我跟你二哥的事。"沈含晶抓着被面，沉默了小半分钟后，又看江宝琪，"我和方治成的事，你什么时候知道的？"

"没有！"江宝琪矢口否认，但在她的目光下又不得不承认，"好吧，那年安叔跟我外公说话的时候，我听到一点……你别瞪我啊，二哥也听到了，而且我这么多年谁都没说过！"

沈含晶愣了下。原来徐知凛也一直知道，怪不得……后来会找她。

医生过来了，到病床前检查。江宝琪站在旁边，看着沈含晶的脸，心里各种情绪消长。

其实对一个女孩子来说，那种事真的很恶心。但又能怪谁呢？怪她看起来太弱，好像对谁都没防备？还是怪她逆来顺受，好像谁都能欺负一下？唉，说不清。

"这里你来吧，我上去看看我二哥。"江宝琪走到袁妙身边。

袁妙点点头："好的，麻烦你了。"

这么客气，江宝琪反而噎了下。其实论起来，她跟沈含晶才是最早认识，关系也该是最近的。江宝琪抿抿嘴，没再说什么，抓着手机离开。

病床旁边，医生观察过沈含晶的情况："看起来暂时没什么事，今天多休息吧，尽量不要下地。"

"医生，她这忽然恢复记忆，会不会有什么后遗症？"袁妙忙问。

"应该没事，明天开几个检查去做做，多留院几天，别着急走。"医生抽出病历，把情况给记下来。

其实本身是心因性失忆的话，受到重大刺激忽然恢复，这种情况也不是没有发生过。

医生写完，嘱咐道："心率血氧目前都正常，头晕的话，可能是睡太久了脑供血有点不足。回头吃吃东西看会不会好一点。还有，刚恢复记忆，你不要太着急去想以前的事，一件件一点点来，不然脑子承受不住。"

"好的。"

有医生的话，袁妙稍微放心了。她下楼去买吃的，七七八八抱了一堆，回来的时候碰见熟人。

"江助理。"

江廷回头，看她两只手抱得满满的，嘀咕："你跑医院进货的？"

"你吃过了吗？"袁妙问。

还真没吃，江廷顺手拿个三明治："她怎么样了？"

这是问沈含晶呢，袁妙照实回答："医生说没什么，观察观察就行。那个……徐总醒了吗？"

"醒是醒了，脸白，说话费劲。"江廷大口吃东西，"我听我妹说，以前的事她都想起来了？"

"应该是吧……"袁妙其实也不敢太确定，毕竟好像还在恢复期。

看她一副状况外的模样，江廷嚼完三明治，走之前又掏了一瓶奶："上去吧，有事打电话。"

袁妙提着东西，回了病房。

窗户打开，沈含晶披着外套站在窗口，默默出神。

"别吹风吧，小心感冒了。"袁妙过来劝，"先吃点东西。"

白粥熬得稍微有点稠。沈含晶喝了几勺，实在没什么胃口："我不饿。"

知道她是没什么心情，袁妙想了想："我刚刚下去碰到江助理，他说徐总已经醒了。"

沈含晶点点头："醒了就好。"

"嗯。"袁妙安慰她，"别担心。"

沈含晶压低脑袋，其实不用刻意回想，情绪和回忆会自动咬合在一起。无意识地，她喊了声："妙妙。"

"嗳。"袁妙答应得很快，"想说点什么吗？我陪你。"

说点什么呢，沈含晶有点恍惚，看着自己指甲盖面的月牙纹："我想我妈妈了。"

住院几天后，沈含晶出去了一趟。

冻云低垂，冬天的墓园，人比上回要少。找到墓地，沈含晶把新带的花放在前面，再然后，对着生母的照片发呆，出神。

时间过得真的好快，原来距离最后看见这张脸，已经过了二十多年。

她刚从医院出来，身上还带着消毒水的味道，闻一闻，还有点针头的金属味，跟那年一模一样。记得那年进医院，大人们都好忙，她声音太小了，很少有人会注意到她。还有缴费单子，每张都好长，字密密麻麻的，她只认得妈妈的名字，冰冷的两个字：冯珊。

她没有钱，抱着那沓东西茫然地坐在医院门口，被其他人嫌挡路踹了一脚，才想起来去找陈朗。找到家里，陈朗正在翻箱倒柜，听她说要钱，就把她骗到河边，抓起来扔了下去。

河水很深，很快没过口鼻，她在水里挣扎，被路过的人救起来。

再回到医院，妈妈看她浑身湿透，又抱着她哭了好久，第二天，就带她上了马路。

她当时呆呆的，根本不知道发生了什么，只觉得嘴里的糖很好吃，甜甜的，怎么也吃不够。

再后来，妈妈进了ICU。ICU的探视玻璃太高了，她再怎么努力踮脚也爬不上去，所以后来她找了个凳子，站上去看着妈妈，喊妈妈。

ICU探视时间有限，每天就那么十几分钟，她连眼都不敢眨，格外珍惜每一秒。漫长的每一天，都在期待进去探视。

她还记得ICU的场景，记得听到她的声音，母亲努力想靠近探视玻璃，但因为眼角肿得很高，根本睁不开，只能默默流泪。据护士说，是因为长期处在昏迷状态，所以并发角膜炎，粘连了。

是什么意思，当时的她还不太懂，别人说她就听，别人问，她就机械性地回答。

她没上过学，但那段时间也多认识了几个字，比如三个字的是收费单，五个字的，是病危通知书。

直到有一天，她被领进去，面对面地见了妈妈。

妈妈瘦了好多，以前总是涂着口红的嘴唇白惨惨的，还长了个黑色的痂。病床摇得很高，妈妈高高地躺在枕头上，声音却特别特别小。

妈妈告诉她，姓徐的那家人有钱，还有跟她一样姓沈的那位叔叔是个好人，让她去求他们，要哭得很大声，要跪得很用力，要说自己很惨很惨，要想尽所有办法，住进那个家。哪怕做个自私虚伪的人，没什么比活着还重要。

她似懂非懂，问妈妈是不是也要住进去。在各种仪器的警报声里，妈妈摇了摇头。

医生和护士站过来准备最后的抢救，她被慢慢挤开时，手臂又被用力抓住。同时，听见氧气面罩后，混在哽咽里的最后一段话："妈妈对不起你，不该带你上马路，你以后再想起来，愿意原谅妈妈就原谅，不愿意，你就记恨我，没事的。"

那一天的最后，她又看到一张纸，上面的字格外多。

医生告诉她，是临床死亡通知书。

从那一天开始，她没有妈妈了。

记忆以人为轴,被一遍又一遍揉旧。风把头发吹乱,发梢跑到嘴唇边,被糊住。有点冷,沈含晶缩了缩肩,把那点头发摘下来。

袁妙给她递纸巾:"没事的,你看你现在过得多好,阿姨肯定知道,也肯定很欣慰的。"

"嗯。"沈含晶接过纸巾,这才发现自己流了一点眼泪,她用纸巾摁了摁,最后一吸鼻子,"走吧,太冷了。"

回医院的路上堵车,最堵的那一段,窗外是一所中学。球场处于视线低位,能看到一边在踢球,而另一边,在投篮。全场都是十七八岁的男生,风风火火,笑笑闹闹。

沈含晶靠着窗户,突然滑入回忆,想起曾经在操场上悄悄朝她招手的少年,想起他用力的时候,颈椎旁边的肌肉突出来,汗让他看起来有点软,有点过分的白,白到刺眼。更想起那年去广东,火车站的风很大,她被人撞了下,他紧紧牵住她,坚定地一直往外走。

思绪开始打岔,沈含晶解锁手机,给江廷发了条信息,问她方不方便上去看一看徐知凛。他没有立马回复,等几个小时回到医院,等天已经完全黑下来,江廷才说徐知凛醒了,说她可以上去。

其实就隔了两层楼,外面布局差不多,只不过他是单人病房,没有进进出出的其他家属。

关门,病床上,徐知凛缓缓抬头。他看起来精神还行,只是下颌线更加清晰,一双渊黑的眼,看人很专注。

"我来看看你。"沈含晶笑了笑,"没带什么东西,希望你别介意。"

"坐吧。"徐知凛指指旁边,可能因为刚醒,声音有点淡漠。

沈含晶坐过去,离床不远的位置。

地板很干净,隔帘束了起来,床头柜和电视柜上都有花,应该是亲戚朋友送的。

相顾无言。沈含晶坐得很直,人说不上局促,但因为沉默的时间太长,再开口,话显得干巴巴的:"方治成……已经抓起来了。"

"我知道。"

沈含晶往被面看了看:"你还在处理工作?"

"没有。"徐知凛把笔记本电脑拿开,"发几条信息而已,没怎么管。"

顿了顿,问她,"听说你都记起来了?"

"差不多吧。"沈含晶回答。

徐知凛点点头:"那很好,恭喜。"再问她,"以后怎么打算?"

"明天出院,打算先回一趟德国,去看看我爸。"沈含晶摸出手机,摁亮屏幕后很快又锁屏,"白天,我去看过我妈了。"

徐知凛视线侧过来。

"她墓地前的花是你放的吧?你以前,经常去看她?"沈含晶问。

视线收回,徐知凛说:"去过几回。"

"嗯,谢谢,谢谢你替我记得她。"沈含晶眼周淡淡的笑意游动,她站起来,"你好好养伤,我走了。"

从头到尾,其实也没几句话。人往外走,步伐是匀速的,手腕自然垂在身体旁边。也不过才几天,好像瘦了一圈。

徐知凛坐在原地纹丝不动地看着她。那单薄瘦弱的背影,有着强烈的游荡感,好像什么都能穿过她,但什么也都抓不住。

就像那一年,走在出租屋的楼道里,不声不响要离开的样子。

回到2011年,漫长的夏季。

那天开始沈含晶没再回来,徐知凛找了很多地方。她上班的商场,她路经的每一段,他都去找过、去问过。没人见过她,没人知道她的下落,甚至没有人关心。

业绩冲突的原因,她的同事们都不友好,甚至有恶意猜测,说她八成是跟有钱人跑了,因为上班这么久,总能看到有钱男人跟她搭讪,在她手里买东西。

徐知凛没听这些,找来找去,又去菜市场也问过一圈,但都没有消息。好在房东挺善良,虽然也是外地人,但在这边经营了很多年出租房,知道这一带有多乱,所以也抽空陪着去找去问,到后来,又陪他去报警。

从派出所出来,见到爷爷。

"徐知凛,该回去了。"老爷子开门见山,"别再在这里浪费时间,你有你的事要做。"

一点猜测得到证实,徐知凛问:"她人呢?"

"不清楚,大概已经不在国内。"轻飘飘一句话,把人钉死在原地。

热气好像全从指尖跑走,徐知凛垂下眼:"我想见她。"

"还见她干什么?别傻了。"老爷子面色很难看。

天光破折，有什么在身体深处嗡鸣着。徐知凛定定地看着脚面，这回说的是："我要见她。"

僵持几天，终于如愿。"咚咚咚"，很缓慢的三声，听着像是懒得抬手敲一样。他知道，是她来了。

打开门，是她笑眯眯的一对眼："等我啊？"

她从外面挤进来，熟门熟路地坐到床上。席梦思的弹簧被挤压，发出一点粗糙回响。徐知凛愣了几秒，慢慢把门关上。手心蜷着，他走过去问："吃饭了吗？"

"吃过了，你呢？"她昂头看他，两条腿交叠，手往后撑，一副懒怠模样。

徐知凛站在旁边："我也吃了。"

"撒谎，你明明很久都不肯吃饭了。"她把枕头拖过来，抱在怀里问，"不是想见我吗？要说什么？"

她太淡定，像没事发生。

徐知凛也在旁边坐下，过了很久问："为什么不告而别？"

"我以为你清楚的，早晚会有这一天。"她撑着脸，声音轻快。

徐知凛摇摇头："我不清楚。"他说，"我想跟你过一辈子，没想过要分开。"

耳边一声清脆的笑："徐知凛，一辈子很长的。"

"不长。"

"你不懂，真的很长。"她踢掉鞋，把腿盘起来，"我不想一直过这样的日子，如果我们要搬出这里，你要上很多个夜班，要找很多兼职，我也要卖很多货……"

说完，沉默了几秒。

"我那些同事，你知道她们有多蠢吗？她们把我的外卖扔掉，在秤上做手脚，把我的铭牌贴上胶，又把我的笔弄得写不出水……"她笑了笑，轻蔑得很，"还有那些男的，色眯眯地看我，找机会就要摸我的手，我觉得很恶心，特别恶心。"

徐知凛皱眉，这些他从来没听她说过，以前的大多数时候，她都是说同事很好，帮她打卡，给她带吃的。

"可以换一份工作。"他说。

"换什么？我不卖金了，去卖衣服鞋子包包，还是跟505号房的一样去夜场当DJ公主？那样来钱比较快。"

"当然不是。"徐知凛忽地坐直,"怎么会?我们完全可以找别的工作。"

她笑了下,低声说:"我不想工作了,徐知凛,我想上学,上大学。"

说的什么,徐知凛有点听不清。好像忙音撞上胸口,模糊的,粗颗粒的,只把电流过滤到身体里,残余麻木的痛感。

"你也是,回去当少爷不好吗?比在这里做个网管强多了。"她说的这一句,他听清了。

"我不觉得网管有什么不好,只要能跟你在一起,做什么我都愿意。"

"用什么在一起?高中学历?跟你一直住城中村?"她声音很轻,没什么情绪的样子。

眼球很痛,像被人踩过一脚,徐知凛重重顿住。一旁,她在床头的月饼盒里找出一张明星卡片,正正反反地摆弄起来。

是她最喜欢的女歌手,一头标志性紫发,个头不高,眼窝很深,大大咧咧,性格非常好。女歌手的歌,他们一起听过很多次,直到现在,他手机里也全是她下载的这位女歌手的粤语歌曲。

徐知凛无声看着,喉间轻滚两下:"就不能给我时间吗?我在找机会,我会挣更多的钱,我们肯定能搬出这里。"

她依然盘弄着卡片,自己往手背上刮一下,浅白一道痕。

"别傻了,有些事体验过就可以,不要认不清现实。"她转过脸,声音齁齁的,"况且我早就告诉过你,我很自私。"

徐知凛忽然一阵脱力。两种情绪对冲着,他用力攥手,骨节也微微发白:"问你一个问题。"

"什么?"

"你以前说喜欢我,喜欢的是什么?"

"光环。"她不假思索地回答,"有钱子弟的光环。"所以没了这些,他什么都不是。话语把人蜇痛,短短几秒,人在情绪里辗转。

过会儿,徐知凛问:"我爷爷给的什么条件?"

"送我出国留学。"她嗓音带笑,还有一点娇娇的尾音,"你知道的,我这辈子还没出过国,想去看一看。"

"决定了吗?"

"决定了啊。"

徐知凛抿了抿唇:"那当时,为什么要出来?"

"不出来,怎么有机会出国?"她笑得很自然,"而且你爷爷说我心机深,我总不能白被人说吧？"

徐知凛盯着地砖，方方正正的土黄色，再怎么洗怎么拖，都有一道道的黑缝。他出了会儿神，从声带里磨出点声音："所以一开始，你就不是认真的。"

"是的啊，不过我没有想到，你真的愿意跟我出来，我觉得很有成就感。"她很骄傲，下巴微微挑起，"徐少爷，你真的很好骗，但以后不要这么傻了，遇到我这种人，一定一定不要相信。你要记住，我什么都能装出来，只要我愿意。"

情绪无法量化，但能感觉一颗心已经灰到极致。而灰色，本身就是色彩的坍塌。

徐知凛从眼底冒出一点笑，无意义的。他逐渐平复下来："那以后，还回不回来？"

"为什么这么问？"她歪头，眼神很清澈，甚至还调整了下坐姿。

老旧席梦思"吱悠悠"地响，弹簧的声音很熟悉。他们在这里躺过很多个夜晚，嬉笑打闹，畅想未来。

对视片刻，徐知凛移开眼："既然出去，以后就别回来了，因为你再出现，我可能不会顾什么旧情。"说完站起来，走到窗边，把窗户打开。

他靠窗站了会儿，听到她在后面回应一句："知道了。你放心，我不会再回来。"

他转身，看着自己用一整个青春在爱的人。她跟他对视，到这种时候，还笑得很平静，眼尾向上飞起，干脆又明丽："恨我啊？"

他看着她："知道吗？我是一个正常人，一直都是。"

"意思是我不正常？"她眼也不眨地回看过来。

风灌进来，吹得她头发沾到脸颊，玲珑的弧度。他走回去，替她把那点头发拿开："沈含晶，我不是天生低自尊的人。"顿一顿，再告诉她，"我说爱你，就是单纯爱你而已。你可以只喜欢我的光环，但我喜欢的不是你的蛮横，你也没有驯服我，我只是愿意爱你，愿意跟你在一起，所以我不在乎跟你对不对等，我也宁愿被你控制和支配……但这些，都不是因为我有病，明白吗？"

说完这些，他直起身。爱过一场，他想了想，也愿意送她两句话："没必要总拿虚伪和自私包装你自己，在我这里，你也是一个正常人，是值得我爱的人。所以不要总躲在你自己的壳子里，太封闭的人生，其实很没意思。"

最后,好像也没什么再说的,于是点点头,"你可以走了。"

印象中,她似乎没有马上离开,而是在床上坐了很久,久到换他不解:"有东西忘拿?"

她说"没有",接着穿鞋站起来,往门外走去。拉开门之前,她回头说一句:"再见了,徐知凛。"

他没有回答。因为刚刚说得很清楚,再也不见。她应该也意识到这一点,笑了下,拉开门离开。

明明风很大,但太阳也同样明亮,把人的轮廓都照得发虚。她又一次在走廊上,像要化掉一样,背影慵懒,浮在阳光里。

徐知凛没关门,毕竟他也不会再待。他回头看这满屋子,其实好像没什么值得收拾的,只是看着看着,更加想到当初来这里的样子。

心里觉得有一点讽刺,或许放大了,就是大人嘴里说的儿戏。毕竟他们逃到外地,曾经以为是新的起点,哪里知道,其实是终点。

年轻时的孤勇,大概真的太廉价了。但也许要怪的,还是命运太草率。

休养十来天,徐知凛出院了。

正好是除夕,一大家子都在,只是跟往年相比缺了江富,而跟去年相比,少了个沈含晶。加上徐知凛伤没好全,人也不怎么说话,于是一顿饭都吃得小心翼翼,没滋没味。

吃完,徐知凛照旧被叫上书房。老爷子真的关心孙子,自己说几句话就咳,还要仔细问问孙子的身体状况。

"我没事了,您放心。"徐知凛说。

老爷子点点头:"那就好。"

过会儿,才又问起工作上的事。这回经由庄氏收回一批股权,也算是解决了老人家一块心病,至于庄氏后面的首尾,也要一件件慢慢处理。

提到这些,老爷子担心徐知凛的身体:"你就不要操心了,能让下面人做的就给他们去做,还是身体最重要,好好休养。"说几句,又压了压声音,"你姑父那边,你姑姑找过我了。"

徐知凛喝口水:"我知道。"

等好久没再听见别的,老爷子咳嗽两声:"这件事,你怎么想的?"

"您问江廷吧,我交给他了。"

让儿子去处理老子,徐知凛不觉得有什么问题。

这回内审,正好借机清理掉团队里一些"老僵尸",不管是跟着以前AN所谓的功勋元老,还是庄氏安插的,又或者江富底下的,要么敲打,要么直接清出去。

这些,老爷子都知道是必须要做的,也没有多说什么。只是沉吟了再沉吟,他还是没忍住问一句:"沈习安那个养女,你跟她分干净了吧?"

孙子有出息能接班当然令人欣慰,但现在完全脱离掌控,从公到私他这个当爷爷的都说不上半句话,却也同样令人担忧。

果然才提到,就见徐知凛站起来:"没其他事,我先回去了。"

"徐知凛。"老爷子严肃起来,"我不是在管闲事,我说的、做的,都是为了你好。"

徐知凛已经走到门口,闻言扯扯嘴角,拉开门走了出去。

后来的大半个春节,徐知凛都在处理公事。人越长越大,年味却越来越淡。转眼到了元宵夜,徐知凛没回徐家,去了孙慈家里。

他的伤刚养好,孙慈不敢让他喝酒,于是吃完饭后,都抱着热茶在客厅闲聊。

"振中这回可没亏本啊,他们插这一脚,那明年不得按着庄氏吸血?"孙慈说。

这个徐知凛也是想过的:"确实有这个机会。"

上回保健品的事影响很大,不少散户都在抛售,导致庄氏股价两度跌停。而自从庄氏跟AN和解,其实山石这些企业都慢慢在退,振中就很有意思了,到这时候还在对庄氏增持。

最近还听说,年后政府牵头在土耳其和阿根廷办的药展会,庄氏一个席位都没有。

"蔡家那边,你是怎么打算的?"孙慈问。

徐知凛晃晃杯子:"过几天喜达董事会,我去一趟。"

孙慈琢磨了下:"他家女儿要上位了吧,叫什么来着,蔡、蔡思什么?"

"蔡思慧。"徐知凛把腿放下来,"管理喜达,她的确比蔡阳晖更合适。"

孙慈扬扬眉梢。那么意思就是,蔡思慧要接管喜达游轮。

这下好了,珠联璧合。蔡思慧跟朱晰,一个死盯庄氏,一个接管自家企业,这夫妻俩在商场简直大杀特杀。要这么说,别的夫妻是一对璧人,他们在有些人眼里,估计是一对狠人。

越琢磨越有意思,孙慈不由得笑:"娶个蔡思慧那样的,真不愁公司不发展。"

"你还想怎么发展？"黄璐走过来，伸手就拍他膝盖。

孙慈连忙赔笑："没没，老婆，开玩笑的。"

黄璐已经显怀，顶着肚子白他一眼，很不给面子地骂几句，坐下来一起聊。

上回来的时候毕竟还多个人的,所以说着说着,不可避免地提到沈含晶。有些事他们一知半解，这会儿也都好奇："真分了？"

他们夫妻双双，四只眼睛里全是八卦的光。

徐知凛觉得这趟也坐差不多了，于是喝完杯里的水，起来扣好外套。

"走了。"

"欸，至于吗？才问一句就要走，你这情伤比刀伤要深啊。"孙慈跟在后面鬼叫。

到电梯口，徐知凛朝他摆手："去照顾你老婆吧，别送了。"

"怎么回事不说说？"孙慈跟进去逗他，"不说是初恋吗？我这还等喝你喜酒，你倒好，白替人挨一刀，就这么让人走掉？"

实在太吵了，徐知凛眼神瞥过去："你就没别的话了？"

那还是有的，孙慈问："年后什么打算？出不出去玩？"

"徽南有个项目，要去待一段时间，就当度假了。"

工作当度假，牛。孙慈竖起两个大拇指："活该你赚钱。"也活该你单身。

徐知凛笑笑。都这个年纪了，应该很难有多饱满的情绪，更不会有半死不活的状态。到现在，好像任何事件都能被迅速折叠。又或许不知不觉，已经过了为爱冲动的年纪。

车辆穿梭，人像夜行动物，钻进又钻出。

回到家里，徐知凛去浴室洗澡，腹部还有一点疤痕，要注意防水贴。

从洗发水到淋浴露都是她换的，她选的味道，一个像滚着露水的荷叶，一个带着干净皂感，没什么花里胡哨的香。洗手台上摆着两瓶香水、一瓶护发精油，还有她的牙刷。

分开得还是有点突然，东西都还在，她也没回来拿过。不知道还要不要。

徐知凛穿好衣服，走到卧室。刚好床头柜也有她的东西，一罐脸部喷雾，拉开抽屉，几袋片式面膜，是她睡前喜欢贴的。贴完也不去洗，闭着眼，在脸上打着圈地按摩，说是促进精华吸收。

徐知凛拍了张照片，打开微信想要发给沈含晶，但临要点开她的头像，手指却一直悬空。过会儿还是放弃，没有点进去。

关上抽屉前，看见她被蔡阳晖摔坏的旧手机。屏幕已经碎得没法用，黑漆漆地躺在那里，退役得很不光荣。

徐知凛靠在床头，点了根烟，很久没抽，味道迅速钻进鼻腔，但烟雾丝丝，忽然又没什么兴趣了。

他靠回去，枕套应该已经换过好几回，但她的香味附着得太深，都不用刻意去闻，自动往鼻腔里钻。居然比烟味还要霸道。

徐知凛微微出神。他想起她睡在旁边的样子，睡姿说不上端正，但很安静。她很少抱他，经常是自己蜷成一团，半天不换姿势。

她是很坐得住的人，这一点跟以前很像，在画室或者在哪里，一坐就是几个小时，耐性真的很强。有她在的地方，不需要太多的声音，画面哪怕安静，也很有存在感。

过一会儿，指节灼痛。烟已经燃到底，徐知凛用力按灭，接着抖好被子，躺了进去。

春节后，各行各业复了工。

不久喜达开董事会，徐知凛亲自去一趟，借其他董事的口，让遗嘱的事被公布出去。

很快，杨琳成了众矢之的。在这之前，她因为闹离婚一直被蔡阳晖追着哄着，现在事情一出，两个人当众就吵翻天。

"你真是什么都敢做啊。"蔡阳晖暗暗咬牙。

"我有什么错？我还不是全为了你？"杨琳在他面前威风惯了，开口就骂，"这么多年，就是狗也把位置坐稳了，你倒好，人家一轰就下来，你有什么用？"

"我是没用，但要不是赖你，我现在至于连一点位置都没有？"

他们吵他们的，这回董事会，顺理成章，蔡思慧接管了喜达。国内游轮市场其实还有待开发的存量，如果喜达能在蔡思慧手里运营好，同为款待业，AN 也能提供资源。

离开喜达时，杨琳追出来质问徐知凛："你有必要吗？为什么非要这么狠？"

"我早就告诉过你，事情做得出来，就要有被人知道、被人揭穿的准备。"徐知凛没什么耐心理会她，说完就上车走了。

开出去没多久接到家里电话,让回去一趟,于是车辆改道,走了不常走的那段路。

路上,途经熟悉的面包店。徐知凛让司机停住,自己下车,进去买点吃的。是沈含晶曾经兼职过的那家店,今天老板和老板娘都在。

老板娘眼睛最尖,很快认出他:"你是小沈男朋友吧?"

徐知凛站柜台前,视线从柜面移开:"您好。"

"你好你好,上回你们来,我跟我老公刚好不在,后来总跟小沈说让过来坐的,她又老说忙。"老板娘连忙招呼他,"坐吗?进来坐一下。"

"不了,车还在外面等,我就是进来看一看,买点蝴蝶酥……"说着,徐知凛又看看摆在外面的长条面包,"再来半斤这个吧,谢谢。"

"行行,稍等一下啊。"老板娘揪开个纸袋,开始拣面包,动作很熟练,一掌压住袋子末尾,利索地把东西夹进去。

徐知凛静静看着,想起当年,沈含晶也是这样操作的。那时候店里忙,她一个人转不过来,他会进来帮着收拾一下。收了托盘和夹子到柜台的时候,她站在后面冲他眨眼,逗他说:"同学你有女朋友吗?"

"好了。"老板娘把袋口对折,东西递过来的时候朝门口看了眼,"之前就听小沈说你家里条件不错,这车肯定很贵吧?"

"普通商务车,还好。"徐知凛拿出手机付款,被老板娘按住,"别别,这点东西给什么钱,小沈帮我那么久,你别搞这么客气。"

徐知凛已经付成功,收起手机笑了笑,说:"没关系,下回等她来,您再请她。"

"小沈又不在这里了吗?"老板娘问。

徐知凛想了想:"暂时离开一段时间,应该快回来了。"

"哦,那好,下回我约她。"老板娘从搭板走出来,特意送他出去。

到门口时,她忽然想起:"说起来,有件事我还一直想问你们。"

徐知凛点点头:"您说。"

老板娘回忆了下:"当时放暑假,小沈说不干了要走,我以为去哪里玩,又听她说跟你一起离开这里,还说你们两个要结婚……我当时还觉得奇怪,心想你们才多大就结婚……"又小心翼翼地问,"那个……你们是已经结过婚了吗?"

徐知凛驻足原地,过了几秒想起来问了问时间,正好是他们一起去广东的时候。所以,其实她是想过要跟他长久的吗?

路边有车辆鸣笛,变成耳鼓低荡的回音。

天冷,太阳也是冰凉的。

站在台阶上,徐知凛一颗心忽冷又忽热。片刻后,一点笑意挣出眼眶,他抓住手里的纸袋:"以前,是有过这个打算的。"

告别老板娘,徐知凛回到车上,车行半途,再想起刚刚的事,又觉得有点好笑。

原来哪怕是到现在,也还是会为了她曾经展现过的,哪怕万分之一的在意而停顿。

不出半小时,回到徐家。

江宝琪姐弟在客厅,一个坐在沙发睡觉,一个在发语音。

发语音的是江宝琪,嘴里讲着牢骚:"搞什么嘛,出国又不是离开地球,怎么还联系不到人了?"

回头见到徐知凛,她马上站起来,原地踟蹰。因为知道父亲做过些不好的事,所以再见到这个哥,江宝琪就有点缩头缩尾:"二哥……你来啦。"

徐知凛把袋子递过去:"刚出炉的。"

江宝琪其实不爱吃这些,但这会儿开心了,接过来特别大声:"谢谢二哥!"

徐知凛往前,走上楼。

过个年,老爷子身体好了一些,不用天天躺在床上。见孙子来了,他把人带到阳台坐下:"喜达那边我听说了,这件事我是支持你的,蔡阳晖那小子,确实不太行。"

"还有朱家,现在蔡家和朱家是一起的,那他们振中药业是怎么想的?要吞掉庄氏?"

徐知凛摇摇头:"不清楚。"

他态度淡淡的,老爷子把他叫回来也不是为了这个,于是绕了几句,开始提起主要目的:"我一位老友,家里有个孙女还不错,比你小几岁,去年刚毕业,这周末找个时间,你跟她见一面。"

"周末出差,没时间。"徐知凛站起来,"而且我不会去,以后如果是为了这种事,您没必要叫我回来。"

"那就下个星期,你去接触一下,吃顿饭也是好的。"老爷子虽然猜到他会这样,但还是极力劝,"不要这么封闭,徐知凛,不要把所有心思

都放在一个女人身上，没有必要。你睁开眼睛看一下，身边好女人多的是。"

"您可以介绍给江廷。"徐知凛拍拍外套，头也不回地走了。

走到一楼，沙发上的小宝时已经醒了，抱着他刚刚买回来的面包袋子，吃得满脸都是。

"二哥！"小孩龇牙笑，特别有礼貌，爬下来抱着徐知凛的腿，"吃面包。"

"你吃。"徐知凛抽张纸巾给他擦脸，再把他手指缝给擦一遍，全是面包里面的巧克力酱，擦完拍拍他脑袋，"少吃一点，太甜了。"

"嗯嗯。"小孩猛点头，但还是抱着袋子不肯撒手。

"你姐姐呢？"徐知凛没看见江宝琪。

小宝时胖手一指外面："在骂人。"

领他出去找，确实听见江宝琪举着手机在说话，抱怨一句接一句。

"她当店长的，怎么这么没责任心？我给她介绍生意，当时说好的她要亲自跟单，现在电话打不通、信息也不回，烦死了！"

叽叽喳喳说几句，江宝琪终于发现后面有人，吓一跳，连忙挂断。

"跟谁打电话？"徐知凛问。

江宝琪紧张地摸摸头发："没谁。"

徐知凛收回视线："看着宝时，他太小了，摔一跤你也听不见。"

"知道了……"江宝琪回来牵住弟弟，清清嗓问，"二哥，你周末有没有空啊？"

"有事？"徐知凛看过来。

"我妈说，想让你去我家吃顿饭。"

"我周末要出差。"

"啊，那什么时候回来？"

"下个月。"

"哦，那等你回来。"想起自己刚刚骂人的暴躁样子，江宝琪没敢多待，带着弟弟看电视去了。

在外面大半天，徐知凛打算回趟公司。往车棚走的时候，刚好罗婶跟车采购回来，一撞面跟他打招呼："徐总回来了，在家吃饭吗今天？"

"不了，要去公司。"徐知凛点头应她，脚步有些迟疑，但最终，还是上车走了。

等到周末，按日程出差。申市到徽南，航程两个半小时。

从下飞机那天开始，徐知凛一直在忙，忙着见业主，忙着看图纸。

徽南风韵，白墙黑瓦，独一无二的水墨景，随处花草青翠，隐秘又超然。这样山水田园气息浓厚的地界，特别合适起一座园林度假式酒店。

AN深耕酒店业多年，到现在已经有很成熟的筹开体系，只要确认设计方案，那么从施工到推广，都有高标准的执行手册。

只是这边业主太热情，喜欢在酒桌上谈事情，要不是有刚做完手术这个借口，徐知凛应该也待不上太久。

这天刚好有个建筑协会的春茗宴，他出去应酬了一场，酒虽然没喝，但有人抽烟，混着桌上的饭菜，气味不是太好闻。借口上洗手间，徐知凛走出外面透气。

天气不错，也无骄阳也无雨，东南方向有一座茶园，还有廊桥，几代的历史遗址了。

外面没有座椅，他撑在阳台上，手指搭着鼻梁，揉了揉。

"徐总，怎么一个人跑出来了？"有个设计院的老总走过来，可能喝得有点高，手里酒没端稳，不小心把酒渍泼在地上。

很快有穿灰衣服的公共区域保洁人员过来打扫，黄色A字牌放好，徐知凛往旁边站了站，不经意往人铭牌上瞥一眼，忽然想起点什么："张伯？"

白头发的保洁一抬头，盯着他愣了好久："你是……小徐？"

没错了，是当年那位房东。徐知凛认出他，点点头："是我。"

他乡遇故人，百感交集。

老张太激动了，看徐知凛穿得体面又考究，一看就是大老板："我其实刚刚也看到你了，但都不敢认，没想到真的是你啊。"

"好久不见。"徐知凛走过去，跟他握了个手，"您怎么在这里？"

"这里是我老家啊，我回来好久了。"老张放下清洁工具，跟徐知凛说话，还告诉徐知凛，说他们原来住的那个工业区搬走了。也因为工业区搬走，所以长期房减少，临时房又做不了，所以干脆转让了，回老家找点事做。

这个徐知凛是清楚一些的："临时房确实难做，要熬夜，还总要收拾。"

"是啊，我们吃不消的，警察又经常去查，还说要搞什么入住系统，我们连电脑都不会，哪里搞得懂那些。"

这么个大老板还跟自己叙旧，没有半点架子，老张高兴之余，又有点紧张。人一紧张话就多，手足无措地努力找话题。

他问徐知凛："对了，你后来找到你女朋友没有？"

徐知凛沉默了下："找到了，她回去过一趟。"

"是吗？我怎么没印象？"

"她没回多久，很快走了。"

忽然就有点冷场，老张略感局促，过会干巴巴挤出一句话："小姑娘……其实挺好的。"

徐知凛笑了笑："她是挺好。"

她其实很友善也很健谈，他傍晚去上班，她经常跟着一起下去，站门口跟房东夫妇聊天，或坐矮凳上，逗着对门一只小型犬玩。城中村的那段日子，他看过跟在徐家以外不一样的她，活泼开朗、格外自在。

老张看他笑，心里也松了下，又试探着问："你们两个，是不是已经分开了？"

徐知凛点点头："分开了。"

"那还挺可惜的。以前你们两个多好，你记到她，她也记到你。"老张叹口气，把最后那点酒渍拖干净，"之前发大水那回你记不记得，水涨得特别高，到处黑麻麻的还下雨，我让她不要出去，怕给水冲走，她非要去，还找我借手电筒，说你有夜盲症晚上看不见……"

老张喋喋不休的，突然觉得自己好像说太多，把防滑板收起来："不好意思啊，我太啰唆了。"

对面，徐知凛好像有点愣："那天晚上，她出去过？"

他这么一问，老张也有点蒙："出去过啊，你没看到她吗？我还给她找了把伞，刚好听到有治安员在打喇叭，说你们那条街有网吧电死人，叫这边都不要过去，她一下子像疯了，摸黑就往水里跑，追都追不上。"

"没有，我没看到她。"徐知凛眼瞳乌沉，定定的，很久不转一下。

张伯的话，打破了他之前的记忆框架。情绪被提起来，波动着，像接触不良的灯。

心在沉寂里痉挛一下，再一下，起起伏伏的。徐知凛眼皮跳了跳，忽然感到一阵后怕。

他工作的网吧很不规范，里面线路很乱，那天又刚好有排插进水，把一位正在上网的客人给电僵了，没能救过来。

城市内涝，其实户外很危险，水里不知名的锐器，水底被冲走的井盖，哪儿哪儿都是危险。

现在回想，她可能涉水去过，还在某个角落确认过他的安全，而他当时忙着抢救设备，没有注意到她。可他又清楚地记得那天晚上，她只给他发过一条信息，说饿了，想喝粥。哪怕是第二天和后面，她都表现得若无其事。

徐知凛哑顿了下。

怎么会有人嘴那么硬。

第二天上午，徐知凛回了申市。路经春序，他停车走了进去。

袁妙正好在楼上，还有个江廷站在她面前，基本把她挡了个严严实实。走近一点，发现她在哭。

"怎么了？"徐知凛出声问。

"徐总。"一见他，袁妙很快抹了把脸，讪讪的，很不好意思。

徐知凛看了眼江廷："有事？"

江廷摇头："没事，工作压力大受了点委屈，我在开导。"

徐知凛皱眉。

这事江廷也不好拿主意，只能往旁边一退，看着袁妙："你想想吧，要不要说。"

袁妙眼角还红着，欲言又止。

徐知凛想起江宝琪的话："联系不到她？"

问到具体，袁妙又有点忍不住了："晶晶她爸爸住院了，这回好像挺不过去……"

徐知凛一怔："什么时候的事，怎么不早说？"

"她也是回去才知道的，这段时间一直在医院照顾，我说要过去陪她，她就让我看着店里，问她就说没事没事……可要真没事她肯定早就回来了，怎么会拖到现在……"袁妙有点哽咽。

江廷找了盒纸递过去，也很不理解："嘴也是够紧的，其实多个人商量没什么不好，她一个人，照顾人多费劲。"

袁妙吸了吸鼻子："这都好久了，我也不知道她那边现在到底什么情况，老是不回信息，电话也不经常接，我真的怕她……"怕她出事。

徐知凛站立着，万吨情绪积压于胸。

沈习安，是她在世上最后一个亲人。

当天，徐知凛回趟家，在罗姨那里拿到沈习安的号码，很快订下最近一趟航班。

之前的签证刚好派上用场,经过二十多个小时的飞行后,他到了德国。

德国的春天,气温多变。天气阴阴的,雨要下不下。

因为几个电话都打不通,徐知凛在机场逗留很久,辗转联系,最后找到这边私人保险的经纪人,才得到医院地址。

搭车到达医院,天已经又擦黑。进入住院部,在七楼的走廊上,正好看见沈含晶。

她在护士站填什么东西,比照着手机里的信息,一边看一边填。室内有暖气,她穿得不算多,套着毛衣加牛仔裤,一看就是方便行动的装扮。还有头发,全被夹子夹在脑后,有几缕不长不短的,顽固地垂在额头前面。

表填一半,她伸手绕了下,同时侧头。两人视线相交之时,徐知凛掌心发潮。他咽了咽嗓子,走过去问:"安叔呢?"

沈含晶看着他,眼也不眨,过了半分多钟,才答了句:"在加护间。"

加护间在楼上,最安静的那一层。两人从楼梯走,楼道间窗户没关,可能觉得冷,沈含晶抱着手臂搓了搓,低着头,一言不发。

徐知凛往前跨一步,抓住她的手腕,小力往后带。

她先是挣扎了下,但很快又听到一记小声的哽咽,接着那双手环抱他,人也在他怀里发起抖来。她在哭,低声且压抑的,哭到口齿不清。

头回看她哭成这样,徐知凛的情绪更加被提起来,低哑着声音安慰:"没事的,都会没事的。"

沈含晶摇头:"不是太好,情况不是太好……"她手都在颤,"我有错,都是我的错,爸爸身体不好,我不该回国的,我应该留在这里照顾他……"

在面对亲人的病痛时,所有情绪都会被成倍放大,尤其是自责。难以想象,这些日子她一个人是怎么熬过来的。

徐知凛抱紧她,手一遍一遍地抚着她后背:"没事的,别担心,我们先看看什么情况,别怕,别怕。"

沈含晶怎么会不怕,她怕死了,毕竟沈习安的病情真的很严重。

海绵状血管瘤,长在脑室的。沈习安从去年开始头晕头痛,现在已经有过一回脑出血,这段时间,人一直在神经外科的加护病房出出进进。因为位置接近脑垂体,手术又难度太大,如果动手术,可能半身不遂,或者直接下不了手术台。

"这边医生说如果能醒,就怕也要偏瘫,或者……失语。"探视区,沈含晶目不转睛地看着里面。

感受到她的情绪紊乱,徐知凛抓着她的手,想了很久:"我们再联系其他医院看看。"

他在这边确实不熟,只能不停地打电话,发动国内的关系网,让人帮忙找找合适的医疗渠道。时间上是有点紧的,毕竟病人多在里面待一天,就多受一天的罪。

好在来的第三天,终于联系到了手术资源。汉诺威的医院,一位神经外科的知名专家,手头有不少疑难脑瘤切除的成功案例,可以过去咨询看看。

得知消息的当天,徐知凛和沈含晶把片子和所有记录带过去面诊。

等了一上午,终于在下手术的间隙得到了面诊时间,并于忐忑之中确定手术指征,也初步取得主刀的排期表。

从医院出来,二人都松了口气。

徐知凛还在打电话,沈含晶到旁边买了两个汉堡,等他打完,递过去一个。徐知凛咬一口,看了看。

"是不是很难吃?"沈含晶问。

"还好。"徐知凛吃完,又咬了一口。

沈含晶笑笑,德国人的东西,其实很不好吃,又干又硬,又酸又咸。这边的天气也是,阴多晴少,一春一冬的,太阳都特别难见。

坐在路边长凳上,两个人沉默地吃完这顿饭,又赶回原来的医院。

恰好护士通知,说沈习安醒了,而且情况现在看还好,没有出现偏瘫的症状。

换上隔离衣,他们进到病房里面。

看沈含晶有点走不动路,徐知凛把手放她后腰,低声鼓励:"去吧,慢点说。"

转院治疗的事情,他们需要跟沈习安说明一下,也要征求他的意见。毕竟专家手里成功案例再多,一上手术台,谁也不敢打百分百的包票。

沈含晶走过去,在病床旁边站了站,弯腰凑近养父:"爸,能听到我说话吗?"

徐知凛站在后面,看见沈习安一点一点,慢慢睁开眼。

很久没见这位长辈,他额角已经有了白发,因为病痛人瘦了不少,说话声音也很轻、很缓。

这边医疗运转很高效,护士足够尽心,护理上的一些细节也很人性化。不少患者的床头都摆着祈愿卡,以及家庭相册。沈习安的床头,同样放了

他们父女的合照。照片是在小房子客厅里拍的,沈含晶站在沈习安右腿旁,脸上微微带笑,沈习安的手则放在膝盖上,两人直视镜头。

一个严肃,一个拘谨,都不太自然。

印象中,他们相处起来也是这样的,不苟言笑的父亲,安静话少的女儿,很少看到特别亲近的时候。

比如现在,一个躺在病床上,声音虚弱到旁边都听不见,一个小声说着什么,细声细气,小心翼翼。但父女两个手掌交握着,是格外贴近的距离。

过一会儿,沈含晶直起腰,往后面看了看。

徐知凛会意,往前两步,接替她站到旁边。

"安叔。"他蹲下去。

沈习安撑着眼皮,用发虚的声音打招呼:"你来了……"

他们说话,沈含晶擦了下相框,再把新换的祈愿卡放在旁边。很安静的空间,只有各种仪器的运转声。偶尔病人咳嗽一下,但被子盖着胸,看不出多明显的起伏。

旁边的两个人还在说话,其实应该也才几句而已,只是养父现在状态不好,说和听都比平时要费劲得多。

没多久,探视时间到了,两人走出病房。

徐知凛去护士站要了两杯茶,走过来,递一杯给沈含晶。就算是有暖气的室内,中国人也需要一杯热水,不仅暖胃,也暖手。

沈含晶接过来,跟他一起站在楼道。外面河岸边,栽的全是橡树。

她侧头看徐知凛,他边喝边回信息,界面上一句接一句,是在跟朋友确认手术的事。连日奔波,他没什么时间打理自己,下巴已经长出胡楂。

回完信息,他抬头:"说好了吗?"

"说好了。"沈含晶抓着纸杯口,"我爸他,同意转过去。"

"好。"徐知凛低头又打了几句话,等收起手机,朝她鼓励地笑笑,"别担心,会顺利的。"

沈含晶艰难地扯出一个笑,不算轻松。这种时候心都吊着,其他的话,暂时没什么心思说。

次日转院,半周后,手术开始。

沈含晶坐在等待区,手机响个不停。她也有点坐不住,干脆出去接了两个电话,一个是罗姗的,另一个来自梁川。

电话那头梁川很焦急,说听到消息就想出国,但手机卡、护照都被父母拿走，一直把他关在家里，今天才想办法跟她联系上。

"晶晶，我过去好吗？你把地址发给我。"梁川请求道。

"不用了，我爸已经在手术，应该没事，你不用跑。"

挂了电话，沈含晶看着窗外，熟悉的红顶屋和绿树。这里其实是很不错的国家，她刚来的时候也很喜欢这里，毕竟是从小就向往的地方。

庄重严谨的哥特式建筑，一直憧憬的科隆大教堂，以及这个季节海德堡绽放的春花，欧陆风光，独有的德式浪漫。

到这里留学，确实是圆了她的梦。可她来的时间点，好像有点不对。而且待过才发现，有些东西骨子里剔不出去，归属感这种情感，永远只会属于母国。

难得出了太阳，沈含晶把窗户开一条缝，呼吸新鲜空气。回头看了眼徐知凛，他坐在椅子里，视线看的是手术室方向。

春日照到眼皮上，沈含晶忽然想起那年保姆车里，被吓得说不出话的小少爷。白衬衫黑领结，像童话书里走出的小王子，只是看起来呆呆的，眼珠都不会动了。

后来她被接进徐家，也常能看到他。他其实很忙，有钱人家的孩子，尤其是着重培养的，要上的课很多。除了学校里的课，他还有各种辅导班，到家里或者外面，要学的更不止才艺。

她对他很好奇，但不敢接近他，因为她们总说她身上有味道，不仅是杨琳、江宝琪，还有已经记不清名字的女孩，父母都是有头有脸的人物。

她那时候不懂，也觉得自己身上确实有味道，因为跟着罗婶的时候她很少洗澡，怕占用洗手间，也怕浪费人家的水和香皂。

住进徐家后，养父给她买了洗发水和沐浴露，她每天多用一点点，为了掩盖味道，又偷偷给自己身上扑痱子粉和花露水。但用多了，又被说太香太冲鼻。

可能有钱人的鼻子都很灵很挑剔，那些人里不嫌弃她的，只有一个徐知凛。他不会在她旁边故意捂鼻子，不会推她搡她，甚至有他在的时候，她们也不怎么敢欺负她。因为他是徐家少爷，徐家的东西、徐家的生意以后全是他的，她们不敢跟他吵，怕被他赶出去。

后来江宝琪去中国香港玩，带回来一堆瓶瓶罐罐，其中有一瓶破了口，被扔进垃圾桶。发现是洗发水，她捡起带回去，晚上用来洗头发。

后来有一天在客厅碰到，他说很好闻。她愣了好久，才反应过来，是在说自己的头发。

那天客厅没人,她壮起胆子问那是什么味道,他想了想,说是潮湿的柑橘调,带一点丁子香,又笑着重复了一句:"是很香的味道。"

她有点茫然,柑橘她知道,丁子香是什么香却不清楚,但他说好闻,所以她回去查了品牌和香味。她看了好久,因为真的好贵。于是她收起最后小半瓶,没舍得用。她太穷了,暂时还买不起。

可她买不起的东西,是别人可以随手乱扔的垃圾。抬头看到被别人承包的璀璨,你知道自己这辈子可能都够不着,于是只好低头,头低多了,卑从骨中生。

申市是很精致的地方,到处是她消费不起的东西,这座城市的高楼大厦像尖利的刀刃,经常能割破她的胆气,让她只敢站着,怕说错话,不敢多开口。

贫穷其实不算什么,她怕的是被赶走,因为妈妈说了,要想办法住进徐家,留在徐家。

好在那时候她差不多能确定,自己应该不会被赶走。她发现名字虽然没换,但换了户口本,跟养父的名字在一起。

养父是个很好的人,送她去读书,还会给她零花钱,只是他长得太高,人也太严肃,工作又很忙,所以她不太敢跟这位大人说话。

除了考试结果出来,可以用试卷当话题,跟养父说两句话,被养父摸摸头。她很满足。

于是她知道了,成绩一定要好,大人才会喜欢,她会被夸,被看见,被挑到前面去,不像以前,只能在厨房、保姆间、车库、通道待着。只是被夸的同时,也有烦恼。

比如江家兄妹成绩都很差,看不惯大人因为考试分数夸她,每回都在旁边做些怪动作,说些酸溜溜的话。

徐家有些帮工也不怎么好,为了讨这些小姐少爷开心,跟着说她字丑,说跟她这个人一样,瘦得像鬼。她尝试克服这些难过的情绪,每回他们嘲笑,她会把耳朵关起来,不听也不看。

但情绪可以被克制,只是难过本身却不会因为这个而减少。尤其是说到她妈妈,她很难受,很不爱听。

直到十岁那年,她看见江廷掉进水里。水挺深的,江廷像只狗一样挣扎,浮上浮下,应该快要死了。

那时候她已经知道死亡是什么，也知道谁都要死，但当她一脚把江廷踹回去的时候，在江廷的求饶声里，她忽然感觉好兴奋。原来有钱人也那么怕死啊。

所以她欣赏够了江廷的惨样，后来又帮他端饭进去，看他吓得差点背过气的样子，开始有了轻蔑的情绪。

原来再有钱也是庸人，没用的庸人，外强中干、虚张声势的庸人。在有些恐惧面前，也不比她这样的穷人高贵。

于是从那天起，再面对这些所谓有钱有势的人，她有了截然不同的心态。她想，妈妈说得对，当个自私虚伪的人不仅能活着，还能活得很好，很有意思。

她开始享受这样的状态，江廷害怕的样子让她脉搏跳得好快，还有那几位千金，矫揉造作、自以为是的样子，她看得很好笑，觉得也不过如此。毕竟她只要做点小动作，她们就能吵翻天，能绝交，能为了哪个明星更帅而摔东西。多幼稚。

她当个旁观者，觉得自己跟别人不一样了，天天像在看戏，还没有人发现她的改变。但慢慢地，她开始不满足，开始有了其他想法。

比如徐家小少爷，他念私立学校，特别贵的私立学校，里面基本是要出国留学的人。学校和她学校面对面，但设施设备和环境都比她这边好，校服也好看。

天天进进出出，差别太明显了，这边的羡慕也太明显了。经常有人站在教学楼往对面看，看接他们的车多新多长，看有钱人读书的地方，也看富家子弟们怎么活动的。

印象最深的那天，好像是运动会。有点吵，那边在踢足球，有个同学刚好带着望远镜，借她看了一会儿。

她在宽阔的专用足球场上，很快看见徐知凛。他穿白色运动服，领口挂了条黑色汗巾，护目镜拉在帽檐上面，动起来的时候小腿肌肉紧实，跟腱绷出的线条很锐利，比江宝琪她们追的明星还好看。

那天她心不在焉，放学以后，在家里蹲到了他。他真的很爱运动，从足球场下来还拍着篮球，因为运动过，眼睛又黑又亮，那点汗流下来，挂在鬓角把头发染湿。

看见她了，他脚步停顿下，笑着跟她打招呼。温柔的少年，有干净好看的手指、清瘦立体的轮廓，以及举手投足间的教养感。

他阳光开朗，对谁都客气又温和，也被所有人喜欢。不像她，有时候关起门来，自己都能闻到身上的阴暗气息。

可是怎么办，她好想靠近他。所以后来她毫不犹豫地选了他们学校。

她开始攒钱，花很多钱去买那款洗发水，让那种香味成为她独特的标志，让他每回闻到都会停顿一下，不自觉地看她一眼。多一眼也好，她余光都有捕捉到。

可不巧的是，杨琳也在意他，并且好像发现了她的心思。但杨琳太蠢了，根本没把她当回事，还嘲讽她痴心妄想，说她不知道自己斤两。

话确实不好听，但她不觉得有什么，甚至心里只有一个想法，命运不允许的，她偏要占为己有。并且她确定，少爷也同样在意她。

比如他维护她，指责江宝琪没礼貌；再比如有时候在人群里，他会下意识地找她。他是学生会的人，各种活动都能看到他，而到同一所学校后，她有了充足的理由看他。

可以格外认真，可以眼也不眨，没人会觉得奇怪，毕竟都在看他。

她喜欢看原本端雅姿态的他在礼堂发言时，因为注意到她，喉结微微滚动的紧张。那是属于她的忐忑反应，她会很满意、会痴迷，再在痴迷里产生各种幻想。

然后有一天，幻想成了现实。他写了信给她，还约她去看电影。那天晚上她没有睡着，肯定是兴奋的，但她很快把兴奋压抑下去，装作没有这回事。

那个周末，她跟着他到了电影院，看他傻傻地等，没等到她，自己茫然地站了好久，还帮人把烟头扔进垃圾桶。

于是她终于出现，随口说了个原因糊弄他，再观察他的反应。

但是富贵堆里长大的人，大概在真空环境下待得太久，真的傻得厉害，也傻得可爱。她说他就信。

后来他们私底下有了更多接触。

再后来几回吵架，都是她故意的。她要他接受她，真真正正的她，溃烂的不完美的，他必须接受。

她要撕破平衡，要关系里绝对的话语权，要他坚定的心意，不遗余力且毫无保留，要眼里心里只有她一个人，更要从头到脚只听她的话。

她知道自己有病，而且以此为荣。况且她一直觉得，他也是享受的，不然早就跟她分开了，又怎么会一次次退让，一次次配合？

进入一段非常规的爱情，不是也很有意思吗？再者出身有什么好骄傲的？她同样可以把他踩碎，再亲手把他拼起来，拼出一个只属于她的徐知凛。

还有他的名字，身边熟悉的人大多叫他"徐知凛"，她喜欢叫他"知凛"，不带他的姓，跟他是谁家的儿子孙子没关系，她要的是这份独特的亲密，要的是比别人更亲昵的亲昵。

"知凛"多好听，最后一个字，舌面擦过上颚，像是弹出来的发音，然后看着他，笑眯眯地看着他，直到他耳朵红、脸也红。

这个人是真的傻里傻气，她说什么是什么，稳稳接住她每一分脾气。

多有意思，白净斯文的少爷，却一天天被她吸引，一步步对她妥协，甚至只要她说，他就愿意放弃优渥的条件，跟她逃到那个南方城市。然后养尊处优的少爷，跟她一起打工，一起赚那点小钱。

他其实能赚得比她多，他对电脑硬软件都熟悉，可以去当网管，还可以去酒店兼职弹钢琴。昂贵课时费培训出来的少爷，钢琴这种东西应该是用来自娱用来陶冶情操的，他却穿上地摊上的廉价衬衫，去赚那几个小时的表演费。

天之骄子坐在人群中央，头一回卑微得不像样。

她发现自己被触动，而且这样的触动，好像不是什么陌生的情绪。到广东以后，他不止一次地说要结婚，她真的也想过要结，想过跟他的名字一起出现在结婚证上、户口本上，让两人的关系合法化，让一切都顺理成章。

后来洪水夜听到喇叭声，她吓得马上跑去网吧，她太害怕了，怕他有事，怕被电死的是他，怕失去他。

等到了地方看见他还活着，她以为自己可以放心，但站在那里，看到他狼狈的样子。他有夜盲症，本来就看不太清楚，那时候镜片上全是雨点，身上湿透了，看不清还要努力去搬东西，深一脚浅一脚的，完全是摸索着在干活。

老板在后面骂骂咧咧，广东人说话好大声，尾音拖得特别长，还用不好听的本地话指使他，这里那里的，完全不管他的安全和死活。

她脑子好像木掉了一样，想他以前到哪里都是被人捧的，但到这种地方却成了受气的小喽啰，被那些人指使。

那天开始，她晚上频繁做梦，梦到他在漆黑的夜里摸来摸去，更梦到他被电到，一个人躺在地上，没人敢接近。

她慢慢意识到，原来没有足够的物质基础，是要被老天爷揪着鼻子走的。所以爱情这种东西真的好讽刺，在宣扬美好的同时，也会展示代价。还有她的那些同事，一个个都又蠢又坏。

于是她被现实击穿，选择了离开。

动心是真的，爱他也是真的，但她到底不是削足适履也要嫁给王子的人。她大概是没有心的怪物，所以她活该孤独终老。

其实一开始可以跟他开诚布公的，但她居然害怕了，害怕被他指责，更害怕他跟她吵，便自己先跑掉。她不想被抛弃，所以当了先放弃的那个人。

也可能其实是带着侥幸心理的，不告而别，有些话就不用说得太清楚，所以里面有她卑鄙幻想后的"或许"。

她也想过，其实抽身出来作为旁观者，他们之间都是一眼看穿的结局，没什么好奇怪的，更没必要有心理负担。

只是没想到，他非要见她一面，甚至为了这个绝食，不肯离开。她有点犹豫不决，但想着已经过了那么多天，他应该不会太激动，所以还是去了。

那天没有留太久，但说的每一句话她都还记得。有些话很现实很伤人，她知道，但更明白学历有多重要，她是在底层生活过的人，知道那种日子会有多艰难。

那种日子她不想过，也不想让他过，所以她说要分开，一定要分开。体面活着，比所谓的爱情更重要。

他激动过，不表现在声调的高低里，而是语气的急促，以及细碎不安的肢体语言。

谈到最后，他好像也接受了，于是她松了一口气，觉得这样很好，他也是接受现实的人……可他话又太多了，忽然说爱她，说她也是一个正常人。

她惘然，突然感到血液都冰凉，浑身没有温度。为什么要把一个怪物说成正常人？她怎么会是正常人？她明明冷心冷肺，整个人都是病态的。还有，谁需要他看穿她的脆弱？为什么自以为是，为什么要把她剖开来，为什么要说那些话？

所以她想了很久，觉得他肯定是故意那样说，他在给她加压，要让她愧疚，让她有负罪感。毕竟他恨她，恨到不想再见她。

不回国而已，外面世界很大，徐家给的钱也多，正好成全她的出国梦。

刚到德国不久，她去了科隆大教堂，花钱上到顶楼。顶楼的琉璃窗户很好看，扭曲的光，是她喜欢的那种毫无秩序的美。

只是看久了，她忽然把头抵住窗户，哭到浑身发抖。她好想他，控制不住地想他，想他义无反顾的爱，想他在火车站牵她的手，更想他给她带的一碗碗粥。

　　她喜欢喝的粥档，他下班时候还没有开门，所以每一回，他都是特地在旁边等，等人家开档，打包上第一碗生滚粥。

　　这种细节，在记忆里一遍遍地切割她。

　　还有分开时候他说的话，原来她已经被那些话打上刻印，属于他的刻印。她宁愿他也不是多爱她，宁愿他当梦一场，那她这样的人，根本不会记多久。可她痛苦在于，他不仅知道她是什么样的人，而且理解她为什么会那样。

　　那么深重的爱，他不应该有。所以一直是她在自作聪明，她在自欺欺人，是她没胆，她是情感上的侏儒。

　　她不配被爱。

　　后来她失忆，忘了所有的事，但她死性难改，就算不记得他了，就算总有人事物一遍遍提醒他们相爱过，但她该报复还是要报复，有机会递到手里，她一定会抓住。

　　所以到现在，她再次搞砸所有事，让他们的关系积重难返。

　　原来记起一切，是对她的终极审判。

第十章
爱人在身边

信号灯闪了一下,有护理床被推过来,轮子声音滚过地面,让沈含晶回过神。她看了看信号灯,不是养父那一间的,于是定定神,往里走。

回到等待室,她迎着徐知凛的视线走过去:"接了个电话。"

徐知凛点点头,看看手术间门口:"刚刚有护士出来,我问了下,说应该差不多了,目前为止还是顺利的。"

"那就好。"沈含晶坐回去,手指在裤子面料上摸了几秒,"你的伤养好了吗?"

"好了。"

"公司肯定很忙吧?"

"还好,事情都有人处理。"

徐知凛知道她应该很不安,心很难定,所以会需要说一些话,于是陪着她聊天,陪着她缓解紧张。

东拉西扯间,沈含晶忽然问:"陈朗去哪里了?"

"不清楚,大概回家了吧。"说起她那位"继父",徐知凛面不改色。

沈含晶低头看他鞋子边缘,过会儿低声说了句:"无疾而终,好像真的是很难一件事。"

鞋尖动了动,徐知凛朝她坐过来一点,握住她的手:"别担心,安叔会好的。"

漫长的几小时,等今天稀有的阳光开始变淡,手术室终于有了动静。

助医出来,手里端着不锈钢的手术盘,其实不用多看,也应该知道是什么。毕竟手术室外绿色的灯，提示的字都写在上面。

沈含晶卸了力，人却有点站不起来。明明德语她更熟悉，到最后，却要徐知凛翻译给她听："肿瘤已经安全切除，安叔马上出来了。"

神经外科的 ICU 观察一晚，第二天，沈习安已经不用插管，转到了普通病房。除了有点嗜睡，皮肤还病苍苍的，其他都在好转。再过两天，等他可以正常进食，沈含晶特意回家做了吃的，再带到医院。

到病房里，徐知凛正好在卫生间擦脸。看她大包小包，他开玩笑问一句："有我的吗？"

当然有他的，大块的糯米排骨、番茄牛肉和清炒菠菜，只是这边买不到荔浦芋头，只能做反沙红薯。

几个人凑在一起吃了顿饭。等吃完，沈含晶把地址和钥匙给徐知凛："去洗个澡吧，好好睡一觉。"

徐知凛也没多说什么，接过钥匙，下楼打车去了。叫的 Uber，车应该还有一段距离，他站路边抽烟，没打电话也没看手机，就那样直挺挺站着，慢慢抽完一根烟。

过会儿车到了，一辆白色沃尔沃。拉开车门的时候，徐知凛回头看楼上。

窗后，沈含晶反应很快，迅速往旁边躲开。等站了十几秒，听见车子离开的声音。

她转头，跟养父的视线碰到一起。

"要喝水吗，爸？"沈含晶问。

沈习安笑着摇摇头，他是有话想说的，但现在开口还有点费劲，于是闭起眼休养。

再过半周，人慢慢有力气，可以坐起来了。这几天，都是沈含晶在家做好饭再带到医院，几个人围在一起吃。偶尔说两句话，基本都跟沈习安病情有关。

这天吃完后，徐知凛照常回去休息，沈含晶盖上饭盒："客厅有水果，是隔壁邻居送的，已经洗过了，你吃一点。"

"好。"徐知凛接过饭盒，再跟沈习安打声招呼，拎着出去了。

沈含晶擦干净桌板，给养父倒杯茶过去。沈习安问她："公司的事怎么样了？"

"在处理了，没什么大事。"沈含晶递完水，又把护栏架起来。

沈习安慢吞吞地喝口茶，提起一件事："我刚刚接到梁川的电话。"

沈含晶动作一顿："说什么了吗？"

"他要过来，我说这边已经没事，不用来。"沈习安端着茶杯，"你跟梁川，很早就分开了吧？"

这时候也没什么好隐瞒的，沈含晶点点头："分开一年多了。"

再想想，她以失忆身份跟徐知凛在一起，原来也过了这么久。

病房安静，父女两个都没有着急再说话。过了几分钟，沈习安把茶杯放到旁边："那你跟徐知凛，以后怎么打算的？"

沈含晶先是沉默，心在胸腔里一下下跳动，像在暗室打鼓，鼓点沉闷，在心壁回旋。她坐在旁边，最后喃喃地说了句："爸爸，我不知道。"

这些天，他牵过她的手，抚过她的背，安慰过她的无助和彷徨，他们之间的肢体接触那么自然，好像从来没有分开过。

可是危机过去之后，距离却又自动拉开。她不知道该怎么面对他。

一周后，沈习安达到出院指征。

到家的那天，隔壁邻居特地送来礼物，祝贺沈习安顺利出院。跟着一起来的，还有寄养在他们家的一只边牧，是沈习安养的，叫巴修。

总是沉默寡言的人，需要巴修这样有活力的伙伴陪着。

沈含晶在厨房做了一桌菜，全是中餐，当中有道水煮鱼，油大，红汪汪一片。

然而在这个菜面前，比起酷爱中餐的邻居夫妇，徐知凛这个中国人反而有点露怯。他确实不太能吃辣。

之前他们在广东的家，楼下有一间四川火锅店，底料是自己炒的，花椒、朝天椒、干辣椒，加上厚重牛油，非常带劲。沈含晶喜欢那种麻痹的感觉，拉徐知凛一起去吃，他明显不适应，但还是总陪着她，所以经常被辣得发汗，辣得眼睛都湿润。

这回也差不多，看他一直灌水，沈含晶跟邻居道声歉，调整了菜的位置，把香菇面筋煲和黄鱼春卷往他那边放放。

邻居夫妇相视一笑，但都没说什么。

吃完饭，沈含晶去喂狗。

门廊方向，徐知凛正跟邻居老夫妇聊天，用的是英语。

邻居的英语其实非常蹩脚，相当于不怎么会的程度，但他很耐心，话说得慢，也尽量用简单词语，你来我往地，看起来聊得挺有滋味。

过一会儿不见人，听到声音，才知道他跟着去了隔壁，看人家的菜园。

邻居老太太站在视线范围内，朝沈含晶招手。沈含晶走过去，就见徐知凛跟邻居大爷在研究一株番茄。

各有各的语言，也不知道能不能听懂，一个比比画画，一个摸着侧枝，连点头带笑。大爷说开心了，最后拍拍徐知凛的肩，热情地把他带往酒窖方向。

鸡同鸭讲还挺投缘，沈含晶没忍住，笑出声。邻居老太太看她一眼，趁机问是不是男朋友，她僵了下，动动嘴唇，发现"前男友"三个字都难说出口，于是摸摸眼皮，用笑掩饰过去。

晚点沈含晶去洗狗盆，又到楼上把客厅扫一遍，等带着吸尘器下来时，听见徐知凛在窗户旁边接电话。应该是公司的事，毕竟听到他在谈工期，又提到业主。

电话打了很久，沈含晶把东西归置好，到厨房泡了两杯果茶，等他挂断，过去递给他一杯。茶里泡的是水果，煮开了甜丝丝的，很润喉。

搅着喝掉半杯，沈含晶说："等我回去，钱慢慢还给你。"

手术费用早就超出保险范围，金额里很大一笔，都是他先垫付的。

徐知凛把一条腿伸直，看看她："你什么时候回？"

沈含晶抱着杯子："还不确定。"

养父还有放疗要做，虽然这边有完善的接诊制度，但吃了之前的教训，她很难放心离开。

边牧贪吃，见人在动嘴巴，闻着味就过来了。沈含晶挠挠它的脖子，再把茶料里的水果挖出来，摆给它吃。

"这里我一个人可以的，你还有工作，早点回去吧，耽误你太久了。"说完，在徐知凛的视线里，她起身走开。

那天的谈话后，徐知凛其实没有马上走。他又待了一周多，还陪着沈习安去做过一次放疗。

放疗后都有几个小时最虚弱的时间，回来以后沈含晶跑去做饭，房间里，徐知凛负责照看沈习安。

边牧大概是嗅出主人不舒服，在门口挨来蹭去想进来。怕它吵到沈习安，徐知凛打开门，把它领到外面的狗屋。

回来时，沈习安正好醒了。

"安叔。"徐知凛过去，把他托起来，多放两个枕头。

沈习安靠上去:"几点了?"

"一点四十。"徐知凛倒杯茶,"可能稍微有点烫,小心。"

沈习安接过来:"辛苦你了。"

"您客气。"

精神回来一点,沈习安缓口气。死里逃生,他没想到自己有机会挺过来。毕竟之前不敢手术,就是怕人直接没了,但如果不手术,再来一次脑出血,他肯定扛不过去。

沈习安很感慨,叹口气:"方治成的事我听说了,也多亏有你,不然她一个女孩子,力气上肯定要吃亏。"

"没我也有其他人的,店里的同事们反应都很迅速。"徐知凛回答。

他从来都是这样,沈习安笑了笑,微微咳嗽着,想到自己的养女,更想起这两个人之间的纠葛。

其实他们都是很小就没了亲生父母的人,一个被爷爷带大,一个被他这个没有血缘关系、不懂怎么当人父亲的人抚养。从某种程度来说,他们都是独自长大的孩子,所以肯定有一些情感上的共鸣。

只是性格原因,理解和共情这件事上,徐知凛做得更好。

而对于这个养女,沈习安有说不出的愧疚。他还记得她怯生生的样子,才四五岁的孩子,已经有了依附意识。更还记得她很快改口,叫他"爸爸"。

这种举动,要么她对生父毫无感情,要么"爸爸"这两个字对她来说并不特别,再要么,她急于讨好。所以尽管她拼命掩饰,但还是暴露她害怕被抛弃的不安。

她很懂事,会主动做家务,给他洗衣服,给家里拖地,还敢拿刀切水果,洗得干干净净的。

而他没有为人父的经验,不知道怎么关心这个养女,又害怕她抗拒自己,所以看她把什么事都安排得很好,就以为她足够独立,所以没怎么干涉过她。

现在想想,他虽然认了她当女儿,但也让她过早进入尊卑有别的世界,在小孩子不该接触到的阶层意识里翻滚。那种失序感,肯定是别人难以体会的。

所以全是他的错,没有给她足够的安全感,没有及时疏导她的情绪,任由她在泥沙俱下的环境里,不声不响长成后来的样子。

"我肯定是做错了很多事,我一直忽视她,根本没有尽到做父亲的责任。"沈习安声音自责。

"您已经很用心了,她一直感激您。"徐知凛在旁边安慰。

沈习安摇摇头,自己平复情绪后,伸出手指指左边书柜:"最下面那格,里面有一袋文件,你帮我拿一下。"

按他的指示,徐知凛过去,找到一袋资料。

东西很厚,棕色的袋面,打开看,里面一页一页,全是病历和检查单。写的是德文,字符连在一起很陌生。

沈习安接过来翻了几页,指着其中一张:"你可以查一下,看这是什么意思。"

徐知凛找出翻译软件,照着拍了张图。

机器翻译准确度不算高,但一些关键字眼稳稳跳入眼帘:抑郁症,体重下降,严重睡眠障碍……

"我领了她回来,但没有好好教她,更没有照顾好她。"一旁,沈习安眼眶微红。

当年她跟徐知凛跑掉,他根本没想过她敢干那样的事,更没想她会叛逆成那样。他发现自己看不透这个养女,所以等她回来以后,曾经责备过她,也差点……打她。

后来她确诊抑郁症,某一天说要跟同学去苏德尔费尔德滑雪,他也想让她去散散心,结果……

"她状态不好,我不该让她去的。"提起这些,沈习安声音紧绷,"我愧为人父,我实在是……错得离谱。"

徐知凛看着手机,视线黏在新一页的病历上面。她伤后会失忆,这个也算诱因。

沈习安还在回想:"出事以后,晶晶曾经问过我以前的事,但很长一段时间,我都没有告诉她。"

她一直以来活得太用力,当父亲的,他想她失忆后能过得简单点,可哪里知道她还是想要回国,而且回国以后,又还是跟以前有了交集。

旁边的人说的是什么,徐知凛其实没太听见。他盯着摊开的纸张,眼洞黑白,指腹摸过边页,逐渐收紧。

午饭有点迟,下午三点左右才开始。很清淡,番茄虾滑、素炒藕片,还有一锅竹丝鸡汤。

吃完徐知凛把碗给洗了,收拾完厨房,看到沈含晶抱电脑坐在沙发上,应该是处理工作。

他在旁边站了站,看她抬头,问一句:"出去走走吗?"

"去哪里?"

"想在附近逛逛,还没有去过。"

天气阴阴的,早上还飘过雨丝,所以路上有点湿。两个人带着边牧一起,在外面街道走走。

这边房子的外形其实都差不多,但家家户户都有草坪,而且和门口的树一样,都修剪得特别整齐。偶尔有人家开着院门,能看到给小孩子做的秋千和蹦床,也能看到外墙上的鸟窝,真正住了鸟的那种。空气干净,人心情好像也开畅一些。

走出半里地,徐知凛问:"春序,你是怎么想的?"

沈含晶侧头。他补充问:"以后,想怎么发展?"

边牧跑得太快了,沈含晶收回视线,把狗绳也拉回来一点。

对于公司,她当然还是有野心的,比如要建厂,要做自己的家居品牌,要把春序做成一线连锁,但现在……

"先不想那么多吧,生意稳定最重要。"

徐知凛点点头,看她拉狗有点费劲,接过狗绳往回拽,一直将狗拽到腿边,垂手拍拍边牧的头,示意边牧不要跑。

沈含晶把手塞进口袋,往前走一段,忽然想起他给骗子转账的事。

她想问到底转过多少钱,后面有没有追回来,但话到嘴边迟疑了下,打趣一样问:"听说骗子之间会分享数据,所以被骗过的人很容易再被找,那你后来……有没有被找过?"

前后都有来车,徐知凛把她往旁边挡了挡:"应该没有吧,我很久不用QQ了。"

道有点窄,车子交汇时他们走在边道,几乎是肩膀擦着肩膀。沈含晶有点不自在,往前面领先半步:"票订好了吗?什么时候的?"

徐知凛拽着狗绳,目光一直盯着她的肩膀,过了好久说了句:"明天下午。"

沈含晶不自觉地招手,半晌点点头:"到时候我去送你。"

没逛多久,前后脚回到家。沈含晶去洗了个头,吹到半干时走出来,看见徐知凛光着脚在找拖鞋。她正好看到,往那边指了下,又问他:"鞋怎么湿了?"

徐知凛看了眼跟在后面的边牧，神色无奈。

这狗可能在隔壁养得有点野，也可能刚刚出去没逛够，所以莫名其妙地靠近，抬腿就往他鞋面撒了泡尿。

弄清原委，沈含晶有点想笑。他大概跟狗犯冲，上回被咬，这回被尿。

"巴修。"她故意朝边牧板脸，"你完了，晚上没得饭吃。"

边牧"呜呜"两声，蔫蔫地跑开。

徐知凛在外面把鞋洗了，阴天没太阳，估计自然阴干会很慢。

沈含晶去浴室，把刚刚吹头发的吹风机给他："吹一下吧，容易干。"他明天要走，穿双湿鞋子太难受了。

递完东西，她上楼去看养父。

走到二楼栏杆时，"沙沙"的机械风响在客厅，沈含晶朝下面看一眼，徐知凛坐在门口，接了根线在吹鞋。

姿势有点熟悉，她扶着栏杆，在他规律的动作里，想到刚到广东的时候，他就是这样帮她吹干裤子。

过这么久，有些事想起来，细节还是清晰得像昨天。她记得他默默坐在床边的样子，更记得他把裤子摊在掌心，仔仔细细地吹，里外翻面，很有耐心。

她觉得无聊，从后面抱住他，摸着他肋骨旁边的文身。他好纯情，可她擅长使坏，用无害面孔，套他慌乱反应。

但漠视道德的人，是要付出代价的。他带着诚意去爱她，可她只追求占有。

单方面的努力，确实没办法长久。所以他们的散，是必然的。

垂眼，沈含晶转过身，去了后面的房间。

沈习安已经醒了，坐在床头吃药，动作有点慢，但很稳。

"这么快回来？"

"嗯，外面有点下雨。"沈含晶看了眼室温，调高一点。

"徐知凛呢？"

"在楼下。"沈含晶回头，想想又补充一句，"他明天的机票。"

"那你呢？跟他一起回去？"

沈含晶摇摇头。

吃完药，沈习安枯坐在床上，很久说了句："好好想想吧，还有时间的。"

那天夜里，沈含晶没能睡着。第二天上午，她看着徐知凛收拾行李。

他东西其实很少，一个小小的拉杆箱，电脑是体积最大的物件。

四月飞雪，德国天气真的很多变。因为路况的原因，他们要提前赶去机场。

出门前，沈含晶戴了顶毛线帽，一看徐知凛只穿白色羽绒，又给他找条围巾。是她以前买的，颜色比较中性，男人戴也合适。

打完结看了眼时间，她说："差不多了，走吧。"

明天就是复活节，不少人申请假期出去玩，路上车比平时多。

沈含晶开车有点急，但老天爷施舍一样的，雪后居然露了点晴光，把沿途光秃秃的树杈子照到地上。

等到机场，她送徐知凛到候机楼外门口时，步子停下。

"就到这里吧，我不进去了。"沈含晶笑笑，"这段时间，谢谢你。"

徐知凛提起拉杆："我走了。"

"嗯。"

就此分开。

从交通线到安检口，不停有人涌过去。这边旅客都穿得黑沉沉的，就他一个白色身影，格外显眼。

沈含晶立在地面，目光晃了晃，再看那英挺背影越走越远，自己站着站着，视线渐渐失焦。

风好大，总有理不完的碎发，一根根争先恐后地往她眼睛前面吹。回头向前走几步，脚底绊了一下，她仰头看天，情绪忽然到达峰值，人蹲下去，无声啜泣。

黑暗中，身后传来脚步声，以及行李箱轮子滚过地面的声音。接着，她肩膀被人碰了碰。

抬头转身，是徐知凛，他去而复返。沈含晶站起来，陷入傻气的停顿中。

徐知凛注视着她，一双黑漆漆的瞳仁，看人格外认真。

"风太大，吹迷眼了吗？"他伸手，替她擦了擦泪渍。

沈含晶不说话，咬着唇看他。

对视着，徐知凛的眼梢也渐渐泛红。他站近些，喉结微微提动："怎么办？我不想走。"

沈含晶抿了抿嘴，忽然转过身，手蒙住眼睛，可是努力忍了几秒，最终又转回去，伸手抱住他。

不想走的徐知凛，留下来过了复活节，又陪着做了次放疗。最后是沈含晶看他工作实在太忙，才催着他买票回国。

去德国的时候还有点倒春寒，等回国，已经是只穿一件长袖的天气。

AN 真的很忙。决策者一走走这么久，好多事都压着，急得下面的人团团转。但没谁敢说什么，毕竟主要股权都握在他手里，现在真真正正，他是 AN 的话事人。于是等他回来，个个跟盼爷爷一样，等着助理列日程跟他见面，跟他讨论工作。

所以连续半个月，徐知凛没休息过。

等忙出个空隙，他去江家吃了顿饭。江富不在，安排的是徐敏。

徐敏是习惯当闲人的，真正脚不沾地的富家千金，这辈子最辛苦的，大概就是生了三个孩子。至于她和江富，这么多年夫妻，又一起生过三个孩子，要说散肯定是不容易的，所以只能先分开一段时间。

饭在家里餐厅吃的，满桌菜，徐敏基本都按侄子的口味来。

家里人坐在一起，江廷带着弟弟，江宝琪不怎么敢说话，只能是徐敏这个长辈一直找话题。扯来扯去，说几句无关痛痒的话，又还是提起德国那边的事。

"沈习安，他人好点了吧？"徐敏问。

"可以下地了。"

"那就好。"徐敏点点头，但也不由得皱眉，"以前看起来那么健康一个人，不就是有点甲减嘛，怎么突然说病就病得那么严重……"

她叹气，往旁边看了看，江宝琪眨着眼，干巴巴地附和一句："是啊，肯定好受罪的。"

一时，又陷入不尴不尬的沉默。

这种场合，徐敏很不适应。她打小也是骄纵过来的，眼睛长头顶上，会吵会闹会目中无人，会因为父母给她取了个平平无奇的名字而发火。但人也好哄，给她买身衣服买个包，脾气很快就收住了，管你叫徐敏还是徐明，反正她长得漂亮。

对于这个侄子，徐敏其实也没什么办法，比如自己丈夫这事，真没多大立场跟他说什么，或者求什么情，毕竟江富是真的错得很不应该。

时间再倒回去，她记得那年家里弟弟弟妹出事故，这个侄儿才会走路，才学叫人。现在想想，应该是刚学会喊爸妈，爸妈就没了。那么小，也不知道他懂不懂难受，一个人的时候，有没有落寞过。

徐敏知道自己不是多尽责的姑姑，毕竟她当妈也是甩手掌柜，只管生不管教，马马虎虎。所以基于这些前提，也不敢替丈夫向这个侄儿求什么情，加上话放到明面，人还不是他处理的。

往那事上说，江富在公司动手脚被查出来，徐知凛没当坏人，有什么，他直接给江廷说、给江廷做。江廷也够狠，把个当爸的逼出申市，又让当妈的把手里的股份转出来，给他们兄弟姐妹三个平分。

钱啊股份啊什么的，徐敏其实不太在意，在她手里跟在儿女手里一个样。况且她其实也清楚，这样是防止她那个丈夫再搞什么鬼、再犯浑。

想到这些头都痛，徐敏定定神，又想到沈含晶。

"徐知凛啊，你跟沈习安那个养女的事我听说了，你们两个要实在分不开，不然再找你爷爷谈谈？"她试图劝了句。

说起来她跟江富，当年也是不被老爷子答应的。但当时她那个妈还在，受不了她天天哭天天磨，所以先点头，再按着老爷子点的头。

这么一想，徐敏忽然又觉得很能理解侄子了，于是心里七上八下的，想了个办法："不然，你跟她签一份婚前协议，做个财产公证？"

餐桌对面，江廷差点一口吞掉虾头。

再看徐知凛，慢慢咽下嘴里食物，语气平淡地说："没必要。"

好像……确实哪里不对。等这餐饭吃完，江廷苦口婆心："妈，不会劝人可以不劝，别瞎建议。"

"我也是好心。"徐敏有点怅然，摸了摸指甲。

其实老爷子的心情她也能理解，掌事一辈子，偏偏在小辈的婚事上接连失去话语权。

人都是这样，越抓不住什么，越想抓住什么。他固执肯定是固执的，一方面觉得自己孙子确实好，应该跟他认为的群体去相处，另一方面，担忧也是实实在在的。毕竟谁来听，那女孩都不是省油的灯，把徐知凛拐跑一次，又跟外界通气，差点害到公司。

"那你说怎么办？你外公肯定又要气。"徐敏问。

江廷："气不气的也这么多年了，当年他不同意，人家直接手拉手跑路，去年他不同意，那不还是到一起去了？你别光想外公什么脾气，得想想徐知凛什么脾气，那能拧得过吗？"

感情这种事，谁都是外人。

"说句不好听的，外公现在连公司的事都插不上手，还管得到那些？"

徐敏想了想，好像是这么个道理。现在不是几年前，当初为爱私奔的小情侣,已经是独当一面的成年人,好像确实,已经到了不是什么都需要长辈支持的时候。换句话说,他们已经完全独立,完全可以按自己的意愿选择伴侣。

时值中午,老太阳开始冒头。黄灿灿的阳光照到衣服上,徐敏连忙避到旁边,忽然又脑筋一动:"你说我要不要……帮他们两个劝一劝你外公?"

江廷好笑:"别了,你也不怎么会说话,别回头越描越黑,再说人家两个也不在乎这些,你不用卖力。"

这孩子!徐敏斜眼睛瞄过去,说:"糊弄就算了,现在还敢嫌弃你妈。我问你,说过年要带的女朋友,你带到鬼地里去了?"

江廷手放嘴边咳两声:"在追了,急什么。"说完一抹脑袋,潇洒走人。

从江家出来后,徐知凛去了趟市中心,谈一个新合作。地标项目,贴钱都要拿的,图长远效益。因为竞争大,硬件软件人情都要走,所以最后谈到饭桌上,很晚才散。

出来看了眼时间,他在车上拨个电话给沈含晶。

"喂?"那边是下午,电话被接起前,还听到一点吸尘器运作的声音,以及不近不远的狗叫声。

"吃饭没?"

"这几点,都该吃晚饭了。"

"那边天气怎么样?"

"阴晴不定,上午有雨,这时候出太阳了,但可能夜里还要下。"沈含晶听出那边有点迟钝,"你喝酒了?"

"嗯。"徐知凛手指搭在鼻梁上,呼吸悠长。

"喝很多吗?你的伤才好多久?"

"没事,我喝很少。"徐知凛清了清嗓子,"安叔今天怎么样?"

"好多了,还带狗出去遛,应该快回来了吧。"

电话打了很久,直到下车回家,徐知凛都没挂。站上阳台,远处江景如带。他目光转向外面:"这里好晚了。"

"你还没回家?"沈含晶问。

"刚回。"徐知凛没在外面站太久,稍微醒醒酒就走去浴室,镜子前面看一圈,"沐浴露没了。"

他忽然说这个,那边沈含晶停顿几秒:"你想说什么?"

"你想听什么？"徐知凛嗓音里带着笑意。

想听什么？沈含晶抱着电脑，人往椅背一靠，腿架到茶几，轻轻地哼："那就干搓。"

"不好吧，搓破皮不舒服，我兑点水再用一回……这个是你买的，我找不到地方，只能辛苦你再买一瓶？"

"自己去买啊，六神的，到处都有。"

电话讲完，沈含晶嘴角拱起弧度，露出直白的笑容。

前门风铃响了两声，沈习安进来了。他先是坐在门口的凳子上，仔仔细细地把身上的灰掸干净，再换鞋走进来："刚刚听到你讲电话，是徐知凛吗？"

沈含晶点点头："是他。"

"他这么晚还没睡？"

"嗯，他刚应酬回去。"

简单聊了两句，沈含晶去做晚饭。自己发的豆芽，山药排骨，一道冬瓜汤，全是家常菜。

父女两个坐在餐桌上，沈习安接过女儿递来的汤碗："差不多了，你也该回去了。"

"爸，你还没好。"沈含晶担心地说。

沈习安摇摇头，他现在能吃能睡，运动也没什么问题，基本恢复到手术前的状态："我已经没事了，你别担心。"

沈含晶坐下来，汤很清淡，冬瓜片得薄薄的，顶面带点油花，上面撒了香菜，光闻味道就觉得鲜。

她想了好久："那……爸你要跟我一起回去吗？"

这个沈习安已经想过了："我在这里已经习惯，回国肯定不如这里自在……"说完笑了笑，"去吧，你还有工作，自己辛苦做出来的事业，不要放太久了。"

提到工作，沈含晶咬着汤匙，看了眼养父。现在好端端坐在这里的人，前段时间还躺在病床上，靠仪器吊着一条命。

她一直以为自己足够冷静，但那时候人在医院，根本控制不住胡思乱想。看他躺在病床上，听医生说他有多严重时，她心慌意乱，脑袋一团乱麻，觉得自己好像又遭了报应。

她太怕了。怕他真的半身不遂，还要随时防止再一次的脑出血，更怕他跟生母一样就这么躺过去，那她在世上唯一的寄托也没有了。所以什么工作什么事业，她几乎全抛到脑后，根本没有心思去管。

但好在，他终于挺了过来。心里几番庆幸，沈含晶到现在都还在那个情绪里。她低头喝了两口汤，思索了下："那，我再陪爸一段时间吧。"

沈习安不是爱唠叨的人，闻言点点头："好。"

那天后没多久，沈含晶陪着做完最后一次放疗，等确定沈习安活动自如，她才订下机票。

回国当天，沈习安送她到机场。

同样的候机楼前，沈习安对这个养女说了一段话。

"晶晶，你早就长大了，是个完全独立的人。我对你没有太多寄望，自己觉得幸福快乐最重要，所以以后有什么决定，你自己想清楚就好，我不干涉你。"

"好。"沈含晶伸手压了下头发，看着这位长辈。

曾经仰头踮脚才能见到脸的人，早已看着没那么严肃了。他眼里的赞许，她已经知道是不含任何功利心和期待的，以前不关心她成绩好不好，现在，更和她有没有出息没关系。

临要分开，沈习安微微一笑："过自己的人生，轻松一点，不要太有压力。"

"我知道了，谢谢爸。"情绪层层叠叠，沈含晶扭过脸，感受到来自长辈的含蓄的爱意。

确实也不该有压力的，她这一辈子，其实有数不清的幸运，也有好多次，都被爱回护过。

安检登机，二十多个小时的飞行后，沈含晶终于再次踏上母国的土地。

申市机场，4E级的国际机场，旅客吞吐量在全国都属于前排。

到达大厅，徐知凛站在接客口。已经是五月，他穿得很轻便，头顶刚好有指示牌，站在一片明暗交织的区域，更显高挺。

看沈含晶出来，他绕到前面去接："累吗？"

"有一点。"沈含晶把行李箱给他，指指他条纹衫的领口，"穿这样，你不上班？"

"今天可以不上。"徐知凛揽住她，低头吻下去，喉结缠绵地动。

过了好久，沈含晶在他怀里微微喘气："为什么？"

"拿到竞标了。"徐知凛笑意闪过眉宇,是不常出现的张扬劲。

从机场出来,他们回到茵湖。

其实航程基本是睡回来的,要说累也没多累,所以沈含晶稍微休息了一下,像有瘾似的,很快爬起来打开电脑。刚开始是处理一点出货的事,但她越来越上头,干脆抽空回了趟店里,一是表示此人还活着,二是顺便推进积压的工作。

这一忙,忙到晚上十点。再回家的时候,玄关换完鞋,沈含晶去抱徐知凛的腰:"吃消夜吗?"

徐知凛低头看她,眼尾稍稍耷拉:"你饿吗,要吃什么?"

沈含晶笑起来,想他应该是有点不开心的,毕竟他特意抽一天陪她,她却扔了大半天在工作上。

她眼珠轻转:"其实还好,我也不饿。"说着踩他脚上亲他一口,"我去洗澡。"

她踢踢踏踏,将电脑包、手袋全往沙发一堆。徐知凛跟在后面,慢条斯理地收拾,最后收拾进了浴室。

浴室里,沈含晶摇摇沐浴露瓶子:"你真没买啊?"

"没有。"

"那你这段时间?"

徐知凛往洗手台扫一眼,拿起紫色带压嘴的瓶子:"用的这个。"

沈含晶拿过来研究,发现是她的磨砂膏。这真是干搓了:"神经。"她差点岔气,笑意在眼里打旋,指尖却作怪,把他拉到身边,手贴过去,拉开拉链。

五月后,到了端午。

徐家有家宴,沈含晶这回当然也被带过去。

没谁马上就会变,何况本来以为分开的两个人又到了一起,徐老爷子难以接受,所以这回也没出面。

江宝琪问沈含晶:"你这回怎么想的?"

"什么?"沈含晶正在听语音,移开一点。

他们分分合合,谁也摸不清路数,江宝琪琢磨:"你是打定主意,要跟我二哥走到底了吗?"

"不然呢?你有什么忠告吗?"沈含晶看着她,眼里带笑。

江宝琪一噎,好久没说出话来。

半小时后,徐知凛下来,直接来找沈含晶。

"不顺利啊?"沈含晶问。

徐知凛摸摸她的发丝:"在意吗?"

"怎么会?"沈含晶当然不在意,她不觉得自己有什么对不起徐老爷子的。

他当年不同意,她直接把他孙子拐走当示威,但现在他同不同意,关系都不大了。她早就不需要那份认可。

没在徐家逗留太久,两人坐车回家。

车门刚关上,徐知凛忽然抓住沈含晶的手,眼里带着一份不太确定的紧张:"那我们,要不要再叛逆一把?"

沈含晶先是愣了下,但在他的视线里,眼皮逐渐发烫。

第二天,二人都没有去上班,带着各自的户口本,已经不像很多很多年前那么彷徨。

只是时间有点赶,毕竟现在婚姻登记处都要提前预约,他们开着车,跑出一头汗,最后终于在人比较少的一个办事处,排到了现场的号。

从拍照到填表,再到钢印稳稳印上。红色的人造革本子发到手里,八年前没能完成的事,今天终于成了真。

从民政局出来,徐知凛牵着沈含晶:"有哪里想去的吗?"

路上车来车往,风的气息变得格外具体,具体到吹动脸上每一根细小的绒毛。感觉指尖通了电,沈含晶闭上眼:"想去看我妈。"

车里放着音乐,音符格外滚烫,边角已经溶掉一样,像要化在这个六月。

赶在关门前,他们到了墓园。干干净净的墓地,摆上新鲜花束,墓碑上,故人笑容依旧。

沈含晶摸着母亲的照片,二十多年,她梦里时常出现这张脸。她想起那年刚到徐家,曾经在路上看见一个人,长得跟妈妈好像。瘦高个,波点裙,连嘴上的口红都是一个颜色。她以为是妈妈,惊喜地跑过去,却被人骂神经病。

更记得那年雨夜,她在玻璃窗上画出妈妈的样子,但雨下得很大,水珠冲下来,人像一点点化掉,玻璃窗外只有一个徐知凛,愣愣地跟她对视。那天起她真正地意识到,妈妈已经离开她而去,再见不到。

眼泪痛快地掉下来,再被人伸手擦掉。

"只要你好好的,她肯定不会有遗憾。"一旁,徐知凛轻声安慰。

沈含晶点点头,靠在他怀里,忽然想起什么。她把徐知凛往前面拖一点,笑微微地:"你说得对,我妈应该没有遗憾了,应该……不会有。"说完跟他十指交扣,铂金戒圈碰在一起,是他早就准备好的婚戒。

黄昏薄薄一层,打在两个人的额角。

沈含晶想起四岁那年,马路上荒唐的事故,但同样是那一年,妈妈在离开之前,曾看到过她的爱人。

番外一

八月,火炉一样的天。

这次回国,沈含晶就没有不忙的时候。之前离开太久,店里堆的工作慢慢处理完,她又去北上参加一趟家居展。

出差结束,到家已经是后半夜。她轻手轻脚,进门开始就控制动静,澡也特地到次卧洗的。

洗完出来,见徐知凛站在客厅。

沈含晶走过去,挥挥手,判断他是睡醒还是没睡:"我吵到你了吗?"

徐知凛刚醒,声音还是哑哑的:"不是打算下午回?"

"妙妙有点过敏,和她去医院看了看。"沈含晶摸摸脖子,把干发帽解开,回浴室拿吹风机的时候,徐知凛接手。

有人帮忙,沈含晶干脆坐到马桶盖上,双臂环着他的腰,脸埋在他小腹上,有一点昏昏欲睡。

将头发吹得八成干,机械的风声按停,徐知凛把人提起来。看她无精打采的,他手指点到她眼皮往上推了推。

"别动我,困。"她的声音含含糊糊的,听着的确没什么精神。

"昨天不是还通宵会议?"说完这句,徐知凛转身去放吹风机。

才将吹风机挂上壁架,一具身体柔柔贴上后背,很快一阵热气拂耳:"想你,真的。"

被她吹得脸痒,徐知凛头往旁边侧,两只手却向后一捞,接着沉腰,把她背起来。忽然腾空,沈含晶抽了下:"干吗,吓我一跳!"

徐知凛掂掂这重量，关了灯，把她背往主卧。

她环住他的肩，头发都扑过来，盖在他胸前。不久前烫的鬈发，还染了色，平时不明显，灯下看着格外有光泽。刚洗完，发间更有一股丝滑的香气。

只是这人太不安分，到客厅的时候忽然摇动起来，左右地摆，明显故意的。

被她摇得骨头要散，徐知凛作势向后倒，被更用力勒紧。沈含晶吓死了："徐知凛，你敢倒！"

徐知凛真的敢。他快步走进主卧，向后把她压在被子上，死死地压两秒，再滚到旁边，把她拉起来。

沈含晶皱眉打他，重重几下后，再把他推靠到床头，坐到他身上，捧着他的脸深吻。清爽的牙膏味搅成一团，气息交融，是属于晚归的，聚少离多的笑闹。

过了很久，沈含晶退出来，人往旁边一倒："睡了。"

她倒得干脆，徐知凛轻轻呼气，口鼻间还有亲热的余韵。

徐知凛侧过脑袋看她，伸手把她嘴角那点吻渍擦掉，笑了。

第二天起床，各自上班。

马上就是中秋接国庆，沈含晶跟前线部门开了个会，店里布场又出去看了看，顺便接待一位转介绍的客人。

等忙完这些，她到仓库遛一圈，正好撞见江廷。都这个时间了……沈含晶好奇地踱过去："廷少，你还不走？"

"差不多走了。"江廷看看手表，"袁妙呢？"

沈含晶没说话，看着他，若有所思。

江廷有点不自然，手一背说："上个月的月结单，有个毯商的对不上。"

"哦。"沈含晶点点头，"妙妙今天休息，单子对不上你找她们部门助理，存底应该在她那里。"

"你们一起出差，怎么她今天休息？"江廷皱眉。

"过敏了，休病假。"有店员拿打好的销售单过来，沈含晶看看客户名，签字批下折扣。

签完手机来了信息，是徐知凛，问她今天加不加班。

沈含晶想了想，眨眼问江廷："去 AN，去不去？"

"你去干吗？"江廷心不在焉，看了眼她手上的对戒。

有些事虽然没有特意说过，但多出来的戒指，暗示了她和徐知凛在关系上的递进。

"送货。"沈含晶签完字,抬头向他确认,"去吗?我捎你。"

江廷当然不去:"我电脑坏了要修,你自己去吧。"他找了个借口。

看破不说破,沈含晶笑一下,回办公室拎上包。

气温太高,车又是停在室外,等车内空调把里面吹凉一点,她才坐进去,往 AN 方向开。确实也有货要送,刚到的羊毛地毯,徐知凛办公室要用的。圆形毯,很小一张,要放的,其实是他办公室最里面那间休息室。

拿着东西到地方时,徐知凛下楼开会去了。沈含晶在他办公室,拖着地毯,进到里面休息室。

休息室不大,比不上家里卧室面积,但该有的都有,在这里吃住完全没问题。只是装得跟样板间一样冷冰冰的,好多东西都带着自己酒店 logo,一看就是扯过来随便用。

将地毯放床前,沈含晶又拉开衣柜看了看,里面除了浴袍,再就是几套西装,各种领型,适配不同场合的。随手扒拉几下,外面传来几道脚步声,是人回来了。

隔着一道门,能听见外面的交谈。应该也就两个人,除了徐知凛,剩下一个声音老点,听称呼,是位卢姓总监。

想起来了,沈含晶在 AN 周年庆上看过他,也是一位高管,在 AN 的年数,好像比徐知凛年纪还大一点。而他们讨论的重点,是 AN 最近的收购计划。

AN 计划涉足民宿市场,所以看上一家做高端民宿的,已经确认过意向,正在着手后面的事。

而这位卢总,是对这个项目的推进有具体意见的:"徐总,老陶他们太放权了,喜遇本身营收不算出色,投入还大,现在拿了我们的钱就到处收屋,老宅的设计风险又高……再这么放权,ROI 的指标,我认为实现不了。"

徐知凛点点头:"那你觉得,这事应该怎么解决?"

"首先决策流程肯定要按我们的标准来,其次宣传方面,必须要让我们的传讯部门介入,才能让他们跟 AN 的调性相一致,才能快速打上我们的印记,接入我们的资源,不然这个收购的意义在哪里?"

他们在外面聊,话语一句句透进休息室。

沈含晶隔着门听,一边听一边跟袁妙发信息,问她药有没有用,过敏有没有缓解。

聊了一阵,那边突然不回消息了。沈含晶想了想,觉得要么被电话打断,要么直接被人干扰。

她盯着手机界面,正联想到江廷时,外面也安静下来。很快,听到轻微的关门声。

沈含晶站起来,耳朵贴着听了听,过会儿,直接把门拉开。

办公区域,徐知凛坐在转椅里,视线慢悠悠地看过来,并不意外。他应该是早就收到消息,知道她在里面。

沈含晶走过去,跟他隔着办公桌:"很忙吗?"

"不忙。"徐知凛靠着转椅,一只手压在脑后,"怎么突然过来?"

"不突然,怎么窃取商业机密?"

"那你胆子够大的,直接就进来了。"徐知凛朝休息室看一眼,"还躲得这么好找。"

沈含晶往低了趴,撑着下巴问:"你们收购不顺利?"又想到刚才的谈话,"那位卢总,是想接手项目吧?"

徐知凛"嗯"了一声,支起右腿,看着她。

"那位卢总,我看他挺有想法的!"

徐知凛笑笑:"一个人想表现自己,观点肯定不会少。"但是准度上,就不一定了。

他收购喜遇,看中的是这个品牌进入民宿的年限,以及团队的积累。

同属旅业,相通之处是有的,但民宿之所以会快速兴起,甚至分掉传统旅业的客源,肯定和酒店业在商业逻辑上有区别,不管是选址还是设计标准,或者服务体系。

就算插手,也要放下架子,先了解。贸然干涉,受影响的不止内部员工,还有住客。所以不要想着一去就高姿态,就大换班子。收购是市场层面的布局,不是为了让谁去耍官威的。

从一开始,他没有想短期就大量盈利。起码盈利,不是现阶段要实现的任务。

沈含晶有点意外。比起那些一收购就大刀阔斧的金主,AN 算是相对温和的资本了。不过想想,当时入股春序,他其实也没怎么管过。顶多放个江廷过去管管账,走走流程。

她站起来:"那你……把他拒绝了?"

徐知凛摇头:"他去找过爷爷,想争取介入。"

"所以?"

"所以我同意他接手。"

"你这么好说话？"沈含晶有点不信。

她记得他是出了名的不念旧情，老一辈的交情在他这里很难走通。

徐知凛拿手机发了条信息："同意而已，不代表我不看结果。"

绕过正常沟通流程去找老爷子，卢明波是踩了忌讳的。

当然喜遇也有问题，AN放权，不代表他们可以肆无忌惮，拿着这里的钱盲目划地，多少有点把AN当傻子的意思。

正好卢明波想表现，那就换他去，借他的强势警告一下喜遇，如果结果好当然皆大欢喜，但做得不好，这回就是卢明波在AN的最后一次机会。

沈含晶听着不对，捋了捋其中的逻辑："你好有心机。"

工作上的事，能用上心机这种形容词吗？脖子有点酸，徐知凛抬头拧了拧："没办法，无奸不商，不这样，追不上效率。"

沈含晶从右边绕进去，靠着办公桌，回忆了下："喜遇的民宿，我好像住过。"

有几分钟，两个人都没说话。沈含晶补充："当时跟妙妙一起的……还有她前夫。"

徐知凛坐直，眼里泛起笑意，该说的是"我知道"，开口却是："我没问这个。"说完伸手，把她拉到腿上。

沈含晶侧坐的姿势，两条腿并在一起，包臀裙挤着膝盖，干脆交叠起来，两手扒在徐知凛肩上，保持平衡。

其实刚才在里面听他跟人说话，谈不上官方，但声音平直，冷漠是肯定的，现在倒是气定神闲的，还有心思摸她的腰。

腰有点痒，沈含晶打了下那只贼手："妙妙的事你知道吧？"

"什么？"徐知凛怕她坐不稳，圈住腰，往上面收了收。

"她前夫是你们酒店的，这种出轨的下属，你们怎么处理？"

"私人问题，你想我怎么处理？"

"开除他？"

"无过错解聘，要付赔偿金。"而且不在工作范围内的事，公司管不到。

徐知凛琢磨了下："我把江廷调过去？"

他突然这么说，沈含晶忍笑："想看热闹啊？江廷可是你表哥。"

"就是表亲才这么帮他。"

"你明明不怀好意。"

"我觉得我很好心。"徐知凛语气很正经,逗得沈含晶笑出声,屁股一抬,干脆改为跨坐。

四目相视,他提醒她:"这是公司。"

"我知道啊。"沈含晶低头把玩他的手,锐利骨节,指节足够修长,当然,也足够灵活。

"公司不可以吗?我们……好像已经合法了!"她扔掉他的手,把他的领带往下拉一点点。

窗帘遮光性能好,但夕阳太盛,还是照透进来。

光缝尽头,一跃一跃,可以扫到沈含晶脚面。

耳边偶尔有几句声音,是徐知凛在讲电话。

没开灯,借落地窗的光看他,颔面斯文,声音低回。

沈含晶很安静,一边调息,一边听着电话的喁喁声响。

过会儿,徐知凛挂断电话,伸手摸摸她头顶:"饿不饿?"

沈含晶摇头:"我要躺一会儿,你别管我。"

"好。"徐知凛坐起来,把她抱到床上,再进浴室处理自己。出来后他和她一起躺着,手机里打开助理发来的经营分析表,来自刚才那家叫喜遇的民宿。

沈含晶抬眼看了看:"你不会是要加班吧?"

"不加。"徐知凛迅速过了几个数据,关掉手机问,"下周出去玩?"

沈含晶脑子里扒了扒计划:"我要回老店。"

"多久?"

"可能要一星期。"

徐知凛没再说话,黑暗里静悄悄,像睡着了。

沈含晶眨眨眼,想到庐城的一点事。她把外套踢下去,转过身,指尖穿进他发缝:"你很早就去过那边了吗?"

"哪里?"徐知凛也侧过身,顺便带上被子,把她抱进来一点。

被子里,沈含晶声音有点闷:"你当初,是怎么发现我回来的?"

徐知凛顿了顿,就着那点暗光,手里摸索着,看她的眉眼和轮廓。

其实很巧,知道她回国,再见到这张脸,就是在喜遇,他刚刚收购的那家民宿。

番外二

喜遇，位于春江边。临海的纯白建筑，方块形的微型叠墅，参差不齐，不规则地坐落出一片住宿区。

民宿兴起已经有几年，刚开始主力消费群体是文艺青年，到后来，拓展成年轻人偏向的生活方式。年轻人的钱，谁都想赚。

到达地方时，正是办理入住的高峰期。

创办人是一对年轻夫妻，都跟江廷是朋友，接待上很用心。

徐知凛另有行程，本来打算看了就走的，但走到马场时，见熟悉身影一闪而过。棉麻质地的裙子，长度到脚踝，头发很黑也很长，全部被拨到左边，左手一顶草帽，慢悠悠地走。

仅看背影，都能感觉到一种不张扬的风情。然而只看背影，也能马上跟记忆中低马尾的瘦弱身影联想到一起，而且吻合程度很高，就算不听声音，也几乎可以确定是她。

徐知凛停在原地，视线一直跟过去，就见她旁边短头发的朋友伸手："晶晶，帽子不戴给我吧，这太阳晒得我头顶痛。"

称呼一出口，完全坐实身份。

旁边的人在介绍什么，徐知凛早就听不见了，他目光定定，看着她在笑，在把手里帽子戴在她朋友头上，还贴心地调整系带。

再接着，她把头发往后拨，无意识地回头看一眼。几乎是本能地，徐知凛迅速转身，并戴上墨镜。

马其实养得不太好,筋腱不够丰满,而且大半的皮毛都缺亮度,眼前这只,大概咬合也有问题。不过不跑地的话,观赏够用了。

他接过绳索,上手摸着马背,看似悠闲,心思其实已经随着那人跑远。明明说过不回来的,为什么……又出现了?

进而,又想到自己刚才反应之仓促。过了这么久,怎么狼狈的反而又是他?

离开马场,不久到了这一带的主建筑。20 世纪留下来的欧式教堂,面积不大,但地势高,推窗可见远处的竹林和溪流。山林野趣,是这里的卖点之一。

同样的高度,他探眼向下,又见她。在楼底的书屋,她站在外面,勾腰好像在看贴门口的海报,接着拿出手机拍照。

拍完照逗留了半分钟,又继续往前走,从从容容的,即使经过户外泳池时,差点被漫上来的水打湿脚面,她也没有露出慌忙神色,而是轻巧地往旁边躲了一步。她跟旁边朋友似乎关系很好,说几句就会笑,笑的幅度大了,肩膀微微抖动。

看着那薄削的脸颊线条,徐知凛身体外倾,想她应该也跟以前一样,笑的时候,眼睛缓慢拉成一条直线。

分明隔了这么远,笑声却玲珑向上,可能还带着一点娇气,往人耳郭里挤。

"徐总。"见他不动,旁边人以为发现什么问题,连忙过来询问。

徐知凛收回目光,远眺几秒:"景色很好。"

只是心再难静下来。后面又被询问行程时,看着左面的壁画,他沉吟了下:"住一晚吧。"

安排的是北面叠墅,三面观景,通透感比较强。

在房子里处理一点工作,再看了看发来的民宿调研,徐知凛简单地吃个晚饭,走到阳台。白天里人声晃动,到晚上,多是山林寂静声。

面积够大,自然景观也有延展性,如果交通上的便利性再做个提升,可以考虑直接圈成度假村,再在附近起建一些商圈,招商或者直接做自营店,都算商业生态的一路布局。

脑袋里的想法无边无际,徐知凛站了会儿,点一根烟,松开打火机。再抬眼,看见正对的房子二楼,有人走出来,躺到户外椅上。

夜里气温低,换掉白天的裙子,她穿着长袖长裤,还屈起一条腿,完全是度假姿势。她换了个姿势,两条腿交叠在一起,小腿无规律摆动,拿着手机,好像在跟什么人打电话。

应该视而不见,应该转身回去的,但徐知凛脚下生了根一样,站在阳台,纹丝不动。尼古丁吞入肺腑,烟圈出口成雾,却也模糊不了她的影子。

大概是感受到目光,没多久她朝这边看了两眼,很快站起来走进室内,并且拉上窗帘。露台变得空荡荡,过会儿,徐知凛转身靠着栏杆,微垂下眼,吐出最后一口烟。

第二天下楼,在大堂碰到王晋鹏。他很会来事,很快打招呼:"徐总。"

经助理介绍,徐知凛才知道是禾港那边的销售。他点点头:"出来玩?"

"对,徐总也是来这边玩?"王晋鹏马上跟着问。

徐知凛说是,又看了眼他的行李箱:"刚到?"

"对,我昨天宴会跟得有点晚,我老婆和她朋友先来的。"

正好喜遇的人过来问徐知凛今天行程,王晋鹏快速反应:"徐总,那你先忙。"

徐知凛朝他看一眼:"玩得开心。"

行程并不多,但既然留下来了,徐知凛干脆当度假,去了春江旁边钓鱼。不阴不晴,弱光天,鱼类觅食更大胆。

大半的时间,徐知凛都在出神。他心不在焉,鱼几次咬钩都没想动,只是机械性地偶尔收竿和加食。又一次甩杆入水,徐知凛坐回去时,再度听见那道声线。

太熟悉了,磨耳朵一样。

渐渐接近,越来越近,他坐在折叠椅上,两眼放空。等人走过时,他不自觉地把背挺了起来。

可她们不仅走过,还走到水湖边开始拍照,离他只有几米远。余光里,两个人都举着手机,在湖面和山林间找角度。

徐知凛支起一条腿,电话响动。看一眼,是江廷的。

他这个表哥,一般不会有什么要紧事,所以这个电话,其实可接可不接。

迟疑几秒,徐知凛还是点开绿色键:"喂?"

"喂?徐老板,忙什么呢?"

"钓鱼。"

"嚯,挺悠闲啊,我说怎么留下来住一晚,乐不思蜀了还?"那头江

廷忽然提高腔调,"不对,你该不会给什么人迷住,搞到艳遇了吧?"

果然,又是些不正不经的调侃。徐知凛面无表情道:"什么事?没事挂了。"

"哎,别挂啊,好事好事。"江廷连忙叫住他,"电话我是替外公打的,他看中一个老战友的外甥女,让我跟你说一声,回来以后安排个时间去见见。"

"不去。"徐知凛想也不想,拒绝了。他听见自己的声音,很清晰,过分平直,是佯装自然,但其实带着不自然的干涩。

"真不去啊?听说姑娘在广播台做事的,特漂亮,脸蛋、身材都赶得上模特了。"

徐知凛没听进耳,但察觉旁边拍照的人看了他一眼,只有几秒,很快移开。

电话那边,江廷还在开玩笑,问他什么时候回,但拍照的两个人已经转身要走。

石道上,回民宿的方向,听到旁边她朋友闷声嘀咕:"那人好奇怪,怎么鱼咬钩了他不拉?"

"在打电话,可能没注意吧。"她随口回一句,淡淡的口吻。

再然后,慢慢走远。

徐知凛结束通话,盯着泛起涟漪的水面,自己定定地坐着,仿佛被大量的记忆冲刷,说不清的滋味。

原来过了这么多年,情绪还是轻易能被她挑动。

钓鱼回来,跟民宿负责人坐了坐。夫妻两个性格差不多,一个管房务,一个管宣传,而且谈吐间能看出来,两个人的商业属性都比较重。

比起文气比较重、喜欢强调初心的秀才老板,徐知凛更欣赏这样目标清晰的合作对象。毕竟多数文人做不好生意,这不是偏见,而是无数事实推测出的概率。

只是,能看出他们强烈的意向,决策却不是一句话的事,他需要更多的数据支撑,以及分析上的跟踪。况且急于找投资的,不是只有这一家。

聊完,他又遇到王晋鹏,说晚上在院子里弄烧烤,邀请他一起去。

已经耽误一天,应该要回公司的,但徐知凛还是点点头,答应了。

此时距离约定好的时间,只剩四个小时。这期间,徐知凛都待在房子里。

到临要去时,他忽然想起中午的遇见。她好像没听出他的声音,好像……根本没认出他?是戴墨镜的缘故吗?还是,他变化真有这么大?

徐知凛进洗手间站了会儿,最后找出剃须刀,仔仔细细刮了一遍胡子。刮完他摸摸脸,看着镜子里的人,看了太久,自己都觉得有些陌生。

等时间差不多了,徐知凛出门,走向对面。

距离并不远,几分钟就到了。只是才踩到最近的一片空地,就听到她在打电话。

"梁川,我是失忆不是失心疯,而且你们梁家不是什么了不起的家庭,不要太把自己当回事。当然,如果你觉得你妈说的话是对的,你随时可以去找愿意放弃工作、给你们家当儿媳妇的人。"她声音很冷。

徐知凛顿住。

夜里足够安静,安静到能听见电话那边的一些动静。年轻的男声,像在急切地解释着什么。

大概有个两三分钟,她才又说话了,还是没什么温度的声音,态度很直接:"梁川,话我只说一遍,听你妈的还是听我的,你自己选择。想不通这一点,不要来找我。"

说完,她直接挂掉电话,走回别墅。

后方,徐知凛站在视线盲区,一片阴影里。鞋底似乎踩到泥泞,堆积成接近两厘米的厚度。

踟蹰片刻,他让助理找个借口推掉王晋鹏的邀约,自己转身,走了回头路。那一整夜,好像没怎么睡着。第二天起得有点晚,刚好有个工程会议,徐知凛一上午都没出去。

等开完会,他才出房间吃饭,经过大堂,又见她。

她坐在茶台泡茶,还是那张脸,很漂亮,多了份沉静的气质,通身没有迎合感。泡一壶茶,中途还和其他住客带的小孩子互动,脸上笑意收放自如。昨晚的事,丝毫没有影响她的心情。

过会儿她那位短头发的朋友出现,她也站起来,跟着一起走出去。慢慢踱着步,今天穿的宽肩裙,纤薄皮肉,架出流畅的肩颈线条。

茶台已经没人,徐知凛走过去,把手放在她刚刚泡出来的茶盖上。还有热气,微微烫手。

他把茶倒出来,倒进居中的她用过的那个杯子里。泡的应该是凤茗,栗色茶汤，喝进嘴，轻滑润口。

这场遇见，两个人甚至没有过眼神接触。

摸着杯壁，徐知凛自嘲地笑了笑，关于她的记忆还很鲜活，是闭上眼就能浮出来的程度。

但多讽刺，她居然……失忆了。

番外三

新的一周，沈含晶离开申市，回了庐市。

虽然已经很久没来，但这座城市，也没有久到发生什么明显变化的程度。待了几天，除了处理计划中的工作，她还要物色一位新店长。管理层需要新鲜血液，久了不刺激，容易僵化。

老店生意稳定，加上又有一线城市的新店，名声是有的，业绩也相对稳定，所以要挖人，其实不算太难。

这天她跟候选人约在市中心商场，离酒店不远，走十分钟就到。沈含晶不是拖泥带水的人，见面聊半个小时，心里已经大概有了决定，于是当场又跟候选人确定时间，邀请对方明天到店。

这场结束，沈含晶准备回酒店，但刚走到中庭，被人挡住去路。抬头一看，是梁川。他穿一身黑，连毛线帽也是黑的，头发应该很久没理，已经长到脖子后面。

打过招呼，梁川指指外面的停车场道闸："刚刚开车进来，我就看到好像是你。"

沈含晶选的是靠窗位置，外面能看到也不奇怪。

她笑笑："挺巧的。"

梁川看着她："安叔……好了吗？"

"好了，现在自由活动没问题。"

"那你……也一切都好吧？"

"都很好，你呢？"沈含晶抬起右手，把碎发别到耳后。

手指上，那圈婚戒不能再明显。

梁川当然看到了。好久，他没能说出话来。曾经以为能和她走到那步，现在想起来，过往全像梦一样。

原来能跟她到最后的，不是他。

分手后他一直在想，走到今天，到底是当初低估了她的果决，还是说有些东西真就是注定的，他不可能抓得住她。

正恍惚，听到沈含晶的声音："没事的话我先走了，还有工作。"

几乎是条件反射，梁川脱口而出问："你一个人回来的？"

沈含晶没回答。梁川不傻，这份疏离感已经表明态度，他其实是有很多话想说的，但看到她抓着包袋的右手，到嘴边还是缩成一句："恭喜。"

"谢谢。"说完这句，沈含晶提脚走开。

出了入口的广场，她看到对面的寿司店，打算过去解决午餐，但想起酒店也有日料餐厅，还是照旧回了。

等进酒店往餐厅走，瞥见几个西装革履的人从电梯间出来。中间那人，是徐知凛。

碰巧撞见，他停下脚步，接着，自己一个人走过来。

"你怎么来了？"沈含晶好奇。

"工作。"徐知凛看她，"今天没去店里？"

"外面跑了趟，店里暂时没什么事。"沈含晶看看后面等他的一群人，"你先忙。"

短暂打个照面，她走进餐厅，自顾自点单。

东西上来时，沈含晶正跟袁妙聊天，顺便拍照给她，问要不要过来一起吃。

袁妙也回来了，但怕碰到王晋鹏，还是决定自己回家吃。

沈含晶：不是说清楚了？他怎么还没死心？

袁妙：男人你知道的，喜欢搞爱而不得那一套，自我感动。

好比王晋鹏吧，虽然答应不骚扰她，但开始向她爸妈献殷勤，不是帮着修点什么，就是自愿当司机，带着出门。老人本来就孤独，态度上慢慢有了松动。

今年她回家两回，两回都被试探性问过和王晋鹏复婚的可能性，或者拐着弯提这种事，说羡慕别人有外孙抱。

沈含晶这会儿比较损，听了直接建议她：不然跟叔叔阿姨说一下，王晋鹏不能生？

那边袁妙沉默几秒："你信不信，我真的说过？"

一口牛油果在嘴里，沈含晶抓着手机，差点笑出声。

有人经过她，径直走到对面坐下。他看了看碟盘："没我的？"

"我以为你没这么快。"沈含晶把刚才压下的菜单递过去，"自己点吧。"

看她眼角眉心全是笑，徐知凛翻开菜单："什么事这么开心？"

"没什么，说王晋鹏不能生。"沈含晶低头喝口豆腐汤，"你准备待几天？"

她语气轻飘飘，徐知凛点好吃的，菜单还给服务生，又给她加茶，再把吃完的碟子收起来："工作就这两天。"

天气太热，外面走一圈身上已经出了汗。等回到房里，沈含晶先去洗澡，洗完澡在镜子面前护肤时，徐知凛走进来，从背后揽住她。

沈含晶擦着眼霜，从镜子里看他："怎么了，徐少爷？"

徐知凛没说话，贴着她的脸蹭了两下。大概他最近也忙，腮帮有一点新生的须茬，摩擦出酥痒的触觉。

沈含晶打了爽肤水，面霜涂完脸，就着手上那点搓搓手："什么时候到的？"

"下午。"

"下午一到就工作去了？真忙。"说到这句，她才偏头。

徐知凛凑过来亲她的唇。

亲完，沈含晶摸摸他的脸，转身拉开柜筒："来，我帮你处理下。"

徐知凛自己洗了把脸，抬头看她一直刷手机，边擦脸边笑："不知道什么顺序，你可以问我。"

"我看信息。"沈含晶白了他一眼，把手机熄屏，再拿过剃须水，"低头。"

软化液的味道混合着护肤品的余香，清爽的甘脂味。将一次性刮胡刀拆开，沈含晶摁着他的脸："我今天碰到梁川了。"

"嗯。"徐知凛靠在镜子前，闭眼由她摆布。

刀片擦过皮肤，从鬓角到脸颊，虽然不太熟练，但知道是从上到下的顺序，力度也均匀。

沈含晶冲了下剃须刀，看他眼也不睁，在洗手盆磕出一下声响："有些人跑来查岗还不承认，嘴比什么都硬。"

徐知凛这才睁开眼:"没有,不是查岗,除了工作,确实也有其他事。"
"什么?"
"丁凯结婚,我要去一趟。"
丁凯,这个人名已经很久没听到,沈含晶问:"你跟他关系还不错?"
正好胡须刮完,徐知凛圈住她,手指勾弄她的浴袍带子:"一起?"
沈含晶并起两指敲他:"什么时候?"
"后天。"
沈含晶"哦"了一声,但没反应。
她把剃须刀扔进垃圾桶,压着徐知凛去洗脸,等他洗完一张湿漉漉的脸凑过来时,才勉强答应:"好好好,我去,别动我脖子,领都湿了。"
徐知凛笑笑,弯起手指,把她带子拉开。

忙碌一天,到了婚礼日期。
就在禾港酒店,下楼即到宴会厅。丁凯在门口迎宾,沈含晶和徐知凛一出现,他马上笑开眼:"哟,徐老板和嫂子来了,欢迎欢迎。"
"恭喜。"在徐知凛之后,沈含晶也跟他握过手,再看向新娘挺起的小腹。
丁凯也是妈宝,而且格外喜欢玩。不到这地步,丁凯这号人,估计都不会愿意收心结婚。
"谢谢,谢谢。"丁凯连声道谢,又亲自把他们带进去。
走到前排,看见梁川,他坐在右边,跟他们隔了一桌。
一路都有认识的人上来跟徐知凛打招呼,这边有动静,梁川也望过来。视线停驻了有一会儿,他调开目光。
不久,典礼开始。一对新人热热闹闹走完台上仪式,再到敬酒环节。丁凯可能喝高了,把自己婚礼当夜场局,跟人玩起猜拳脱衣服。
现场还有长辈,看着这边直皱眉,好在新娘蛮飒,见丁凯发酒疯,一脚踹在他后膝弯,差点让他当场拜年,引得旁边都在笑。丁凯敢怒不敢言,醒了点酒后讪讪地笑着,继续当他的新郎官。
沈含晶笑着回头,在徐知凛耳朵边说了四个字:"我辈楷模。"
徐知凛正跟邻座说话,其实没太听清她说的什么,手伸过去抓住她,握两下。等说完话,他转头问她:"刚刚说什么?"
"没什么。"沈含晶身体离开餐桌,"等下要不要出去逛街?"
徐知凛点点头,也不问去哪里:"好。"

过会儿，二人离开酒店，去了一条小吃街。大周末的，街上很多学生，很有青春气息。

在酒席上没吃多少，沈含晶特意留了胃到这里，下车就找摊买了杯小龙虾串串，又提了一笼拇指生煎包。

串串有点辣，她把浸满酱汁的一口喂给徐知凛："好不好吃？"

徐知凛咬到一口辣椒籽，自己默默转头咳了两声，再朝前面抬抬下巴："那个要不要？"

那是一间奶茶店，案板叠了几杯竹筒形状的奶茶，周围很多人都捧着一杯，而且门口还排了长队。

沈含晶刚好缺杯喝的："那我要一杯，少糖多冰。"

"好，你在这里等。"

那边人多太阳也晒，徐知凛自己过去，沈含晶则退到荫下，一边吃东西一边等他。

队伍慢慢递进，等徐知凛排到前面，沈含晶已经把串串吃完，又开始用签子吃生煎包。吃了几个，手机来了信息。她点开看看，是梁川用新号发的，约她晚上一起吃饭。

今天婚礼虽然碰面，但梁川一直坐在自己的位置上，观完礼喝杯酒就走了，全程没有任何交流。这时候突然要约吃饭，不用想也知道，他抽风了。

沈含晶关掉对话框，没搭理，抬头再看，徐知凛已经拿到奶茶。

他走出几步，旁边奶茶店的吉祥物出来游街，跟着音响节奏开始拼命甩头，吓到路过的小男孩。小朋友看起来也就两三岁，大概被白胖的庞然大物吓的，脸皱起来马上要哭，伸手就抱住徐知凛的腿，小脑袋昂得老高，害怕地叫"爸爸"。

徐知凛呢，肩上斜着沈含晶的包，脖子上搭着她的防晒衣，手里一杯奶茶，低头和这孩子对视。

孩子的奶奶就在后面，手里拉嘴里念，说娃娃认错人。但孩子蛮力大得很，一直抓着徐知凛衣服不放，还把他后摆拉得很长，头试图往里面钻，嘴里不停地在喊爸爸。

沈含晶老远笑过去，听到孩子奶奶好气又好笑地说："崽崽，你爸爸还没回来，这哪里是你爸爸喽？"

小孩哪里听这些，觉得这就是印象里的爸爸，又哭又抱。

徐知凛好脾气地蹲下来，沈含晶也在旁边问："小朋友，看清楚了，是不是爸爸？"

"是爸爸！"一见徐知凛蹲了，小男孩直接往徐知凛怀里凑，手很自然地挂到他脖子上，边哭边往他身上爬。

被缠得有点狼狈，徐知凛征求过孩子奶奶意见，把奶茶递给沈含晶，弯腰把这娃娃抱起来，拍着后背哄几句。等哄得孩子不哭了，眼泪不糊眼了，旁边大人再问，孩子这才回神，迟钝地说不是爸爸。

这场乌龙的最后，孩子被奶奶牵走，乖乖地说："叔叔再见，阿姨再见。"

沈含晶带着满眼的笑意，端详起徐知凛的脸。

"看什么？"徐知凛问。

"看你有没有人父相。"

"那看出来没有？"

"目前看，好像只有人夫相。"沈含晶吸着奶茶，一本正经地评价。

徐知凛扯正衣服，伸手一拉她："走了。"

傍晚的飞机，两人回到申市。沈含晶没让司机送，自己把车开回茵湖。进入地库，在熄火之前，她先落下死锁。

"怎么了？"徐知凛侧头。

"问你个事。"沈含晶说。

"什么？"

沈含晶上半身扭过去，盯着他问："想要孩子吗？"

徐知凛看了眼天窗，抬手开一条缝。

这种默契……

沈含晶也不装了，解开安全带，直接跨过去。只是被抱住的瞬间，她又把天窗关上了。

"说话啊！"沈含晶晃了晃，动作很大，从外面看，轮胎早就有波动。

只是车库没有强光，私家地带也没有其他人进来，可以毫无顾忌。

徐知凛："工作忙成这样，不要口是心非。"

沈含晶笑了笑，指尖划过他的喉结："真不想要？我看你今天抱孩子抱得很像样。"

她低着头，一丝头发滑下，徐知凛调节座位，慢慢往后。调节完，又替她把左右的鞋脱掉："顺其自然。"

二人回家时才过十点，等上楼，已经是凌晨。

沈含晶先从浴室出来，随便披了条睡裙就走进房间，躺下想睡，但刚要闭眼，手机又收到梁川的信息。这回她想也没想，直接拉黑。

沈含晶打了个呵欠，小腿溜出被面，举起来，还能看到被真皮座椅压出的一片红。她支着床面坐起来，忽然又觉得可以再撑一会儿，撑到徐知凛也回来。于是她靠在床头，随手拿出柜子里的写字本。是之前在罗婶那里收回的笔记，有几本没翻完，沈含晶特意放在这里，最近睡前都会翻两下。

笔记本绿色封面，活页结构，是考试得奖，初中学校送给她的。而纸上她用来写字的笔，是高中学校送的。

私立贵族不缺钱，四位数的钢笔说送就送，还免了她的学费，后面几年但凡有什么奖，也都是直接从校基金会拨款，金额算很丰厚了。

一页页往下翻，其实多数看开头就能记起下面写的是什么，不像之前失忆，每页都看着那么新鲜。

纸面擦过纸面，"沙沙"中带点清脆声，很催眠。人又开始犯困，沈含晶支起膝盖往外看，手里随便翻两页，忽然有张纸斜着飘出来，掉到被子上。

对折的一张纸，拿起再翻开，是徐知凛当年写给她的信。

A5尺寸，纸面拦腰压出一道弯。

直落落的白纸，连对平线都没有，行与列却对得很齐。

从小就上书法课的人，字迹工整，连标点都不松懈，和他的措辞一样郑重，让人很快联想到那只手，弹钢琴的手，清瘦又修长。

她不止一回偷看他写字的样子，头正肩平，握笔姿势很标准，下笔的时候，骨节微微凸起，劲直有力。

回忆寸寸抽出，沈含晶一目一行，慢慢地扫到末尾。落款三个字：徐知凛。

不知是太过用力，还是紧张或者什么，凛字的最后一捺，是有顿笔的。墨水渗透纸张中每根纤维的表面，洇开的黑点，像跟在名字后面的尾巴。

沈含晶伸出手，指腹触摸那个凛字，想起当年电影院外的对话。

其实他但凡多问一句，或者透露丁点的质疑，她可能都会开始慌，会继续编谎，编得越多，越容易露馅。

可他没有。公交车上，他害羞得像和她才认识，每碰他一下，都感觉他在屏住呼吸，让她忍不住想逗。

现在想想，怎么……会有那么傻的人。

番外四

过了个年,终于可以脱掉厚实的外套。

去外地出趟差,回程的当天,沈含晶和袁妙在候机厅。

沈含晶去趟洗手间回来,袁妙正在讲电话。挂断前,听到她不太耐烦的一句:"知道了,你不要啰唆。"

沈含晶坐回去,从包里掏出护手霜:"来一点?"

"嗯。"袁妙伸出手背,挤了一坨。

两个人都开始搓手,暖调的香芬里,沈含晶问:"江廷电话?"

袁妙点点头。

"他会来接?"

"说已经出发了。"袁妙有点无奈,"以前怎么不知道这人这么烦?"

"是追得紧吧?"沈含晶促狭地笑。

提起这个,袁妙眼皮都跳了下:"我不晓得他那么无赖的一个人,跟我装病不算,还跑我家里跟我爸装病……"

"那你是喜欢还是不喜欢?"

"就……还可以吧。"

"还可以,是有感觉还是没感觉?"

沈含晶一直问,袁妙也不是没谈过恋爱的小姑娘:"感觉肯定是有的,但他也太急了,饿死鬼投胎一样。"

说起这种事,袁妙耳根红得很明显,转移话题看向她手上的婚戒:"你和徐总,婚礼不办了吗?"

"应该不办了，感觉没什么必要。"沈含晶拿出手机发信息。

婚礼，徐知凛是提过的，但她不喜欢那些程序。

在宽敞的厅里，隆重得很，在几百个人的注视下哭或者笑。太刻意的场合，她会很生硬，会感觉自己像个木偶一样被拨来拨去，很不习惯。

"缺了仪式感，人生会不会少一份记忆？"袁妙觉得有点可惜。

沈含晶摇摇头："没事，我不在乎那些。"

不久后，她们检票登机。

十一点左右，到达申市机场。

江廷等在到达大厅，听到沈含晶要蹭车后，皱眉说："叫徐知凛来接。"

"他在忙。"

"那叫司机来接，或者你自己打车过去。"

沈含晶想了想："也行，那妙妙，我们打车好了。"说着就要把袁妙往出租车区带。

江廷连忙拦住："你走你的，干吗带她？"

他看袁妙，袁妙不说话，倒是沈含晶笑得理所当然："反正顺路，廷少没这么小气吧？"

江廷狂按眉心。哪里顺路了，他明明是想直接把袁妙带回家的，这下好，还得给她当司机。

妥协上车，江廷正想导去茵湖，沈含晶已经报了其他地址。

"你不回家？"江廷扭头问。

"不回，今天有个喜酒要喝。"沈含晶笑笑，"所以，可能得麻烦你开快点。"

给她当司机，倒霉催的。江廷认命，但从后视镜看了袁妙一眼："你坐前面来，地方我不熟，帮我看导航。"

"怎么那么多事……"袁妙嘀嘀咕咕又磨磨蹭蹭，最后被沈含晶轻轻推一下，才打开车门换到前面。这两个人非要成双成对，沈含晶在后排也拉上安全带。

江廷是真的对袁妙追得很紧。比如知道她被前夫纠缠，干脆请调去庐城待两个月，其间不知道用的什么方法，把她前夫给逼到离职。

不止这样，他还以一点小毛病为理由，总是去找袁妙爸爸看病，一来二去跟袁妙爸爸混熟，袁妙也和他半推半就地开始交往。

去年春节，江廷甚至觍着脸在袁家过了个年。

而对于这一点，江廷明显很得意："我已经和叔叔阿姨商量好了，五一他们过来这里玩。"

袁妙打下遮阳板："五一我会回去，你不要乱安排。"

"这怎么叫乱安排？你爸妈过来这边，王晋鹏肯定知道什么意思，哪里还有脸再找你？"江廷戴上太阳镜，向后瞥眼沈含晶，"徐知凛已经到了？"

"应该是吧。"沈含晶正在回信息。

江廷看了眼目的地："这是孙慈新家？"

沈含晶点点头："他们家孩子周岁宴。"

"我记得他们家是生的龙凤胎？"江廷摸着方向盘，琢磨一句，"你跟徐知凛呢？"

知道他问的是什么，沈含晶收起手机："好像你最大吧？你还没动静，我们不急。"

一小时左右，地方到了。下车后，沈含晶给徐知凛打电话，没多久，就看到他出来。灰色西裤，上面驼色套头毛衣，里面是折领衬衫，穿得很休闲。

和高中时的徐知凛相比，现在的他多了一份懒散劲，但眼睛清澈有神，看人同样还是那么认真。他过来先接了行李箱："江廷呢？"

"走了。"沈含晶把手提包也递过去，"孙慈没请他？"

"请了，他说有事来不了。"徐知凛拿好包，把她往里面带。

城东别墅，人不多，请的大多是亲友。

"大忙人。"孙慈抱着个娃过来打招呼，"不容易，终于等到你了。"

"来晚了，不好意思。"沈含晶笑着道歉，看看孩子头发上夹的蝴蝶结，"这是妹妹吧？"

"对，这是我们家女儿，老大在那边。"孙慈回头，刚好黄璐也抱着娃过来。

"刚下飞机吗？"

"对，才从机场回来。"沈含晶看看她怀里，"好乖啊。"

"这是吃饱了，刚才吵得人烦。"黄璐颠了颠儿子，抱给沈含晶，"试试吗？这会儿应该不会哭。"

一岁的孩子虽然站站不稳，但奶娃娃都肉多，尤其是男孩子，压手。

沈含晶小心翼翼地接过，跟着黄璐调整姿势。应该是抱得还算舒服，小孩在她怀里蹬了蹬腿，然后盯着她看，好像在认人。

旁边那里,徐知凛也抱上了小闺女。女孩子确实不一样,看起来就软软的,两只葡萄眼沁亮沁亮的,被大人逗得咿咿呀呀,笑声格外脆,格外讨喜。

他们俩像来抢孩子的,孙慈拿胳膊肘碰碰徐知凛:"馋不馋?抓紧的,一起玩啊。"

徐知凛转头,看沈含晶正和怀里小婴儿在玩。她腾出一只手轻轻点着婴儿的脸,手指被婴儿攥住时,眉眼都好像温柔起来。

徐知凛不由得笑笑:"馋不来,不急。"

中午的酒席,结束时大概是下午三点。沈含晶早起赶飞机,下飞机又赶来吃席,回去的时候,从车上就开始昏昏欲睡。

因为准备要独立建仓,所以最近忙起来,她能比徐知凛更难见到人。

等回到家,她直接把自己扔进卧室,睡了个昏天暗地,连晚饭都摆手说不吃。梦里都是成堆的工作,睡得迷迷糊糊的时候还接了个电话,沟通店里拍宣传片的事。挂断电话,她慢悠悠地醒过来。

卧室灯关着,门也关着,外面静悄悄的,没什么动静。

沈含晶摸到手机,动动手指给徐知凛发消息:人呢?

徐知凛:书房。

沈含晶:你还不睡?

徐知凛:马上。

沈含晶放下手机又打个盹,听见房间门被打开。黑乎乎里,有人走到床边:"不吃饭?"

"不饿。"沈含晶说话含混不清,摸索着想找遥控器,徐知凛比她方便,直接把灯打开,然后去了洗手间。

床头灯不怎么刺眼,所以沈含晶还能眯一会儿。

不知道多久,徐知凛从洗手间出来。但他上床也没躺,靠着床头,拿手机像在发信息,又像在看什么东西,有点神秘。

沈含晶趴到他腿上,勉强睁眼:"你出轨了?"不然怎么洗脸也把手机拿进去。

"工作上一点事。"徐知凛伸直腿,让她趴得更舒服,手指穿过她发缝,一下下捻她的头发。

不正面回答问题,沈含晶隔着被子咬他一口:"你不会真出轨了吧?"

徐知凛屈腿,把她下巴顶起来:"我出轨你这么兴奋?"

"还好吧,就是觉得可以家暴,有点激动。"

她挑衅地扬眉,徐知凛看她几秒,往被子里摸了摸,很快抽出一件内衣:"以后换好衣服再睡,压得不难受?"

沈含晶拿手机照了照,这才发现脸上有压出的印:"我说怎么总觉得哪里痛。"

照完顺手打开微信,刷起朋友圈。头一条,就是江廷在秀恩爱。烛台鲜花,长桌和红酒,还有拍的袁妙侧影。

"看。"她把手机伸过去,忽然矫情,"好像我们一起这么久,你都没有搞过这种事。"

徐知凛看了看江廷不值钱的样子,又看她有点眼巴巴,问:"你喜欢这样的?"

沈含晶想了想,摇摇头。

行事上,徐知凛跟江廷根本不是同一个风格。他不高调,但也有他的精致心思,只是什么事情都是一声不吭,自己默默去做。

"就是说说。"

想起来妆也没卸,沈含晶干脆爬起来,去洗手间卸妆洗脸,又顺带冲个澡。出来时彻底精神了,裹着浴巾在衣帽间找睡衣时,突然看到从富春搬过来的箱子。

箱子里,沈含晶找到一个东西,端出来问:"这个,还记得吗?"

徐知凛抬头看,是当年沈含晶买的那幅郁金香十字绣:"记得。"他锁上手机,"哪里找出来的?"

"罗婶那里,我也以为早不见了。"沈含晶拆掉外面那层膜,拿纸巾擦了擦,"要不要挂?"

大半夜的,她是睡饱了,徐知凛却又得爬起来,去把书房的画摘下一幅,换她的十字绣上去。多少年的东西了,好在红花绿枝,都是高饱和度的颜色,没有褪色。

他回到卧室,就见沈含晶歪在床边,拿把搓刀在修指甲。被他看一眼,她把搓刀扔了,讨好地笑笑,等他重新回到床上,跨坐过来:"挂好了?"

"嗯。"徐知凛揽着她,手指在她手背滑动,"睡不着了?"

"有一点。"沈含晶环住他的肩膀,"你困吗?"

"还好。"徐知凛往后躺了躺,闭目养神,跟她有一搭没一搭地聊天。

床头灯下,光线打在眉弓,沈含晶伸手,去描他高窄的鼻背,以及英挺的眉梢。是熟悉的五官弧度,连眼皮褶线的深度都是一样的,但过了这么多年,他确实也有一些改变。比如稳重练达,比如惜字如金,都是岁月的痕迹。

步入商场这些年,外部环境和内部工作的挤压,他早已不是那个容易紧张、容易害羞和脸红的少年。

深更半夜,人很容易发生感慨。

沈含晶突然想起罗婶的话,难以想象原来那么温柔腼腆一个人,在变成倔且有戾气的时候,是处在怎么样激动又难受的情绪里。

"我以前是不是很坏?"沈含晶叹气。

徐知凛睁开眼,压着眉梢看她。

"你不说话,就是觉得我现在也不是什么好人了?"沈含晶忽然表态,"我会学着当个好人的。"

冷不丁地,徐知凛好笑地捏她的脸:"你没有问题,不用学什么,更不用改。"

"真的吗?"

"真的。"

"那……你后悔过吗?"沈含晶支起脑袋,看着他。

徐知凛摇摇头:"没有。"他回答问题很实在,"有过不好受的时候,但没有过后悔。"

"可是我后悔过。"沈含晶抿了抿嘴,"如果没有遇到我,你应该会过得更好。"

"如果当时我们没有分开,现在会是什么样子?"她又问。

徐知凛一条手臂压到后脑勺,琢磨了下:"我当爸你当妈?"

沈含晶马上有反应:"还说不想生?"

"是你太敏感了。"徐知凛摸她的脖子,一语双关。

沈含晶沉默。看到别人家热热闹闹的,她心里是羡慕的,但也是纠结的。和相爱的男人孕育一个孩子,完成他们几年前就幻想过的,有大有小的家庭,她其实是想过的。

她是个俗人,因为自己童年过得不是太好,所以渴望把那些缺失的都给自己后代,弥补到孩子身上,想养育一个快乐无忧的小孩。可她也怕,怕自己教不好,怕自己爱人的能力还不够,不能当一个合格的母亲。

想得太多,人好像又开始犯困。室温正好,还有被子里相贴的体温,加上徐知凛的手一直在摸她的背,动作和力度都规律得很舒服,舒服过了头,

渐渐进入浅眠。

脸被碰了碰，徐知凛在问："睡了？"

"唔……"沈含晶往下滑，"关灯。"

睡意太浓的时候，记忆会模糊。灯光熄掉的时候她动了动嘴，孩子的事不记得有没有说出口，但躺进熟悉臂弯后，好像听到耳边低低的一句："不怕，我们可以做得很好。"

转天一早，沈含晶从卧室出来，走到客厅。徐知凛已经起了，靠着岛台在喝水。

看客厅有只行李箱，沈含晶问他："要去哪里吗？"

"有点工作，出趟差。"

"去多久？"

"四五天吧。"

沈含晶闷闷地"哦"了一声，不说话了。领证以后，他没有出过这么长时间的差，而且还是她刚回来，他马上就要走。

大概是看出她不太高兴，徐知凛笑了下，走过来摸着她的脸亲一口："等我回来，很快。"

说得轻松，四五天，哪里算快？

舍不得是真的，所以在他跟前要耍娇气，回到店里，沈含晶又还是全神贯注投入工作。

营销时代，酒香也怕巷子深。沈含晶拍宣传片，做品牌升级，是正常发展的一步，但意愿之一，也是想吸引资本。这个是早跟徐知凛商量好了的，出于风险转移的考虑，她还是更倾向独立的投资机构。况且有 AN 的参与记录和长期资源，应该不会太难。

忙了两三天，周五的时候，是跟拍摄团队约好的时间，但在细节上，却有点奇怪。

先是江宝琪，带着弟弟在临近下班时间出现，说房间装修里面东西全要换，所以过来看看家具，眼睛却控制不住，好像总跟着袁妙在转。

再是江廷，明明是来接袁妙的，眼神却有点飘忽，走路心不在焉，还差点撞到东西，而且对妹妹来意也不问，像约好了一样。

因为二楼被这几个人占着，所以团队先到楼上搭景。

"这是在忙什么？"江宝琪故作好奇。

沈含晶："拍宣传片。"

"要拍你吗?"

"团队照,不单独拍我。"沈含晶看看时间,"不然你明天再来?"

江宝琪瘪瘪嘴,下巴跟核桃褶子似的:"你赶我啊?"

这张娇横皮囊下就是一团孩子气,沈含晶对她再了解不过,没搭理,给小宝时找了点吃的,看时间差不多,又打算换衣服上楼。

沈含晶定的是白色套装,但她白天出去过,怕弄脏,所以这时候才换。

往洗手间走的时候,沈含晶不经意回头,看到江家兄妹凑在一起,好像在嘀咕什么,而且江廷频繁在看手机,她心念一转,忽然涌起一个猜测。

因为这个猜测,换衣服时给徐知凛拨了个电话。

响得有点久,徐知凛接起来,声音压得很低:"喂?"

"你在忙吗?"

"没有。"徐知凛清清嗓子,"怎么了?"

"江廷跟妙妙的事,你姑妈什么态度?"

"怎么突然问这个?"

沈含晶有点迟疑:"我好像觉得……江廷要求婚?"

电话那头,徐知凛有几秒明显的停顿:"是吗,怎么看出来的?"

沈含晶戴着耳机,边换衣服,边把刚才的异样都说给他听。到最后,又提起一件关键的事:这个拍摄团队,最初就是江廷介绍的。

"我说物料怎么有点多……"沈含晶低头整理内衣,"不过,你姑妈好像没来。"

"你想见我姑妈?"徐知凛问。

她见他姑妈干吗?沈含晶站起来,把外套穿上:"我是怕到时候你姑妈不答应,让妙妙受委屈。"

"放心,江廷和我一样,家里人管不到这些。"徐知凛像在走路,又好像在外面,听筒里带点风声,"别人的事你还挺上心。"说完还笑了笑,意味不明。

群里在催拍照,沈含晶留意看群消息,没在意徐知凛的不对:"我先忙一下,晚点再聊。"

她收起耳机出去,出门没多远,碰上江宝琪姐弟。

"上去吗?"江宝琪牵着弟弟问,"我们也去看看?"

"拍照没什么好看的。"沈含晶正要拒绝,小宝时忽然拐了一下,手里黑乎乎的巧克力,立马在她裤面留下很明显的痕迹。

猝不及防,沈含晶愣住。

"多大的人了,站都站不稳?看把人家衣服弄得脏死了!"江宝琪训了弟弟几句,又问沈含晶,"怎么办,你有能换的吗?"

"没事,擦下吧。"沈含晶拎着那片污渍,想着要去找个吹风机吹干。

江宝琪拦住她:"我有一套新买的,也是白色,要不要先借你穿?"

东西就在车里,江宝琪很快拿过来。

的确是白色,但是一条裙子,抓肩,长度到小腿。

正式确实也挺正式,可换上这条尺寸合适的裙子后,沈含晶站在镜子前,脑子里猛地闪动了下。如果是江廷跟妙妙,那为什么一开始的时候,江宝琪好像在拖她的时间?

思绪是连串的,有了这个意识后,她忽然想笑,为江宝琪的拙劣演技,也为自己的后知后觉。笑完,她心里却又"咚咚"地跳。

收拾好表情,沈含晶走出外面。

江宝琪上上下下地看她,一本正经地点头:"还挺合身。"

沈含晶咬牙憋笑,虽然不动声色,但心里在骂徐知凛。搞这种事情,神经。

摄影棚搭在三楼样板间,走过去,一路都能看到店里同事。虽然个个装得若无其事,但仔细看,其实不少都在偷偷瞟她。这群人,还好意思在群里催她?

样板间的门是关着的,越接近,心跳得越厉害,有些事就算心里猜到,却也依旧怦然。

走到门前,沈含晶偷偷吸了口气,接着,她推开门。

然而意外在于,里面的确是摄影棚,有人在补妆,有人在调试设备灯光。沈含晶怔了下,刹那之间,有种说不出的感觉。像情绪没能落地,人茫茫的。但她一向能控制情绪,很快就笑笑:"可以开始了吗?"

"可以,这就开始!"

是江廷的声音,他打着响指从沈含晶身边走过,走到小阳台旁边,突然把门打开。

门开的一瞬,摄影棚内灯光全灭,而阳台外面,渐渐闪起荧亮光线。沈含晶走过去。

小阳台连着楼下库房,很少有人走的一段路,这时候的楼梯,却已经大变样。扶手上全是气球和彩带,鲜花堆出中间一条走道,各色玫瑰穿插着绒花,蓬松的浪漫和招摇感。还有瀑布一样的灯光,打出满阶流动的"marry me"。

沈含晶呆滞着，人还没从刚才的落空感里回过神，就见楼梯尽头，出现一个本该出差到下周，刚刚还在电话里跟她演戏的徐知凛，穿西服打领结，怀抱一束花，抬头看她。

沈含晶站在平台有点无措，正想是不是要她走下去时，徐知凛身形一动。沿着楼梯，他一步步走到沈含晶跟前。

看他单膝跪下，沈含晶咬住唇角："证都领了，还来这一套。"

"不一样。"徐知凛笑笑，"上次太草率了，该有的还是要有，不能缺了这个。"

"那我能拒绝吗？"

"恐怕不行。"徐知凛往她后面看，"爸都来了，你不会这么不给面子吧？"

沈含晶被吓到，转头看见养父的那刻，脑子里一片空白。

更何况除了养父，还有罗婶和张叔。几位长辈不知从哪里出现，现在都站在她后面，对她微微笑。

而面前，跪地的人问出那句话："嫁给我好吗？"

都改口了还问这个，沈含晶说了句："好俗。"可是她好像有点感动。

点头的瞬间，后面有人过来帮忙戴头纱，是袁妙。沈含晶看她一眼，她笑着摇头："我不知情的，你别看我。"

头纱被风吹到前面，潮湿的触感。新戒指替换到手上，更闪的一对，湿漉漉的光。

"这是珍藏款。"本来该在婚礼上戴的，现在戴也一样。

摄影组在记录，同事们都拥过来，在各个角落鼓掌吆喝。

戴完戒指，接过徐知凛递来的花，沈含晶拿花挡住脸。她很少哭，但原来亲人朋友的祝福和见证，能带给她这么强烈的触动。好像他们的参与，真有什么独特的力量或意义，让她忍不住眼冒泪花。

一片热闹里，沈习安走过来，把两个人的手搭在一起："以后，都好好的。"不过几个字，蕴含简单深刻的祝福。知道一切的长辈，话语像缺憾的溶解剂，把过去和现在拉到一起。

沈含晶看着徐知凛，在他的温柔笑意里，和他十指相扣，越握越紧。

太用力的感情，其实真的称不上完美。他们坎坷过，对峙过，甚至……差点错过。但命运应该有它的配套定律，所以最终，他们没有走散。

独家番外
为好事泪流

喜欢下雨的城市,六月末才迎来真正的夏季。

一觉醒来有点迷糊,沈含晶盯着天花板,眼睛很快又闭起来,但再要睡过去的时候被叫醒,徐知凛问她:"不是要出门?"

"唔,马上起。"沈含晶心里默数十个数,想起来了,但背好像粘在床上,"我脸上是不是长痘了,有点痛。"她说话不清不楚的,像讲梦话一样。

徐知凛没看见她脸上的痘,但从抽屉里找到薄荷膏,再把她两只脚拉出来。前两天去植物园逛一圈,她可能被野蚊子叮了,脚腕一圈红点。

"还痒不痒?"他沿着红点慢慢涂开。

"有点,你帮我抓两下。"沈含晶闭着眼睛,脚心抵住徐知凛衬衫,不轻不重在他小腹踩几下。

被他轻轻弹脚心:"起来。"

磨磨蹭蹭总算起床,沈含晶刷牙洗脸,肚子"咕咕"叫,走到厨房看徐知凛:"做什么?"

徐知凛刚洗完水果和配菜,拉开冰箱门看了看:"馄饨还是细面?"又弯腰翻出之前买的热干面,"这个也可以,还有两包。"

沈含晶想了一会儿,眨眨眼:"我想喝咸豆浆。"

家里哪儿来咸豆浆,徐知凛把东西都放回去:"那换衣服吧。"

"你不赶飞机?"沈含晶记得他今天是要去出差,"不然你先做你的,我自己去外面吃。"

徐知凛打开水龙头:"来得及。"

他们去了附近的一家早餐店,现点现做的早餐,老板守在灶头旁边忙的那种，店里生意很好。

他们点了两碗咸豆浆和一笼生煎包，先上来的是豆浆，里面用虾皮和紫菜提鲜，榨菜切成丁，咸爽的口感，还有那圈稍微被泡软的油条丝，混在一起喝，是沈含晶儿时的记忆。

为什么突然想喝这个她也说不上来，也许是昨晚梦到小时候的一些场景，又也许单纯就是饿了。

生煎包上来时，徐知凛来了个电话。店里很吵，他走出去接。

沈含晶夹了一粒生煎包，新鲜的猪肉馅，用半发老面揉出来的，下面是煎到刚好的脆底，表面撒几粒黑芝麻，吃起来又香又脆。

店里食客越来越多，坐的地方不够，有人过来问："你好，可以拼桌吗？"是一位年轻妈妈，手里牵了个穿背带裤的小女孩。

沈含晶点点头："可以的。"

"谢谢。"那位妈妈领着女儿坐下，应该是着急送女儿去学校，一直叫女儿吃快点。

小女孩五六岁的样子，声音又脆又软，但不算乖，需要哄着才愿意吃东西，坐相也很搞怪，下巴搭在桌子上，一边喝豆浆一边看沈含晶。她眼皮应该是被蚊咬了，看人时总要跳那么一下，模样更加滑稽。

徐知凛回来的时候，她刚跟沈含晶搭上话："姐姐你多大啊？"

沈含晶说："我应该跟你妈妈差不多大。"

小女孩转着眼珠子："我妈妈好老了。"

说完被她妈妈打了一下："闭嘴，说谁老？"

"那我嘴巴闭上也不吃了。"

母女两个斗嘴，沈含晶在旁边发笑。等人走了，她跟徐知凛感叹："小时候我妈也带我出来吃早餐，我那会儿食量很小，但又什么都想尝一下，什么都想吃但又吃不下多少。"

现在食量也没有多大，豆浆是喝了，生煎包却才吃掉一个。徐知凛豆浆喝完，把剩下的生煎包给包圆。

沈含晶吃完有点犯困，托着下巴问他："刚才谁的电话？"

"家里打的。"

沈含晶："哦。"至于跟她有没有关系，或者是不是提到过她，她没问，徐知凛也没说。

吃完早餐，沈含晶去婚纱店陪袁妙试婚纱。袁妙跟江廷已经领过证，下个月摆酒。

主纱很漂亮,有一条大拖尾:"穿起来会不会费劲?"沈含晶掂了掂,真的好沉。

袁妙同样觉得沉,但江廷非要选这种:"他说大拖尾拍照好看,还说到时候帮我提。"讲到这里自己也没忍住笑出声,"神经病,哪有男的提婚纱?"

不久化妆师也到了,她们进去试妆,再顶着化好的妆换上婚纱。

大拖尾的确好看,衬得人气场都变强了,而且袁妙头发留长,盘起来已经很有准新娘的感觉:"怎么样?"她问沈含晶。

"漂亮,很适合你。"沈含晶蹲着给她拍几张照片,拍完两个人凑一起研究,都觉得就这件,不用再换了。

"那你呢?"袁妙看沈含晶,"你跟徐总真的不办婚礼?"

沈含晶摇摇头:"不了。"她不习惯那种场合,"我看你们的就行。"

"好吧,刚好你给我当伴娘。"袁妙打算拉帘,江廷正好赶到,盯着她穿婚纱的模样看了很久才放人去换。

转过头,看到沈含晶打了个长长的呵欠,一屁股靠坐在椅子上,没什么精神的样子。

她没化妆,穿得也很简单,脚上是一双半拖。

"没睡好?"江廷问。

"没睡够。"

"你几点睡?"

"十点多?"沈含晶接过店里倒的水,一口气喝完。

"……这叫没睡够?"江廷回想了下,好像最近几次见她都是这样,又散又懒,人似乎也瘦了,于是离开时,他好心让沈含晶去看看是不是有甲减,"你抽血查查甲状腺功能吧,正常人不需要睡那么久。"还天天有气无力的。

他嘴里没句好话,袁妙换衣服出来白了他一眼:"你有病啊?"说完安慰沈含晶,"别理他,他才不正常。"

婚礼在即,江廷现在不敢跟袁妙顶嘴,他清清嗓子问沈含晶:"中午一起吃饭?"说完又试探道,"外公办寿的事,你应该知道吧?"

"不清楚。"沈含晶说。

江廷皱眉,被袁妙用胳膊捅了下:"你少管闲事。"

江廷瞥她一眼,再看看沈含晶,没再说什么。

过不久,婚礼日期如约而至。

酒席是在AN下面酒店摆的,沈含晶和徐知凛分别充当伴娘伴郎,跟在一对新人身边帮忙。

主围台坐着两边长辈,包括徐老爷子,沈含晶帮袁妙倒酒,敬完酒徐老爷子看了她一眼,马上有人开玩笑问:"知凛,你们夫妻两个也结婚这么久了,有没有好消息啊?"

徐知凛笑笑:"今天是表哥好日子,我不抢他戏。"

"这有什么抢戏的,"桌上几个人都跟着起哄,"加把劲,让你爷爷抱抱曾孙,四世同堂多好。"

徐知凛没再说什么,江廷怕气氛不对,接茬把话题引到自己身上了。

敬完酒后,他拉住徐知凛问:"你怎么想的?"

"什么怎么想的?"徐知凛点燃一根烟,神情很平静。

"装傻是吧?"江廷往沈含晶那边看了一眼,"外公做寿她不去?"

他搞不懂徐知凛,老婆和爷爷不对付,一般男人都会选择充当和事佬,在中间缓和两边的关系,但徐知凛不平衡,是怎么样就怎么样,也不知道是真傻还是故意的。

"你就不希望外公跟她关系好点?"江廷干脆就这么问了,毕竟老爷子明显态度是软化了的,甚至还在家宴提过他们两个补办婚礼的事,可惜徐知凛根本不给老人家递台阶,也不在两边传话。

"没必要。"徐知凛点了两下烟灰,"现在这样就可以。"他收紧双颊重新吸一口,手机在口袋响动,拿出来看,是沈含晶发的信息,说脚痛。

从接亲到酒席,她穿了一天高跟鞋,痛也正常。

晚点席散,徐知凛带沈含晶回到家,手里轻轻揉她的脚,也帮她看那两个水泡。

"弄破吧。"蚊子叮的包才好,今天又走出两个水泡,沈含晶觉得那两个包很碍眼。

徐知凛仔细看了看,不大,其实等自然消退就好,而且——

"挑破会痛。"

"那也好过顶在这里,我穿鞋都不方便,改天把它磨破了不是更烦。"沈含晶往沙发后面一倒,脚直接架到他手臂上,"我不怕痛。"

说是这么说,但当徐知凛真给她弄破以后,挤压的时候辣辣发疼,沈含晶倒吸气:"你轻点。"

"说了会痛。"徐知凛用棉签把里面水分压干,又找来创可贴给她贴上,"这几天不要穿高跟。"

沈含晶白了他一眼:"我很久不穿了,你都不留意吗?"店里现在情况挺好,是她几乎可以撒手不管的地步,所以最近人也越来越懒,懒得收拾自己,经常是休闲装加半拖的打扮。

徐知凛端详她,人瘦了,但脸色比之前好很多,尤其是在有点生气的情态下,红润又透亮。他笑笑,抱住她亲了一口。

沈含晶被压到枕头上:"你爷爷催过孩子的事吧?"

"没有。"

说谎,沈含晶故意问:"你们徐家这么大家业,没个继承人可以吗?"

徐知凛不应她,把被子一包。

AN在外地有旧项目要翻新,徐知凛最近总是出差,两人其实有一段日子没亲热。

事后沈含晶不想动弹,徐知凛去冲了个凉,又是神清气爽的,还问她要不要养宠物。

"养什么宠物?"沈含晶把脚伸出被子。

徐知凛调低空调:"猫或者狗?"

"我想养冷血动物。"沈含晶靠在他脖子那一块,说话时鼻腔湿气喷到皮肤上。

徐知凛摸着她头发思索几秒:"爬宠?蜥蜴、蜘蛛这类也可以。"有时候他不在,怕她一个人闷。

蜥蜴、蜘蛛,沈含晶笑出声:"开玩笑的,我才没那个心思伺候宠物。"但一转念又想到养父的那只边牧,忽然也觉得家里确实过于安静了点,也许领只宠物犬回来,确实会热闹些。

一周后,徐知凛又再出差,沈含晶也在家居店里跟了几单生意,都是单值比较大的。她送完客人又去展厅看了个新柜子,可能是蹲太久,起来的时候头有点晕。

"小心。"袁妙在旁边扶她一把,"没事吧?"

"没事,可能有点低血糖。"沈含晶被她扶回办公室,身上有点冒虚汗,忽然想到江廷说过的提醒,自己确实又觉得最近越来越觉得乏力。于是等吃了块巧克力慢慢缓过来后，干脆去了趟医院做检查。

没想到的是，居然查出怀孕。

"好事啊。"袁妙有点兴奋，拿着诊断结果对沈含晶说恭喜，而沈含晶看着那张单子，脑袋里一片空白。

等回到家，沈含晶还有点蒙，一阵说不清道不明的感觉，晕乎乎的。她去摸手机，像有什么神奇感应一样，徐知凛的电话先打了过来。

沈含晶划开接听键："喂？"

"在公司？"

"没，到家了。"不知怎的，听到徐知凛的声音，沈含晶才慢慢平复下来。她坐在沙发上跟他聊天，也扳着自己脚后跟看了看，水泡已经好差不多，只剩一点浅浅的很不明显的印。

家里很安静，徐知凛那头要吵一些，沈含晶问他："你还在忙吗？"

"今天有个沙龙会，也差不多结束了。"

"哦，什么沙龙会？"

沈含晶忽然很有聊天的欲望，徐知凛也发觉到，问："怎么了？"

"没什么。"沈含晶瘫在沙发靠背，手指甲在垫子表面划来划去，"就觉得一个人在家好无聊。"明明有些话就在嘴边，出口说的却是这么一句，而且直到电话挂断，她也没提起自己怀孕的事。

讲完电话已经有点晚了，沈含晶走到阳台后面，落地窗映着她的身影。她站了会儿，掌心搭到自己小腹上，若有所思。

第二天下班前，公司突然来了一位客人，是徐老爷子。

"我听江廷说，你怀孕了。"他直入主题，看着沈含晶，"我知道你记恨我，但现在你既然已经和徐知凛结了婚，我还是希望……你们能好好经营家庭，完整的家庭。"

江廷大嘴巴子根本藏不住一点事，沈含晶也不意外，而徐老爷子来这一趟，是为了让她把孩子生下来。

身居高位，骄傲了一辈子的人做不出多低的姿态，能主动来找她已经是最大的让步，沈含晶不是看不出来，但最后也没有给他答案，转身走了。

生或者不生都是她自己的事，没必要跟谁交代。

次日，徐知凛回来，沈含晶把事情跟他说了，包括老爷子来找她的事。她打量徐知凛，神情有点古怪："你跟你爷爷说，我们不要孩子？"

徐知凛外套还在身上，脱表的动作停滞很久，点点头："是说过。"

他没有否认。

"为什么？"

徐知凛没有很快回答，沈含晶接话说："因为你不想要，因为你觉得孩子麻烦，所以宁愿养猫养狗，也不愿意养孩子？"

"当然不是。"徐知凛重重地皱了下眉。

他认真的表情和当真的样子永远有几分傻气，沈含晶差点笑出声，知道他是尊重她也是维护她才会那么说，但又对他表现得这么冷静很不满。

"那我现在怀了，怎么办？"

徐知凛搭住她的腰，直视她，似乎在分辨她的神情："你觉得呢？"

"我在问你。"沈含晶声音很轻，一双眼黑不见底的。

"如果问我，我想要，但如果你觉得我们没有做好准备，也可以以后再说。"徐知凛再靠近些，把她掉下来的一根睫毛拿掉，在眼睛下面擦了擦。

沈含晶往后退，踢到徐知凛的行李箱，被他拉回去："多久了？"

"医生说应该有两个月了。"因为生理期不准，所以沈含晶一直没往这上面想。

"两个月，成型了吗？"

他手有点抖，到这个时候，沈含晶才感受到这个人克制的情绪。她眼波一转，搭住他的脖子："傻不傻，哪有这么快的。"

气氛松弛下来，徐知凛摸她的头发："真的想好了吗？"

沈含晶靠在他怀里："冲你们家的财产我也该生一个吧？以后我们要是离婚了，家产也多拿一份。"

"好。"徐知凛居然真的答应她。

沈含晶狠狠掐他的手臂："好什么？"

徐知凛挨掐反而笑了下，用温柔语气说一句："不怕，我们会做得很好。"

沈含晶喉咙发紧，神色也有些复杂。他知道她想要，也知道她在顾虑什么，无非害怕自己不会教孩子，当不成一个好妈妈。

他太体贴，这么一个人又对她好到没有要求，她有时候都觉得不真实，于是想了很久，难得温顺地贴住他的肩颈："靠你了，老公。"

做好决定后，进入负重的几个月。

沈含晶以为孕期会是漫长且沉闷的，但徐知凛给了她最周到的照顾，接住她变化的情绪，消化她生冷的语气，也替她排解所有的担忧和焦虑，所以前中期沈含晶都好好的，只是孕后期经常整夜整夜地睡不着觉，人也很容易出汗，在床上像烙饼一样翻来翻去，但好在产检没出过什么问题，最大限度地让她宽了心。

次年的二月底，沈含晶在店里破了羊水，被紧急送到医院。

徐知凛赶到的时候她已经进了产房，医生说开指很快，来不及打无痛，江廷在旁边安慰："别担心，医生不是说这样应该会更顺利嘛，马上你就当爸了，放轻松。"

徐知凛怎么可能放轻松，产房陆续有产妇出入，总能听到婴儿的啼哭和产妇的痛呼声，鹰爪一样抓得人心痛到发紧，他眼睛发直，后背一层层都是冷汗，是靠深呼吸都缓解不了的紧张。

徐知凛忽然产生浓浓的悔意，后悔要孩子，后悔让她受这样的罪。他咬牙站在外面，一分一秒都是巨大的煎熬。又再听到一阵响亮的孩啼声，那道门一开，穿透耳膜。

很神奇的感应，徐知凛往那边看过去，江廷耳朵灵："是个女儿！"他莫名笃定。

很快护士出来叫人："沈含晶家属在吗，可以进来了。"

徐知凛走进去，护士抱着孩子笑眯眯地说："恭喜，是位千金。"

"谢谢。"徐知凛抱过女儿，马上去看沈含晶。

她躺在病床上，人很虚弱，眼神都有点涣散："我好像睡过一觉，梦到我妈妈了。"

徐知凛声音干涩，伸手握住她："辛苦了。"

"孩子名字取好了吗？"护士要登记。

徐知凛看着沈含晶，听她喊出一个名字："叫徐漫漫吧。"无拘无束，坦率自然。

孩子摆满月酒那天，亲戚朋友和同事都来了很多，满场满桌很热闹。沈含晶被几个年纪大的女长辈围着，说了些出月子后要注意的事情。中间回头往厅里看一眼，女儿被徐老爷子抱在怀里。

老爷子看得很专注，脸上也露出了很和蔼、很明显的笑容，但更明显的，是他被沈含晶发现后的尴尬。

沈含晶跟他对视一会儿，很平静地移开视线，没有说什么。

宴席后半场女儿饿了，沈含晶抱到房间喂奶。漫漫的小鼻子、小脸蛋很可爱，袁妙蹲在旁边一直说："多好看啊，跟你很像，长大了肯定也很漂亮。"

"漂不漂亮不知道，但肯定很能闹。"沈含晶有些头疼，那么小的孩子哭起来真的很吵，连走廊都能听到她强劲的号声，吵得人耳朵都痛。

袁妙笑沈含晶不懂："这叫有精神、有元气。我妈说不爱哭的小孩都闷闷的不好带，长大了什么都憋在心里，不开朗。"

随口一句，沈含晶却怔松了好久。

孩子一天天长大，沈含晶心里流动又彷徨的情绪也越来越重。她怕女儿像她，尤其在性格上哪怕只是一丁点都够她紧张很久，但实际上，漫漫更像以前的徐知凛。

小姑娘很爱笑，特别外向活泼，婴儿时期不认生，谁抱都给，谁逗都笑。等学会走路以后也更好动，经常在垫子上爬来爬去，叫她名字她会"咯咯"地笑，憨憨的，露出几颗乳牙。

因为自己那点担心，沈含晶有意无意地跟女儿不那么亲近，而漫漫对她好像也没什么依赖，平时跟徐知凛比较多，喊的第一声是爸爸，也最喜欢黏着爸爸。

到漫漫三岁时，有一天沈含晶正在店里开会，忽然接到家里电话，说带漫漫下楼她非要跟邻居的宠物犬玩，结果被一只飞奔的泰迪吓得哭了好久，现在高烧不退，正在往医院送。

徐知凛还在出差回来的途中，沈含晶也顾不上开会，急急忙忙地跑到医院，见女儿头上贴了退烧贴，手臂还在打着吊针，她不由得心里一酸，过去把女儿抱到怀里。

小姑娘已经睡了，换人抱时皱着眉头哭了几声，睁开眼见是沈含晶，呆呆地看着她。

"漫漫好点吗？"沈含晶眼眶有泪意在打转，她伸手帮女儿整理衣领。

小姑娘脑袋一歪，用脖子夹住她的手："妈妈摸我。"嫩声嫩气的，忽然又说了句，"妈妈别生气。"

沈含晶愣了一下，感受到来自女儿的依赖，同时也意识到自己平时有多失职。她轻轻地转了转手，托住小孩的脸："漫漫怕妈妈吗？"

女儿摇头："爱妈妈。"她说得很认真。

沈含晶有点笑不出来，把小姑娘抱紧了点，心中扰乱。

等输完液，徐知凛也赶到了，他脱下西装外套想把女儿抱进车里，但稍微一动弹女儿就哭，不想离开沈含晶，无奈，沈含晶只好一路把她抱回家。

等到了自己房间，漫漫还拉着沈含晶不让走，依依不舍地跟沈含晶说了好多话,最后困得眼睛只能眯一条缝。

沈含晶摸着女儿嫩嫩的脸颊:"睡吧,妈妈就在这里。"

"妈妈不走。"小漫漫嘟囔一句。

沈含晶跟她钩钩手指:"不走,我陪漫漫一起睡。"

那天后,母女两个关系亲近了不少,沈含晶有意识地多陪女儿玩,也不像之前那么敏感,有时候甚至想,如果女儿像她也好,起码不会被欺负。

不久,中秋节,一家人从幼儿园参加活动回来,在小区楼下碰到小伙伴,带到游乐区玩了会儿。

小姑娘很乖,和小伙伴蹲在橡胶地上摸石子,笑声清凌凌的。

沈含晶站旁边看了会儿:"我应该多陪陪她的。"

徐知凛瞟过来一眼:"你不陪她她也是一样喜欢你,关系不大。"

他忽然说这个,沈含晶幽幽地回了句:"女儿还是跟你最好。"亲他也亲得最多。

徐知凛指指不远处的小池塘:"那现在我们跳下去,你看她先救谁。"

"发什么神经?"沈含晶踢他一脚,被他抓住腿。

恰好小漫漫回头,想也不想就冲过来打徐知凛:"爸爸坏的!"

沈含晶"扑哧"笑出声,看了眼徐知凛,蹲下去把女儿抱起来,又握住徐知凛的手。

有个好丈夫,可爱女儿,到这一刻,她确认自己得到了现实的圆满。

—全文完—